Charles Lewinsky
Der Stotterer

ROMAN

Büchergilde Gutenberg

Lizenzausgabe für die Mitglieder
der Büchergilde Gutenberg Verlagsges. mbH,
Frankfurt am Main, Zürich, Wien
www.buechergilde.de
Mit freundlicher Genehmigung des
Diogenes Verlags, Zürich
Alle Rechte vorbehalten
Copyright © 2019
Diogenes Verlag AG Zürich
Druck und Bindung: GGP Media GmbH, Pößneck
ISBN 978 3 7632 7131 3

Für Thomas,
der sich ein ganz anderes Buch gewünscht hat.

Ich aber, weil ich die Wahrheit sage,
so glaubet ihr mir nicht.
Johannes 8,45

Die Wahrheit kann warten,
denn sie hat ein langes Leben vor sich.
Arthur Schopenhauer

Für den Padre

Okay. Natürlich mache ich mit. Ich wäre dumm, wenn ich es nicht täte.

Halten wir unsere Abmachung fest: Sie sorgen dafür, dass ich den Posten in der Bibliothek bekomme, und ich verpflichte mich, Geschichten aus meinem Leben für Sie aufzuschreiben. Weil ich doch – Ihre Formulierung – eine Begabung für das Schreiben habe. Ein Talent, das ich nicht verschwenden darf. Sagen Sie.

Glauben Sie mir, Padre: Ich habe meine Talente auch bisher nicht verschwendet. Dass ich einmal Pech hatte und deshalb hier gelandet bin, war ein Zufall, mit dem nicht zu rechnen war.

Es ist ein fairer Deal. Win-win. Sie wollen einen Erfolg Ihrer Arbeit sehen und meinen, in mir das richtige Objekt gefunden zu haben. »Ich habe einen besseren Menschen aus ihm gemacht«, wollen Sie sagen können. Akzeptiert. Das ist Ihr Beruf, und der Versuch ist nicht strafbar.

Ich meinerseits brauche einen interessanteren Arbeitsplatz. Von morgens bis abends Kfz-Kennzeichen stanzen, dabei verblödet ein denkender Mensch. Zwölf Euro sechsunddreißig am Tag, und nur die Hälfte davon darf ausgegeben werden. »Damit ihr einen Grundstock habt für die Zeit nach der Entlassung.« Klar. Den Grundstock für die eine Nacht im Puff, die man nötig hat, wenn man hier rauskommt. »Auf den Entsafter gehen«, nennen sie das. Ich habe den Ausdruck vorher nicht gekannt.

Ich liebe Worte. Ich liebe es zu lesen, und ich liebe es zu schreiben. Beim Schreiben stottere ich nicht. Win-win.

Eine kleine Nebenbedingung: Wenn Sie in diesen Aufzeichnungen Dinge zu lesen bekommen, die Ihnen nicht gefallen, dürfen Sie nicht in einen Moralkoller verfallen. Ich sage Ihnen gleich: Es wird eine Menge geben, das Ihnen nicht gefällt. Abgemacht?

Abgemacht.

Dafür werde ich Sie nicht langweilen, versprochen. Allerdings kann ich nicht garantieren, dass Sie in jedem Fall die Wahrheit zu lesen bekommen. Aber Sie werden den Unterschied schon erspüren. »Ihr werdet die Wahrheit erkennen, und die Wahrheit wird euch frei machen.« *Johannes,* Kapitel 8, Vers 32. Wobei das mit der Freiheit relativ ist. Auch bei bester Führung muss ich noch zweieinhalb Jahre absitzen. Ich bin fest entschlossen, mich vorbildlich zu führen. An jedem Sonntag zum Gottesdienst.

Und am Donnerstag in Ihren Gesprächskreis, in dem Sie uns das Verbrechen abgewöhnen wollen wie die Anonymen Alkoholiker ihren Kunden das Saufen. Nicht wahr, Padre: Ich bin der interessanteste Teilnehmer, den Sie dort jemals hatten? Ich weiß Reue überzeugend darzustellen, und ein paar der Erlebnisse, von denen ich Ihnen berichtet habe, sind sogar tatsächlich passiert.

Ich habe Ihnen nach den Gesprächen manchmal eine Nachricht geschickt, weil ich mich wegen meiner Stotterei nicht richtig habe ausdrücken können. Es hat Sie fasziniert, dass ich mich in der Bibel so gut auskenne. Ich habe Ihnen bisher nicht erzählt, wo diese Spezialkenntnisse herkommen, und Sie haben meine Zitatenschleuder für Frömmigkeit gehalten. Aber damit hat es nichts zu tun. Im Gegenteil. Erklärung folgt. *Lukas,* Kapitel 21, Vers 19. Schlagen Sie's nach, wenn Sie's nicht auswendig wissen.

Auch mit meinem Stottern habe ich mich für Sie interessant gemacht. Man muss mit den Pfunden wuchern, die man hat. Ich stottere wirklich. Sehr heftig sogar. Und niemand kann etwas daran ändern.

Stottern, auch Balbuties genannt, ist eine Sprechweise, die …

Ach was. Schauen Sie in der Wikipedia nach. Stichwort »klonisches Stottern«.

Seit ich mich erinnern kann, spreche ich so kleingehackt. Nur als Säugling werde ich geschrien haben wie alle andern. Ich hatte die Sorte Kindheit, die Grund zum Schreien gibt.

Keine Angst, das wird hier keine Jammerarie von wegen schwere Jugend und nur deshalb vom Pfad der Tugend abgewichen. Das Lied können Sie bestimmt nicht mehr hören, so oft wird es Ihnen vorgesungen. Ich habe vor Gericht nicht herumgeheult, und ich werde es auch bei Ihnen nicht tun. Obwohl Ihr Beruf Sie eigentlich verpflichten würde, auf Heulereien reinzufallen.

Nicht wahr, Padre?

Als kleiner Junge habe ich davon geträumt, selber Priester zu werden. Können Sie sich das vorstellen? Ein Stotterer auf der Kanzel? »Im Namen des Vaters, des Sohnes und des Heiligen Gei… Gei… Gei…«? Lewis Carroll, der von *Alice im Wunderland,* wollte auch Pfarrer werden, kam aber wegen seines Stotterns für den Beruf nicht in Frage. Ich kann Ihnen eine Menge berühmter Leute mit der gleichen Eigenheit aufzählen. Winston Churchill. Marilyn Monroe. Ich befinde mich in guter Gesellschaft. Schriftsteller, Politiker, Schauspieler. Lauter Tätigkeiten, bei denen das Lügen zum Berufsbild gehört. Eine unterschätzte Kunstform.

Ich hätte den Pfarrerjob gut gemacht, denn er setzt ja keinen Glauben voraus. Man muss sich nur in andere Leute hineindenken können. Eine Berufsvoraussetzung, die Geistliche und Trickbetrüger gemeinsam haben.

Sind Sie jetzt beleidigt? Nehmen Sie's als Beweis für meine Ehrlichkeit.

Wo soll ich anfangen? In der Jugend, nehme ich an.

Meine Familie war kleinkariert wie ein Kreuzworträtsel. Eins waagrecht, sechs Buchstaben: »Natürliche Feinde jedes Kindes.«

ELTERN.

Mein Vater kämmte sich die Haare über seine Glatze. Mehr gibt es über seinen Charakter nicht zu sagen. Er war überzeugt, dass es niemand bemerken würde. Aber Gott, der ja von oben auf die Menschen schaut, sieht alles. Auch Glatzen. Obwohl der Gott, den mein Vater sich zurechtgebastelt hatte, immer auf seiner Seite war. Eine höhere Instanz, die jeden Prozess zu seinen Gunsten entschied. »Ich bin ein Sünder«, sagte er gern und erwartete Widerspruch. Denn was er wirklich meinte, war: »Eigentlich bin ich ein Heiliger.« Er war ein pingeliger Buchhalter der eigenen tugendhaften Taten. Buchhalter war er sogar wirklich.

Wenn Sie ihn sich vorstellen wollen ...

Stellen Sie ihn sich besser nicht vor. Er war kein Mensch,

der unvergessliche Eindrücke hinterließ. Außer auf meiner Haut.

Meine Mutter trug Kittelschürzen. Damit ist auch sie umfassend beschrieben.

Ich hatte zwei Geschwister, von denen nur noch eines lebt. Meine ältere Schwester heiratete mit achtzehn, war mit vierundzwanzig dreifache Mutter und wurde mit sechsundzwanzig von einer Straßenbahn überfahren. Selbstverständlich ein Unfall, etwas anderes hätte nicht ins Weltbild gepasst. Mein Bruder lebt noch, wenn man das ein Leben nennen kann. Er hätte gern eine Ausbildung zum Vorbild gemacht, Nebenfach Heuchelei, und nur weil es die Fächerkombination an der Uni nicht gibt, ist er dann eben Lehrer geworden. Deutsch und Religion. Ärgert sich jeden Tag darüber, dass er seinen Unterricht nicht nach *Sprüche* 23, 13 führen darf. »Lass nicht ab, den Knaben zu züchtigen.«

Das war ein Lieblingszitat meines Vaters. Wir gehörten zu einer Gemeinde mit schlagkräftigen Argumenten.

Es wird Ihnen aufgefallen sein, dass ich in meiner Familie niemanden beim Namen nenne. Es ist besser so. Meinen eigenen mit dem doppelt biblischen Vornamen habe ich immer gehasst. Johannes Hosea. Es müsste verboten sein, ein Kind so zu nennen. Johannes Hosea Stärckle.

Meine Eltern ... Sagen wir: meine Erzeuger. Meine Produzenten. Die keine Ahnung hatten, in was für einem wenig erbaulichen Film ich einmal die Hauptrolle spielen würde. Obwohl sie mir von Anfang an das Schlechteste zugetraut haben. Nicht nur, weil ich gestottert habe. Aber auch.

Sie waren eifrige Mitglieder unserer Kirche. Die keine Sekte war, das betonten sie immer wieder. Es war DIE Kirche, die einzige, in der die Bibel so verstanden wurde, wie sie ihrer Meinung nach verstanden werden musste, nämlich wörtlich. Ihr sollt keine anderen Bücher neben mir haben, nicht in eurer Wohnung und nicht in euren Köpfen. Darum, Padre, bin ich Ihnen in diesen Zitaten so überlegen. Sie haben den Frömmlerkram erst als Hans studiert, ich schon als Hänschen.

Die Gemeinde existiert nicht mehr, dafür habe ich gesorgt. Ich muss Ihnen das ein andermal erzählen. Die Klingel zum Lichterlöschen ertönt gerade, und in fünf Minuten wird es hier drinnen dunkel. Ein Unfug, wo es draußen noch hell ist. Noch hell wäre. Wenn man raus dürfte.

Für den Padre

Wenn die allmächtige Hausordnung mir schon keinen Computer erlaubt, sorgen Sie wenigstens für anständiges Papier. Das sollte ein Teil unserer Abmachung sein. Mit verbundenem Maul ist schlecht dreschen.

Von den Erziehungsmethoden meines Vaters wollte ich erzählen. Ich empfand sie als schmerzhaft, er empfand sie als gerecht. Je nach Schwere der Schuld hatte er drei verschiedene Geräte dafür: einen Bambusstock, einen Gürtel und einen Tennisschläger. Es ist mir heute noch ein Rätsel, wie er zu dem Tennisschläger gekommen ist. Er war zutiefst unsportlich. Vielleicht hat er ihn eigens zu pädagogischen Zwecken angeschafft. Gründlichkeit gehörte zu seinem Charakter, und ich stelle mir vor, dass er sich vor dem Kauf ein Tennismagazin besorgt hat, um sich über die verschiedenen Modelle zu informieren. Mit bloßer Hand hätte er uns nie geschlagen, das wäre ihm zu persönlich gewesen.

Meine Mutter hielt sich bei Bestrafungen raus. Sie war eine begnadete Wegschauerin.

Ich wurde aus Fürsorge gezüchtigt, das habe ich von meinem Vater oft gehört. Aus väterlicher Liebe. Woraus ich schließe, dass er mich mehr geliebt haben muss als meine Geschwister.

Die Anzahl der Schläge wurde nicht im Voraus bekanntgegeben. Mein Vater behauptete, sie richte sich nach dem Grad der Reue, den er beim Malefikanten (er gebrauchte tatsächlich dieses Wort) feststellen könne. Ich habe früh gelernt, dass der wirkliche Maßstab ein anderer war. Wenn sich auf seiner Stirn Schweißtropfen bildeten und er schwer zu atmen begann, dann wusste man, dass sich die Prozedur für dieses Mal ihrem Ende näherte.

»Es tut mir mehr weh als dir«, sagte mein Vater jedes Mal. Wenigstens für diese Heuchelei habe ich mich viele Jahre später revanchieren können. Er lag im Krankenhaus, den Körper voller Metastasen, und sie fanden kein Mittel mehr gegen seine Schmerzen. Er schrie stundenlang, so laut, dass man ihm, obwohl Kassenpatient, ein Einzelzimmer gegeben hatte. Ich stand neben seinem Bett und sagte: »Es tut mir mehr weh als dir.« Ohne dabei ein einziges Mal zu stottern.

Ich habe Sie gewarnt: Die Wahrheit ist nicht immer erfreulich.

Wenn ich nicht gerade diese Szene erfunden habe. Es wäre mir zuzutrauen.

Bachofen hat mich nie geschlagen. Nicht selber. Aber natürlich trug er die Verantwortung dafür.

Sorry. Ich muss Ihnen erklären, wer Bachofen ist. Wer Bachofen war. Es gibt Leute, bei denen hat man das Gefühl, jeder müsse sie kennen. Weil man in einer Welt aufgewachsen ist, in der sie über allem thronten.

Bachofen war der Big Boss unserer Kirche. Ihr Guru. Er hatte die Gemeinde gegründet und behandelte sie als seinen Privatbesitz. »Der Älteste« nannte er sich und legte Wert darauf, auch so angesprochen zu werden. Ein Wunsch, den ich gut verstehen kann. Wenn ich Bachofen hieße, würde ich Briefe auch lieber mit einem Titel unterzeichnen wollen. Ich habe immer viel Sorgfalt darauf verwendet, mir einen passenden Namen auszudenken.

Für meinen Vater war der Älteste die höchste Autorität in allen Glaubensfragen. Andere Fragen kannte er nicht. Niemand wusste die Bibel so gut auszulegen wie Bachofen, sie war – entschuldigen Sie, Padre, aber manchmal kann ich mir solche Wortspiele nicht verkneifen – Auslegeware für ihn.

Als es keinen Zweifel mehr geben konnte, dass meine Stotterei mehr war als nur die sprachliche Ungeschicklichkeit eines kleinen Jungen, wurde beschlossen, dass ich Bachofen vorgeführt werden müsse. Meine Schwester hat mir später erzählt, man habe mir zu diesem Anlass meine ersten langen Hosen gekauft. Das mag so gewesen sein, ich kann mich nicht daran erinnern. Ich weiß noch, dass mich meine Mutter zwischen ihre Knie klemmte und mich so heftig kämmte, dass sich die Zinken des Kamms in meine Kopfhaut bohrten. Das war ihr Beitrag zur Feierlichkeit des

Moments. Mitkommen durfte sie zur Audienz nicht. »Lasset eure Weiber schweigen in der Gemeinde.«

An der Tür von Bachofens privatem Sanktum gingen wir Kinder mit sanftem Schaudern vorbei, so wie einen die dunkle Ecke in der Geisterbahn auch beim dritten Besuch noch ängstigt. Hier unerlaubt einzutreten, das hatte man uns eingebleut, war mindestens so verboten wie ein Stehenbleiben an dem Zeitungskiosk gegenüber von unserem Betsaal. Und genauso ohne Begründung.

(Woher das Kiosk-Tabu kam, habe ich später entdeckt: Es wurden dort auch Zeitschriften mit unbekleideten Frauen verkauft.)

Bei meiner ersten direkten Begegnung mit Bachofen muss ich wirklich noch sehr klein gewesen sein, sonst hätte ich sein Studierzimmer nicht als riesige Halle erlebt. Bei späteren Besuchen schrumpfte der Raum immer mehr, bis es schließlich nur noch ein ganz gewöhnliches Zimmer war. Das Bühnenbild immer dasselbe: Ein mächtiger Schreibtisch, auf dessen Platte nichts stand als ein Kruzifix, so dass man gar nicht anders konnte, als an einen Altar zu denken. Damit kontrastierend ein Stuhl von theatralischer Bescheidenheit. Ein Bücherregal, vollgestopft mit Bibelausgaben in den verschiedensten Sprachen. Nicht dass Bachofen die alle gesprochen hätte. Aber bei seiner internationalen Berühmtheit, das wollte er damit signalisieren, war es durchaus denkbar, dass eines Tages ein Finne vor der Tür stehen würde, um sich Rat bei ihm zu holen, ein Spanier oder ein Massai – da musste er vorbereitet sein, um für jeden die richtige Stelle aufschlagen zu können.

Diesmal war mir die Tür nicht verboten. Wir traten ein,

und mein Vater verneigte sich. Dann fasste er auch mir in den Nacken und drückte meinen Kopf nach unten. Ich nehme an, dass es so war. Vielleicht hat sich dieses Detail auch erst später in meine Erinnerung eingefügt, weil ich diese Art der Begrüßung so oft mit angesehen habe. Vor dem Ältesten verneigte man sich, das war die Regel, und wer ihm eine Sünde zu gestehen hatte, ging in die Knie. Es gab eine Menge Sünden in Bachofens Kirche. Eine Menge Kniefälle.

Bachofen legte meinem Vater segnend die Hand auf den Kopf und fragte: »Was führt dich zu mir, mein Sohn?« Rede ich mir etwas ein, wenn ich behaupte, dass mir der Satz schon damals seltsam vorkam? Mein Vater war bedeutend älter als der Älteste. Bachofen muss, wenn Sie mir auch diesen schlechten Scherz gestatten, der jüngste Älteste weit und breit gewesen sein.

Um den Grund unseres Besuches zu illustrieren, musste ich das Vaterunser aufsagen. Im Stress der Situation kam ich über »Unser Vater im Hi… Hi… Hi…« nicht hinaus, was in dieser Umgebung wie eine besonders teuflische Blasphemie geklungen haben muss. Bachofen nickte, so wie er, wie ich in den nächsten Jahren noch oft beobachten konnte, immer nickte, wenn jemand mit einer Frage zu ihm kam. Er wollte damit zeigen, dass er das Problem nicht nur verstanden, sondern auch schon eine Lösung dafür gefunden hatte. Von denen er nur zwei Arten kannte: Buße oder Schläge.

In meinem Fall entschied er sich nicht für Buße.

Es hat einen Jungen in der Gemeinde gegeben, ein paar Jahre älter als ich, dem haben sie seine Homosexualität aus dem Leib geprügelt. Oder aus der Seele. Je nachdem, ob die Liebe zu Männern von Viren verursacht wird oder von Dämonen. Eine Erfolgsgeschichte, die man gern an mir wiederholen wollte.

Jetzt sind Sie dran, Padre. Ein kleines Quiz: Wo in der Bibel steht etwas über Stotterer, außer dort, wo sich Moses wegen seiner schweren Zunge vom Gang zum Pharao drücken will? Na?

Ich stelle mir vor, wie Sie jetzt in Ihrem Büro sitzen, das auch nicht viel größer sein wird als unsere Zellen, und nachdenken.

Im Fall jenes anderen Jungen hätten Sie zweifellos besser abgeschnitten. Die Bibelstellen, die den Schwulen die Hölle versprechen, lernt man bestimmt schon im ersten Semester Theologie. *3. Buch Mose, Römer, Korinther, Galater*, sehr gut, Padre. Eine glatte Eins. Aber wo wird Stotterern die Strafe Gottes angedroht? Und wo steht das Versprechen, dass ihr Sprachproblem heilbar ist? Die beiden Verse haben mir mehr blaue Flecken eingetragen als alles andere.

Sie kommen nicht drauf? Schwach, Padre, sehr schwach. Sie haben Theologie eben nur an der Universität studiert und nicht bei Bachofen.

Ich schlage Ihnen ein kleines Spielchen vor: Ich gebe Ihnen ein paar Tage Zeit zum Nachdenken, und in der nächsten Lieferung bekommen Sie dann die Antwort. Vorausgesetzt, das Schreibpapier, das Sie für mich besorgen werden, gefällt mir.

Für den Padre

Fünfhundert Blatt. Universalpapier. Für alle Drucker und Kopierer geeignet. Weder liniert noch kariert. Gut ausgewählt, Padre. Ich habe es noch nie gemocht, eingeengt zu werden.

Sie haben dem Packen einen Zettel beigelegt, mit dem Vermerk: *Jesaja* 32,4. Bravo, die halbe Antwort haben Sie gefunden. »Der Stammelnden Zunge wird fertig und reinlich reden.« Die andere Hälfte, diejenige, auf die Sie nicht gekommen sind, war schmerzhafter für mich. *Sprüche* 18, 6: »Die Lippen des Narren bringen Zank, und sein Mund ringt nach Schlägen.«

Ringt nach Schlägen. Wenn Bachofen die Bibel auslegte, lief es oft darauf hinaus. In meinem Fall hieß sein Rezept: einmal stottern – ein Schlag auf die Hand. Religiös verbrämte Aversionstherapie. »Der einzelne Schlag braucht ja nicht heftig zu sein«, sagte er noch und ließ sein strenges Gesicht gütig werden. Er übte solche Verwandlungen vor dem Spiegel. Ich habe das nie beobachtet, aber es kann nicht anders gewesen sein.

Für meinen Vater muss Bachofens Verdikt ganz schön schmerzhaft gewesen sein. Wo ihm doch jeder Hieb mehr weh tat als mir.

Wenn man jemandem das Stottern wirklich auf diese Art abgewöhnen könnte, ich wäre Bachofen heute dankbar. Aber die Methode funktionierte nicht. Nicht bei mir. Und dabei hatte sich ihr Prinzip in jenem andern Fall, auf den die Gemeinde immer noch stolz war, doch so gut bewährt.

Es ist leichter, seine Homosexualität zu verbergen, als so zu tun, als stottere man nicht.

Wussten Sie, dass Bambus beim Schlagen manchmal splittert und dass sich die Splitter in die Haut…

Nein. Ich will Sie nicht mit Schauergeschichten langweilen. Obwohl es meine Erfahrung ist, dass Berichte über die Leiden anderer Leute von den meisten Menschen als attraktiv empfunden werden. Daher die Beliebtheit von Märtyrern. Ist es nicht so, Padre?

In diesen Aufzeichnungen fühle ich mich verpflichtet, Ihnen einen gewissen Unterhaltungswert zu bieten, nur schon, um sicherzugehen, dass Sie auch Ihren Teil unserer Abmachung einhalten. Was ich Ihnen als Nächstes erzählen will, wird Sie amüsieren, hoffe ich. Die Geschichte müsste einem Mann Ihres Berufes gefallen.

Es war an meinem zehnten Geburtstag, in einem Alter also, in dem man sich noch einredet, die Wirklichkeit würde sich nach den Plänen richten, die man für sie macht. Wo man noch glaubt, man könne etwas aushecken und das funktioniere dann auch tatsächlich wie gewünscht. Was ich mir damals ausdachte, war naiv und ging schief, aber ein paar Tage lang schien es seine Wirkung zu tun.

Magische Tage.

In unserer Familie war es üblich, dass vor dem Abendessen eine Losung in der Form eines Bibelverses bestimmt wurde, über die man dann während der schweigend eingenommenen Mahlzeit nachdenken sollte. In Klöstern, so die Begründung, wurde das auch so gehandhabt, und unser Streben nach Heiligkeit sollte nicht geringer sein als das eines Mönchs. Für gewöhnlich war es das Privileg meines Vaters, den entsprechenden Bibelvers auszusuchen. Ich kam schon früh dahinter, dass seine Wahl meist dazu diente, eine Entscheidung zu untermauern, die er ohnehin schon getroffen hatte. Mit ein bisschen Suchen lässt sich in der Heiligen Schrift für fast alles ein Beleg finden. Wie etwa für die Frage, ob wir Kinder am Karnevalsfest unserer Schule teilnehmen sollten. (Die Bibel war dagegen.)

Immer an ihrem Geburtstag durften auch andere Familienmitglieder dieses Ehrenamt versehen. Das ersetzte die Geschenke, die wir nicht bekamen. Ich wusste also im Voraus, wann ich an der Reihe sein würde, und hatte genügend Zeit, darüber nachzudenken, wie ich die Gelegenheit nutzen sollte. Andere Jungen dieses Alters phantasieren sich als Mittelstürmer ins Endspiel der Weltmeisterschaft oder als Astronaut auf einen fremden Planeten. Mir fehlten die entsprechenden Vorbilder. In der Bibel kommen gerade mal zwei Superhelden vor: Goliath und Samson. Der eine verliert gegen eine simple Steinschleuder, und der andere wird geblendet. Keine Rollen, in die man sich gern hineinträumt. Aber Propheten, das wusste ich, waren Leute, auf die man hörte, gewichtige Leute, und so beschloss ich, selber einer zu werden.

Wahrlich, ich sage euch, also lautete der Bibelvers, den ich meiner Familie an jenem Abend ans Herz legte: »Ich will über euch kommen und euch strafen, so ihr den Blinden in die Irre führt und den verlacht, der schwerer Zunge ist.« Sie kennen die Stelle natürlich.

Sie kennen sie nicht? Sehr gut, Padre. Schon wieder eine Eins. Es gibt diesen Vers nicht. Aber er wirkt echt. Eine stilistisch tadellose Luther-Kopie. Ich war ein frühreifer

Formulierer. Sie haben meine Begabung schon richtig erkannt.

Heute kann ich nicht mehr beschwören, dass ich als Zehnjähriger tatsächlich geglaubt habe, ich würde mit dieser Fälschung durchkommen. Immerhin war ich so vorsichtig, den Satz dem Propheten Maleachi zuzuschreiben, der im Alten Testament an letzter Stelle kommt und den nie jemand zitiert. In der Propheten-Hackordnung ist er so unwichtig wie hier in der JVA ein Häftling, der nur drei Monate abzusitzen hat und nichts Lohnendes mitbringt, kein Geld und keinen attraktiven Körper. Man nimmt zur Kenntnis, dass er existiert, aber niemand befasst sich mit ihm.

»Ich will euch strafen, so ihr den verlacht, der schwerer Zunge ist.« Wahrscheinlich habe ich »Zu... Zu... Zunge« gesagt.

Die anderen schwiegen und kauten. Pellkartoffeln, wenn ich mich richtig erinnere. (Ich erinnere mich überhaupt nicht. Aber Pellkartoffeln gab es bei uns dauernd.)

Niemand kam auf den Gedanken, dass ich den Vers erfunden haben könnte. So etwas war undenkbar. Deshalb hielt mein Vater es auch nicht für notwendig, den Satz nachzuschlagen. Vor dem Schlafengehen strich er mir anerkennend über die Haare, was er sonst nie tat. Auch meine Mutter war sichtlich stolz auf ihren frühreifen Bibelkenner.

Am nächsten Tag durfte ich stottern, soviel ich wollte, ohne dafür bestraft zu werden. Genauso am übernächsten. In meinem kindlichen Optimismus glaubte ich, das würde jetzt immer so weitergehen. Ich hatte, meinte ich, durch die Kraft meiner Phantasie die Wirklichkeit verändert und fühlte mich der ganzen Welt überlegen. Ein wunderbares

Gefühl, nach dem man süchtig werden kann. Nach dem ich süchtig wurde. So wie ein Glücksspieler immer wieder ins Casino rennt, weil er einmal gewonnen hat.

Natürlich hatte ich auch schon früher mal gelogen, wenn sich die Notwendigkeit dafür ergab, hatte behauptet, ich wisse nicht, wer den Apfel gestohlen oder den Teller zerbrochen habe. Das ist nicht dasselbe. Zur Selbstverteidigung die Wahrheit verdrehen, das kann jeder. Dazu bedarf es keiner besonderen Begabung. Aber dasselbe kreativ zu tun, schöpferisch, das schaffen nur wenige. Der Moment, in dem ich diese Fähigkeit in mir entdeckte, war ein Wendepunkt für mich. Mein Damaskuserlebnis, um es in Ihrem Jargon zu sagen. So muss sich Picasso gefühlt haben, als er zum ersten Mal einen Pinsel in der Hand hielt. Mozart, als er sich zum ersten Mal auf einen Klavierstuhl setzte. Al Capone mit seinem ersten Revolver.

Man soll sich nicht bei sich selber auf die Couch legen, aber wenn ich an damals zurückdenke, meine ich zu erkennen, dass sich in diesen paar Tagen nach dem zehnten Geburtstag meine spätere Berufswahl entschied. Obwohl Sie einwenden werden, dass das, was ich all die Jahre betrieben habe, kein Beruf war. Einigen wir uns auf »Berufung«. Das war es auf jeden Fall. Ich wurde dazu berufen. Auch ohne brennenden Dornbusch.

Das Glück hielt zwei Tage an. Oder drei. Dann kam der Sonntag.

Nach dem Morgengottesdienst berichtete mein Vater dem Ältesten stolz von seinem bibelkundigen Sohn. In der Gemeinde erzählte man sich von Bachofen, er kenne die ganze Bibel auswendig, Wort für Wort, aber vielleicht war das nur Hype, und im Fall Maleachi hat er heimlich in der Konkordanz nachgeschlagen. So oder so: Meine Fälschung flog auf.

Diesmal kam der Tennisschläger zum Zug.

Man hat mir das Lügen nicht aus dem Leib prügeln können, so wenig wie das Stottern. Deshalb, Padre, werden Sie nie wissen, ob ich etwas von dem, was ich Ihnen hier berichte, auch tatsächlich erlebt habe. Vielleicht, wenn wir uns länger kennen.

Für den Padre

Nein, Padre. Nein. Nein. Nein. NEIN. Nicht mit mir. Ein Deal ist ein Deal.

Sie haben es beim Direktor nicht durchsetzen können, haben Sie gesagt. Er zweifelt an meiner Eignung, haben Sie gesagt. Wem will er die Bibliothek denn sonst anvertrauen? Einem der Analphabeten, von denen es hier wimmelt? Leute, die noch nicht mal das buchstabieren könnten, was sie sich auf den Bizeps haben tätowieren lassen?

Oder will er abwarten, ob der Mann, der die Bücher in den letzten Jahren verwaltet hat, vielleicht doch wieder eingeliefert wird? Aber der hat nun mal seine Zeit abgesessen, und es wäre doch sehr optimistisch, sich darauf zu verlassen, dass er noch einmal einen Menschen im Suff halb totschlägt. § 224 Strafgesetzbuch. Ich habe die Paragraphen so gründlich auswendig gelernt wie die Bibelverse.

Ob es unbedingt der Posten in der Bibliothek sein müsse, haben Sie gefragt. Ja, Padre, es muss. Der Job in der Küche, den Sie mir als Ersatz anbieten, ist nicht dasselbe. Obwohl Sie manchen hier im Haus mit dem Druckposten glücklich machen würden. Kartoffeln schälen ist nicht die geistige Anregung, die ich brauche. Wir haben eine Abmachung, Sie und ich, und ich erwarte, dass sie eingehalten wird. Eure Rede sei: Ja, ja; nein, nein.

Sie haben mir den Posten versprochen, als ob es überhaupt kein Problem für Sie wäre, ihn mir zu vermitteln. »In diesen Dingen hört der Direktor auf mich«, haben Sie gesagt. Weil die Bibliothek doch auf Ihre Anregung hin eingerichtet wurde. Ihnen unterstellt ist. Ihr persönliches Revier. Sie haben behauptet, Sie müssten nur mit den Fingern schnipsen, und schon könne ich anfangen, die Bücherregale neu einzuordnen. Und jetzt? Vergeblich geschnipst. Leere Versprechungen.

Sie sind ein Hochstapler, Padre. Ein geistlicher Trickbetrüger. Haben mir etwas zugesagt, was nicht in Ihrer Macht lag. Das hätten Sie nicht tun dürfen. Wer sein Wort nicht halten kann, soll wenigstens die Klappe halten.

Haben Sie es überhaupt versucht? Oder behaupten Sie es nur? Waren Sie am Ende zu schüchtern? Es würde zu Ihrem kraftlosen Typus passen. Vielleicht – in Ihrem Gewerbe kennt man sich mit symbolischen Handlungen aus – haben Sie gewartet, bis der Direktor auf Dienstreise war, haben sich in sein leeres Büro geschlichen und meinen Namen geflüstert. Lautlos.

Oder haben Sie ihn tatsächlich gefragt und keinen Erfolg gehabt? Haben gleich wieder den Schwanz eingezogen, weil er Ihnen nicht aus Dankbarkeit für den Vorschlag um den Hals gefallen ist? Man will es sich mit dem Big Boss nicht verderben. Und ich soll jetzt mit einer Position als Suppenumrührer abgespeist werden.

Danke, Padre. Verbindlichsten Dank für Ihr großzügiges Angebot. Aber wenn ich es mir recht überlege, macht mir die Arbeit an der Prägemaschine großen Spaß. Katschong, katschong, katschong.

Ich weiß, ich bin gerade dabei, mich bei Ihnen ein für alle Mal unbeliebt zu machen. Sie möchten, dass ich das Kreuz schlage, stattdessen sage ich: »Sie können mich kreuzweise.« Ich singe *Highway to Hell,* wo Sie doch *Kumbaya* hören wollen. Solche Kunden mag man als Seelsorger nicht. Aber das ist der Vorteil, wenn man beschissen wurde: Man braucht auf den andern keine Rücksicht mehr zu nehmen. Was Sie mögen oder nicht mögen, kann mir ab sofort egal sein. Ich muss nicht mehr versuchen, einen guten Eindruck auf Sie zu machen. Muss mich nicht mehr einschleimen wie all die andern, die sich am Donnerstag bei Ihrem Gesprächskreis so wundermild betragen, als ob sie Kamillentee in den Adern hätten. So fromm tun, als ob sie sich nichts Schöneres vorstellen könnten, als dem süßen Jesulein die vollgeschissenen Windeln zu wechseln. Glauben Sie mir, Padre: Die Leute kommen nicht zu Ihren Blabla-Runden, weil sie sich beim Frühstück die Milch der frommen Denkungsart in den Kaffee gerührt haben, sondern einzig und allein der Abwechslung halber. Wer bei Ihrem Seelenreinigungstheater mitmacht, kommt aus seiner Zelle raus und darf eine Stunde länger fernsehen.

Oder haben Sie tatsächlich geglaubt, Sie würden mit Ihrem Gequatsche die Welt verbessern? Und der böse, böse Mann hat jetzt Ihre Illusionen zerstört? So sind wir Schwerverbrecher nun mal. Warum sollten mich Ihre Gefühle kümmern, wenn ich für mein Kümmern nichts bekomme? Warum sollte ich mich an meinen Teil der Abmachung halten, wenn Sie den Ihren nicht erfüllen? Ich habe mehr als vierzig Jahre gebraucht, um all das zu erleben, was Sie von mir erzählt haben wollen – warum sollte ich Ihnen diese Erinnerungen schenken? Wahres gegen Bares. Sie machen Ihren Job auch nicht aus reiner Herzensgüte.

Glauben Sie mir, Padre: Sie lassen sich etwas entgehen. Ein ganzer Stapel unerzählter Geschichten hätte für Sie bereitgelegen. Die werden Sie nun nie zu lesen bekommen. Eine Speisekarte voll ausgesuchter Spezialitäten hätte ich Ihnen präsentiert, aber jetzt ist die Küche für Sie geschlossen. Weil sich herausgestellt hat, dass Sie ein Zechpreller sind.

Ich hätte Ihnen von Menschen erzählen können, die ich ruiniert habe, so vollständig und gründlich zur Sau gemacht, dass sie es vorgezogen haben, tot zu sein. Sie werden nun nie erfahren, wie ich das fertiggebracht habe. Sie können versuchen, es sich auszudenken, aber dafür fehlt Ihnen die Phantasie. Wenn Sie als Pfarrerin Scheherazade Geschichten erfinden müssten, um nicht hingerichtet zu werden – Sie würden schon die erste Nacht nicht überleben.

Ich hätte Ihnen auch von Menschen berichtet, die ich glücklich gemacht habe. Denen ich ihr Geld abgenommen habe und die mir trotzdem bis zum Tod dankbar waren. Das ist ein zirkusreifes Kunststück, glauben Sie mir. Sie hätten einen Platz in der ersten Reihe bekommen, dort, wo man das Sägemehl und die Elefantenscheiße riecht, aber Sie waren zu geizig, um den Eintrittspreis zu bezahlen.

Um Ihnen von all den Dingen zu berichten, die ich gelebt habe, hätten die fünfhundert Blatt nicht ausgereicht. Jetzt ist es halt anders gekommen. Schon vorbei, und der Packen ist noch kaum angebraucht. Sie können ihn abholen lassen. Ich habe keine Verwendung mehr dafür. Um sich den Hintern damit abzuwischen, ist das Papier zu glatt.

Auch beruflich haben Sie versagt. Meine Seele wollten Sie retten und haben es nicht geschafft. Ihr Projekt ist gescheitert, noch bevor es richtig angefangen hat. Gut gemeint reicht eben nicht aus. Sonst wäre es meinem Vater auch gelungen, mir das Stottern abzugewöhnen. So viel anders als Bachofen sind Sie gar nicht, Padre. Auch wenn Sie im Rollkragenpullover durch die Gänge laufen und sich ungeheuer weltoffen geben. Bloß weil man Theologie studiert hat, ist man noch kein Kirchenlicht. Vielleicht sollten Sie besser Ornat tragen. Ein Soldat ohne Uniform ist nur ein Heckenschütze. Das Beffchen macht das Äffchen.

Aber alles hat auch seine guten Seiten. Ich muss keine heuchlerischen Kirchenlieder mehr mitsingen. Wenn ich singe, stottere ich nicht. Ist Ihnen das aufgefallen? Man sagt, ich hätte einen hübschen Bariton. Auch auf den werden Sie in Zukunft verzichten müssen. Meine Stimme bekommen Sie nicht mehr.

Ende, Schluss, aus. Und dabei hätten wir beide von unserer Abmachung profitiert.

Schade.

Während ich meinen Ärger zu Papier bringe, merke ich, dass ich die Berichte, die Sie von mir haben wollten, ganz gern geschrieben hätte. Vielleicht wäre so etwas wie ein

Buch daraus geworden. Die Spur von meinen Erdentagen zwischen zwei Pappdeckeln. Etwas in der Richtung zu hinterlassen hätte mir gefallen. Einen Baum habe ich nie gepflanzt und auch keinen Sohn gezeugt. Soweit ich weiß.

Es hat nicht sollen sein. Ein guter Titel für eine Autobiographie. Passend für alle Lebensläufe. *Es hat nicht sollen sein*.

Es hat nicht sollen sein, dass ich Bibliothekar werde. Dabei wäre ich dafür geeignet. Leser mit den richtigen Büchern zusammenzubringen stelle ich mir vor wie eine Partnerschaftsvermittlung. Es braucht Menschenkenntnis, und die habe ich.

Oder doch nicht. Ich habe auch geglaubt, man könne sich auf Ihr Wort verlassen.

Für den Padre

Nun also doch? Warum nicht gleich?

Nein, der falsche Ton. Danke, Padre. Ich nehme zurück, was ich über Sie gesagt habe. Ich hätte das nicht schreiben sollen. Sie haben es nicht verdient.

Andererseits, wenn ich mir den Ablauf überlege… Zuerst teilen Sie mir mit, dass ich den Posten nicht bekomme, daraufhin beschimpfe ich Sie, und dann bekomme ich ihn doch. Es fällt schwer, da keinen Zusammenhang zu vermuten. Post hoc und so weiter.

Sind Sie nach meiner Standpauke tatsächlich ein zweites Mal zum Direx gegangen? Mit welchen neuen Argumenten? Haben Sie an seine christliche Nächstenliebe appelliert und ihn gebeten, Ihr Seelenrettungsprojekt mit meiner Bestallung als Bücherverwalter zu unterstützen? Oder haben Sie ihn erpresst? In Ihrer Position wissen Sie so manches über seine Amtsführung, auch Dinge, die er nicht gern in der Zeitung lesen würde. Oder hat er seine Meinung von sich aus geändert?

Ich mag es nicht, wenn ich blind fahren muss.

Vielleicht, es passt zwar nicht zu dem Charakter, den Sie von sich präsentieren, vielleicht hatte es gar nie ein Nein gegeben, und Sie haben die Absage erfunden, damit ich, als es dann doch ein Ja wurde, denken sollte: Toll, wie er sich für mich einsetzt! Wenn es so war, haben Sie damit einen biblischen Sinn für Effekte gezeigt. Wasser in Wein verwandeln, nachdem man sich schon damit abgefunden hat, die Hochzeit alkoholfrei zu feiern. Tote zum Leben erwecken. Mir den erwünschten Posten genau in dem Moment beschaffen, als ich schon nicht mehr daran glaubte. Um sich damit in unserem Zweikampf eine bessere Position zu verschaffen. Und sagen Sie jetzt nicht, diesen Zweikampf gebe es nicht. Wo immer zwei Menschen miteinander zu tun haben, findet ein Duell statt. Manchmal mit ungleich verteilten Waffen, aber ein Zweikampf ist es jedes Mal. Das liegt in unserer Natur. »Die beste aller Welten besteht dadurch, dass Eins das Andre auffrisst«, sagte Schopenhauer. Kain gegen Abel, Vater gegen Sohn, Versicherungsvertreter gegen Kundin. In unserem Fall: Bekehrer gegen zu Bekehrenden. Wie auch immer, diese Runde geht an Sie.

Heute früh war ich deprimiert. Unerfüllte Hoffnungen. Die ganze Zeit hatte es mich nicht gestört, aber jetzt fand ich es furchtbar, zur Arbeit in die Blechwerkstatt eskortiert zu werden. In der Bibliothek arbeitet man allein, und ich hätte ohne Begleitung gehen dürfen, aber offensichtlich hat man mich für eine Beförderung von Stufe C auf Stufe B noch nicht würdig befunden. Ich hatte mich auf Manna gefreut und wurde mit trockenem Brot gefüttert. Hatte mich auf Shakespeare eingestellt und bekam Müller IV. (Keine Ahnung, wie er wirklich heißt. Aber dieser eine Aufseher hat ein so langweiliges Gesicht, dass er gar nicht anders heißen kann als Müller IV.) Wegen der Lage meiner Zelle war ich immer der Letzte, der abgeholt wurde, wie bei einem Schulbus, der jeden Morgen dieselbe Route fährt. Ich reihe mich brav in die Einerkolonne ein, aber als wir bei der Werkstatt ankamen, stand mein Name nicht auf der Liste der eingeteilten Häftlinge, und Müller IV musste mit mir zu meiner Zelle zurücklatschen. Was ihm gar nicht gepasst hat. Wenn schwächliche Leute in ihrer Routine gestört werden, fangen sie gern an herumzubrüllen.

Zu diesem Zeitpunkt hatten sich meine Hoffnungen schon längst in Befürchtungen verwandelt. Wenn der Padre mich wirklich für den Bibliotheksposten vorgeschlagen hat, war meine Überlegung, wenn er den Antrag gestellt und nicht bewilligt bekommen hat, dann hat er den Direx damit vielleicht auf den Gedanken gebracht, mich an eine andere Arbeitsstelle zu versetzen. Jetzt, wo ich mich an die Kfz-Kennzeichen schon ganz gut gewöhnt habe. Natürlich langweilt man sich dabei, aber immerhin ist der Lärm in der Werkstatt so groß, dass man sich nicht zu unterhalten braucht. Was mir als Stotterer entgegenkommt. Es gibt unangenehmere Arbeitsplätze. Die Wäscherei etwa. Was dort alles so läuft und wer dabei das Sagen hat, werden Sie ja wissen. So wie die Anstaltsverwaltung es bestimmt auch weiß, aber lieber nicht zur Kenntnis nimmt. War es das, womit Sie den Direx erpresst haben?

Es passiert selten, dass ich meine Zelle für mich allein habe, und eigentlich dürfte ich gar nicht von »meiner« Zelle sprechen. Aber »unsere Zelle« klingt zu vertraut für eine Gemeinschaft, die ich mir nicht ausgesucht habe. Ambros (fahrlässige Tötung) ist kein allzu unangenehmer Schlafgenosse. Er nervt zwar mit seinen langfädigen Erklärungen, eigentlich sei er unschuldig, weil er die totgefahrene Oma gar nicht habe sehen können, und so richtig betrunken sei er auch nicht gewesen, aber man muss ihm ja nicht zuhören. Er ist schon ganz zufrieden, wenn man ab und zu ein zustimmendes »Hm« von sich gibt. Sonst ist wenig Negatives über ihn zu sagen, außer dass er ständig vor sich hin singt und beim nächtlichen Onanieren stöhnt, als ob er gerade den Orgasmus aller Orgasmen hingekriegt hätte. Man hat uns wohl zusammengelegt, weil wir beide nicht zur Kategorie der Hartgesottenen gehören.

Ich schweife ab, tut mir leid. Wenn man noch mindestens zweieinhalb Jahre Zeit für seine Erzählungen hat, kommt man gar nicht so ungern vom Hundertsten ins Tausendste. Und Sie selber haben ja auch genügend Zeit, um sich meine Geschichten zu Gemüte zu führen. So wie ich die Karrierechancen in Ihrem Beruf einschätze, sitzen Sie hier vermutlich länger als ich. Lebenslänglich. Oder bis zur Pensionierung.

Also. Ich hatte die Zelle für mich allein und war ohne Programm für den Tag. Durch das Raster der Verwaltung gefallen. Auf der einen Liste stand ich nicht mehr, und wo ich neu eingetragen war, darüber hatte man mich noch nicht informiert. Ich war ein freier Mensch, wenn man das in einer JVA sagen kann.

Zuerst einmal – sorry, Padre – habe ich in aller Ruhe geschissen. Man muss die Gelegenheit nutzen, wenn man das für einmal ohne Gesellschaft tun kann. Bevor ich hierherkam, habe ich den Luxus eines wirklich stillen Örtchens zu wenig geschätzt. Es leuchtet ja ein, dass man nicht jede Zelle mit einem eigenen Badezimmer versehen kann, aber einen Vorhang würde man sich schon wünschen. Obwohl er natürlich dazu benutzt würde, alle möglichen Dinge anzustellen, bei denen man nicht durch den Türspion beobachtet werden will.

Ich weiß, das ist nicht die Sorte Schilderung, die Sie sich von mir erhoffen, und in der Regel werde ich Sie mit solchen trivialen Dingen auch nicht belästigen. Aber es war so, wie es war.

Ich saß also da, länger als notwendig, die Ungestörtheit genießend, als ich den Umschlag entdeckte. Das bräunlichgraue Recyclingpapier, mit dem die Verwaltung beweisen will, wie umweltbewusst sie ist. Der Brief war mir vorher nicht aufgefallen, weil er auf der Hälfte des Tisches lag, die Ambros gehört. Wir haben uns die Flächen, die wir gemeinsam benutzen müssen, exakt aufgeteilt, mein halber Tisch, dein halber Tisch, meine Seite des Waschbeckens, deine Seite des Waschbeckens. Man trainiert sich darauf, die Hälfte des andern nicht zur Kenntnis zu nehmen, um zumindest die Illusion einer Privatsphäre zu haben. Ambros zum Beispiel lässt immer die Kreuzworträtsel herumliegen, die er mit solcher Begeisterung löst, oder besser gesagt: nicht löst, weil es ihm an der nötigen Allgemeinbildung fehlt. Wenn ich auch nur einen Blick darauf werfen würde, ich könnte dem Drang nicht widerstehen, die leeren Felder für ihn auszufüllen oder seine Fehler zu korrigieren. Einmal, weil drei der Buchstaben schon da waren, hat er für »Römische Göttin der Liebe« PENIS hingeschrieben.

Hat er nicht. Aber es wäre ihm zuzutrauen.

Der Brief lag auf seiner Hälfte, und ich hatte ihn, im wahrsten Sinn des Wortes, übersehen. Aber jetzt fiel mir ein, dass, wer immer den Umschlag in der leeren Zelle deponiert hatte, von unserer Aufteilung ja nichts wissen konnte. Es war also möglich, dass das Schreiben für mich bestimmt war. Nehmen Sie es nicht als unappetitliches, sondern nur als komisches Detail: Ich bin mit nacktem Hintern zum Tisch gehumpelt, die Beine von der Unterhose aneinandergefesselt, als ob ich in einem amerikanischen Krimi dem Richter vorgeführt würde.

Sie wissen, was in dem Schreiben stand. Danke, Padre.

Für den Padre

Mein Vorgänger hat die Bücher nach den Farben der Umschläge sortiert. Ich schwöre es! *Kabale und Liebe* (hellgrün) steht neben einem Bildband mit klassischen Automobilen (dunkelgrün). Ein Katalog existiert überhaupt nicht. Als Erstes werde ich …

Ach was. Sie wollen Geschichten lesen, keine Umbaupläne für Bücherregale. Ich habe auch eine wirklich dicke Praline von einer Geschichte für Sie bereit. Das haben Sie sich mit Ihrer Stellenvermittlung verdient. Sex und Gerechtigkeit. Eine Mischung, mit der in Hollywood schon sehr viel Geld verdient wurde.

Ich war damals dreizehn oder vierzehn, ein pickliger Gymnasiast, gerade erst dabei zu entdecken, dass man seine tiefer gelegenen Organe auch zu anderen Zwecken benutzen kann als zum Pinkeln. Damals lernte man das langsamer als heute. Mit all den einschlägigen Webseiten hat ein durchschnittlicher Schüler heute schon mit zwölf mehr Geschlechtsakte gesehen als früher der fleißigste Spanner in einem ganzen Leben. Wir gehörten noch zu der Generation, die über diese Dinge nur gerüchteweise Bescheid wusste. Was wir natürlich nicht zugaben.

Der größte Aufschneider in dieser Beziehung war Nils, der König der Könige in unserer Klasse. Er hatte sich diesen Rang auf die übliche Weise erworben: durch die Bereitschaft, bei der kleinsten Provokation seine Muskeln spielen zu lassen. Oder auch ohne Provokation. So viel anders als hier in der JVA ging es an unserer Schule nicht zu. Die Lehrer zogen es vor wegzuschauen. Auch wie hier.

Wie alle andern kannte Nils die Details des weiblichen Körpers nur von den kruden Zeichnungen auf diversen Klotüren und aus heimlich weitergeflüsterten Gerüchten. Was bei dieser stillen Post herauskam, hätte jeden Studenten der Anatomie zum Staunen gebracht. Aber seine Unkenntnis hinderte ihn nicht daran, vor uns den großen Anbaggerer und Frauenaufreißer zu spielen und mit Abenteuern zu prahlen, die er nicht erlebt hatte. Wenn er nach Einzelheiten seiner erfundenen Erlebnisse gefragt wurde, kaschierte er alle Wissenslücken mit dem Satz: »Der Gentleman genießt und schweigt«, wobei er, in der Art aller Halbgebildeten, das uralte Klischee für eine brillante Neuschöpfung hielt. Originalität ist meist nur mangelnde Quellenkenntnis.

Seine Aufschneidereien hätten mich nicht weiter gestört, aber leider fühlte er sich verpflichtet, seine generelle Überlegenheit auch dadurch zu beweisen, dass er sich regelmäßig ein Opfer suchte, das er dann vor versammelter Mannschaft fertigmachte.

Was konnte es für ein besseres Opfer geben als einen Mitschüler, dessen Familie zu einer Sekte gehörte? Der keinen Satz zu Ende sprechen konnte, ohne über die eigene Zunge zu stolpern?

Nils hatte ein eigenes Wort für meine Sprachstörung erfunden, nicht »Stotterer« nannte er mich, sondern »Stototterer«, eine Worterfindung, auf die er unendlich stolz war. Er liebte solche verbalen Verdrehungen. Weil ich seinen Prügeln nichts entgegenzusetzen hatte, nannte er mich statt »Stärckle« gerne mal »Schwächle«.

Sein Lieblingsspiel bestand darin, mich auf dem Nachhauseweg oder in einer Ecke des Schulhofs abzufangen und mich eine Schnellsprechübung aufsagen zu lassen, den »Cottbuser Postkutscher« oder »Fischers Fritz fischt frische Fische«. Er hätte ebenso gut verlangen können, ich solle mich in einen Vogel verwandeln und über das Schulhaus fliegen. Wenn ich es nicht schaffte – natürlich schaffte ich es nicht –, wendete er die gleiche Methode an wie mein Vater, nur dass er in den Bestrafungen, die er sich für mich ausdachte, bedeutend einfallsreicher war. Zum Beispiel hatte er an seiner Jacke ein Ansteckzeichen mit dem Signet seines Fußballclubs, und mit der Nadel ...

Sie können es sich vorstellen.

Ich würde Ihnen Nils gern als hässliches Monster beschreiben, das Äußere so mies wie der Charakter. Aber im Gegensatz zu den meisten von uns hatte ihn der Wachstumsschub, den wir alle gerade durchmachten, nicht die Proportionen verlieren lassen, und von der Akne war er auch verschont geblieben. Ein ausgesprochen gutaussehender Junge. Mittelstürmer in der Juniorenmannschaft. Und, ein besonderer Ehrentitel: Verwalter der Bußenkasse, in die jeder einzuzahlen hatte, der nicht pünktlich zum Training erschien oder sich sonst gegen die Regeln des Vereins verging. Als Schüler war er mittelprächtig, nur seine Aufsätze wurden von unserem Deutschlehrer gelobt. Nils und ich waren die besten Aufsatzschreiber der Klasse, er immer einen Tick besser. Andersherum wäre es schmerzhaft für mich geworden, schließlich war ich es, der seine Aufsätze verfasste. Solang ich lieferte, wurde ich weniger gequält.

Die Herausforderung bei meiner Tätigkeit als Nils' Ghostwriter bestand darin, die Aufsätze so zu schreiben, wie er sie geschrieben haben würde, wenn er hätte schreiben können. Gut genug für eine erfreuliche Zensur, aber nicht so brillant, dass es unglaubhaft geworden wäre. Beim ersten Versuch habe ich noch den Fehler gemacht, ihn einen frühreif aufgeschnappten Satz von Schopenhauer zitieren zu lassen. (Damals noch nicht mein Lieblingsphilosoph.) Der Lehrer fand das toll, aber nur bis sich herausstellte, dass Nils nicht die geringste Ahnung hatte, wer dieser Schopenhauer war. Nils hielt das für absichtliche Sabotage, und die Panne trug mir eine saftige Abreibung ein. Ich bekam, wie er das unter allgemeinem Beifall für seine Witzigkeit nannte, »Schopenhaue«.

Ein schneller Lerner war ich schon immer, und ein zweites Mal ist mir so etwas nicht passiert. Ich vermied fortan alle Formulierungen, die nicht in sein Vokabular passten, und verwendete nur Sprachbilder aus seiner Welt, also meist aus der des Fußballs. Einmal, das weiß ich noch, verglich ich die UNO mit der FIFA und schwadronierte von der Notwendigkeit allgemein verbindlicher Spielregeln, ohne die es statt ordentlicher Fußballspiele nur Prügeleien, sprich: Kriege geben würde. Nils wurde für die Anschaulichkeit dieses Bildes sehr gelobt. (Aus heutiger Sicht erscheint es ironisch, ausgerechnet die FIFA als Musterbeispiel einer moralischen Instanz zu benutzen.)

Eigentlich müsste ich Nils dankbar sein. Er hat mich dazu gezwungen, etwas einzuüben, was mir in meiner Karriere immer wieder nützlich war: die Fähigkeit, unter fremdem Namen so zu formulieren, dass kein Leser an der gefälschten Autorschaft zweifelte. Damals habe ich mir nur Nils' vermeintliche Gedankengänge ausgedacht, später erfand ich dann zu den Gedanken auch gleich den Menschen dazu, der sie dachte. Wenn es für die Kunst der Fälschung einen Preis gäbe, ich hätte ihn mir schon mehrmals verdient. Den Beltracchi-Preis.

Oder sagt Ihnen der Name Dalton Trumbo etwas? Ein Drehbuchautor, der in Hollywood zur Zeit der Kommunistenhetze Schreibverbot hatte. Aber die Schreibsucht ist eine unheilbare Krankheit, und so schrieb er trotzdem weiter, einfach unter falschem Namen. Eines seiner Drehbücher gewann sogar einen Oscar, den bei der Verleihung jemand anderes für den erfundenen Verfasser entgegennahm. So wie Nils die guten Zensuren für meine Aufsätze einsackte. Als minderjähriger Dalton Trumbo musste ich zähneknirschend zusehen, wie er für meine Arbeit geehrt wurde.

Mit der Zeit entwickelte sich zwischen Nils und mir eine Art Waffenstillstand. Er ließ mich in Ruhe, weil ich ihm nützlich war, oder vielleicht hatte sich meine Attraktivität als Opfer einfach verbraucht. Ein Rummelplatz braucht immer neue Attraktionen.

Was sich nicht änderte, war mein Hass auf ihn.

HASS.

Ein wunderschön exaktes *four letter word*. Mit dem Zischlaut der abschließenden Konsonanten klingt es genau so, wie sich das damit beschriebene Gefühl anfühlt. Hasssss. Das Geräusch einer Giftschlange, bevor sie zubeißt. Groll ist der Donner, und Hass ist der Blitz.

Ich weiß, Padre, ich weiß. Liebet eure Feinde. Ganz besonders liebet den, der euch aus Jux und Tollerei eine Nadel in den Arm bohrt. Es wäre ja schön, diesen Gefühlssalto zu beherrschen, aber das Kunststück schafft nicht jeder. Das Talent zum Heiligen ist selten. Wir andern trösten uns mit unserm Hass. Wer noch hassen kann, ist nicht endgültig besiegt.

Während man »Hass« sagt, kann man nicht gleichzeitig lächeln. Bei »Rache« geht das sehr gut. Ich habe mir für Nils eine Rache ausgedacht, die hatte etwas wunderbar Symmetrisches. Poetische Gerechtigkeit.

Schon wieder die Klingel. Wenn ich mich an dem Schreibtischtäter rächen dürfte, der sich dieses viel zu frühe Tagesende ausgedacht hat, ich würde ihm immer dann das Licht ausdrehen, wenn es in seinem Leben besonders spannend wird. »Freuen wir uns, Ihnen mitzuteilen, dass Sie …« Dunkel. »Der erste Preis geht an …« Kurzschluss. »Willst du mich heiraten?« Blackout.

Fortsetzung folgt.

Für den Padre

Das ist keine Bibliothek, die ich da verwalten soll, das ist ein wahllos zusammengeschenktes Durcheinander. Sorry, ich muss das mal sagen, auch wenn die ganze Einrichtung auf Ihre Initiative zustande gekommen ist. Literatur statt Kriminalität, das war wohl der Grundgedanke dabei. Charakterbildung durch Lektüre. Offenbar haben das eine Menge Leute, die Ihren Bettelbrief bekommen haben, nicht richtig verstanden. Haben sich den Weg zum Müllcontainer erspart und stattdessen alles, was ihnen im häuslichen Bücherregal Platz wegnahm, großherzig der JVA gestiftet. *Sakrileg* habe ich schon so oft gefunden, dass sich damit ein ganzer Lesezirkel ausstatten ließe. Und zwei uralte Goethe-Gesamtausgaben, beide in Fraktur, was hier außer mir keiner entziffern kann. Bei beiden fehlt der Band mit dem *Faust*. Der reinste Bücher-Komposthaufen.

Das musste ich loswerden. Jetzt geht die Geschichte weiter.

Meine Rache an Nils begann damit, dass er in seiner Schulmappe einen Liebesbrief vorfand. Rosarotes Papier, grüne Tinte, kleine Herzchen statt der i-Punkte. »Ich habe

Dich auf dem Fußballfeld gesehen, und seither muss ich immer an Dich denken.« Und so weiter, blablabla. Ohne Unterschrift. Es ist mir nicht schwergefallen, den jungmädchenhaften Überschwang zu imitieren. Wenn es um die richtige Sprache geht, kann ich jede Farbe annehmen. Heute, beim Wegräumen der Goethe-Bände habe ich zufällig *Hermann und Dorothea* aufgeschlagen und danach eine halbe Stunde lang nur noch in Hexametern gedacht. »Das nennt sich Bibliothek, aber wenig davon ist Lektüre.«

Ein paar besonders schöne Floskeln für den Liebesbrief hatte ich dem Leserbriefteil der *Bravo* entnommen. Die Hefte, mangels Taschengeld an dem Kiosk geklaut, an dem ich nicht stehen bleiben durfte. Wahrscheinlich wäre die Sorgfalt bei der Formulierung gar nicht notwendig gewesen, Nils war kein kritischer Leser. Alphatiere sind es gewohnt, dass man ihnen schmeichelt, warum sollte er also nicht glauben, dass sich jemand wegen seines ach so männlichen Körperbaus und wegen seiner athletischen Fähigkeiten in ihn verliebt hatte? Eitelkeit macht dumm, und Dummheit macht eitel.

Seine unbekannte Bewunderin hatte ihn gebeten, den Brief bitte, bitte niemandem zu zeigen. Natürlich tat er es trotzdem. Unter dem Siegel strengster Verschwiegenheit weihte er seine besten Freunde ein und tat das so öffentlichkeitsgeil, dass in diesem Fall sogar ich, der armselige Stotterer, zu diesem Freundeskreis gehörte. Er wollte von möglichst vielen Altersgenossen bewundert werden, und wir – »Ich will den Herrn loben allezeit« – taten ihm den Gefallen und bewunderten ihn. Ich am allerlautesten. Man muss mit den Wölfen heulen. Erst recht, wenn man den

Mond, den das Pack anjault, selber ans Firmament montiert hat.

Natürlich ging sofort das Rätselraten los, wer die namenlose Verehrerin wohl sein könne. Jemand aus unserer Schule? Vielleicht sogar aus unserer Klasse? Auf einmal wurden alle Mädchen mit ganz neuen Augen betrachtet. Wahrscheinlich haben sie die plötzlich erwachte Aufmerksamkeit der eigenen aufblühenden Attraktivität zugeschrieben.

Auch den zweiten Liebesbrief – er hatte auf der Fußmatte vor seiner Wohnungstür gelegen – zeigte Nils noch herum. Den dritten dann nicht mehr. »Das ist zu privat«, sagte er, aber was er meinte, war ... sagen wir: »zu explizit«. Ich will Ihre sensible Theologenseele nicht verletzen. Seine Brieffreundin beschrieb darin detailliert, was er mit ihr und ihrem Körper anstellen solle. Manches davon wird anatomisch eher unwahrscheinlich gewesen sein. Auch nach gründlichem Studium der »Dr. Sommer«-Kolumnen in der *Bravo* konnte ich mir die körperlichen Details des Geschlechtsverkehrs nicht wirklich vorstellen. Aber Nils war in diesen Dingen genauso unbedarft wie wir alle.

Nach dem, was dann später passierte, wird er die einseitige Korrespondenz wohl vernichtet haben, trotz der gemalten Herzchen und des zarten Veilchendufts. (Ich wusste, wo meine Schwester ihr verbotenes Parfum versteckte.) Schade, dass diese Briefe nicht mehr existieren. In einem Museum meiner selbst wären sie wichtige Exponate: erste Gehversuche in einem Gewerbe, das ich dann später zur Meisterschaft entwickelt habe. *Learning by doing*.

Der vierte Brief war noch drastischer, und der fünfte ...

Ich habe meiner Phantasie freien Lauf gelassen und bin doch tatsächlich beim Schreiben zu einem Samenerguss gekommen. »Die Genitalien sind der Resonanzboden des Gehirns«, wie mein verehrter Schopenhauer irgendwo geschrieben hat.

(Nebenbei bemerkt: Auch in dieser Hinsicht geht die JVA-Bibliothek an den Bedürfnissen ihrer Benutzer vorbei. Ich habe bis jetzt noch kein einziges Buch mit drastisch erotischem Inhalt gefunden. Dabei wären solche Vorlagen für die nächtliche Beschäftigung mit sich selbst bestimmt sehr gefragt. Das *Vademekum für den Pilzesucher* ist in diesem Zusammenhang nicht wirklich hilfreich.)

Die ganze Briefaktion hatte einen knappen Monat gedauert, und ich hätte ihr Ende gern noch länger hinausgezögert. Es bereitete mir ein diebisches Vergnügen zu beobachten, wie Nils mit jedem Tag erregter und, ja, geiler wurde. Nein, »diebisches Vergnügen« ist, wenn es um mich geht, die falsche Formulierung. Ich bin kein Dieb. Von dieser Art krimineller Aktivitäten habe ich mich immer ferngehalten. Was ich genoss, war die Freude des Künstlers, der bestätigt bekommt, dass sein Werk genau die Wirkung ausgelöst hat, die er damit beabsichtigte. Der Triumph der Kreativität, um es pathetisch auszudrücken.

Ich musste die Aktion dann vorzeitig zum Abschluss bringen. Nils hatte sich in den Kopf gesetzt, die Absenderin der Briefe entdeckt zu haben. Das Mädchen, das er dafür hielt, war eine Klasse über uns, ein farbloses, schüchternes Wesen. Ich würde ihr die Autorschaft an solchen erotischen Ergüssen auch dann nicht zugetraut haben, wenn ich nicht selber der Verfasser gewesen wäre. Sie hieß Dagmar, ein

Name, der gut zu ihr passte, weil er schon damals altmodisch klang. Warum Nils ausgerechnet in ihr das Objekt – genauer gesagt: das Subjekt – seiner Begierde sah, konnte ich mir damals nicht erklären. Heute, wo ich von Psychologie mehr zu verstehen glaube, wage ich eine Vermutung: Er projizierte seine verbotenen Wünsche auf sie, weil er im innersten Herzen Angst vor dem hatte, was ihm die Briefe zu versprechen schienen. Dagmars schüchterne Art machte sie unbedrohlich. Nils selber hatte eine andere Begründung. »Ihr müsst nur darauf achten, wie sie mich anschaut«, sagte er. Aber Dagmar, einem weniger ichbezogenen Menschen wäre das aufgefallen, schaute jeden mit dieser scheinbaren Intensität an. Das hatte nichts mit Leidenschaft zu tun, sondern nur mit der Tatsache, dass sie stark kurzsichtig war und in deplatzierter Eitelkeit außerhalb der Schule ihre Brille nicht aufsetzte. (Kontaktlinsen waren damals noch nicht üblich.)

Es war nicht ratsam, Nils zu widersprechen, und so wagte niemand einen Einwand, als er prahlerisch verkündete, solche Briefe seien für einen echten Mann eine klare Aufforderung, seinerseits aktiv zu werden, »die Weiber erwarten das«. Von einem seiner Gefolgsleute ließ er eruieren, wo Dagmar wohnte, und die Umstände schienen günstig. Das Fenster ihres Schlafzimmers in der ersten Etage eines Mietshauses ging auf den Hof hinaus, und für einen sportlichen jungen Mann war der Höhenunterschied über das Dach eines Geräteschuppens leicht zu überwinden. Nils hatte *Pretty Woman* gesehen, einen damals ganz neuen Film, den er zwar für unmännlich kitschig hielt, aber wie Richard Gere in der Schlusssequenz die Fassade hochkletterte, um

Julia Roberts endgültig zu erobern, das hatte ihm schon gefallen. Genau so wollte er es machen. Um Mitternacht an Dagmars Fenster klopfen oder es einfach aufstoßen, zu ihr ins Zimmer steigen, und dann … Was dann genau geschehen würde, hätte er auch nicht beschreiben können, aber mit seinem Lieblingsspruch vom genießenden und schweigenden Gentleman entzog er sich allen Nachfragen.

Bei einer so aufregenden Geschichte wird jedes Siegel der Verschwiegenheit undicht, und obwohl ich nicht zu seinem engsten Kreis gehörte, habe ich schon bald von Nils' Absicht erfahren. Es war mir klar, dass ich eingreifen musste, einerseits um ein unschuldiges Mädchen vor einem nächtlichen Überfall zu bewahren, aber vor allem, um meine eigenen Pläne nicht stören zu lassen. Es war nicht das letzte Mal in meiner Karriere, dass ein Projekt, das ich in allen Einzelheiten vorausgeplant hatte, eine unerwartete Wendung nahm. »*The best-laid schemes o' mice an' men*«, haben wir im Englischunterricht auswendig lernen müssen, »*gang aft agley.*« Das darf aber kein Grund sein, einfach aufzugeben.

In diesem Fall habe ich es so gemacht:

Diesmal ist es nicht die Klingel zum Lichterlöschen, die mich abbrechen lässt. Ich habe, wie Sie mir selber bestätigt haben, ein gewisses Talent für die Schriftstellerei und weiß, dass man ein Kapitel möglichst mit einem Cliffhanger beenden soll. Also: Hängen Sie schön an Ihrer Klippe!

Für den Padre

Es ist nicht leicht, sich in dieser Zelle zu konzentrieren. Ambros singt mal wieder vor sich hin oder gibt doch Geräusche von sich, die man mit einigem Wohlwollen als Gesang bezeichnen könnte. Wahrscheinlich ist ihm in seinem neuesten Kreuzworträtsel gerade eine brillante Lösung gelungen. Haustier mit vier Buchstaben? HAND.

Als Kind habe ich mich, wenn ich allein sein wollte, in das kleine Dachbodenabteil verkrochen, das zu unserer Wohnung gehörte. Da war zwar nicht viel Platz – arme Leute bewahren auch noch den wertlosesten Krempel auf –, aber man wurde in der Regel nicht gestört. Nur einmal hat mich meine Mutter dort oben erwischt, und ich musste ihr vorfrömmeln, der Dachboden sei für mich die Einsiedelei, in die ich mich zurückzöge, um Gott näher zu sein. »Er aber entwich in die Wüste und betete.« *Lukas* 5,16. Wenn man den lieben Gott ins Spiel brachte, war sie von jedem Scheiß zu überzeugen.

Alle Briefe an Nils, auch den letzten, entscheidenden, habe ich in diesem Refugium formuliert, und selbst Rilke kann bei der Arbeit an seinen Gedichten nicht sorgfältiger um die perfekte Formulierung gerungen haben. Die namenlose Korrespondentin, so schrieb ich grün auf rosarot, konnte und wollte nicht länger auf die Erfüllung ihres Herzenswunsches warten, wenn sie an Nils nur dachte, glühte ihr ganzer Körper (mit je zwei gemalten Herzchen für die Umlaute), und nur er allein konnte dieses Feuer löschen (noch mal zwei Herzchen). Ihr Traum sollte aber nicht in irgendeinem gleichgültigen Zimmer Wirklichkeit werden, sondern an einem ganz besonderen Ort, einem, der für sie etwas Magisches hatte und den sie schon ein paarmal heimlich besucht hatte, um dort die Essenz seines Körpers tief in sich hineinzuatmen. (Ich hatte gerade *Das Parfum* gelesen und war von Gerüchen fasziniert.) Das Treffen, bei dem ihre beiden Körper zu einem einzigen verschmelzen würden, sollte bei Vollmond stattfinden, sprich: am nächsten Samstag. Pünktlich um Mitternacht würde sie auf ihn warten, »nackt, wie Gott mich für dich geschaffen hat«. Und auch er, darauf bestand sie, sollte sich ohne jedes störende Kleidungsstück dort einfinden.

Der magische Ort, an dem sich der Duft von Nils' männlicher Haut selbst in seiner Abwesenheit noch erschnuppern ließ, war die Garderobe seines Fußballclubs. Das Vereinsheim war nachts abgeschlossen, aber jeder Schüler in der Stadt wusste, wo unter einem der Blumentöpfe auf dem Fenstersims der Schlüssel deponiert war. Die älteren nutzten diese Information schon mal für ein heimliches Tête-à-Tête.

Nils war bereits durch die vorherigen Briefe in einen Zustand der permanenten Hormonvergiftung versetzt, und so hatte ich keinen Zweifel daran, dass er der Einladung nicht würde widerstehen können. Wenn sich das Blut in den tieferen Körperregionen ansammelt, bleibt für das Gehirn nichts übrig. Und seine Reaktion, nachdem er den Brief in seiner Sporttasche gefunden hatte, zeigte mir deutlich, dass ich recht hatte. Er saß mit einem idiotisch verklärten Grinsen auf dem Gesicht in seiner Bank, reagierte nur mit Verzögerung, wenn ihn jemand ansprach, und als ich nach dem Unterricht hinter ihm her schnüffelte, konnte ich ihn durch ein Schaufenster dabei beobachten, wie er bei *Rossmann* etwas einkaufte. Ich merkte mir den Platz im Regal und schaute hinterher nach. Ein Duschgel mit der Duftnote Tabak. Für echte Männer.

Der Köder war leicht auszulegen gewesen. Eine ausgehungerte Maus fällt auf jeden Käse rein. Jetzt musste nur noch der Rest der Falle konstruiert werden.

In einer Zeit, als E-Mails noch nicht existierten und jeder Brief einzeln geschrieben werden musste, war mein Gewerbe – oder was doch später zu meinem Gewerbe wurde – noch eine Domäne für Künstler. Ein Beruf für stolze Handwerker, die jedes Wort sorgfältig zurechtfeilten, um es seine größtmögliche Wirkung erzielen zu lassen. Heute beherrschen sprachliche Pfuscher das Feld, als nigerianische Prinzen verkleidet. Wer mit einem einzigen Tastendruck Millionen von Leimruten auslegen kann, muss sich nicht die Mühe machen, jede einzelne exakt zurechtzuschneiden. Es bleiben auch so genügend Hänflinge daran kleben.

Die Liebesbriefe an Nils waren eine kreative Herausforderung gewesen. Die anderen Briefe waren Fleißarbeit. In diesem Fall kam die Pflicht nach der Kür.

Wir waren achtunddreißig Schüler in unserer Klasse. Was hieß, dass ich siebenunddreißig Briefe schreiben musste. Einen an mich selber. Um notfalls beweisen zu können, dass ich, da Empfänger, nicht der Autor sein konnte. Siebenunddreißigmal der gleiche Brief. Und diesmal konnte ich mich nicht einfach hinsetzen und loslegen. Nils' Unterschrift mit ihren Eitelkeitsschleifen ließ sich fälschen; die Imitation seiner Handschrift wäre ein zu großes Risiko gewesen. Zumindest sein Banknachbar würde damit vertraut sein.

Zum Glück hatte mein Vater – Verschwendung heißt Gottes Güte missbrauchen – einmal eine ausgemusterte Schreibmaschine von der Arbeit nach Hause mitgebracht. Als sich dann herausstellte, dass es bei uns gar nichts zu schreiben gab, war sie auf dem Dachboden gelandet. Eine graue Maschine der Marke *Olympia*. Das Farbband schon recht blassgeschrieben, aber es tat noch den Dienst. Ungeübt, wie ich war, habe ich Stunden gebraucht, um all die Briefe zu tippen, obwohl jeder einzelne nur kurz war.

Die Überschrift, in Großbuchstaben, lautete: »GEHEIM! MIT NIEMANDEM DARÜBER SPRECHEN!«

Der Text: »Wenn Du mein Freund sein willst, dann finde Dich in der Nacht vom Samstag auf den Sonntag vor Mitternacht in der Garderobe des Clubs ein. Kein Licht anmachen! Sei auf eine Überraschung gefasst!«

Und die Unterschrift: »Nils«.

Die Schreiben taten ihre Wirkung; in der Schule war es den Gesichtern deutlich anzusehen. Jeder hätte gern gewusst, ob sein Nachbar oder der in der nächsten Bank die Einladung auch bekommen hatte, traute sich aber nicht, die Frage zu stellen. Und alle, alle beobachteten sie Nils, taten es so auffällig unauffällig, wie Menschen einen Marsmenschen beobachten würden, der in der Eisdiele plötzlich am Nebentisch säße. Nils verändertes Verhalten schien zu bestätigen, dass er etwas Außergewöhnliches vorhatte. Und er hatte ja auch Außergewöhnliches vor oder glaubte doch, Außergewöhnliches vorzuhaben.

(Übrigens – es gehört nicht zur Geschichte, aber es erscheint mir interessant: Frauen und Männer, oder in diesem Fall Mädchen und Jungen, haben eine völlig verschiedene Technik, jemanden unauffällig zu beobachten. Männer tun es aus dem Augenwinkel, während weibliche Wesen ihren Blick scheinbar harmlos schweifen lassen und das Objekt ihrer Neugierde nur im Vorbeischwenken, quasi durch Zufall, aber dafür umso exakter, erfassen. Solche Dinge zu wissen ist mir oft nützlich gewesen.)

Nils' Rang in der Hackordnung war so unbestritten, dass niemand auf den Gedanken gekommen wäre, seiner Einladung nicht zu folgen. Wenn der König zur Audienz lädt, muss keiner gerade dann zum Friseur.

Am nächsten Samstag waren sie alle, alle da.

Ambros singt sich schon wieder sein Kreuzworträtsel zurecht. Ich kann verstehen, warum es in der JVA immer wieder zu Schlägereien kommt.

Korrekter Umgang mit singenden Zellengenossen: ERWÜRGEN.

Für den Padre

Unethisch? Ja, was denn sonst? Wie Schopenhauer so richtig sagt (mit Schopenhauer-Zitaten kann ich Sie zuscheißen): »Ethik ist die leichteste aller Wissenschaften.« Ich bin kein Mensch, der es sich leichtmacht.

Den Satz von der anderen Wange habe ich nie verstanden. Wenn Sie hier im Knast blöd genug sind, bei einem Angriff nicht zurückzuschlagen oder rechtzeitig wegzurennen, dann werden Sie, falls Sie nach dem zweiten Schlag immer noch auf den Beinen stehen, bald zu spüren bekommen, dass ein gebrochenes Nasenbein verdammt weh tun kann. Oder zu spät feststellen, dass der Gegenstand, den der andere da in der Hand hat, ein zum Messer umgeschliffener Löffel ist. Eine Narbe quer übers Gesicht lässt sich mit keinem Vaterunser wegbeten.

Nein, Padre, da ist mir das Alte Testament für einmal lieber. Auge um Auge, Zahn um Zahn, Hand um Hand, Fuß um Fuß. Und natürlich: Gemeinheit um Gemeinheit. Nils hatte mich zum Stotterer gemacht, zum Watschenmann, zur Witzfigur, hatte mich zum Opfer degradiert, lang bevor »Opfer« unter seinesgleichen ein gängiges Schimpfwort wurde. Und da sollte ich mich ihm gegenüber ethisch verhalten? Wenn Sie das wirklich glauben, wenn Sie die fromme Ermahnung nicht einfach von sich geben, weil man Ihnen das während Ihrer Ausbildung so eingetrichtert hat, wenn Sie das wirklich aus tiefstem Herzen glauben, dann mag Ihnen ein reservierter Platz zur Rechten Gottes sicher sein, aber hienieden auf Erden haben Sie nichts verloren. In einer JVA schon gar nichts.

Wenn ich stark genug dafür gewesen wäre, hätte ich mich mit Nils geprügelt. Ohne mein Stottern hätte ich ihn zumindest beschimpft. Ich konnte beides nicht. Also habe ich mich an einen anderen meiner Lieblingsphilosophen gehalten. »*Float like a butterfly, sting like a bee.*« Diesmal nicht Schopenhauer, sondern Muhammad Ali. Auch ein großer Denker.

Wissen Sie, wie der Spruch weitergeht? »*The hands can't hit what the eyes can't see.*« Solang keiner merkte, dass ich hinter der ganzen Sache steckte, konnte mir nichts passieren. Selbst wenn Nils später einmal auf den richtigen Gedanken gekommen ist – da war es schon zu spät für ihn.

Erfindungen, ich weiß nicht mehr, ob ich Ihnen das nicht schon einmal geschrieben habe, funktionieren am besten, wenn sie sich von der Wirklichkeit inspirieren lassen. In der Garderobe lag tatsächlich Sportlerschweiß in der Luft. Zwischen den langen Bänken mit den darüber montierten Kleiderhaken auf der einen und den metallenen Spinden auf der anderen Seite drängten sich die Klassenkameraden schon um halb zwölf. Zehn Minuten später waren auch die letzten eingetroffen. Alle hatten sie sich aus ihren Schlafzimmern geschlichen, hatten auf Zehenspitzen dunkle Flure durchquert oder waren aus Fenstern geklettert. Bei der Rückkehr nach Hause würden etliche von ihnen, vor allem die Mädchen, wegen dieses verbotenen Ausflugs mit elterlichen Ohrfeigen empfangen werden, aber diese Aussicht hatte niemanden abgehalten. *Jesaja* 6,8: »Hier bin ich; sende mich.« Außerdem war die ganze Geschichte viel zu spannend, als dass man sie hätte verpassen wollen.

Das Licht – keine Neonröhren, sondern von der Decke herunterhängende Leuchten – war schon früh ausgeschaltet worden. Ein besonders Diensteifriger hatte sogar die Fensterläden geschlossen. Die völlige Dunkelheit sorgte für eine sanft gruselige Stimmung. Zuerst, das war interessant zu beobachten, redeten alle zu laut, wie man es tut, wenn man eine nicht eingestandene Angst wegdröhnen will, dann, je näher Mitternacht kam, wurden die Stimmen leiser, bis alle nur noch flüsterten und schließlich ganz verstummten.

Damals waren gerade die ersten billigen Armbanduhren

mit Digitalanzeige auf den Markt gekommen, und in den letzten Minuten vor der vollen Stunde starrten alle auf die kleinen leuchtenden Ziffern. Niemand zweifelte daran, dass Nils pünktlich erscheinen würde.

Wer einen Knalleffekt plant, muss den Böller auch zünden können, und so hatte ich mir einen Platz direkt neben den Lichtschaltern ausgesucht, was niemandem auffiel. Ein Außenseiter wie der Stotterer, das war selbstverständlich, konnte seinen Platz nur am Rand haben.

Die Sportplätze lagen in dem kleinen Industriegebiet der Stadt, und so waren keine Kirchtürme in der Nähe, deren Mitternachtsschlag Nils' Ankunft hätte ankündigen können. Ich habe mir beim Schreiben überlegt, ob ich den entsprechenden dramatischen Soundeffekt zu meinem Bericht dazuerfinden sollte, aber es gibt Erinnerungen, die sind so schön, dass man sie sich unverfälscht erhalten will. So wie es andere gibt, die man nur ertragen kann, wenn man sie sich zurechtlügt. Ich verzichte also auf die Glocken und auf einen geflüsterten Countdown. Niemand zählte die Sekunden von zehn auf null herunter. Aber alle hörten, wie pünktlich die Klinke hinuntergedrückt wurde.

Es war Vollmond, die Nacht wolkenlos, und so stand eine scharf umrissene Silhouette im Türrahmen. Nils. Einen endlosen Augenblick lang warteten alle darauf, dass er etwas sagen würde.

Dann schaltete ich das Licht ein.

Bei einem Vesper-Gottesdienst, den ich besucht habe, weil es draußen regnete, habe ich einmal einen beeindruckenden Bühneneffekt erlebt: Beim *Magnificat* ging ein Spot an und schnitt den Gekreuzigten über dem Altar aus dem Halbdunkel heraus. Genau so war dieser Moment in der Fußballergarderobe. Nils hatte zwar keine Nägel in Händen und Füßen, aber dafür fehlte ihm auch ein Tuch, das sein Geschlechtsteil gnädig verhüllt hätte. Seine Erektion kann nicht so riesig gewesen sein, wie es mir in der Erinnerung vorkommen will, niemand hat ein so mächtiges Gemächt, aber von beachtlicher Männlichkeit war er schon, und der Gedanke an die in meinen Briefen versprochene Erfüllung all seiner feuchten Träume hatte seinen Schwellkörper gewaltig an Größe gewinnen lassen. Nackt sollte er zu ihr kommen, hatte ihm seine Anbeterin geschrieben, und Nils hatte ihr den Wunsch erfüllen wollen. »Splitternackt« heißt ursprünglich »nackt wie ein entrindeter Baum«, und genau so entrindet und ausgeliefert stand Nils jetzt vor seinen Mitschülern. Ohne ein einziges Kleidungsstück am Leib, dafür mit einer Rose in der Hand. Er hatte nicht nur den Genießer und Schweiger, sondern auch den Gentleman wahrmachen wollen.

Duftnote Tabak.

Um die Durchschlagskraft dieser Situation richtig einzuschätzen, müssen Sie bedenken, Padre, dass in einer Kleinstadt die Kulturverspätung manchmal gewaltig sein kann, und vieles noch tabuisiert bleibt, was an andern Orten schon längst selbstverständlich ist. Ich gehörte zu einer verklemmten Generation, die auch ganz gut in die spießigen Fünfziger gepasst hätte. Wir Jungen ahnten nur vage, was sich hinter den Büstenhaltern unserer Mitschülerinnen verbarg, und die Mädchen kicherten immer noch verlegen, wenn im Kunstunterricht das Dia mit dem Apollo von Belvedere an der Reihe war. Nackt und erigiert vor seinen Mitschülern zu stehen war die schändlichste aller denkbaren Schanden.

Bei dem Anblick werden Einzelne aufgeschrien oder gelacht haben. Ein paar der Mädchen haben sich vielleicht die Hände vor die Augen gehalten und den Anblick nur zwischen den Fingern hindurch genossen. Ich habe von all dem nichts mitbekommen, so sehr war ich auf Nils konzentriert, auf die Veränderung in seinem Gesicht, als er seine Situation realisierte, als ihm dämmerte, auf was für eine Verarschung er da hereingefallen war, als ihm klar wurde, dass er in dieser Klasse – ach was, an dieser Schule, in dieser Stadt – ein für alle Mal zur lächerlichen Figur geworden war. Er drehte sich um, die Haare auf seinen Arschbacken im Schein der Lampen so durchschimmernd blond wie aus einer Shampooreklame, und dann rannte er hinaus, und man hörte nur noch seine sich entfernenden Schritte.

Ich stelle mir gern vor, wie Nils versucht, so schnell wie möglich seine unter einem Strauch deponierte Hose wieder anzuziehen, und wie er es nicht schafft, weil sein nicht nachlassender Ständer ihm dabei im Weg ist, wie er immer wieder vergeblich versucht, den Reißverschluss seines Hosenladens hochzuziehen, und wie er dann, immer noch erigiert, die Flucht antritt, auf einem Bein hüpfend, weil er in der Eile seinen zweiten Schuh nicht gefunden hat. Ich denke mir auch gern aus, wie er auf dem Heimweg in Tränen ausbricht und sogar daran denkt, sich von einer Brücke zu stürzen – aber all das sind nur Phantasien. Mit Sicherheit weiß ich, dass er am nächsten Tag nicht an seinem Platz in der Klasse saß, am übernächsten auch nicht und dass es schließlich hieß, er habe die Schule gewechselt. Aus privaten Gründen.

Können Sie gut genug Englisch, um zu wissen, was *private parts* bedeutet? Das waren seine privaten Gründe.

Ich habe seine Geschichte nicht weiterverfolgt, es schien mir nicht notwendig. Aber ich würde jede Wette eingehen, dass er an seiner neuen Schule nicht mehr das Alphatier war. Sein Würstchen hatte ihn ein für alle Mal zum Würstchen gemacht.

Für den Padre

Ich weiß, Padre, ich weiß. »Freue dich des Falles deines Feindes nicht, und dein Herz sei nicht froh über seinem Unglück.« Schopenhauer sagt so etwas Ähnliches, nur formuliert er es besser. Ich widerspreche auch gar nicht. Mit dem, was ich mit Nils angestellt habe, gewinnt man keinen Sonntagsschulpreis. Es war verwerflich, wenn Sie so wollen. Aber hätte ich die Gelegenheit nicht nutzen sollen? Warum mir die wohlverdiente Schadenfreude versagen?

In diesem Punkt bekenne ich mich schuldig. Schlage gern jeden gewünschten Trommelwirbel auf meiner Brust. *Mea culpa, mea maxima culpa.* Aber wie Sie Ihren Vorwurf formuliert haben, das kann ich nicht akzeptieren. Ich hätte einen anderen Weg finden müssen, mich mit Nils auseinanderzusetzen? Okay, das mag stimmen. Aber mussten Sie hinzusetzen: »trotz Ihres Sprachfehlers«? Verdammt noch mal, Padre, ich habe keinen Sprachfehler. Ein Blinder hat keinen Sehfehler und ein Tauber keinen Hörfehler. Sie sind blind oder taub, basta. Ich stottere. Wer anders ist, ist nicht fehlerhaft. Wenn Sie das nicht einsehen, sind Sie nicht klüger als Bachofen, der meinen Defekt mit Schlägen zu reparieren suchte.

Was gibt Ihnen das Recht, andere als fehlerhaft zu bezeichnen? Nur weil Ihnen die eigene Zunge nicht quer im Mund liegt? Nennen Sie sich einen fehlerhaften Tänzer, bloß weil Sie in *Schwanensee* eine schlechte Figur machen würden? Sind Sie ein fehlerhafter Sportler, weil Sie in einem Zehnkampf …? Ach was, Sie wissen, was ich meine.

Oder brauchen Sie die Fehlerhaftigkeit anderer Leute, um in eitler Toleranz sagen zu können: »Es stört mich nicht, ich bemerke es nicht einmal«? Macht es Sie besser, wenn andere in Ihren Augen schlechter sind?

Wenn man drüber nachdenkt, wird es einem schnell klar, nicht wahr, Padre? Aber nachdenken müsste man.

Ich habe den Begriff »Sprachfehler« schon als Kind gehasst. Einmal, als frühreifer Gymnasiast, habe ich versucht, meine Empörung darüber literarisch zu formulieren. Früh krümmt sich, was ein Schriftstellerchen werden will. Wenn ich sie zur Hand hätte, würde ich die Geschichte hier anheften. Sie war pubertär und schlecht formuliert, aber zu ihrer Botschaft stehe ich heute noch, exakt so wie ich sie damals auf der uralten Dachboden-Schreibmaschine aufs Papier gehackt habe, Buchstabe für Buchstabe. Als ich noch glaubte, man könne sich auf einer *Olympia* in den Dichterolymp schreiben. Aber das Manuskript existiert schon lang nicht mehr. Ich habe kein aufbewahrendes Leben geführt.

Bei diesem frühen Gehversuch in Sachen Literatur war der Grundeinfall natürlich geklaut; jeder Schriftsteller fängt als Epigone an. Als Schüler war ich ein fleißiger Benutzer der Volksbibliothek, weidete querbeet die Regale ab und käute das Gelesene in eigenen Schreibversuchen wieder. In diesem Fall stammte die Vorlage von H. G. Wells und hieß *Das Tal der Blinden*. Oder *Im Land der Blinden*. Etwas in der Richtung. (Was mir hier am meisten fehlt, ist die Möglichkeit, solche Dinge jederzeit im Internet nachzusehen.) In der Geschichte kommt ein Reisender oder Forscher, auch das weiß ich nicht mehr, in ein Tal, wo alle Menschen blind sind. Die Sehkraft, von der ihr Besucher ihnen berichtet, glauben sie ihm nicht, halten den Gedanken daran für abstruse Phantasterei. Die lokalen Ärzte untersuchen ihn und bieten ihm an, die seltsamen Verwachsungen, die sie in seinen Augenhöhlen ertasten, operativ zu entfernen, da augenscheinlich (ich habe die Ironie dieser Formulierung nicht geplant, aber jetzt gefällt sie mir), da augenscheinlich hier der Ursprung seiner Verwirrung liege. Aus Liebe zu einer Einheimischen ist er bereit, sich die Augen ausstechen zu lassen, flieht dann aber doch im letzten Moment – und wie das Ganze bei Wells ausgeht, weiß ich nicht mehr. Es ist auch nicht wichtig.

Bei mir hieß die Geschichte *Die Insel der Stotterer*. Ich hatte nur dieses ganz dünne Papier zur Verfügung, das man verwendete, wenn man von einem Text mehrere Durchschläge erstellen wollte, und als ich versuchte, den Titel gebührend herauszuheben, schlug die Unterstreichtaste eine waagrechte Kerbe in das Blatt. *Die Insel der Stotterer. Von ...* Ich habe vergessen, welchen Namen ich mir damals für den Autor ausdachte, aber das wohlige Gefühl, das der Besitz eines Pseudonyms in mir auslöste, klingt heute noch nach. Das erste Pseudonym von vielen. Das zweite, wenn man Maleachi mitzählen will.

Die Hauptfigur war ein Missionar. In dieser bösartigen Karikatur, die ich genüsslich mit vielen verzerrten Details ausschmückte, hätte jedes Mitglied unserer Gemeinde sofort Bachofen erkannt. Ein wortgewaltig salbadernder Prediger, der per Fallschirm über einer Südseeinsel abspringt, um die Seelen der dortigen Heiden zu retten. Wieso Südsee? Keine Ahnung. Die Beschreibung der Insel war bei Stevenson abgekupfert, und ich machte mir nie die Mühe zu erklären, warum dieser von der Zivilisation völlig unberührte Volksstamm deutsch sprach. Mit solchen Kleinigkeiten, das war wohl damals meine Ausrede für jeden Mangel an Logik, hält sich ein wahrer Dichter nicht auf.

Der bekehrungswütige Prediger landet also auf der Insel oder landet doch beinahe, denn ich ließ ihn, nachdem sich sein Fallschirm in einer Palme verfangen hatte, erst einmal ein paar Tage baumeln. Wozu ist man Autor, wenn man seine Figuren nicht quälen kann? Endlich, halb verhungert, wird er von den Wilden gerettet und in ihren Kraal geführt. (Heute weiß ich natürlich, dass ein Kraal nach Afrika gehört und nicht in die Südsee, aber damals kümmerten mich solche Feinheiten nicht.) Sie päppeln ihn auf, mit Kokosnussmilch und rohem Fisch, und er stellt überrascht fest, dass auf dieser Insel jeder, aber auch wirklich jeder, stottert. Die lokale Sprache ist eine Spra... Spra... Sprache. Und er der Einzige, der sie nicht beherrscht. Er hat, um Sie zu zitieren, Padre, einen Sprachfehler. Was immer er den Eingeborenen erzählt – und er weiß die ganze Bibel auswendig –, sie quittieren es mit Gelächter. Finden es saukomisch, dass jemand »Gott« sagt, statt »Go... Go... Go... Gott«, und wenn er von »Sünde« spricht, statt von »Sü... Sü... Sü... Sünde«, schütten sie sich vor Lachen aus. (Was schüttet man eigentlich aus, wenn man sein Lachen nicht beherrschen kann? Bachofen, humorfrei, wie er war, hätte gesagt: seine Seele.)

Der Bekehrer, der so gern ein mahnender Prophet wäre, sieht sich in eine Witzfigur verwandelt. Er bittet den Häuptling des Stammes, gewissermaßen den Oberstotterer, um Hilfe, und der weiß Rat. Es gibt auf dieser Insel eine Skorpionart, deren Stich nicht tödlich, aber äußerst schmerzhaft ist, und von einem solchen Skorpion soll der Prediger jedes Mal gestochen werden, wenn er einen Satz sagt, ohne dabei zu stottern.

Erst jetzt, wo ich mich nach so vielen Jahren wieder an diese kindische Geschichte erinnere, fällt mir auf, dass die Strafe, die ich mir für mein Bachofen-Double ausdachte, einen biblischen Hintergrund hatte. 2. *Chronik* 10, 14: »Mein Vater hat euch mit Peitschen gezüchtigt, ich aber mit Skorpionen.« Ich erfand für das erfundene Tier einen komplizierten pseudowissenschaftlichen Namen, an den ich mich auch nicht mehr erinnere. Ich war damals der naiven Meinung, dass alles, was lateinisch daherkommt, eine Erfindung glaubhafter macht – originellerweise nur ein paar Jahre nachdem die katholische Kirche in Bezug auf ihre Liturgie zum gegenteiligen Schluss gekommen war.

Die Schmerzen, die mein Bachofen-Double in der Folge erduldet, habe ich mit besonderer Gründlichkeit und, ja, auch mit Lust formuliert. Es tat mir gut, ihn leiden zu lassen. Schreiben kann Therapie sein. Mit besonderem Genuss habe ich den Schluss der Geschichte zu Papier gebracht. Trotz aller Qualen schafft es der Missionar nicht, auch nur einmal in korrektem Stotterisch »Be... be... be... bekehrt euch!« zu sagen, weshalb er schließlich in einem Bambuskäfig im Meer versenkt wird, die Abstände zwischen den Gitterstäben so berechnet, dass er nicht aus dem Käfig hinaus, die Piranhas (auch die hatte ich in die Südsee versetzt) aber sehr wohl zu ihm hereinkönnen. Biss um Biss wird er vor den Augen der Stotterer skelettiert.

Den letzten Satz der Geschichte weiß ich noch. Ich habe ihn dem Stammeshäuptling in den Mund gelegt. Er sagt ihn, nachdem die Raubfische ihre Pflicht getan haben. »Das kommt davon«, so endete meine Geschichte, »wenn einer nicht richtig stottern kann.«

So viel zum Thema Sprachfehler.

PS: Ließen sich nicht ein paar Karteikästen auftreiben? Dann könnte ich endlich einen richtigen Katalog erstellen.

Für den Padre

Niemand kommt mehr in die Bibliothek. Ich kann es mir nicht erklären.

Natürlich, eine JVA wird nicht von lauter dickbebrillten Bibliophilen bevölkert, aber zu den Ausleihzeiten war immer ein rechter Ansturm, das weiß ich doch. Wenn man sich angemeldet hatte – ich habe das als gewöhnlicher Benutzer oft erlebt –, musste man draußen anstehen, bis zwischen den Büchern wieder Platz war. Die beiden zusammengelegten Viermannzellen machen noch keinen Lesesaal. Darum hat man für die Wartenden ja auch eigens eine Bank aufgestellt – ich nehme an, auch das war Ihre Initiative. Sie ist zu einem guten Ort für ungestörte Gespräche geworden. Die jeweils Wachhabenden trauen Leuten, die sich für Bücher interessieren, wohl nichts Böses zu. Manche Häftlinge der Stufen A und B sind überhaupt nur wegen dieser Unterhaltungen gekommen und haben die Bücher, die sie sich dann holen, nie aufgeschlagen. Aber warum auch immer: Sie sind wenigstens gekommen.

Und jetzt – niemand.

Es macht mir Angst.

Eigentlich sind Häftlinge doch ideale Kunden für eine Bibliothek. *Captive audience* – was für ein passender Ausdruck. Man wird vom Gesetz ja nicht nur mit Freiheitsentzug bestraft, sondern vor allem mit Langeweile. Kämpft sich jeden Tag durch die Wüste der leeren Stunden, das ausgetrocknete Hirn nach geistiger Erfrischung lechzend. Nicht einmal in den exakt limitierten Fernsehzeiten ist ein bisschen Geistesnektar zu holen, denn das Programm wird demokratisch bestimmt, also durch die Mehrheit der Idioten. *Deutschland sucht den Superstar* rauf und runter. *Bauer sucht Frau.* Da bleiben nur Bücher.

Die ganze Anstalt scheint sich von einem Tag auf den andern das Lesen abgewöhnt zu haben.

Ich habe noch nicht alle Bände durchsortiert, aber doch genügend, um jedem Interessenten ein passendes Angebot machen zu können. Leichte Lektüre, schwere Lektüre. Klassiker. Bildbände für die Analphabeten. Und keiner kommt. Als ob plötzlich alle Häftlinge davon überzeugt wären, vom Lesen bekomme man Aids.

Rätselhaft.

Ich befinde mich in Rätselhaft.

Es ist mir nicht ums Lachen zumute.

Auch mein Zellengenosse Ambros verhält sich seltsam. Seit dem Tag, an dem man uns zusammensperrte, hat er mich pausenlos zugelabert – uninteressantes Zeug, aber es war doch immerhin so etwas wie ein Gespräch. Jetzt ist er plötzlich schweigsam geworden. Manchmal vergisst er sich und schwatzt drauflos, aber schon nach einem Satz oder zweien verstummt er wieder, manchmal mitten im Wort. Ich habe versucht, ihn auszufragen, was für einen geübten Manipulator wie mich kein Problem hätte sein dürfen. Ambros ist nicht gerade von nobelpreisverdächtiger Intelligenz. Ich habe ihm also von einem Band mit Kreuzworträtseln erzählt, den ich beim Aufräumen gefunden habe, und ihn gefragt, ob ich ihn ihm mitbringen solle. Den Band gibt es tatsächlich, wenn die Rätsel auch weit über seinem Niveau sind. Als ob man einem Anfänger, der gerade mal drei Akkorde auf der Gitarre beherrscht, die Noten für ein Jimi-Hendrix-Solo versprechen würde. Jemand, der in jeder weggeworfenen Zeitung gierig nach noch nicht ausgefüllten Kreuzworträtseln fahndet, hätte auf den Köder anbeißen müssen. Aber Ambros, obwohl permanent auf der Suche nach dem fränkischen Hausflur mit den drei Buchstaben, behauptete, er habe an Kreuzworträtseln überhaupt kein Interesse, und – vielen Dank, aber nein – er wüsste nicht, was er mit so einem Buch anfangen sollte. Was so glaubhaft war, wie wenn er behauptet hätte, er sei nicht wegen Blaufahrens mit tödlichem Ausgang verurteilt worden, sondern wegen seiner Mitgliedschaft beim Blauen Kreuz.

Er ist ein schlechter Lügner. Während er sein totales Desinteresse an seiner Lieblingsbeschäftigung beteuerte, wich er meinem Blick aus und rieb an seinem Ohrläppchen herum. Er hätte sich genauso gut einen Zettel mit »Glaub mir kein Wort« an die Stirn kleben können. Aber warum? Verdammt noch mal, warum?

Niemand spricht mit mir. Heute habe ich mich beim Abendessen neben einen Mann gesetzt, den ich schon ein paarmal bei der Bücherausgabe angetroffen hatte. Ein Leser also. § 30a Betäubungsmittelgesetz, sein Name tut nichts zur Sache. Ich habe ihm erzählt, dass ich jetzt für die Bücher zuständig sei, und habe ihn gefragt, warum er sich keine mehr holt. Und er? Hat wortlos sein Tablett genommen und sich woanders hingesetzt. Bin ich aussätzig?

Ich verstehe es nicht.

Dass in geschlossenen Gesellschaften seltsame Gerüchte umgehen, ist nur natürlich. Als ich gerade eingeliefert worden war, »noch nach Straße roch«, wie ein Lebenslänglicher das nannte, wurde ich vor der Margarine gewarnt, sie sei mit einem chemischen Stoff versetzt, der den Sexualtrieb dämpfe und von dem man früher oder später impotent werde. Vielleicht ist so ein Unsinn auch in Bezug auf die Bibliothek im Umlauf. Aber warum? Warum gerade jetzt?

Oder hat der offensichtliche Boykott gar nicht mit den Büchern zu tun, sondern mit mir? Wenn keiner etwas ausleihen will, aus welchem Grund auch immer, könnte mir das im Prinzip egal sein. Bleibt mir mehr Zeit, um selber in Ruhe zu lesen. Oder zu schreiben.

Aber wenn es an mir liegt ...

Ich habe hier schon erlebt, wie jemand zur Persona non grata erklärt wurde, zum Paria, mit dem man besser keinen Kontakt hat. Das funktioniert ganz ohne offizielle Ankündigung, der Betreffende bekommt keinen scharlachroten Buchstaben angeheftet, und es bimmelt ihm kein Aussätzigenglöckchen voran. Aber jeder weiß: weiträumig umfahren. Damals stand der Betreffende im Verdacht, der Anstaltsleitung als Informant zu dienen, und ob nun ein derart Verdächtiger wirklich ein Spitzel ist oder nicht, früher oder später hat er einen Unfall, ein Topf mit heißer Suppe kippt um und verbrüht ihn, oder er stolpert unter der Dusche und stößt unglücklich mit dem Kopf gegen die Mauer. So ein Verdacht ist lebensgefährlich.

Wenn also ein solches Gerücht über mich umgehen sollte …

Ich habe mir, seit ich hier bin, große Mühe gegeben, mich an alle Regeln zu halten, die geschriebenen und die ungeschriebenen. Seit meiner Kindheit bin ich darin geübt, mich an meine Umgebung anzupassen. Ich ecke bei niemandem an, schon gar nicht bei den Mächtigen. Kann mit ihnen umgehen wie diese Vögel mit den Krokodilen, denen sie die Zähne putzen.

Und doch …

Sie müssen mir helfen, Padre. Nicht nur, weil die Bibliothek Ihr Kind ist, sondern weil das Problem vielleicht ganz direkt etwas mit Ihnen zu tun hat. Ich habe meinen neuen Posten und damit die Beförderung in die Stufe B schon nach einem halben Jahr bekommen. In der Regel dauert es doppelt so lang. Wenn jemand mitbekommen hat, dass das durch Ihre Vermittlung geschehen ist …

Natürlich hat es jemand mitbekommen. Es gibt hier keine Geheimnisse, nur Dinge, über die man nicht spricht.

Es wird also auch bekannt sein, dass Sie von mir immer

wieder ein paar Blätter beschriebenes Papier bekommen. Dass es dabei um literarische Fingerübungen geht, wird man nicht wissen, und wenn man es wüsste, würde man es nicht glauben. Misstrauisch, wie hier alle sind, wird man annehmen, dass es Berichte über meine Mitgefangenen sind, bestimmt zur Weiterleitung an die Direktion. Und das könnte zur Folge haben …

Ich hätte das bedenken sollen, als wir unsere Abmachung trafen. Ich habe es nicht bedacht. Sie schon gar nicht. Aber jetzt müssen Sie mir helfen.

Sie führen – das gehört zu Ihrem Beruf – jeden Tag eine Menge Gespräche. Lenken Sie dabei, ich bitte Sie darum, das Thema unauffällig auf die Bibliothek. Machen Sie vielleicht das Angebot, Ihren Gesprächspartnern besondere Bücher zu besorgen. Achten Sie auf die Reaktionen. Jede Antwort kann aufschlussreich sein, jede verweigerte Antwort noch mehr. Sie wissen, dass ich kein Spitzel der Direktion bin, also kann auch nichts Verwerfliches daran sein, wenn Sie den Spitzel für mich spielen. Sie werden damit vielleicht das Beichtgeheimnis verletzen – wenn es so etwas in Ihrer Sparte des Christentums gibt –, aber Sie können mir damit das Leben retten. Ich will nicht dauernd Angst davor haben müssen, dass mein Nebenmann stolpern könnte, wenn er gerade ein Messer in der Hand hat.

Bitte, Padre.

Für den Padre

Alles ist anders.

Es passierte beim Mittagessen. Sonntag, die Mahlzeit, bei der die Stimmung immer ein bisschen gelöster ist. Sechs Tage sollst du arbeiten, aber am siebenten Tage sollst du einen richtigen Nachtisch kriegen, nicht einfach nur einen Keks zum Kaffee. Weil hinterher niemand zur Arbeit muss, hat man mehr Zeit, sich zu unterhalten.

Mit mir würde niemand reden, damit hatte ich mich abgefunden. Die Plätze neben mir würden leer bleiben, so wie sie schon die ganze Woche leer geblieben waren. Um mich herum war Sperrzone. Pestgebiet. Und ich wusste immer noch nicht, warum. Wenn sich mir jemand gegenübersetzte – zumindest das ließ sich nicht immer vermeiden –, stocherte er in seinem Teller herum und schaute ins Leere.

So war es seit Tagen gewesen. Ich hatte mir, schließlich bin ich der Bibliothekar, ein Buch zum Essen mitgebracht und mimte den eifrigen Leser. Wenn niemand mit einem spricht, tut man besser so, als ob man mit niemandem sprechen möchte. Ich hatte mich schon darauf eingerichtet, das von jetzt an bei jeder Mahlzeit zu tun. Bis dann, von einem Moment auf den andern, die Veränderung eintrat.

Er kam, wie alle andern, von der Essensausgabe, aber er kam ohne Tablett. Das trug ihm jemand hinterher, einer von den Muskelmännern, die in der Wäscherei arbeiten. »Weil dort so schwere Dinge zu heben sind«, heißt die offizielle Begründung, aber jeder kennt den wirklichen Grund. Sie auch, Padre.

Er setzte sich nicht einfach neben mich, sondern bat höflich um Erlaubnis. »Sie gestatten doch, Herr Stärckle?«, sagte er. Kannte meinen Namen und siezte mich. Das erste Mal, dass mich ein Mithäftling gesiezt hat.

Ich hatte noch nie mit ihm gesprochen, aber ich wusste natürlich, wer er war, so wie das alle hier wissen. Seine perfekt gewellten Haare, auch das weiß jeder, sind eine Perücke, und man darf ihn auf keinen Fall darauf ansprechen. Man weiß auch, dass er es vorzieht, keinen Namen zu haben, sondern nur eine Berufsbezeichnung. Advokat. Man munkelt, er habe absichtlich eine Bewährungsauflage verletzt, weil sein Boss ihn bei sich haben wollte. Wenn Sie nicht wissen, wer dieser Boss ist, dann haben Sie das ganze System nicht verstanden. Ich sage nur: Wäscherei.

»Sie gestatten doch?«, sagte er, wartete tatsächlich mein Nicken ab, bevor er sich setzte. Sein Muskelmann stellte den Teller vor ihn hin und blieb hinter uns stehen. Eine Ehrenwache oder eine Drohung. Der Advokat hatte ein richtig großes Stück Fleisch bekommen, sah ich, nicht wie wir andern nur eine dünne Scheibe, aber er aß nicht, nahm nur kurz das Besteck in die Hand und legte es wieder hin.

Ringsumher versuchten alle, ihre Neugierde nicht allzu offensichtlich zu zeigen.

Als er dann zu reden begann, war seine Stimme so leise, dass ich mich zu ihm beugen musste, um ihn zu verstehen. »So eine Bibliothek«, sagte er, »ist ein interessanter Arbeitsplatz. Finden Sie nicht auch?«

»Äußerst interessant«, sagte ich. Wollte ich sagen. In ungewohnten Situationen verstärkt sich mein Stottern, und über die erste Silbe von »interessant« kam ich nicht hinaus.

»Gut«, sagte er und lächelte mich an, als ob ich eben eine Prüfung bestanden hätte. »Sehr gut. Es ist äußerst positiv, dass Sie stottern.«

Ich habe mir schon viele Kommentare über meine Zungenstolperer anhören müssen, aber gelobt hat mich bis heute noch niemand dafür.

»Wie... wie... wieso?«

»Stotterer, nehme ich an, sind darin geübt, den Mund zu halten. Habe ich recht?«

Ich nickte. Es gibt wenige Dinge, die ich notgedrungen so gut beherrsche wie vielsagendes Schweigen.

Er lächelte schon wieder. »Dann haben Sie den richtigen Posten bekommen.« Sein Teller immer noch unberührt. Nur ein Stück Brot hatte er abgeschnitten – sorgfältig abgeschnitten, nicht einfach abgerissen – und kaute so konzentriert darauf herum, als ob jeder Bewegung seines Kiefers eine gründliche Überlegung vorausgegangen wäre. Der kontrollierteste Mensch, der mir je begegnet ist.

Er wischte sich den Mund ab und sagte fast freundlich: »Es wird Ihnen aufgefallen sein, dass Sie in letzter Zeit ziemlich – wie soll ich es formulieren? –, ziemlich einsam waren. Habe ich recht?«

Ich bestätigte ihm, dass er recht hatte.

»Das war eine kleine Demonstration. Um Ihnen zu zeigen, was passieren könnte, wenn wir uns nicht einig werden sollten. Haben wir uns verstanden?«

Ich verstand nichts, aber wir hatten uns verstanden.

Er winkte mich zu sich heran, so nahe, dass ich sein Rasierwasser riechen konnte, und sagte etwas, das scheinbar völlig sinnlos war. »*Simplicius Simplicissimus*«, sagte er.

Schaute mich dabei an, als ob das eine Frage gewesen wäre, auf die er eine Antwort erwartete.

»Ein Schelmenroman«, sagte er. »Siebzehntes Jahrhundert. Grimmelshausen. Ist Ihnen der schon einmal in die Hände gekommen?«

Ich schüttelte den Kopf.

»In der Bibliothek gibt es den Band nicht, ich weiß«, sagte er. »Das ist bedauerlich.« Immer noch sehr leise, aber ohne zu flüstern. »Aber es könnte ja sein, dass jemand der Gefängnisbücherei gerade diesen Roman schenkt. Großzügig. Und dass jemand anderes genau diesen Roman ausleihen möchte. Wissensdurstig. Würden Sie sich dann in der Lage sehen, das Buch an den Interessenten weiterzugeben?«

Was sollte ich sonst damit anstellen? Es aufessen?

»Ohne das Buch jemals aufzuschlagen?«

Er schaute mich jetzt nicht mehr an, scheinbar voll damit beschäftigt, mit chirurgischer Präzision den Fettrand von seinem Fleisch zu entfernen. Ich wusste, dass ich jetzt keinen Fehler machen durfte.

Wenn man stottert, verstehen einen die Leute manchmal falsch. Zum Glück hatte ich in meinen Krimi einen Zettel als Buchzeichen eingelegt, und auf den schrieb ich die Antwort, von der ich hoffte, dass sie die richtige sein würde. In schwierigen Situationen bin ich schriftlich schon immer besser gewesen. »Am siebzehnten Jahrhundert habe ich nicht das geringste Interesse«, schrieb ich und schob ihm den Zettel hin.

Er nahm ihn mit zwei Fingern, las ihn und zerriss ihn in winzige Schnipsel. Ließ die Papierflocken in sein Wasserglas fallen und rührte so lang darin herum, bis ein dünner

Brei daraus geworden war. Erst dann erlaubte er sich ein Lächeln, setzte es auf, so wie andere Leute eine Brille oder einen Hut aufsetzen, und sagte: »Es ist immer erfreulich, auf vernünftige Menschen zu stoßen.« Und zu dem Muskelprotz, der immer noch unbeweglich dastand: »Setz dich doch zu uns! Unser Freund hier hat bestimmt gern ein bisschen Gesellschaft.«

Erst jetzt fiel mir auf, dass die Gespräche um uns herum verstummt waren.

Der Advokat schob mir seinen Teller hin. Das große Stück Fleisch. »Ich habe keinen Appetit«, sagte er. »Du siehst aus, als ob du einen tüchtigen Bissen vertragen könntest.« Duzte mich plötzlich. Wie man einen Freund duzt.

Oder einen Komplizen.

Sie können sich leicht ausrechnen, was das alles zu bedeuten hat. Was es mit diesem Buch auf sich hat, das ich zweifellos im nächsten Karton mit geschenkter Literatur finden werde und das bald darauf jemand bei mir abholen wird. Ich werde nicht hineinschauen. Ich werde nicht nachsehen, ob jemand in die Mitte der Seiten ein Loch geschnitten hat, um darin

Bin ich verrückt geworden, dass ich das aufschreibe? Von all dem darf niemand etwas erfahren. Niemand. Der Advokat vertritt einen Klienten, der es gewohnt ist, seine Urteile selber zu fällen. Für den Padre muss ich etwas anderes schreiben. Etwas Harmloses. Am besten moralisch ein bisschen verwerflich. Empörung lenkt ab.

Für den Padre

Entwarnung, Padre. Falscher Alarm. Tut mir leid, wenn Sie sich meinetwegen Sorgen gemacht haben sollten. Alles hat eine harmlose Erklärung gefunden.

Unglaublich, wie sich hier im Haus absurde Gerüchte verbreiten! Weil ich die Regale ausgeräumt hatte, um die Bücher vernünftiger zu ordnen, ging die Latrinenparole um, die Bibliothek sei gar nicht geöffnet. Nur deshalb ist die ganze Zeit niemand gekommen. Und dass sich keiner zu mir setzen wollte, hatte einen ebenso einfachen wie unappetitlichen Grund: Mundgeruch. Kein Wunder, dass Ambros es vorzog, sich nicht mehr mit mir zu unterhalten. Der Idiot hatte Hemmungen, mir einfach zu sagen, was ihn störte. Irgendwann ist er dann doch damit herausgerückt. Ich habe mir jetzt im Gefängnisladen einen Mundspray besorgt, zwei Euro sechsunddreißig, und alles ist okay. Wäre es nicht schön, wenn sich alle Probleme dieser Welt so einfach lösen ließen? (Wenn ich einen Computer zur Verfügung hätte, würde hier ein Emoji stehen. Oder zwei: ein lächelndes und ein erleichtertes.)

So, jetzt aber zurück zu dem, was Sie wirklich interessiert: Geschichten. Das nächste Kapitel aus dem Leben eines Taugenichts. Diesmal eine Episode mit rätselhaftem Ende. Man könnte fast sagen: eine Episode, die mit einem Wunder endet. Sie werden sehen.

Ich war damals Anfang zwanzig und hatte von der Welt noch nicht viel mitbekommen. So unerfahren war ich, dass ich ernsthaft glaubte, vom Bafög allein in Berlin leben zu können. Der Auszug von zu Hause war eine Flucht gewesen, ein kleiner Koffer und ein großer Packen väterlicher Verwünschungen. Als Studienfach hatte ich mir Germanistik ausgesucht, in der naiven Vorstellung, in den Seminaren würde man gemeinsam tief in die Meisterwerke der Literatur eintauchen. Kleinstadtillusionen. Texte, so brachte man uns bei, waren Objekte, die wir so lang zu sezieren hatten, bis ihre zerschnipselten Gliedmaßen in die vorgegebenen Analysegefäße passten. Wobei unsere Tutoren sich vor allem für die korrekte Gestaltung von Fußnoten interessierten. DIN 5008, in Deutschland gibt es für alles eine Norm. Nachdem ich schon unliebsam aufgefallen war, weil ich bei jeder Arbeit jemanden finden musste, der mein Referat in der Gruppe vorlas, wurde ich endgültig akademisch exkommuniziert, als ich die Todsünde aller Todsünden beging: Ich schrieb doch tatsächlich über ein Buch, es habe mir gefallen. Gefallen! Bücher zum Vergnügen lesen statt als Objekte der Dekonstruktion? *Apage*, unwissenschaftlicher Satanas! Heiliger Derrida, beschütze uns! Kein Bachofen hätte mich donnernder aus der Gemeinschaft der Rechtgläubigen ausschließen können. Wir trennten uns in gegenseitigem Nichteinvernehmen.

Die Suche nach einem Brötchenjob gestaltete sich schwierig. Akkordlaberer für Callcenter und Bierschlepper für Kneipen wurden jede Menge gesucht, aber um sich mit einem dieser Traumjobs die Miete zu verdienen, hätte man in der Lage sein müssen, einen Satz zu Ende zu bringen, ohne bei jeder zweiten Silbe einen Pit Stop einzulegen. Zwei Wochen lang kratzte ich in der Küche eines Edelrestaurants angebrannte Pfannen sauber, mit denen musste man sich wenigstens nicht unterhalten. Bis ich dann auf diese Anzeige stieß, die mein Leben verändern sollte. Sie mit Ihrer rosaroten Theologenbrille würden es wohl Fügung nennen. Ich halte mich lieber an Schopenhauer: »Das Schicksal mischt die Karten, und wir spielen.« Ich habe gut gespielt.

Heute ist diese Branche längst Mainstream geworden. Im Netz existieren Unmengen von Webseiten, auf denen Männlein zu Weiblein, Weiblein zu Männlein und Menschlein in allen möglichen Kombinationen zu Menschlein finden. Damals war das etwas Neues und sanft Verruchtes. »Find't seinen Deckel jeder Topf« hätte als Motto über unserem Angebot stehen können, und so ähnlich, nur weniger shakespearisch, lautete das Versprechen in unseren Anzeigen. Das Problem war nur: Es gab bedeutend mehr Töpfe als passende Deckel. Unter unserer Kundschaft waren Frauen Mangelware, und wenn sich diese Tatsache herumgesprochen hätte, wäre das für den Umsatz nicht förderlich gewesen. Man geht nicht zum Ball der einsamen Herzen, um dort mit anderen Männern zu tanzen. Aber ein wahrhaft dynamisches Unternehmen findet immer einen Weg, die Wünsche seiner Kundschaft zu erfüllen. Wenn Inge, Luise, Alexandra und Michelle gewünscht waren, dann wurden eben Inge, Luise, Alexandra und Michelle geliefert. Damals, im Dial-up-Zeitalter, waren die Textbotschaften, die da hin- und hergingen, das höchste der Gefühle, und im Verfassen solcher Botschaften war ich ein Naturtalent. *Mundus vult decipi*, darum bin ich hier.

Betrug? Man kann es so nennen, Padre. Kundenpflege ist ein viel schöneres Wort.

Wir waren zu dritt, Sebastian, Karlheinz und ich. Sebi war der Computerfachmann und hatte das System eingerichtet. Er versuchte ständig, sich das Rauchen abzugewöhnen, sprach von nichts anderem und war imstande, uns zwischen zwei Lungenzügen zu erklären, er könne schon ganz deutlich spüren, wie die Akupunkturbehandlung bei diesem Chinesen anfange, ihre Wirkung zu tun, weshalb er sich seine allerletzten Zigaretten nur noch päckchen- und nicht mehr stangenweise gekauft habe. Karlheinz war ein einstmals berufsstolzer Schriftsetzer, den man auf Fotosatz und später auf digitalen Schriftsatz umgeschult hatte und der immer noch von den guten alten Zeiten schwärmte, in denen man in seinem Beruf nicht Sklave einer Maschine gewesen sei.

Unterdessen bin ich selber ein Dinosaurier und quatsche von den Zeiten, als alles viel besser war. Aber es war tatsächlich besser! Wenn ich einen Kunden mit einer nicht existenten Gesprächspartnerin verarsche, dann tat ich das noch persönlich. Individuell. Heute zieht ihm ein seelenloser Algorithmus das Geld aus der Tasche.

Sie werden das nicht verstehen, Padre, aber auch ein Trickbetrüger hat seinen Berufsstolz. *Confidence artist* heißt es im Englischen. Zu Deutsch: Vertrauenskünstler. Mit Betonung auf Künstler. Es war eine anspruchsvolle, kreative Tätigkeit, vor allem, wenn man sich vorgenommen hatte, sie gut zu machen, seine Gesprächspartner nach Maß zu bescheißen und nicht einfach ausgelutschte Phrasen in die Tastatur zu hacken. (Wenn ich an die Technologie denke, mit der wir damals zugange waren, komme ich mir endgültig uralt vor. IBM-Aptiva-Computer mit Windows 95. Gerade, dass wir nicht mehr mit Federkiel und Streusand arbeiteten.)

Damit Sie jetzt nicht auf falsche Gedanken kommen, Padre: Wir bedienten unsere Kunden nicht mit pornographischen Phantasien. Das hätte mich nicht gestört, aber es war nicht unser Job. Dafür waren die Mitarbeiterinnen im Büro nebenan zuständig, vier nicht mehr junge Damen, die sich dort durch verbale Exzesse für die Ereignislosigkeit ihres Alltags entschädigten. Nein, was ich zu liefern hatte, waren Hoffnungen, ungedeckte Schecks auf eine Zukunft der erfüllten Wünsche. Im Grunde etwas Ähnliches wie die gefälschten Liebesbriefe an Nils, nur mit einem sehr viel höheren Schwierigkeitsgrad. Aus Halma war Schach geworden, eine permanente Simultanpartie. Nach zehn Uhr abends, wenn bei den Männern der Hormonspiegel parallel zu ihrer Einsamkeit anstieg, musste man manchmal ein halbes Dutzend Konversationen gleichzeitig führen.

Jede der Frauen, als die ich mich ausgab, hatte ihren eigenen Charakter, etwas anderes hätte mein Berufsstolz nicht zugelassen. Inge war aus Schüchternheit schnippisch, Luise machte auf kleines Mädchen, Alexandra hatte etwas von einer Domina und so weiter und so fort. Ich hatte mir meinen privaten Harem so detailliert ausgedacht, dass ich das Gefühl hatte, ich würde jede von ihnen erkennen, wenn sie mir auf der Straße begegnete. Sie haben mir schriftstellerisches Talent attestiert, Padre. Damals habe ich zum ersten Mal meine Brötchen damit verdient.

Ich weiß nicht, wie das Geschäft heute organisiert ist; zu meiner Zeit war es so, dass die Höhe unserer Einkünfte durch die Länge der Gespräche bestimmt wurde. (Das Wort

Chat war damals noch nicht üblich.) Es ging also darum, sich in den verbalen Eiertänzen so verführerisch zu präsentieren, dass der Mann am anderen Ende der Leitung vergaß, was ihn jede Minute kostete. Oder das Geld gern investierte. »Was du wirst von mir bitten, will ich dir geben, bis an die Hälfte meines Königreiches.« Das Problem war nur: Irgendwann war Salomes siebenter Schleier abgelegt, und die Kunden wollten von ihrer Investition endlich etwas haben, am liebsten in jener Währung, die sich nicht verändert hat, seit Adam zum ersten Mal auf Eva stieg.

Doch leider, leider hatte Inge immer genau dann einen anderen Partner gefunden, Luise war nach Australien verzogen und Alexandra unheilbar erkrankt. Unsere Aufgabe – das war hohe Schule, glauben Sie mir! – bestand dann darin, den enttäuschten Liebhaber möglichst schnell auf eine andere Dulcinea umzupolen, und so den verbalen Balztanz in Gang zu halten, begleitet von noch süßeren Harfenklängen, noch zärtlicherem Violingesäusel und dem leisen Klingeln der Ladenkasse.

In diesen Umtopf-Aktionen war ich Meister aller Klassen. Nur einmal ging das Ganze schief, und das ist eben die Geschichte, die ich Ihnen erzählen will.

Die ich Ihnen in der nächsten Lieferung erzählen werde. Bevor hier das Licht ausgeht, muss ich Ambros noch bei einem riesigen Problem helfen. Ihm fällt keine europäische Hauptstadt mit sechs Buchstaben ein, die mit TI anfängt und mit NA aufhört. Da muss ich jetzt ganz schwer nachdenken.

Für den Padre

Ich weiß nicht mehr, wie er hieß. Müller, Schneider, Maurer, etwas in der Richtung. Die Sorte Namen, die man als Pseudonym vermeiden sollte, weil sie die Phantasie nicht anregen.

Wir hatten unsere Zentrale an der Scheringstraße im Wedding, wobei das Wort »Zentrale« so hochstaplerisch war wie das ganze Unternehmen. Zwei Büros im alten Verwaltungsgebäude einer pleitegegangenen Fabrik. Kein Firmenschild nirgends; an Besuchern waren wir nicht interessiert. Ich weiß nicht, wie er an die Adresse gekommen ist, in den Anzeigen stand sie nicht. Wartete da auf dem Gehsteig vor dem Eingang und quatschte jeden an, der herauskam. »Arbeiten Sie bei R & J?« Das war unser idiotischer Firmenname, sollte »Romeo und Julia« bedeuten. Werbetechnisch nicht sehr überlegt ausgesucht, wenn man bedenkt, dass am Ende des fünften Aktes beide tot sind.

Er hatte, wie mir die Kollegen später erzählten, auch Sebi und Karlheinz angesprochen, aber die hatten behauptet, von so einer Firma noch nie etwas gehört zu haben. Worauf er stur weiterwartete, bis auch im letzten Büro das Licht ausging. Dort, wo ich arbeitete. Es war halb zwei Uhr nachts, als ich aus dem Haus kam. Ich hatte Überstunden machen müssen, weil ein besonders hartnäckiger Liebhaber darauf bestanden hatte, unseren Gebührenzähler bis in den frühen Morgen am Rotieren zu halten.

»Arbeiten Sie bei R & J?«

Ich bin kein Held, und ein Mann, der einem mitten in der

Nacht in einer menschenleeren Straße den Weg versperrt, müsste einem eigentlich Angst machen. Er nicht. Dafür sah er zu harmlos aus, eben wie ein Müller, Schneider, Maurer. Der Typ, dem jeder Oberkellner automatisch den Tisch neben der Toilette anweist. Später Vierziger oder früher Fünfziger. Stirnglatze. In einem Regenmantel, bei dem man erwartete, dass er ihn gleich aufschlagen würde, um seinen geöffneten Hosenlatz zu präsentieren. Obwohl die Exhibitionisten für gewöhnlich eine Kreuzung weiter in den dunklen Ecken des Humboldthains anzutreffen waren.

Ich war so blöd, seine Frage zu bejahen. Worauf er: »Ich habe auf Sie gewartet.« Mit so einem Satz, nachts auf einer dunklen Straße gesprochen, könnte man jemanden erschrecken, aber dazu müsste man eine Marlon-Brando-Stimme haben. Er klang wie Bambi.

Ein Spinner, das war mein erster Gedanke. So lästig und so ungefährlich wie die U-Bahn-Musikanten, die einen mit gezückter Gitarre dazu nötigen wollen, ihnen ein Bier zu bezahlen. Ich lebte damals schon lang genug in Berlin, um das richtige Verhalten in solchen Situationen gelernt zu haben: ignorieren und weitergehen. Aber der Mann krallte sich an meinem Ärmel fest. Er müsse mit mir reden, sagte er, unbedingt mit mir reden. Nur ein paar Minuten. Bitte.

Meine Neugier war schon immer ausgeprägter als meine Vorsicht, und so nickte ich und blieb stehen. In seiner Dankbarkeit rieb er an meinem Ärmel herum, als ob er den durch seine Berührung schmutzig gemacht hätte. Und er klärte mir endlich, was er von mir wollte.

Sie werden es erraten haben, Padre: Er war ein Kunde unserer Firma. Einer, den ich betreut hatte. Oder übers Ohr gehauen, je nachdem, wie man unsere Geschäftsverbindung bezeichnen will.

»Sie müssen mir helfen«, flehte er mich an. »Ich ertrage es nicht, dass ich Veronica nicht mehr erreichen kann.«

Veronica.

Auch wenn ich es selber sage: eine meiner besten Kreationen. Wir bewerteten unsere imaginären Schönheiten damals nach der Anzahl der Minuten, die ihre Gesprächspartner durchschnittlich mit ihnen verbrachten, und sie war die Einzige mit einem Index von über zwanzig. Natürlich war sie ein Klischee, aber gut konstruiert. Ihre Geschichte ging so: Veronica war – olé! – als Kind mit ihren Eltern aus Spanien gekommen und fühlte sich in Berlin nach all den Jahren immer noch nicht heimisch. Dass Deutsch nicht ihre Muttersprache war, äußerte sich in ganz kleinen Orthographiefehlern, die ich immer wieder einstreute, eines dieser winzigen Details, die eine Lüge erst überzeugend machen. Temperamentvoll natürlich, wie es der Kunde bei einer Spanierin erwartet, aber ein schweres Leben und eine enttäuschte Liebe hatten die Glut ihrer feurigen Veranlagung schon beinahe gelöscht. Jetzt war sie auf der Suche nach einem Mann, der das Feuer wieder anfachen und ihr nach einer gescheiterten Ehe die Geborgenheit bieten würde, nach der sie sich so sehr sehnte. *Kitsch as Kitsch can.*

Der Kitsch hatte seine Wirkung getan. Hatte sie allzu gut getan, denn Müller/Schneider/Maurer war felsenfest davon überzeugt, der Mann zu sein, auf den Veronica gewartet hatte. Sah sich, trotz seines schlechtsitzenden Regenmantels, als ihr Ritter in strahlender Rüstung. Sang mir da auf der Straße zwischen den alten Fabrikgebäuden und den Mietskasernen die Arie seiner unsterblichen Liebe vor. Nachts um halb zwei.

Als Stotterer neige ich nicht dazu, anderen Leuten ins Wort zu fallen, aber in diesem Fall hätte ich es auch nicht getan, wenn mir das Reden so leicht fiele wie einem Politiker die hundertste Wahlkampfrede. Schließlich bekam ich hier das geboten, was sich jeder Autor wünscht: das Feedback eines begeisterten Lesers. Müller/Schneider/Maurer ... Ach was, bleiben wir bei Müller, ist ja egal. Also: Herr Müller bestätigte mir durch seine Verliebtheit, dass ich meine Kunstfigur perfekt erfunden hatte. Die Summe der kleinen Charakterzüge, die ich mir hatte einfallen lassen, ergab für ihn das überzeugende Bild eines wirklichen und unwiderstehlichen Menschen. Große Gefühle waren ihm bisher fremd gewesen, aber in Veronica hatte er sich unsterblich verliebt.

In meine Erfindung.

Ich will mich nicht mit den Großen vergleichen, aber seine Worte waren so schmeichelhaft für mich, als ob jemand zu Flaubert gesagt hätte: »Sie müssen mich unbedingt dieser Madame Bovary vorstellen! Das scheint eine äußerst interessante Person zu sein.« Ich hätte mir Müllers Begeisterungsmonolog gern länger angehört, aber ein Mann auf der anderen Straßenseite verlangte aus seinem Schlafzimmerfenster kategorisch nach Ruhe.

Wir landeten schließlich auf einer Bank im Humboldthain und Müller erklärte mir, was er von mir wollte. Veronica und er waren sich in ihren Konversationen nahegekommen, schwärmte er mir vor, sehr nahe sogar, das habe er gespürt, sie hatte seine Gefühle erwidert, da war er sich ganz sicher, aber dann, ganz plötzlich, war die Kommunikation abgebrochen, und seither reagierte sie auf seine Nachrichten nicht mehr, sooft er es auch versuchte. Er wisse sich dieses plötzliche Verstummen nicht zu erklären, ganz bestimmt, das könne er beschwören, habe er ihr keinen Grund dazu gegeben. Er mache sich große Sorgen um sie.

Ich hätte ihm erklären können, was passiert war. Auch eine noch so perfekt erfundene Frau kann man nicht in ein schickes Kleid stecken und zu einem Rendezvous schicken. Er hatte seine unsichtbare Gesprächspartnerin immer heftiger gedrängt, sich doch endlich einmal mit ihm zu treffen, bis mir irgendwann keine Ausrede mehr eingefallen war. Schließlich hatte ich die Notbremse gezogen, und Veronica war verstummt. Keine Nummer unter diesem Anschluss.

Natürlich hatte ich, wie wir das in diesen Fällen immer machten, versucht, ihn auf eine andere Phantasiefigur umzupolen. Er hatte Textnachrichten von anderen Frauen bekommen, die alle sein Profil gesehen hatten und sich vorstellen konnten, dass man sich gut verstehen würde. In der Regel kriegte ich das hin. Männer haben wenig Talent zur Treue. In seinem Fall hatte es nicht funktioniert. Für ihn gab es nur Veronica, Veronica und nochmals Veronica. Darum saß er jetzt neben mir in diesem dunklen Park und wollte mich dazu überreden, ihm ihre Adresse zu besorgen.

»Bestimmt sind Sie zur Diskretion verpflichtet«, sagte er, »aber für mich geht es um Leben und Tod.«

»Leben und Tod.« Aus dem Mund eines gutbürgerlichen Angestellten, der dem Tod bestimmt noch nie näher gekommen war, als wenn er sich todesmutig Mettwurst aufs Brot strich, deren Haltbarkeitsdatum seit zwei Tagen abgelaufen war. Das ist die Macht der Literatur: Sie kann auch in kleinen Seelen große Gefühle erwecken. Der eine braucht eine Eurydike, damit er entflammt, beim andern reicht eine Veronica. Bachs h-Moll-Messe oder André Rieu, beides kann einen Zuhörer zu Tränen rühren.

Natürlich hätte ich dem verliebten Herrn Müller sagen können, dass seine Veronica nur ein Phantom war, von einem zynischen Schreiberling erfunden, um unerfüllte Sehnsüchte in Mark und Pfennig umzumünzen. Wahrscheinlich hätte ich es tun müssen. *Epheser* 4,25: »Leget die Lüge ab und redet die Wahrheit.« Aber ich hatte meine Bibel gerade nicht zur Hand.

Ich erklärte also Herrn Müller, im Prinzip wäre ich bereit, ihm zu helfen, aber was er von mir wolle, sei kompliziert. Nicht unmöglich, aber schwierig. Vor allem müsse ich zuerst einen Weg finden, um an die streng geheimen Personendaten seiner Veronica heranzukommen. Das würde Zeit brauchen, aber dann würde ich mich wieder bei ihm melden. Versprochen.

Er war so unglaublich dankbar, dass er mich beim Abschied beinahe umarmt hätte. Ich sehe noch vor mir, wie er die Arme ausbreitet und dann vor der Intimität doch zurückschreckt. So was tut man nicht, wenn man ein Müller ist.

Für den Padre

Ich muss das hier einschieben. Manchmal ist Ambros richtig rührend.

Es ist ihm immer noch peinlich, dass er ein paar Tage nicht

mit mir hat reden wollen, und heute hat er mir zur Wiedergutmachung ein noch jungfräulich ungelöstes Kreuzworträtsel angeboten, vielleicht hätte ich ja auch mal Lust, mich an so etwas zu versuchen. Ich habe ihm versichert, dass es nichts gebe, für das er sich entschuldigen müsse, und habe die Opfergabe nicht angenommen. Er hatte Mühe, sich seine Erleichterung nicht anmerken zu lassen.

Die Großzügigkeit fiel mir leicht. Was er mir anbot, war nicht die Art Rätsel, die mir Spaß gemacht hätte. Viel zu einfach. Nur mechanisch Kästchen ausfüllen, deutscher Dichter: GOETHE, finnischer See: ENARE, das ist eine Beschäftigung für Idioten. Dabei liebe ich Rätsel, aber nur, wenn sie wirklich schwer sind. Scheinbar unlösbare Aufgaben sind für mich eine unwiderstehliche Verlockung. Wie damals die Geschichte mit Herrn Müller.

(Unterdessen ist mir wieder eingefallen, dass er weder Müller noch Schneider, noch Maurer hieß, sondern Bauer. Aber da ich ihn nun einmal umbenannt habe, soll es dabei bleiben.)

Ich könnte jetzt behaupten, dass es allein die Schwierigkeit der Aufgabe gewesen sei, die mich veranlasste, nach einer kreativen Lösung für das Problem Müller zu suchen. So ein Verhalten würde zu mir passen. Aber wenn ich zur Abwechslung einmal ehrlich bin, dann war der Grund ein anderer: schlicht und einfach Eitelkeit. Gepaart mit Egoismus und einer Prise Größenwahn.

Bevor Herr Müller auftauchte, hatte ich meine Textbotschaften ins Leere hinein verfasst, hatte die Kunden nicht gekannt, für die ich schrieb. Sie waren für mich genauso irreale Kunstfiguren gewesen wie die Inges, Luisen und Veronicas, die wir uns für sie einfallen ließen. Jetzt stand da ein lebendiger Mensch, ein Leser aus Fleisch und Blut, und, o Wunder, er war begeistert von dem, was ich mir aus den Fingern gesogen hatte. Das kitzelte meine Autoreneitelkeit, und an der Eitelkeit gekitzelt zu werden ist ein so angenehmes Gefühl, dass man es nicht so schnell wieder hergeben will. Lob macht süchtig.

Sie kennen das ja auch, Padre. Wenn Ihnen ein Strafgefangener vorjubelt, wie viel er in der Gesprächsrunde am Donnerstag schon wieder gelernt und wie das sein Leben zum Guten verändert habe, dann strahlen Sie über alle vier Backen. Obwohl er es wahrscheinlich nur sagt, um sich bei Ihnen lieb Kind zu machen. In der Hoffnung auf irgendeine kleine Hafterleichterung, die Sie ihm verschaffen sollen.

Ich auf jeden Fall wollte meinen schriftstellerischen Erfolg noch weiter genießen. (Ja, Padre, es *war* Schriftstellerei, was wir da trieben. Darauf bestehe ich. *A writer is someone who writes,* Punkt. Nicht jeder kann gleich mit den *Buddenbrooks* anfangen.) Aus reinem Egoismus wollte ich mir Herrn Müller als dankbaren Leser erhalten. Ob er selber dabei glücklich wurde oder unglücklich, das ging mir am Arsch vorbei. Es hatte ihn niemand gezwungen, auf die Anzeigen von R & J anzubeißen. Der Preis der Dummheit wird nicht gestundet.

Ganz am Schluss der Geschichte, Sie werden es lesen, scheint er tatsächlich glücklich geworden zu sein. Obwohl das gar nicht möglich war. Ich habe bis heute nicht verstanden, wie es passiert ist. Vielleicht gibt es irgendwo eine Fee, die jeden Tag einen Sack voller Happy Ends über der Welt ausschüttelt wie Frau Holle ihr Bettzeug.

Eitelkeit, Egoismus und Größenwahn, das waren die Triebfedern meines Handelns. Der Größenwahn äußerte sich darin, dass ich mir zutraute, ich könne aus dem Stand eine zweite Veronica erfinden, eine neue Heldin für die Fortsetzung von Herrn Müllers Liebesroman.

Da ich gerade meinen ehrlichen Tag habe ... Einen weiteren Charakterzug, der für meinen Beschluss genauso entscheidend war, habe ich noch nicht genannt: Geldgier. Wir verdienten damals bei R & J den Mindestlohn, keine zehn Mark auf die Stunde, und damit wir nicht ganz verhungerten, gab es zusätzlich am Monatsende eine Prämie, danach berechnet, wie viel Geld unsere Kunden an die Firmenkasse abgeliefert hatten. Wenn ich Herrn Müller also dazu bringen konnte, sich auch weiterhin regelmäßig mit einer imaginären Partnerin zu unterhalten ...

Ich kenne Ihr missbilligendes spitzes Mündchen, Padre. Bevor Sie die Frage stellen: Nein, ich hatte kein schlechtes Gewissen. Meinem Gewissen geht es wie mir: Es stottert. Bis es seine Einwände zu Ende formuliert hat, habe ich schon gehandelt.

Eines war mir von Anfang an klar: Ich würde Herrn Müllers Bitte nicht erfüllen können. Erfundene Figuren haben nun mal keine Anschrift, wo man an der Tür klingeln, und keine Telefonnummer, bei der man anrufen kann. Eine erfundene Adresse wäre schon am nächsten Tag aufgeflogen. Oder, ungeduldig, wie Müller war, noch in derselben Nacht. Es war keine leichte Aufgabe.

Immerhin hatte ich schon mal Zeit gewonnen. Ich hatte ihm vorgefaselt, in unserer Firma werde Diskretion großgeschrieben, die Namen und Adressen unserer Kunden seien nur im Computer des obersten Chefs gespeichert und dort erst noch in verschlüsselter Form. Mich dort einzuschleichen sei zwar nicht völlig unmöglich, aber bis sich eine günstige Gelegenheit ergeben würde, könne es dauern.

Beim Erfinden von Ausreden ist Stottern eine praktische Eigenschaft. Während der Mund schon in Gang gesetzt ist, hat man immer noch Zeit, um weiter nachzudenken. *Über die allmähliche Verfertigung der Gedanken beim Reden.* Kleist muss an Stotterer gedacht haben, als er diesen Aufsatz schrieb.

Ich hatte versprochen, mich wieder bei Müller zu melden, und nach ein paar Tagen bekam er tatsächlich eine Nachricht. Nicht von mir, sondern von einer Frau, mit der er bisher noch nie etwas zu tun gehabt hatte. Sie hieß Barbara. (Das ist auch etwas, das ich im Lauf meiner Karriere gelernt habe: Namen mit vielen As sind positiv besetzt. Achten Sie mal drauf, wenn Sie sich einen Fernsehkrimi ansehen. Eine Figur mag noch so verdächtig sein – wenn sie Barbara heißt, hat sie den Mord nicht begangen.)

Meine Barbara war ein paar Jahre älter als Veronica, nicht zum Verlieben gemacht, sondern jemand, bei dem man sich ausweinen kann. Bei dem man Zuflucht sucht, wenn es einem schlechtgeht, und der einen dann tröstend in den Arm nimmt. Dem man seine Sorgen erzählen kann. Kurz: ein mütterlicher Charakter. Um ihn zu erfinden, hatte ich mir alle Eigenschaften meiner Mutter in Erinnerung gerufen und Barbara keine davon gegeben.

An der ersten Nachricht, die ich sie an Herrn Müller schicken ließ, habe ich lang herumformuliert. Der Köder an der Angel musste maßgefertigt sein. Sie sei Sekretärin bei R & J, ließ ich Barbara schreiben, und sie habe erfahren, dass ich versucht hätte, Veronicas Adresse zu eruieren. Die könne sie ihm leider nicht geben, Veronica habe sich bei R & J abgemeldet und entsprechend den Geschäftsbedingungen seien alle ihre Angaben gelöscht worden. Nur ein Bankkonto sei dort noch notiert, auf das nach der Schlussabrechnung ein eventueller Saldo zugunsten der Kundin zu überweisen sei. (Als ob R & J jemals Geld zurückgezahlt hätte.) Aber bevor sie ihm Näheres verrate, müsse sie sicher sein, dass man ihm vertrauen könne.

Ein hübscher Köder, nicht? Der Fisch namens Müller schnappte sofort danach. Allerdings, um im Bild zu bleiben, hatte ich nicht die Absicht, ihn an Land zu ziehen. Es ging mir nur darum, ihn möglichst lang zappeln zu lassen.

Fortsetzung folgt.

Für den Padre

Ich habe noch nie jemanden so gut kennengelernt wie Herrn Müller, und es hat mich noch nie jemand so wenig interessiert. Er wusste von sich nur langweilige Dinge zu berichten, die aber in großer Ausführlichkeit. Schließlich wollte er Barbara davon überzeugen, was für ein vertrauenswürdiger Charakter er sei.

Wenn schweigsame Leute erst einmal ins Reden kommen, sprudelt es aus ihnen heraus wie Fassbier am Oktoberfest. Herr Müller schickte eine Textnachricht nach der anderen, was für meinen Bonus am Monatsende sehr nützlich war. Nach ein paar Tagen hatte er schon eine halbe Autobiographie in die Tasten getippt. Gedruckt würde sie das langweiligste Buch der Welt ergeben.

Müller war Filialleiter bei einer Drogeriekette, eine verantwortungsvolle Funktion, wie er betonte, und damit ein Beweis für seine Seriosität. Er war zum Kotzen seriös. Über verkaufsförderndes Anordnen von Hautpflegemitteln im Regal konnte er so ausführlich referieren wie ein Fußballtrainer über die richtige Aufstellung seiner Mannschaft für das Endspiel der *Champions League*. Sein Privatleben war genauso zum Gähnen. Er war mit niemandem liiert, war es nie gewesen, hatte sich all die Jahre ganz auf das berufliche Fortkommen konzentriert. Aber – Einsatz für die Celli auf dem Soundtrack – er war damit nicht glücklich geworden. Obwohl er alles besaß, was eine gutbürgerliche Existenz ausmacht, eine schöne Wohnung, ein Auto, ein Sparbuch. Und doch merkte er mit jedem Tag mehr, dass ihm das Entscheidende fehlte: eine Partnerin, mit der er sein Leben teilen und der er seinen ganzen Besitz zu Füßen legen konnte. Selig sind die Armen im Geiste.

Eigentlich hatte ich, von einer Art literarischer Rekordsucht gepackt, ausprobieren wollen, bis zu welchem Punkt sich das Experiment mit Herrn Müller in die Länge ziehen ließe. Wie lang ich es schaffen würde, sein Vertrauen in die neue Gesprächspartnerin aufrechtzuerhalten. Ich hatte auch schon einen exakten dramaturgischen Plan, wie ich die Spannung immer mehr steigern wollte. Aber dann kam alles anders.

Unser Chef, der mit einem Partner noch ein paar ähnliche halbseidene Firmen betrieb und den wir deshalb kaum je zu Gesicht bekamen, tauchte eines Tages überraschend im Büro auf und teilte uns mit, dass er beschlossen habe, das Geschäft umzustrukturieren. Unsere Kunden würden nicht genügend Geld in die Kasse bringen, ganz im Gegensatz zu dem, was die Damen im Nebenzimmer einspielten. Er wolle R & J deshalb in Zukunft ganz auf Telefonsex ausrichten, und dafür seien Sebi, Karlheinz und ich nun mal nicht die richtigen Angestellten, männliche Stimmen seien in diesem Gewerbe nicht gefragt und Stotterer schon gar nicht. Unsere Jobs würden also in Zukunft entfallen, am Monatsende sei Schluss mit lustig, vielen Dank für die gute Zusammenarbeit und tschüss.

Keiner von uns hatte damit gerechnet, bei R & J eine Lebensstellung zu haben, und so brach uns die Kündigung nicht das Herz. Nur um das Experiment Müller tat es mir leid. Sein Glück oder Unglück war mir egal, aber dass jetzt all die hübschen Wendungen, die ich mir für seine Geschichte ausgedacht hatte, nicht mehr stattfinden würden, das war für mich eine künstlerische Enttäuschung. Als ob man an einem dicken Roman schriebe und dann teilte einem der Verleger mit, er wolle doch lieber nur eine Kurzgeschichte haben.

Wenn schon Kurzgeschichte, beschloss ich, dann wenigstens eine mit einer stilvollen Schlusswendung. Müller, so weit fühlte ich mich meinem begeisterten Leser denn doch verpflichtet, hatte es sich verdient, dass seine Romanze nicht einfach abrupt abbrach. Ich ließ ihm also von Barbara mitteilen, sie sei nun von der Ehrbarkeit seiner Absichten überzeugt und würde ihm darum alles erzählen, was sie vom Verbleib seiner Angebeteten wisse. Veronica, so hatte ich mir die Schlussszene der Inszenierung ausgedacht, sei in ihr heimatliches Spanien zurückgekehrt, eine genaue Adresse gebe es leider nicht, Barbara habe nur einmal von ihr gehört, sie verspüre Heimweh nach der Stadt, in der sie eine unbeschwerte Kindheit genossen hatte: Plasencia in der Extremadura.

Nein, Padre, nicht »Estremadura«, die liegt in Portugal. Ich nehme an, Müller, mit seiner soliden Halbbildung, wird sich dieselbe Frage gestellt haben, und dann hat er sich eine Landkarte besorgt und die Extremadura gefunden. So wie ich mir diese spanische Provinz selber aus dem Atlas gefischt hatte. Ich hatte mir Plasencia ausgesucht, weil das laut Brockhaus keine allzu riesige Stadt war, aber doch so groß, dass es keine Chance gab, dort jemanden zu finden, von dem man nur den Vornamen kannte.

Herr Müller, so stellte ich mir das vor, würde schweren Herzens die Aussichtslosigkeit einer weiteren Suche einsehen, würde sein vertrautes spießiges Leben wiederaufnehmen, zurückkehren in seinen Alltag zwischen Körperpuder und Damenbinden. Außer einer Delle in seinem Bankkonto würde ihm von der ganzen Sache nur eines bleiben: die Erinnerung an das einzige romantische Abenteuer seines Lebens. Bei seinen Kontrollgängen zwischen den Regalen würde er davon träumen, wie Veronica manchmal an ihn dachte, während sie in ihrer iberischen Heimat unter Palmen wandelte. (Falls sie in der Extremadura Palmen haben.) Ab und zu würde er dann minutenlang alles um sich herum vergessen, ein trauriges Lächeln würde über sein Gesicht ziehen, und seine Mitarbeiter würden sich zuflüstern: »Unser Chef ist ja ganz verändert.«

So ähnlich malte ich mir das aus. Aber das Leben ist nicht

so kitschig wie meine Phantasien. Es ist noch viel kitschiger. Die Geschichte nahm eine Wendung, die mir nie eingefallen wäre. Und die ich mir bis heute nicht erklären kann.

An unserem letzten Arbeitstag bei R & J waren wir alle drei schon am Vormittag besoffen. Sebi und Karlheinz hatten den gleichen Einfall gehabt und jeder eine Flasche zum Anstoßen mitgebracht. Kartoffelschnaps und Rotwein sind keine empfehlenswerte Kombination. Die pornographischen Damen vom Nebenzimmer hatten sich schon zweimal über unser allzu lautes Gelächter beschwert. Es störte die Illusion der Intimität, die sie ihren Kunden zu vermitteln suchten.

Soweit wir überhaupt noch arbeiteten, viel war es nicht, waren wir damit beschäftigt, auf unseren Computern die Protokolle der verschiedenen Konversationen zu löschen. Ich war gerade dabei, den Ordner »Barbara« in den Papierkorb zu verschieben, als noch einmal eine Nachricht von Herrn Müller hereinkam. Eine sehr lange Nachricht. Er wolle sich bei Barbara von ganzem Herzen bedanken, schrieb er, sie habe ihn unvorstellbar glücklich gemacht. Natürlich sei er sofort nach Plasencia gefahren, etwas anderes sei für ihn gar nicht in Frage gekommen, nicht einmal ein Urlaubsgesuch habe er gestellt. In der Zentrale würde man über seine Abwesenheit nicht glücklich sein, aber das kümmere ihn nicht, in den langweiligen Job werde er ohnehin nicht zurückkehren. Er sei zuerst nach Madrid geflogen und dann weiter nach Salamanca, von dort aus habe er ein Taxi genommen, mehr als hundert Kilometer, aber es gebe Situationen, in denen Geld keine Rolle spielen dürfe. In Plasencia habe er dann schon am ersten Abend Veronica angetroffen, und sie hätten sich sofort erkannt, obwohl er sie doch noch nie gesehen hatte und sie ihn auch nicht, und jetzt sei er glücklich, so glücklich wie noch nie, und werde sich von seiner geliebten Veronica nie wieder trennen.

Von seiner Veronica, die nicht wirklich existierte.

Ich kann beschwören, dass ich das gelesen habe und mir nicht nur im Suff eingebildet. Ich bin absolut sicher, dass Herr Müller genau das geschrieben hat. Aber ich verstehe es nicht. Vielleicht können Sie mir weiterhelfen, Padre. Haben Sie eine Erklärung dafür? Was könnte da in Plasencia wirklich passiert sein? Hat der liebe Gott eine spezielle Abteilung für Drogeriefilialleiter? Wer wie Sie mit Jungfrauengeburt und Dreieinigkeit keine Probleme hat, sollte auch für so ein Wunder eine Erklärung finden können.

PS: Herzlichen Dank für die Karteikästen. Ich mache mich sofort ans Katalogisieren. Wenn ich entlassen werde, soll mein Nachfolger nicht wieder bei null anfangen müssen.

Ausleihschein

Grimmelshausen, Hans Jakob Christoffel von
Der abenteuerliche Simplicissimus Teutsch

Das bestellte Buch ist heute in einer Kiste mit anderen Büchern eingetroffen und an den Abholer weitergegeben worden.
Abholungen in meiner Zelle wären diskreter. Allerdings müsste ich dort allein sein.

Für den Padre

Heute ist mein Glückstag. Ambros hat seine Kreuzworträtsel zusammengepackt und ist ausgezogen. Verlegt nach Block 2. Er glaubt an eine vorzeitige Entlassung. Ich hatte schon das passende Schopenhauer-Zitat auf der Zunge, »Hoffnung ist die Verwechslung des Wunsches einer Begebenheit mit ihrer Wahrscheinlichkeit«, aber ich wollte ihm seine Illusion nicht kaputtmachen.

Zum Abschied haben wir uns »Wir bleiben in Kontakt« vorgelogen. Zum Glück wird er keine Gelegenheit dazu haben. Die Aufteilung in zwei getrennte Blöcke hat ja gerade den Sinn, Kontakte zwischen den beiden Bereichen der JVA zu verhindern. Wenn man bei der Einführung dieses Systems auch nicht an Jammergestalten wie Ambros gedacht haben wird, sondern an Komplizen, die keine Möglichkeit haben sollen, sich abzusprechen.

Man hat mir, das ist die beste Nachricht, bisher noch keinen neuen Zellengenossen zugeteilt. Vielleicht hat man es vergessen. Wenn Sie ein Gebet um ewige Vergesslichkeit kennen, Padre, ich spreche es ab sofort dreimal täglich. Zünde auch gern eine Kerze an oder was es sonst braucht, um den lieben Gott zu bestechen.

Ich merke erst jetzt, wie sehr mir das Alleinsein gefehlt hat. Einsiedler, davon bin ich überzeugt, ziehen sich nicht aus Frömmigkeit aus der Gesellschaft zurück, sondern weil ihnen ihre Mitmenschen auf die Nerven gehen.

Die Zelle, die jetzt mir gehört, ist so groß wie das Zimmer, das ich als Kind mit meinem Bruder teilen musste. Auch wir hatten Stockbetten. Er war Bettnässer, und manchmal tropfte es durch die Matratze zu mir herunter.

Das mit dem Durchtropfen habe ich dazuerfunden. Bettnässer war er wirklich, meistens in der Nacht auf den Montag, wenn Bachofen in seiner Sonntagspredigt die Schrecken der Hölle besonders anschaulich beschrieben hatte. Mein Bruder stand dann früh auf, wusch sein Bettzeug aus und holte sich für diesen freiwilligen Beitrag an die Haushaltsarbeit auch noch Lob ab. Meine Mutter wusste natürlich, was wirklich vorgefallen war, aber sie hatte sich darauf trainiert, manche Dinge nicht zu bemerken. Psalm 39 hätte für sie geschrieben sein können: »Ich will schweigen und meinen Mund nicht auftun.«

Mein erstes eigenes Zimmer hatte ich in einer Berliner WG. Es enthielt einen Stuhl, einen Überseekoffer für meine wenigen Sachen und eine Matratze, die man tagsüber gegen die Wand lehnen konnte.

Dann kam das Zimmer bei Mutter Spackmann, nicht das größte, aber das angenehmste meines Lebens. Sie hatte mich quasi adoptiert, nachdem ich ihr die Einkaufstasche in die dritte Etage getragen hatte. Wir hatten dann zusammen Kaffee getrunken, darauf hatte sie bestanden, denn nur guter Lohn mache hurtige Hände. Bei der zweiten Tasse habe ich ihr stotternd erzählt, ich sei auf der Suche nach einer besseren Bleibe, könne mir aber nichts Teures leisten, und sie hat mir das Zimmer ihres Sohnes angeboten, kostenlos. Der Junge war in Amerika, Kalifornien, glaube ich, und machte dort irgendetwas Technisches.

Das Zimmer hing voller Flugzeugmodelle, das war wohl sein Hobby gewesen, aber das Bett war bequem, und die alte Dame ließ ihre ganze aufgestaute Mütterlichkeit auf mich los. Sie betüddelte und bekochte mich, und am Abend saßen wir manchmal in ihrem Wohnzimmer – echter Gelsenkirchener Barock – und unterhielten uns. Sie hatte immer eine Flasche mit ihrem Lieblingslikör zur Hand, Zuckerwasser mit Pfefferminzgeschmack, und war schon nach dem ersten Gläschen ein kleines bisschen angesäuselt. Was sich darin äußerte, dass sie sich so benahm, wie sich ein weiblicher Teenager in ihrer Jugend aufgeführt haben mag. Sie machte mir Kussmündchen und drehte sich dann, die Hand vor dem Mund, verschämt weg und begann zu kichern.

Ich habe Mutter Spackmann geliebt und gab mir Mühe, die Rolle des Ersatzsohns gut zu spielen. Ich habe sie auf den Wochenmarkt begleitet und ihre Frisur bewundert, wenn sie sich beim Friseur wieder diese seltsamen Löckchen hatte drehen lassen. Weil sonst niemand da war, habe ich später aus dem Krematorium die Büchse mit ihrer Asche mitgenommen. Ich weiß nicht, wo sie abgeblieben ist. Manchmal musste ich sehr schnell umziehen, und es ist jedes Mal eine Menge stehengeblieben.

Später habe ich mir, wenn ich zu Geld gekommen war, immer möglichst große Wohnungen gemietet, auch wenn ich selten dazu kann, sie richtig zu möblieren. Hotelzimmer habe ich nie gemocht, schon gar nicht, wenn sie auf vornehm machen. Nur schon dieser demonstrativ antiseptische Geruch! Wie das zu starke Parfum, das eine Strichdame auflegt, damit man als Kunde seine Vorgänger nicht riechen muss. Die meisten dieser Edelschuppen haben sich ihre fünf Sterne ohnehin nur durch Hochstapelei erschlichen, davon verstehe ich was. Nein, da sind mir ehrlich schmuddelige Absteigen allemal lieber.

Die schönsten Räume überhaupt sind fremde Schlafzimmer. Weibliche Schlafzimmer. Wenn man die zum ersten Mal betritt, von der Besitzerin eingeladen, manchmal ausdrücklich, manchmal nur mit einem Blick, wenn man sich zum ersten Mal umsieht, noch nicht wissend, was einen erwartet, aber doch in der angenehmen Gewissheit, etwas erwarten zu dürfen – ach, Padre, das sind wunderbare Momente. (Die Sie, will ich doch hoffen, noch nie erlebt haben. Sie arbeiten zwar nicht für die Abteilung Zölibat, aber ein bisschen von der magischen Keuschheitsmargarine werden Sie sich doch jeden Morgen aufs Brot schmieren.)

Ich würde sogar behaupten, dass man anhand der Einrichtung eines Schlafzimmers voraussagen kann, was einem dort im Lauf der Nacht geboten werden wird, von der einfachen Missionarsstellung bis zur akrobatischen Einlage. Ich war, trotz meiner schweren Zunge oder gerade ihretwegen, beim weiblichen Geschlecht immer recht erfolgreich und könnte Ihnen zu dem Thema eine Menge Geschichten erzählen.

Nein. Besser nicht. Ich bitte um Verständnis. In einer JVA bekommt man für seine nächtlichen Phantasien keinen Nachschub, und es empfiehlt sich, mit seinem diesbezüglichen Vorrat sparsam umzugehen. Wenn man Erinnerungen zu oft als Vorlage verwendet, verlieren sie ihren Glanz und damit ihre Wirksamkeit. Vielleicht werde ich Ihnen das Erlebnis, an das ich jetzt gerade denke, ein andermal aufschreiben. Heute will ich es nur für mich selber verwenden, genüsslich und ohne Hast. Wo ich die Zelle doch endlich für mich allein habe.

Gute Nacht, Padre.

Tagebuch

Backfisch. Das ist das Wort, das ich suche. Dieses Buch muss einem Backfisch gehört haben. Zu einer Zeit, als es noch kein anderes Wort für dieses Alter gab. Halbes Mädchen, halbe Frau. Rosa Schleife im Haar und vor dem Herrn Lehrer brav einen Knicks gemacht. Ich bin klein, mein Herz ist rein. Heute nur noch ein Name auf einem Grabstein. Wenn das Grab nicht schon längst wieder aufgehoben ist, der Stein abgeschliffen und neu beschriftet. Vielleicht stand »Ewiges Gedenken« darauf, und das haben sie wiederverwendet. Leere Worte passen immer.

Ah …

Es tut so gut, endlich wieder etwas schreiben zu können, das nicht für den Padre bestimmt ist. Wo ich ihn beim Formulieren nicht ständig mitdenken muss. Diese Aufzeichnungen wird niemand lesen. Darf niemand lesen. *Loose lips sink ships.*

Vielleicht sollte ich mir eine Geheimschrift ausdenken, so wie Leonardo da Vinci. Aber ein Buch zwischen all den anderen Büchern, wem sollte das auffallen? Wahrscheinlich hat derjenige, der es aus seinem Regal genommen und in die JVA-Sammelkiste gesteckt hat, gar nicht gemerkt, was er da in der Hand hatte. Wäre nie auf den Gedanken gekommen, dass er jemanden damit glücklich machen würde.

Es sieht aus wie ein Buch, es fühlt sich an wie ein Buch, aber es ist kein Buch. Ach, wie gut, dass niemand weiß, dass ich Rumpelstilzchen heiß.

Es wird ein Geburtstagsgeschenk gewesen sein. Siebzehn Jahr, blondes Haar. Nein, vierzehn, das passt besser. Eltern, die auf verständnisvoll machten. »Unsere Kleine ist jetzt in dem Alter, wo man Geheimnisse hat.« Oder sie haben das Buch zufällig in der Schreibwarenhandlung entdeckt und fanden es originell. Das Geschenk mit einem Schmunzeln überreicht.

Vielleicht hat sie eine Schnute gezogen, weil sie gedacht hat, es sei wieder eins dieser Kinderbücher, für die sie sich schon längst zu alt fühlte. *Trotzköpfchens Brautzeit.*

Der Einband wie eine Klassikerausgabe. Braunes Leder. Goldprägung. Sie wird das Buch gleich nach dem Auspacken aufgeschlagen haben, vielleicht von den Eltern dazu gedrängt. »Sie ist immer so niedlich, wenn sie sich freut.« Und dann waren da all diese leeren Seiten. Nur auf dem Vorsatzblatt der Titel. *Mein Tagebuch. Von ...* Eine gepunktete Linie, wo sie ihren Namen einsetzen sollte. Dorothea. Margarete. Wilhelmine. Sie hat es nie getan.

Keine große Schreiberin. Oder sie hat nichts erlebt, was sich aufzuschreiben lohnte. Vier Seiten Gekritzel, der Rest ist leer. Grüne Tinte, so wie damals in den Briefen an Nils. Habe ich mir die Kleinmädchenfarbe also richtig ausgedacht.

Sütterlin-Schrift, wo man n und u nicht voneinander unterscheiden kann. Hieroglyphen. Ich habe nach einer halben Seite aufgegeben. Es lohnt das Entziffern nicht.

Wer war eigentlich Sütterlin? Dass sie einen vom Internet

abschneiden, ist eine Gemeinheit. In meinem Urteil stand nichts von dreieinhalb Jahren Verblödung. Wasser und Brot wären leichter zu ertragen.

Egal. Meine Phantasie können sie mir nicht wegnehmen. Hieronymus Theobald Sütterlin unterrichtete am Irgendwas-Gymnasium in Irgendwo, hatte einen Kaiser-Wilhelm-Schnurrbart und trug einen Bratenrock. Was immer das ist. Weil er Kinder hasste, erfand er eine Schrift, mit der man sie quälen konnte. Wurde tot in seiner Wohnung aufgefunden, von zehntausend Schreibfedern durchbohrt.

Ich muss mit den Seiten sparsam umgehen. Ich habe noch viele leere Tage vor mir.

Zum ersten Mal in meinem Leben Tagebuch schreiben. Eine verlockende Vorstellung. Ein Beichtstuhl, in dem auf der anderen Seite keiner sitzt. Wo man nicht lügen muss, weil niemand zum Anlügen da ist. Die Gedanken ungefiltert notieren.

Wie die Sache mit Ambros und seiner plötzlichen Verlegung in den andern Block. Ich hatte nicht erwartet, dass meine diskret vorgebrachte Bitte Wirkung zeigen würde. Erhofft, ja. Erträumt. Aber nicht erwartet. Schon gar nicht so schnell. Jetzt weiß ich, wie viel Einfluss die Leute haben, mit denen ich mich eingelassen habe. Die sich mit mir eingelassen haben. Nicht nur bei den Häftlingen können sie etwas erreichen, sondern auch bei der Verwaltung. Es wäre interessant zu wissen, wie hoch hinauf dieser Einfluss reicht.

Neugier ist der Katze Tod.

Ich habe in den *Simplicissimus* nicht hineingeschaut. Habe ihn unter den anderen geschenkten Büchern hervorgeholt und zum Abholen bereitgelegt. Schon eine Stunde später war es so weit. Ein Häftling, der nicht wie ein Leser aussah. Außer er liest, während er Hanteln stemmt. Hatte brav draußen im Gang gewartet. Unauffällig. »Der Advokat schickt mich«, sagte er und fasste das Buch an, als habe er Angst, es könne kaputtgehen. Beim Weggehen wurde er von einem zweiten Häftling begleitet. Noch so ein Muskelpaket. Stand von der Wartebank auf und ging breitschultrig hinter ihm her. Es war ihm wohl plötzlich eingefallen, dass er doch keine Lust zum Lesen hatte.

Drogen. Natürlich geht es um Drogen. Man müsste blind und blöd sein, um etwas anderes zu denken. Niemand macht sich solche Umstände, um Hustendrops in die JVA zu schmuggeln. Eine perfekte Pipeline, von der die Verwaltung nichts weiß. Oder nichts wissen will. So oder so macht sich niemand die Mühe, jedes einzelne der geschenkten Bücher von der ersten bis zur letzten Seite durchzublättern, bevor es in die Bibliothek kommt. Brave Bürger, die armen Strafgefangenen etwas Gutes tun wollen? Da muss man doch nichts kontrollieren.

Was das System noch perfekter macht: Ausgerechnet der Padre dient als Garant für die Harmlosigkeit des Geschehens. Nur seinetwegen gibt es diese Bibliothek überhaupt, es war immer sein Projekt, und er ist es auch, der die ganze Sammelaktion initiiert hat. Die Sendungen mit den Büchern sind alle an ihn adressiert. Weshalb die Direktion davon ausgeht, dass er ihren Inhalt schon überprüfen wird. Was er aber nicht tut, dafür kommt viel zu viel bedrucktes Papier an. Und der Padre klopft sich auf die Schulter und denkt: Ich habe doch gewusst, dass es viele gute Menschen auf der Welt gibt.

Sie werden die Bücher zentnerweise im Antiquariat kaufen, um sicherzugehen, dass es für eine seriöse Kontrolle zu viele sind. Ein sauberer Trick. So sauber, dass er gut zur Wäscherei passt.

Gut, dass niemand diese Notizen lesen wird.

Ich will nicht einmal vermuten, wer dahintersteckt. Ich räume die Regale ein und organisiere die Ausleihe. Wenn mich jemand bittet, mir ein bestimmtes Buch nicht näher anzusehen, dann sehe ich mir dieses Buch nicht näher an. Ich bin kein neugieriger Mensch.

Doch, natürlich bin ich das. Aber ich möchte noch am Leben sein, wenn die Jahre, zu denen man mich verknurrt hat, vorbei sind. Ich will niemanden auf den Gedanken bringen, es wäre besser, mich zum Schweigen zu bringen. Werde für meine Diskretion nichts verlangen. Keine Forderungen. Höchstens mal eine kleine Bitte. Wie die Sache mit Ambros.

Das Maul halten und nützlich sein.

Den Padre nicht vergessen. Ihm ein bisschen schmeicheln.

Für den Padre

Wirklich, Padre, Sie haben mit dieser Bibliothek etwas sehr Positives geschaffen. Das muss auch mal gesagt werden.

Der Zettelkatalog macht Fortschritte, und auch sonst habe ich den Betrieb schon ganz gut im Griff. Vor allem kenne ich die Vorlieben meiner Kunden. Zum Beispiel kommt da regelmäßig ein Typ, bei dem man, wenn man ihm draußen begegnete, die Straßenseite wechseln würde, und was holt er sich? Einen Liebesroman. Wir sind in der Beziehung nicht allzu gut bestückt, unsere Spender scheinen sich von ihren Rosamunde-Pilcher-Sammlungen nicht trennen zu wollen. Aber man kann diesem Romantiker ruhig nach einem Weilchen denselben Roman noch einmal mitgeben, er liest ihn wieder mit Begeisterung. Ein anderer Stammkunde, Sie kennen ihn aus der Donnerstagsgruppe, kommt mit einer langen Leseliste, die er während seiner Zeit in der JVA abarbeiten will. Sobald er seine Jahre abgesessen hat, das hat er sich fest vorgenommen, will er das Abitur nachholen. Ich versuche für ihn zu finden, was möglich ist, aber ich kann ihm natürlich nicht garantieren, dass der Anforderungskatalog für die Prüfung dann noch derselbe sein wird. Bei § 178 sind vorzeitige Haftentlassungen selten.

Krimis werden oft verlangt. Lesen bildet. Ab und zu kommt jemand mit einem ausgefallenen Spezialwunsch und ist dann sehr, sehr dankbar, wenn es mir gelingt, den zu erfüllen, und in dem Buch genau das drin ist, was er haben wollte.

So, jetzt die Geschichte für Sie. Es ist diesmal nichts Erfreuliches, tut mir leid. Aber es gehört zu meinem Leben.

Es war an dem Tag, an dem meine Schwester beerdigt wurde. Nach ihrem Unfall mit der Straßenbahn, an den ich bis heute nicht glaube. Ich bin überzeugt, sie hat das Leben, in das man sie hineinerzogen hatte, nicht mehr ausgehalten.

Meine Schwester war für mich immer wichtig. Der einzige Mensch in der Familie, mit dem man lachen konnte. Was wir als Kinder immer nur heimlich getan haben, den Kopf unter der Bettdecke. Um ihr Kichern zu unterdrücken, biss sie in ein Kissen, und wenn ich dann sagte, sie sehe aus wie ein Bierbrauerpferd mit seinem Futterbeutel, platzte sie gleich wieder heraus. Sie konnte so lustig sein.

Jetzt hatte man sie in diese Kiste gepackt, versandfertig fürs Jenseits, und Bachofen beschrieb mit seiner öligen Stimme einen Menschen, der mit meiner Schwester nichts gemeinsam hatte. Sie war kein Engel gewesen, den Gott wieder in seiner Nähe haben wollte, sondern eine unglückliche Frau, die mit drei Kindern und der selbstlosen Perfektion, die man von ihr verlangte, überfordert war. Man hatte ihr eine zu große Last zu schleppen gegeben und sie damit erdrückt. Das hätte Bachofen sagen müssen. Stattdessen ...

Sich aus getrockneten Bibelzitaten jederzeit ein Predigtsüppchen anrühren – lernt man das in der Theologenausbildung?

Im Betsaal saß auch der Mann, dem man damals die Homosexualität aus dem Leib geprügelt hatte. Er war ein paar Jahre verschwunden gewesen und dann in die Stadt zurückgekommen. Als Kinder hatte man uns vor ihm gewarnt. In der Gemeinde war er gleichzeitig Objekt der Verachtung und der Bewunderung. Einerseits, so dachten die Leute über ihn, hatte er eine Sünde begangen, die besonders unverzeihlich schien, weil sich niemand so genau vorstellen wollte, um was es dabei eigentlich gegangen war, andererseits war er von dieser Sünde geheilt worden wie in der Bibel der Aussätzige von seinem Aussatz. Mit derselben Konsequenz. Denn was folgt im Markus-Evangelium nach der Heilung? Oder haben Sie den nächsten Satz auch immer überlesen? Das tun die meisten. »Und Jesus bedrohte ihn und trieb ihn alsbald von sich.«

Jesus und sein Meisterschüler Bachofen.

Nachdem man die Kiste mit meiner Schwester in die Erde versenkt hatte, stellten wir Hinterbliebenen – so war es der Brauch – uns in einer Reihe auf, und die Gemeindemitglieder defilierten an uns vorbei, schüttelten jedem von uns die Hand und murmelten tröstende Floskeln. Bachofen hatte sich dazugestellt; er betrachtete sich als Familienoberhaupt all seiner Schäfchen. Als der »geheilte« Schwule an der Reihe war, natürlich als Letzter, da verweigerte Bachofen ihm den Handschlag, stand nur steif da, die Arme auf dem Rücken, als ob die dort angewachsen wären.

Das war der Moment, der exakte Moment, in dem ich den Entschluss fasste, etwas gegen ihn zu unternehmen.

Am Abend saßen wir zusammen in der Küche, meine Eltern, mein Bruder und ich, und hatten uns nichts zu sagen. Meine Mutter hatte gekocht, sie würde auch am Tag des Jüngsten Gerichts noch gekocht haben, der Tisch war gedeckt, und mein Vater verkündete den Bibelspruch, den er für diesen Tag als Losung ausgewählt hatte. Für den Tag der Beerdigung seiner Tochter. *Philipper* 4,4. »Freuet euch in dem Herrn allewege! Und abermals sage ich: Freuet euch!« Da bin ich aufgestanden und gegangen. Als ich die Treppe hinunterging, wusste ich, dass ich zum letzten Mal in dieser Wohnung gewesen war. Bin mit dem nächsten Zug nach Berlin zurückgefahren.

Kleine Jobs, größere Jobs. Suppenküche und Grand Hotel. Im Hinterkopf die ganze Zeit: Bachofen. Ich musste etwas gegen ihn unternehmen und wusste nicht wie. Ein Denkmal kippt nicht um, weil man davor ausspuckt.

Und dann, eines Tages, es war am Kurfürstendamm, direkt vor dem Café Kranzler, stoppte ein Wagen neben mir. Blockierte den Verkehr. Ein offener Porsche, ein richtiger Zuhälterschlitten. Der Fahrer rief meinen Namen. Teure Klamotten und ein Hundert-Mark-Haarschnitt. Die Autofahrer hinter ihm hupten ungeduldig, aber er grinste nur und zeigte ihnen den Effenberg-Finger. Ich hatte keine Ahnung, wer er war. Erkannte ihn erst, als er die verspiegelte Sonnenbrille auf die Stirn schob.

Erinnern Sie sich an Sebi? Sebastian? Mein Arbeitskollege bei R & J? Der Computerspezialist? Der Mann, der sich das Rauchen abgewöhnen wollte?

Die Zigaretten hatte er sich tatsächlich abgewöhnt. War auf Zigarren umgestiegen, teure Dinger, von denen er ein paar in der Brusttasche stecken hatte wie früher die Kugelschreiber. Winkte mich zu sich in den Wagen und fuhr los. »So ein Wiedersehen muss gefeiert werden«, sagte er.

Wir waren nie dicke Freunde gewesen. Nebeneinander in Tastaturen hacken ist nicht die Art gemeinsamer Tätigkeit, die ewige Freundschaften begründet. Aber jetzt behandelte er mich wie den verlorenen Sohn persönlich. Lud mich zum Essen ein, in eines jener Lokale, die einen eigenen Angestellten haben, um die Wagen der Gäste einzuparken, und erzählte mir, warum er so gut bei Kasse war.

An unserem letzten Arbeitstag hatte er verkündet, er wolle sich nie mehr anstellen lassen, sondern sich selbständig machen, natürlich im IT-Bereich. Solche Neugründungen gab es in Berlin zu Tausenden, und meistens war aus dem Start-up schon wieder ein Close-down geworden, noch bevor das Amtsgericht auch nur den Eintrag ins Handelsregister bearbeitet hatte. Sebi war es besser ergangen. Er hatte seine Marktlücke gefunden: Firmen für teures Geld vor Datenverlust beschützen.

»Sicherheit«, sagte er, »das ist das Zauberwort. Sicherheit braucht jeder. Natürlich muss man die Leute für die Notwendigkeit einer solchen Dienstleistung zuerst sensibilisieren.« Er redete anders als früher, eine Preisklasse höher. »Aber wenn sie erst einmal unvorsichtig ein Prográmmchen angeklickt haben, einen scheinbar harmlosen E-Mail-Anhang, und wenn dann die Hälfte ihrer Dateien verschwunden ist, dann rufen sie bei mir an, sobald sie meine Werbung gelesen haben.«

»Und woher weißt du, wem du deine Werbung schicken musst?«

Sebi grinste schon wieder. »All denen, die vorher die E-Mail mit dem Anhang von mir bekommen haben. Das nennt man Marketing.«

Ich bin kein moralischer Mensch, Sie wissen das, Padre. Ich hatte an Sebis Geschäftsmodell nichts auszusetzen. Im Gegenteil. Es brachte mich auf eine Idee.

Für den Padre

Warum kam ich nicht schon viel früher auf den Gedanken, etwas gegen Bachofen zu unternehmen? Warum habe ich ihn all die Jahre nur verachtet, aber nie bekämpft? Und warum löste dann dieser verweigerte Handschlag den Beschluss in mir aus? Nicht meine frömmlerisch versaute Kindheit. Nicht die Quälereien, die mir das Stottern abgewöhnen sollten. Nicht einmal der Tod meiner Schwester.

Das habe ich alles irgendwie ertragen. Runtergeschluckt. Habe es als Schicksal betrachtet, als gottgewollt oder was man sich sonst einredet, um die eigene Feigheit zu kaschieren. Aber als er auf dem Friedhof dieses arme Schwein so verächtlich behandelte, da war mir plötzlich klar, dass ich etwas unternehmen musste. Von einem Moment auf den andern.

Seltsam.

Ich glaube, der Mensch ist nicht in der Lage, sich die wirklich entscheidenden Dinge in seinem Leben zu erklären. Außer mit Worten natürlich, das nennt sich dann Philosophie oder Religion und soll einen darüber hinwegtrösten, dass man nichts kapiert hat. Dass man gedacht hat, man führe sein Leben bewusst, und sich doch nur hat treiben lassen. Und dann kommt so ein kleines Detail, so ein winziger Schubser, und wir wissen, dass wir handeln müssen. Glauben es zu wissen. Sagen: »Es bleibt mir gar nichts anderes übrig.«

Eine präzise Formulierung. Die Welt hat einem alles andere weggenommen, alle anderen Möglichkeiten sind verschwunden, da ist nur noch die eine, an der muss man sich festhalten, um nicht unterzugehen. Festklammern. Weil einem eben ganz wörtlich nichts anderes übrigbleibt. Wenn ich das jetzt nicht tue, denkt man, bin ich nicht mehr ich selber. Dann dämmere ich den Rest meines Lebens nur noch so dahin.

Amok, rückwärts gelesen, heißt Koma.

Dabei ... Als ich meinen Beschluss fasste, war ich gar nicht mehr wütend auf Bachofen. Der Zorn lag hinter mir. Ich weiß keinen passenden Begriff für den Gemütszustand, in dem ich mich befand. »Eiskalt« wäre das falsche Wort. Da war eine gewisse Leichtigkeit. Das Versprechen einer Leichtigkeit. Nur noch dieses eine musst du erledigen, dann hast du es hinter dir.

Was natürlich nicht stimmt. Man hat es nie hinter sich.

Ich habe wegen der Dinge, die ich getan habe, kein schlechtes Gewissen. Ich wache nachts nicht auf und denke: Das hättest du nicht tun sollen. Ich bin froh, dass ich es getan habe. Obwohl es natürlich kriminell war.

Keine Sorge, Padre, die Geschichte ist verjährt. § 78 StGB. Es gibt hier in der Anstalt einen Häftling, der kennt sich mit solchen Dingen aus, und der hat mir das bestätigt. Selbst wenn mich heute jemand anzeigte, würde mir nichts mehr passieren. Ich hatte mit der Sache ja auch nichts zu tun. Es war Selbstmord. So stand es in der Zeitung, also wird es wahr sein.

In meiner Vorstellung war Bachofen mit jedem Jahr mehr geschrumpft, so wie auch sein Zimmer mit dem Schreibtischaltar bei jedem Besuch kleiner geworden war. Das Bücherregal mit den Bibelausgaben in allen möglichen Sprachen kam mir nur noch lächerlich vor. Wie wenn einer Münzen sammelte, aus Ländern, in denen er nie gewesen ist, und die dann herumliegen ließe, damit die Leute denken sollten, er habe sich dort einen Urlaub leisten können. Ein Universum aus Pappkulissen hatte er errichtet, und ich hatte viele Jahre darin gelebt. Hatte nie so richtig an ihn geglaubt, aber seine Autorität auch nicht angezweifelt. Dafür war ich zu früh auf ihn abgerichtet worden. (Schopenhauer: »Wenn die Welt erst ehrlich genug geworden sein wird, um Kindern vor dem fünfzehnten Jahr keinen Religionsunterricht zu erteilen; dann wird etwas von ihr zu hoffen sein.«) All die Jahre hatte ich mir nicht erlaubt zu sehen, dass er ein Westentaschenheiliger war, ein Miniaturprophet, ein Liliputaner, der sich auf einen Stapel Bibeln stellen musste, um vor den anderen als großer Mann zu erscheinen. Kein Kegelverein der Welt hätte ihn zum Vorsitzenden gewählt, aber wenn in einer Gemeinde abgestimmt wird, hat der liebe Gott immer die Mehrheit. Man muss die anderen Leute nur davon überzeugen, dass man seine Vollmacht hat.

Ob Bachofen selber an die eigene Unfehlbarkeit geglaubt hat? Er wird sich irgendwann davon überzeugt haben. Man kann ein Theaterstück nicht ewig en suite spielen, ohne an seine Rolle zu glauben.

Ein Mann wie ein Heißluftballon: aufgeblasen über seinen Anhängern schwebend. Und wie bei einem Luftballon genügte ein Nadelstich, und es war vorbei mit seiner Herrlichkeit.

Allein hätte ich den Nadelstich nicht geschafft. Zum Glück war Sebi wieder in meinem Leben aufgetaucht. Seit unserer zufälligen Begegnung am Kudamm trafen wir uns fast täglich. Nicht weil ich ein so ungemein liebenswerter Zeitgenosse bin, nein, er lud mich aus einem ganz anderen Grund immer wieder ein: Gesellschaft bekommt man billig, Leute, die sich für das, was man ihnen erzählt, tatsächlich interessieren, sind kostbar. Die dieses Interesse überzeugend vorzutäuschen wissen. Trotz all seines neuverdienten Geldes hatte Sebi bisher jemand gefehlt, dem er seinen geschäftlichen Erfolg wieder und wieder in allen stolzen Einzelheiten schildern konnte und der jedes Mal so beeindruckt reagierte, als ob er die Geschichte noch nie gehört hätte. Das ist eine Rolle, die mir liegt. Ich bin ein guter Zuhörer; es ist mir gar nichts anderes übriggeblieben, als es zu werden. Sebi und ich waren nur ein paar Monate lang Arbeitskollegen gewesen, aber ich spielte den alten Kumpel meisterhaft. Er war von unserer neugefundenen Kameradschaft so begeistert, dass er mir einen Job in seiner Firma anbot. Und es dann nicht fassen konnte, als ich ablehnte. »Wahre Freundschaft ist selbstlos«, sagte er und bestellte Champagner. Aber es war keine Freundschaft. Ich wollte bloß keinen Job von ihm, sondern etwas anderes.

Ich brauchte jemanden wie Sebi, weil ich die technischen Probleme meines Plans allein nicht hätte lösen können. Aber es war mein Einfall, darauf lege ich Wert. Ich ganz allein habe die Maschine konstruiert. Sebi hat mir nur beim Zusammenschrauben geholfen. Eine durch und durch unmoralische Maschine. Ich bin stolz auf sie, weil sie perfekt funktioniert hat. Ich habe sie entworfen und in Gang gesetzt, Zahnrad in Zahnrad, und am Schluss war Bachofen erledigt und tot. Hat seine gerechte Strafe bekommen.

Ich weiß, was Sie jetzt denken: Es gibt Dinge, auf die darf man nicht stolz sein. Ich kenne die Bibelverse, mit denen Sie versuchen werden, mir die Verwerflichkeit meines Tuns nachzuweisen. Um Ihnen die Mühe des Nachschlagens zu ersparen: *Römer* 12,19 ist für den Zweck wohl am besten geeignet. »Rächet euch selber nicht, meine Liebsten, sondern gebet Raum dem Zorn Gottes; denn es steht geschrieben: Die Rache ist mein; ich will vergelten, spricht der Herr.« Aber eben: Gott hat eine Ewigkeit Zeit, um die Sünder zu bestrafen, und eine Ewigkeit wollte ich nicht warten. Nur um an ihrem Ende festzustellen, dass es überhaupt keinen Gott gibt.

So bin ich vorgegangen:

Als Erstes habe ich sämtliche Missionsgesellschaften angeschrieben, die sich im Telefonbuch finden ließen. Es waren überraschend viele. Fremde Völker mit einer Religion zu beglücken, die nicht zu ihnen passt, scheint ein beliebtes Hobby zu sein.

Ich schrieb diesen Organisationen, ich wolle im Internet, das damals noch etwas Neues war, eine Seite einrichten, auf der man die Heilige Schrift in den verschiedensten Sprachen abrufen könne, eine Bibliothek all der Übersetzungen, die wackere Missionare im Lauf der Zeit erstellt hätten. Um die Leistung all dieser bescheidenen Arbeiter im Weinberg des Herrn für jedermann sichtbar zu machen. (Den Bachofen-Jargon hatte ich drauf.) Sofern solche Texte in elektronischer Form vorlägen, bat ich, solle man sie doch bitte an meine Postfachadresse schicken.

Es haben fast alle begeistert mitgemacht. Einer dieser Bekehrungsvereine wollte mich sogar einstellen. Ich könne ein Büro bei ihnen bekommen, boten sie mir an, und die notwendigen technischen Einrichtungen würden sie auch finanzieren. Aber sie akzeptierten, dass ich lieber allein tätig werden wollte. Man muss dem Weg folgen, den der Herr einem weist.

Schließlich hatte ich eine hübsche Menge von Bibelübersetzungen zusammen. Die meisten noch auf Floppy, ein paar wenige schon auf CD-ROM. Nicht alle vollständig, bei den meisten waren nur die vier Evangelien übersetzt. Aber dafür waren einige Sprachen darunter, die so exotisch waren, dass ich noch nie von ihnen gehört hatte.

Das Wort des Herrn als Mittel für eine Racheaktion. Es wird Ihnen nicht gefallen, wie die Geschichte weitergeht. Aber da müssen Sie jetzt durch.

Fortsetzung folgt.

Für den Padre

Die Bibelübersetzungen waren die eine Zutat für den Giftcocktail, den ich zusammenmixte. Die andere …

Nein, Padre, diesen Teil der Story spare ich mir noch auf. Damit Sie sehen, dass ich Ihre Ratschläge befolge. Sie haben mir als wirklich netter Mensch dieses Büchlein geschenkt, *Neunundneunzig Regeln für besseres Schreiben*. Darin steht als Nummer 24: »Verraten Sie nicht schon auf den ersten Seiten zu viel. Neugier erhält die Aufmerksamkeit des Lesers.«

Machen wir es also spannend. Erzählen wir die Geschichte als Kriminalroman. Wo man zuerst nur weiß, dass jemand ermordet wurde. Erst viel später erfährt man, wie es passiert ist.

Mein Krimi fängt so an: Im Betsaal einer unwichtigen Gemeinde in einer noch unwichtigeren Stadt wird das Kirchenoberhaupt tot aufgefunden. Erhängt. Ohne Abschiedsbrief. Anhand der Indizien vor Ort geht die Polizei von Selbstmord aus. Über die näheren Umstände des Todes gibt sie nichts bekannt, aber es sickert durch, dass die Schlinge laienhaft geknüpft war und die Fallhöhe zu niedrig, um einen relativ schmerzlosen Tod durch Genickbruch zu bewirken. Bis das Opfer qualvoll erstickt war, muss es mehrere Minuten gedauert haben.

Wie gefällt Ihnen das als Anfangsszene? Spannend, nicht? Um den Leser endgültig zu fesseln, müsste man natürlich zusätzlich noch ein paar naturalistische Details einbauen, die blaue Verfärbung der herausgequollenen Zunge oder der unangenehme Geruch, weil sich im Tod der Schließmuskel geöffnet hat. Die Leute lieben solche Schauereffekte; in den Büchern, die bei mir am häufigsten ausgeliehen werden, kommen fast immer solche Szenen vor.

Der Detektiv, ohne den ein anständiger Krimi nicht auskommt, befragt die Gemeindemitglieder, und die sagen übereinstimmend aus, sie könnten sich das tragische Geschehen nicht erklären, Bachofen sei ein so vorbildlicher Mensch gewesen, ohne jede Schwäche, fast schon ein Heiliger. (In einem Roman würde ich ihn natürlich nicht Bachofen nennen. Würde einen Namen für ihn suchen, der besser zu einem Propheten passt. Vielleicht etwas mit lateinischem Anklang.)

Im dritten oder vierten Kapitel setzen dann die Gerüchte ein, zuerst nur leise und sofort dementiert, dann lauter und nicht mehr zu unterdrücken. Die Polizei beraumt eine Pressekonferenz an, an deren Vorabend sich im Präsidium ein Einbruch ereignet. Es scheint, dass jemand versuchen wollte, Beweismaterial zu vernichten. (So ein Einbruch ist in Wirklichkeit nicht passiert, aber in einem Kriminalroman muss man schon ein paar Kurven einbauen, um auf die zweihundertfünfzig Seiten zu kommen.) Und dann, im allerletzten Kapitel, die große Überraschung.

Sie sehen, Padre, ich habe Ihr Geschenk gründlich studiert. Es ist wirklich lieb von Ihnen, dass Sie die Qualität meiner Schreibe verbessern wollen. Oder wollten Sie mich mit Ihrem Geschenk auf den Gedanken bringen, mir nach meiner Entlassung eine neue Karriere als Schriftsteller aufzubauen? Die Vorstellung ist verlockend, aber der Mensch muss auch von etwas leben.

Nun ja, das wird man alles sehen. Vielleicht versuche ich mich zunächst mal an einer Kurzgeschichte oder etwas Ähnlichem. Regel 18 in dem Büchlein: »Machen Sie einen Schritt nach dem andern. Je größer das Projekt, desto größer die Gefahr des Scheiterns.« Mir schwebt eine Geschichte vor, an der ich mich gern mal versuchen möchte.

Heute will ich Ihnen erst mal die Story von Bachofen zu Ende erzählen. Dass sie mit seinem Selbstmord endet, wissen Sie bereits. Nur noch nicht, wie es dazu gekommen ist.

Wie ich es dazu gebracht habe.

Sebi hatte die Adresse von Karlheinz aufbewahrt, ich nahm mit ihm Kontakt auf und ließ mir einen imposanten Briefkopf layouten: »Freibund unabhängiger christlicher Kirchen«. (Wenn Sie die ersten Buchstaben hintereinander lesen, werden Sie merken, dass ich manchmal einen furchtbar geschmacklosen Humor habe.) Karlheinz stellte keine Fragen. Das Aussterben seines angestammten Berufes hatte ihn zum Zyniker gemacht.

Und dieser Freibund, den es durchaus hätte geben können, schrieb auf seinem schönen neuen Briefpapier einen Brief »an den lieben Bruder Bachofen«. Man beobachte sein segensreiches Wirken schon seit längerer Zeit und würde sich überaus freuen, wenn er sich entschließen könnte, an der nächsten Generalsynode der Gemeinschaft teilzunehmen und dort eine Ansprache zu halten. Eine formelle Einladung mit allen Angaben würde ihn bald erreichen. Die beigelegte CD-ROM solle er bitte als kleines Zeichen der Anerkennung für seinen verdienstvollen Kampf um die Reinheit der Lehre betrachten, sie enthalte den Text der Heiligen Schrift in dreiunddreißig verschiedenen Sprachen und lasse sich auf jedem Computer leicht installieren. Keine »freundlichen Grüße«, sondern stattdessen der Verweis »*1. Korinther* 16, 20«. Ein Bibelkenner wie Bachofen musste das verstehen. Ein Bibelkenner wie Sie natürlich auch.

Und ab die Post.

Vielleicht sollte ich tatsächlich Schriftsteller werden, das Talent zum Lügner hatte ich schon immer. Es müsste nur jedes Mal einen Herrn Müller geben, der einem bestätigt, dass man für ihn exakt das Richtige getroffen hat. Wenn ich Bücher schriebe, möchte ich jeden einzelnen Leser bei der Lektüre beobachten können.

Bei Briefen wie dem an Bachofen ist es besonders schade, dass man nicht dabei sein kann, wenn sie ankommen. Da hat man sich solche Mühe mit den Formulierungen gegeben, hat versucht, sich den Empfänger und seine Denkweise exakt vorzustellen und die Falle so nach Maß zu konstruieren, dass er gar nicht anders kann, als hineinzutappen, nun möchte man doch auch sehen, wie er darauf reagiert. Wie Nils den ersten dieser rosaroten Liebesbriefe aus dem Umschlag holt, wie sich seine Augen weiten, wie sein Atem schneller geht, als er zu verstehen glaubt, was ihm da angeboten wird – ich würde viel darum geben, diesen Moment miterlebt zu haben.

Oder eine der alten Damen, wenn sie den Umschlag mit der exotischen Briefmarke aufmacht, mit einem Brieföffner aus Elfenbein, stelle ich mir vor, und wenn sie dann voll freudiger Überraschung feststellt, dass es da einen Enkel gibt, einen Neffen oder was auch immer, der sie nicht vergessen hat und der auch kein Betrüger sein kann, weil er doch so viel von ihr und der ganzen Familie weiß – auch da hätte ich unsichtbar auf dem Sofa sitzen und zuschauen mögen.

Aber von diesem Teil meines Berufes habe ich Ihnen noch gar nichts berichtet. Ein andermal, Padre. Es gibt so viel zu erzählen. Zurück zu Bachofen.

Er wird die Echtheit des Schreibens nicht bezweifelt haben. Es beinhaltete eine Ehrung, und dass ihm jede Sorte von Ehrung gebührt, daran zweifelt ein Mann wie Bachofen keine Minute. Er wird die CD eingelegt und das Installationsprogramm angeklickt haben.

Zwei Monate später war er tot. Über der Tür zu seinem Sanktum war ein Haken in der Mauer, wo am Erntedankfest immer der schönste der bunten Kränze aufgehängt wurde, die man als frommes Gemeindemitglied zu flechten hatte. An dem Haken hat er seinen Strick befestigt. Ich stelle mir vor, dass sein baumelnder Körper vom Türrahmen eingerahmt wurde wie ein Heiligenbild. Diese Ikone würde ich mir gern in meiner Zelle an die Wand pinnen. Sie würde mich mehr erregen als jede nackte Frau.

Ich bin nicht zu seiner Beisetzung gefahren. Obwohl es mir Spaß gemacht hätte, all die Lobeshymnen zu hören, die an seinem Grab gesungen wurden. Solang von seiner Gemeinde noch etwas übrig war.

Denn ich hatte noch einen dritten Brief geschrieben. Ein paar Wochen später. Ohne den frommen Briefkopf, an eine andere Adresse und in einem ganz anderen Stil. Der beste Brief von den dreien, würde ich sagen. Der wirkungsvollste auf jeden Fall. Weil darin nämlich …

Das nächste Mal, Padre. »Neugier erhält die Aufmerksamkeit des Lesers.« Regel 24.

Für den Padre

Der dritte Brief war an die Polizei adressiert. Anonym. Der Mensch, den ich mir als Absender ausgedacht hatte, würde niemals seinen Namen daruntergesetzt haben.

Viele Jahre lang, schrieb ich, hätte ich in mir nach der Kraft gesucht, diese Zeilen zu schreiben, und hätte sie erst jetzt gefunden. Mit Mut habe das nichts zu tun, denn Mut hätte ich keinen, den hätte man schon dem kleinen Jungen ausgetrieben, der ich damals gewesen sei und der heute noch automatisch einen krummen Buckel mache, wenn er an den Mann denke, der ihm das alles angetan habe. Der immer noch zur Unterwerfung bereit sei, auch wenn er sich tausendmal sage, dass der andere doch ein Täter sei und nicht jemand, vor dem man sich verneigen müsse.

Lange, schlecht geordnete Sätze, Sie merken es, Padre. Angesammelter Überdruck, der alle grammatikalischen Ufer überschwemmt. Mir schien, dass jemand in dieser Lage solche Sätze schreiben würde.

Es sei Wut, schrieb ich, die mir jetzt die Hand führe, nicht mehr der alte Zorn, denn der sei hilflos und schlage nur nach innen, sondern eine neue Wut, brennend wie eine frisch aufgerissene Wunde, ausgelöst durch einen Zeitungsartikel, in dem gestanden habe, in einem ganz ähnlichen Fall hätten sich die Behörden geweigert, einer Anzeige nachzugehen, weil eine solche Tat, wie alle, die das Gesetz mit dem gleichen Strafmaß bedrohe, nach fünf Jahren verjährt sei. Das dürfe doch nicht sein, schrieb ich, das dürfe doch einfach nicht sein, der Schmerz höre doch nach fünf Jahren nicht auf, im Gegenteil, er werde schlimmer, so dass einem nicht nur die Jugend zerstört worden sei, sondern das ganze Leben. Den Mut, diesen Brief mit meinem Namen zu unterschreiben, hätte ich nicht, aber das sei auch nicht wichtig, solang nur ein anderer seinen Namen verlöre, seinen erschlichenen guten Namen und den falschen Heiligenschein.

Ich sei in Bachofens Kirche aufgewachsen, schrieb ich (der einzige wahre Satz in dem Brief), und als Kind sei er für mich wie der liebe Gott gewesen, oder doch wie ein Prophet des lieben Gottes, und als er mir zum ersten Mal den Hosenschlitz aufgeknöpft und mit der Hand in meine Unterhose gefasst habe, da sei mir das ganz selbstverständlich vorgekommen, es wird ein Ritual sein, habe ich gedacht, so wie man mit Balsam gesalbt werden kann oder mit Narde, wo ich ja auch nicht wusste, was die Worte bedeuteten. Er habe mich dann aber nicht mit Balsam gesalbt und auch nicht mit Narde, sondern mit seinem Sperma. Und auch das sei mir damals zwar unverständlich, aber nicht wirklich bedrohlich vorgekommen, es habe ja auch nicht weh getan, beim ersten Mal noch nicht.

Er habe mir mit der Hölle gedroht, wenn ich mit jemandem darüber spräche, schrieb ich, eine Drohung, die ein

Kind ernst nimmt, wenn ein Mann wie Bachofen sie ausspricht, ein Mann, von dem man ihm eingetrichtert hatte, nur er könne einem den Weg zum Paradies weisen, da war es doch nur logisch, dass er auch den in die Hölle wissen musste. Später, als es nicht nur seine Finger waren, die in mich eindrangen, habe es dann weh getan, aber Bachofen habe gesagt, das seien Schmerzen, die nur jene verspürten, die sich noch nicht ganz dem Willen Gottes ergeben hätten, und so, schrieb ich, habe er mich davon überzeugt, dass ich der Schuldige sei und nicht das Opfer, und diese Schuld habe mich mein ganzes Leben lang geplagt und plage mich immer noch, obwohl ich doch so viel Zeit beim Psychologen verbracht habe.

Und da seien auch noch diese Bilder gewesen, schrieb ich, die Bilder in Bachofens Computer, schreckliche Bilder, die ich mir habe ansehen müssen, immer wieder, und wenn es diese Bilder von gequälten Kindern immer noch gebe und er immer noch kleine Jungen zwinge, sie sich anzusehen, dann könne es doch keine Verjährung für ihn geben, dann sei das doch etwas, das heute passiere, heute und jeden Tag. Deshalb, schrieb ich, sollten sie seinen Computer überprüfen, und wenn sie dann fänden, was sich dort verberge, dann sei das ein Beweis, nicht wahr, dann sei das doch ein Beweis.

Ein gutformulierter Brief. Ich glaubte schon selber fast an das, was darin stand.

Bachofen wird nichts gegen die Durchsuchung seines Computers eingewendet haben. Er wird die Hände gefaltet und mit seinem frommen Lächeln gesagt haben: »Gebet dem Kaiser, was des Kaisers ist.« Wenn man sich unschuldig fühlt, macht sich ein unschuldiges Gesicht leicht. Sein

Passwort wird »Halleluja« geheißen haben oder »Zebaoth«, er wird den Beamten bei ihrer Arbeit über die Schulter geschaut und sich schon die gütigen Worte überlegt haben, mit denen er auf ihre verlegenen Entschuldigungen reagieren wollte. Und dann erschienen da auf dem Bildschirm all diese Bilder, die er zusammen mit den Bibelübersetzungen auf seinem Computer installiert hatte, von Sebi so geschickt in das Programm eingebaut, dass Bachofen sie nicht aus Zufall entdecken konnte, die Polizei mit ihren Fachleuten aber sehr wohl. Bilder von Kindern, die von Erwachsenen missbraucht werden. Ekelhafte Bilder.

Auch wenn die Tatsache nicht in Ihr optimistisches Weltbild passt, Padre: Diese Aufnahmen waren einfacher zu beschaffen gewesen als die Bibelübersetzungen.

Bachofen wird versichert haben, er wisse nicht, wie diese Bilder auf seinen Computer gekommen seien, er habe sie noch nie gesehen, aber Polizeibeamte sind Unschuldsschwüre gewohnt, und sie werden ihm nicht geglaubt haben.

Trotzdem blieb meine Anzeige zunächst ohne Folgen, oder schien doch ohne Folgen zu bleiben, und auch das war so, wie ich es erwartet hatte. In einer Kleinstadt mag man keine Skandale, und ein paar Mitglieder von Bachofens Kirche waren wichtige Leute.

Eine Woche später, so war es von Anfang an geplant gewesen, schickte ich eine Kopie meines Briefes an die lokale Zeitung.

Dann ging alles sehr schnell.

»Und ich sah, und siehe, ein fahles Pferd. Und der darauf saß, des Name hieß Tod, und die Hölle folgte ihm nach.«

Der Skandal war so gewaltig, dass er die Gemeinde auseinandersprengte. Natürlich gab es immer noch ein paar, die an Bachofens Unschuld glaubten, aber sie wurden mit jedem Tag weniger. In einer Kleinstadt versteht man sich darauf, Dinge unter den Teppich zu kehren, aber man versteht sich auch aufs Tuscheln und Munkeln und Weitererzählen. In den Gerüchten, die man an jedem Stammtisch debattierte, wurden die Bilder auf Bachofens Computer mit jedem Tag noch scheußlicher, als sie es ohnehin schon waren, der schon fast vergessene Tod eines kleinen Jungen, der beim Baden im Fluss ertrunken war, wurde zum Selbstmord umgedeutet, und selbst jener arme Schwule, den man in religiöser Begeisterung fast zu Tode geprügelt hatte, war plötzlich kein Sünder mehr, sondern ein Opfer.

Ich wäre gern an einem Sonntagmorgen in den Betsaal gegangen und hätte dort die leeren Plätze gezählt, aber ich musste mich darauf beschränken zu lesen, was die Berliner Zeitungen über die Provinzaffäre berichteten. Nur Bachofens Selbstmord schaffte es über die Vermischten Nachrichten hinaus.

Da wo der Betsaal gewesen war, ist heute ein Kleiderladen.

Ich weiß, Padre, Schadenfreude ist teuflisch, das sagt auch Schopenhauer. Aber auch ein teuflischer Genuss ist ein Genuss. Mir war tausendmal wohler in einer Welt, in der es keinen Bachofen mehr gab und keine Gemeinde, die ihn verehrte. Außerdem: Das Urteil, das er an sich selbst vollstreckte, war nicht falsch, sondern nur falsch begründet. Bachofen hat zwar keine kleinen Kinder geschändet, aber ihnen das Leben versaut, das hat er sehr wohl. Ich habe keine Schuldgefühle.

Wenn ich in einem Beichtstuhl säße, würde ich mir nur meine Eitelkeit als lässliche Sünde anrechnen, meinen Stolz darauf, die Briefe, die ich schrieb, so perfekt formuliert zu haben, dass sie zusammen ihre Wirkung taten. Sie haben recht, Padre: Ich habe tatsächlich schriftstellerisches Talent.

Für den Padre

Hier die erste erfundene Geschichte, an der ich mich versucht habe. Obwohl auch alle Geschichten, an die man sich zu erinnern glaubt, erfunden sind. Ich bin gespannt auf Ihre Meinung.

Fingerübung

EINSAMKEIT

Er war allein in einer fremden Stadt.

Die Straßen völlig still. Nicht nur, dass keine Autos unterwegs waren, da waren auch keine Vögel. Keine Hunde oder Katzen. Überhaupt keine Lebewesen. Die Stadt gehörte ihm.

Die meisten Häuser unbeschädigt. Nur an der Kreuzung zweier Straßen, er wusste keinen Grund dafür, war ein Häuserblock abgebrannt. Manche Türen waren verriegelt, und er machte sich nicht die Mühe, sie aufzubrechen, es standen genügend offen. Es kam vor, dass er eine ganze Woche im selben Bett schlief, und dann packte ihn wieder die Unruhe, und er suchte sich jeden Tag eine neue Bleibe. In den Wohnungen keine Spuren eines plötzlichen Aufbruchs, keine halbgegessene letzte Mahlzeit auf dem Tisch, keine aufgerissenen Schränke oder Schubladen. Hier hatte niemand hektisch entscheiden müssen, was er von seinem Besitz mitnehmen sollte. Alles war so ordentlich aufgeräumt, als ob die verschwundenen Bewohner seinen Besuch erwartet und sich darauf vorbereitet hätten. Auf den Anrichten standen die Gläser in Reih und Glied, und auf den Sofas waren die Kissen frisch aufgeschüttelt. Anhand der Staubschicht, die über allem lag, hätte man berechnen können, wie lang hier schon niemand mehr gewesen war.

Am Anfang hatte er noch jedes Bett, in das er sich legen wollte, frisch bezogen, hatte in den Schränken, die oft weniger sorgfältig eingeräumt waren, als man es in solch ordentlichen Wohnungen erwartet hätte, nach Leintüchern gesucht, so wie er sich auch, wenn er etwas brauchte, mit Kleidungsstücken bediente. Irgendwann hatte ihn der Staub nicht mehr gestört. Was man überall sieht, nimmt man nicht mehr zur Kenntnis.

Auch das Gedankenspiel, das er in den ersten Tagen eifrig betrieben hatte, unterhielt ihn nicht mehr. Er versuchte nicht mehr, sich auszumalen, was für Leute in dieser oder jener Wohnung gelebt haben konnten, machte sich nicht mehr die Mühe, aus der Einrichtung auf die verschwundenen Bewohner zu schließen. Mangel oder Überfluss, viele Bücher oder keine, Kinderbetten oder Ohrensessel – egal.

»Sie sind alle verschieden«, sagte er einmal. Er sprach seine Gedanken immer öfter laut aus, nur um eine Stimme zu hören. »Verschieden«, wiederholte er. Weil sonst niemand da war, der über das Wortspiel hätte lachen können, tat er es selber.

Was in allen Wohnungen gleich war, und das war das Einzige, an das er sich immer noch nicht gewöhnt hatte: Da war dieser unangenehme Geruch, gegen den kein offenes Fenster half, keine eigentliche Fäulnis, aber doch ein Schatten davon. Es musste lang her sein, seit in den Küchen ohne Stromversorgung die Lebensmittel verrottet waren.

Zuerst hatte er gedacht, das sei in der ganzen Stadt so, nahm auf seine Wanderungen immer Kerzen und Streichhölzer mit. Nach einer Taschenlampe hatte er vergeblich gesucht. Aber dann war er auf einem Erkundigungsgang auf ein kleines Viertel gestoßen, sechs Straßen lang, vier Straßen breit, in dem, durch welchen Zufall auch immer, alles intakt war. In dem Geviert gingen am Abend die Laternen an, und an der Fassade eines Kinos lud eine Leuchtreklame zum Besuch ein. Auf der Werbetafel über dem Eingang küsste sich ein junges Paar. Was auf dem Plakat stand, konnte er nicht lesen, konnte nicht einmal unterscheiden, welches der Titel des Streifens war und welches die Namen der Hauptdarsteller. Vielleicht stand da auch noch »Sensationell!« oder »Meisterhaft!«, aber er war nicht sicher, ob das Symbol, das er sich als Ausrufezeichen deutete, auch wirklich eines war. Die Buchstaben waren ihm fremd, ließen sich keiner ihm bekannten Sprachfamilie zuordnen.

In diesem Viertel gab es einen großen Einkaufsmarkt, dessen Kühltruhen, eine angenehme Überraschung, immer noch in Betrieb waren. Den Inhalt der Packungen musste er erraten, die Schrift konnte er nicht entziffern, und die Abbildungen waren selten eindeutig. Einmal, als er glaubte, Fischstäbchen erkannt zu haben, hatte es sich um eine Art panierter Bohnenpaste gehandelt. Dem scharfen Gewürz, das ihm die Zunge verbrannte, hätte er keinen Namen zu geben gewusst.

Für sich selber nannte er die paar Straßenzüge »die Insel«, widerstand aber der Versuchung, ganz dorthin zu ziehen. Irgendwann, davon war er überzeugt, würde auch hier kein Strom mehr fließen, da war es gescheiter, sich der unausweichlichen Enttäuschung gar nicht erst auszusetzen. Aber an kalten Tagen, wenn der Körper nach einer warmen Mahlzeit gierte, kam er gern hierher. In den Wohnungen ließen sich die Kochherde einschalten, und man konnte sich einreden, das aufgetaute Gemüse schmecke wie frisch geerntet. Sonst ernährte er sich von Konserven, die er in den Wohnungen fand oder in den Läden aus den Regalen holte. Zweimal hatte er versucht, Brot zu backen, aber mehr als eine geröstete Pampe aus Mehl und Wasser war ihm nicht gelungen.

In einer dieser Insel-Wohnungen hatte er auch zum ersten Mal die Sprache gehört, die in dieser Stadt gesprochen wurde. Gesprochen worden war. Er hatte ähnliche Geräte schon in vielen Wohnungen gesehen, aber erst hier, wo es Strom gab, konnte er eines ausprobieren. Seine Vermutung, dass es sich um eine Art CD-Player handeln müsse, bestätigte sich, nur dass man keine silberglänzenden Scheiben einlegte, sondern kleine Kugeln aus einem kristallenen Material. Wenn man sie gegen das Licht hielt, wurde ein wandernder Schriftzug sichtbar, aus denselben unvertrauten Buchstaben, denen er überall begegnete und die hier wohl den Inhalt des Tonträgers bezeichneten. Eigentlich war er nur in diese Wohnung gegangen, um sich eine Dosensuppe aufzuwärmen, aber er ließ die Mahlzeit wieder kalt werden. Die Kugeln interessierten ihn mehr. In einem Regal hatte er mindestens fünfzig Stück davon entdeckt, in gelochten Kunststoffstreifen aufgereiht wie kostbare Murmeln.

Die Abbildung einer solchen Murmel und ein Pfeil, der auf eine kreisrunde Öffnung wies, machten deutlich, wie der Apparat funktionierte. Man musste kein technisches Genie sein, um die Anleitung zu deuten.

Beim ersten Mal war es Musik, unvertraute Klänge, die einzelnen Töne ineinander übergehend wie die Farben in einem Aquarell. Auch die nächste und die übernächste Kugel enthielten Ähnliches, die Musik nie von einem einzelnen Instrument gespielt, sondern immer von mehreren, die, so schien es seinem ungeübten Ohr, nicht derselben Partitur folgten. Er war kein Musikkenner, hatte immer Melodien bevorzugt, die man mitsummen oder bei denen man im Takt mit dem Fuß wippen konnte, und so wechselte er die Kugeln immer schneller.

Bis plötzlich statt der Katzenmusik, wie er sie für sich selber nannte, obwohl es doch in dieser Stadt keine Katzen gab, eine Männerstimme ertönte. Sympathisch und sonor. Möglicherweise las hier jemand aus einem Buch vor.

Die Sprache war ihm fremd, aber nicht auf exotische Weise wie etwa das Chinesische oder das Arabische. Wenn man nur flüchtig hinhörte, hätte es Deutsch sein können oder Englisch, die Sprachmelodie gab einem das Gefühl, eigentlich müsse man alles verstehen. Manchmal wiederholten sich einzelne Laute, am häufigsten einer, der wie »han«

oder »hao« klang. Er vermutete, dass das »und« bedeuten könnte. Wie man es bei fremden Sprachen tut, wartete er auf eines der Worte, die überall dieselben sind, »Telefon« etwa oder »Internet«, aber entweder kamen in diesem Text keine solchen Worte vor, oder man hatte hier auch dafür eigene Begriffe.

Hatte dafür eigene Begriffe gehabt.

Erst jetzt, da er diese Stimme hörte, merkte er, wie sehr ihm das Sprechen und noch mehr das Zuhören fehlte, obwohl er sich selber doch immer als Einzelgänger gesehen hatte, als einen Menschen, der keine Gesellschaft braucht. Er verließ die Wohnung, ohne seine Suppe gegessen zu haben, und glaubte auch noch zwei Straßen weiter die Stimme des Mannes zu hören.

*

In den folgenden Tagen wanderte er nicht mehr ziellos durch die Stadt, sondern schritt planmäßig eine Straße nach der anderen ab. Es gab Stadtteile, in denen standen die Häuser weit auseinander, hinter zu lang nicht geschnittenen Hecken, und obwohl Unkraut alles überwucherte, ließ sich erkennen, wie gepflegt die Blumenbeete einmal gewesen sein mussten. An vielen Gartentoren prangte das Bild eines Wachhunds, aber wenn er trotzdem eintrat, empfing ihn kein drohendes Gebell. In einer der Villen stieß er auf eine umfangreiche Bibliothek und verbrachte einen ganzen Tag mit der ergebnislosen Suche nach einem Wörterbuch.

In anderen Vierteln nahmen sich die Häuser gegenseitig das Licht weg, die Wohnungen lieblos aufeinandergetürmt.

Ihm fiel auf, dass hier, wo es wenig zu stehlen gab, jede Tür mit mehreren Schlössern gesichert war. Was immer für Leute in dieser Stadt gelebt haben mochten, ihre Umstände waren sehr unterschiedlich gewesen.

Wenn man den Gleisen in der Mitte der Fahrbahn folgte – die Spur breiter, schien ihm, als er es gewohnt war –, stieß man immer mal wieder auf eine Straßenbahn. Offene Türen, als hätten die Passagiere die Wagen gerade erst verlassen und der Fahrer sei ihnen gefolgt. Auch am Bahnhof standen die Züge verlassen oder einsteigebereit, je nachdem, wie man es betrachtete. Er hatte das Gebäude zuerst gar nicht als Bahnhof erkannt, hatte es mit seiner Kuppel und den vergoldeten Figuren über dem Portal für ein Museum oder Theater gehalten.

Er schritt die Straßen ab, eine nach der anderen, obwohl seine Hoffnung, einem anderen Menschen zu begegnen, längst wieder verflogen war. Die selbstgestellte Aufgabe gab den leeren Stunden eine Struktur.

Einmal kam er an einem Laden vorbei, in dem, wenn er die ausgestellten Bilder richtig deutete, Hunde geschoren worden waren. Da fing er an zu weinen, und war doch nie ein Tierfreund gewesen.

Ein anderes Mal stand er lang vor einem Waffengeschäft. Der Eingang war verriegelt, aber mit einem Pflasterstein würde sich die Schaufensterscheibe leicht einschlagen lassen. Er ging dann doch weiter, merkte sich aber den Weg. Wenn er einmal beschließen sollte, Schluss zu machen, dann würde es nützlich sein, so eine Adresse zu kennen.

Das Wetter, das bisher mild gewesen war, begann, sich zu verändern. Als ob das Jahr den ungeliebten Sommer so schnell wie möglich loswerden wollte, bliesen heftige Winde die Blätter von den Bäumen. In manchen Straßen waren die Räder der geparkten Autos darunter begraben. Er beschloss, zur Insel zurückzukehren. Kalte Tage würden sich dort besser überstehen lassen, vorausgesetzt, die Stromversorgung funktionierte immer noch.

Er war noch viele Straßen von seinem Ziel entfernt, als der Wind zum Sturm anwuchs, so heftig, dass er sich immer wieder in Hauseingängen unterstellen musste, um nicht von den Beinen gerissen zu werden. Es wäre vernünftig gewesen, in einer Wohnung Unterschlupf zu suchen, aber für wen sollte er vernünftig sein?

Als ihn sein Weg nach links abbiegen ließ, hatte er den Sturm plötzlich im Rücken, wurde von den Windstößen vorwärtsgetrieben und lieferte sich ein Wettrennen mit den Regentropfen, die fast waagrecht aus einem zur Seite gekippten Himmel zu fallen schienen. Einmal, viel zu früh, glaubte er, von weitem die Lichter »seines« Viertels zu erkennen, ein Matrose, der auf stürmischer hoher See von der eigenen Hoffnung getäuscht wird und in jedem Wetterleuchten das rettende Ufer zu erkennen glaubt. Sein Weg führte durch einen Park, hätte durch einen Park geführt, wenn da nicht mehrere Bäume, vom Sturm umgerissen, quer über dem Weg gelegen hätten. Er kämpfte sich den Häuserfassaden entlang, eine Gefahr herausfordernd, der er bei jeder unverschlossenen Haustür leicht hätte entkommen können.

Allmählich beruhigte sich der Wind. Was wohl »Sturm« in der Sprache dieser Stadt hieß? Wenn es viele verschiedene Worte dafür gab, überlegte er, dann würde das darauf hindeuten, dass solche plötzlichen Wetterphänomene hier keine Seltenheit waren.

Er bog um eine letzte Ecke und erblickte das gelbe Licht der Straßenlaternen. Sie brannten tatsächlich noch. Wie eine Spiegelung erstrahlte dort, wo der Wind die schweren Wolken aufgerissen hatte, ein fast voller Mond am Himmel.

Dann hörte er die Stimme.

Er versuchte nicht darauf zu achten, hielt die Klänge für eine weitere Matrosen-Halluzination, aber die Stimme verstummte nicht, sondern wurde immer deutlicher hörbar, je mehr er sich der beleuchteten Straße näherte. Eine Frauenstimme. Jung. In der fremden Sprache war das schwer zu beurteilen, aber sie schien mit einem Haustier zu sprechen, einem Hund vielleicht, in einem leicht singenden Tonfall.

Aber hier gab es keine Tiere. Und schon gar keine Menschen.

Er begann, schneller zu gehen. Zu rennen. Er rief. Schrie. Meinte etwas zu sehen, das ein weißes Kleid sein konnte.

Und dann, wie ein schon geschlagener Boxer, der seine Niederlage nicht eingestehen will, raffte sich der Sturm zu einem letzten Windstoß auf.

Die Straßenlaternen erloschen.

Es wurde nicht völlig dunkel; die schnell dahintreibenden Wolkenfetzen schafften es nicht, den Mond ganz zu verdecken. Die Stimme war verstummt. Vielleicht war da nie jemand gewesen. Vielleicht hatte nur eine Spannungsschwankung eine dieser Abspielmaschinen in Gang gesetzt, eine Kugel mit einem Hörspiel hatte noch im Schacht gesteckt, und jetzt, ohne Stromzufuhr, schwieg das Gerät wieder. Von technischen Dingen verstand er nichts, aber in so einem Gewitter schien ihm das möglich zu sein.

Es war kein Hörspiel gewesen.

Ein Baum, vom Sturm schon geschwächt, war von dem letzten Windstoß endgültig entwurzelt worden und hatte im Fallen eine Stromleitung heruntergerissen. Eine junge Frau, die in einem Torbogen Schutz vor dem Unwetter gesucht hatte, war vom Peitschenschlag des zurückschnellenden Kabels getroffen worden. Ihr weißes Kleid war im Fallen hochgerutscht, und an ihrem Schenkel war die Brandwunde zu sehen, wo das Kabel sie berührt hatte.

Es war kein Hund gewesen, mit dem sie gesprochen hatte. Ihr Singsang hätte ein Kind beruhigen sollen, das schreiend in seinem Wagen lag, vom Gewitter mehr erschreckt als vom Tod seiner Mutter. Ein Mädchen, schien ihm auf den ersten Blick, und die Erinnerung an diesen schnellen Irrtum ließ ihn in den nächsten Tagen immer wieder schmunzeln.

Er versuchte das Kind zu beruhigen und geriet dabei, ohne es zu wollen, in den gleichen Singsang, den er von der Frau gehört hatte. Er schaukelte den Wagen, der seltsam kleine Räder hatte, hin und her, und als das Kind zu weinen aufhörte, ihn sogar anlächelte, hatte er das Gefühl, eine große Leistung vollbracht zu haben.

Als ob das Schreien des Kindes auch alle Gerüche übertönt hätte, nahm er erst jetzt den Gestank des verbrannten Fleisches wahr. Er schämte sich dafür, dass er ihn nicht als unangenehm empfand. Die Frau hatte im Fallen mehr entblößt als nur ihr Bein. Er versuchte, den Saum ihres weißen Kleides nach unten zu ziehen, mehr konnte er nicht für sie tun, und auch das gelang ihm nicht; er hätte sie dazu hochheben müssen. Morgen, dachte er, morgen werde ich mir eine Schaufel besorgen. Nach all dem Regen wird die Erde in dem kleinen Park weich genug sein für ein Grab.

Er führte den Vorsatz nicht aus, vermied es, noch einmal in die Gegend zu kommen. Jetzt, wo die Stromleitung gerissen war, gab es keinen Grund mehr dafür. Der Fäulnisgeruch aus den auftauenden Kühltruhen würde bald unerträglich sein. Der andere Fäulnisgeruch erst recht.

Das Kind fing wieder an zu quengeln, jetzt nicht mehr erschrocken, sondern einfach missmutig. Es wird Hunger haben, dachte er.

*

An die Wohnung hatte er sich erinnert. Sie war ihm aufgefallen, weil sie einer Familie mit viel Nachwuchs gehört haben musste. Spielzeug für verschiedene Altersstufen. Kinderbetten. Ein Wickeltisch. In der Küche ein ganzes Regal mit Babynahrung. Damals hatte er in dieser Wohnung nicht übernachten wollen, er wäre sich deplatziert vorgekommen. Jetzt hatte sich die Situation geändert.

Als Erstes machte er alles gründlich sauber. Staub kann in dem Alter nicht gesund sein, war seine Überlegung, aber es gab noch einen zweiten Grund: Hier würde er bleiben.

Die Wohnung zum Glück in der ersten Etage. So ein Kind war schwerer, als er gedacht hätte. Wie alt konnte es sein? Zehn Monate vielleicht. Von jetzt an würde er die Tage zählen.

Beim seinem ersten, noch ungeschickten Wickelversuch hatte sich das Kind als Junge entpuppt. Er amüsierte sich über diese Formulierung, denn es war ihm, als er den jungen Mann aus seinen Windeln schälte, tatsächlich vorgekommen, als ob er einem Insekt dabei hülfe, sich aus seiner Verpuppung zu befreien. Überhaupt lachte er oft, was er lang nicht getan hatte. Er tat es ohne Anlass, weil sein Gefühl ihm sagte, dass man kleine Kinder anlachen müsse, aber auch weil er sich leichter fühlte als in der Zeit, in der er allein gewesen war. Fröhlicher. Das Wort »glücklich« vermied er in seinen Gedanken, es wäre ihm vorgekommen, als ob er das Schicksal damit herausforderte.

Er war nie Vater gewesen, hatte nur eine vage Vorstellung von den Bedürfnissen eines Kleinkindes. Aber er war lernfähig und schien keine größeren Fehler zu machen. Wenn er den Kinderwagen durch die leeren Gänge der Supermärkte schob, hortete er nicht nur Fertigwindeln, sondern hatte auch immer eines der Gläschen mit Babynahrung aus der Küche dabei, um das Angebot in den Regalen mit dessen Etikett zu vergleichen. Das Kind sollte nicht dieselbe unliebsame Überraschung erleben wie er mit dieser Bohnenpaste. Wenn er es dann fütterte – so sorgfältig er es auch tat, hinterher war das niedliche kleine Gesicht immer mit Brei verschmiert –, probierte er auch immer ein bisschen davon und versuchte herauszufinden, was es wohl war, das er ihm da einlöffelte. Er fand selten eine eindeutige Antwort. Das mochte an der Art der Zubereitung liegen, vielleicht kannte man hier aber auch Gemüse- und Früchtesorten, die ihm nicht vertraut waren.

Das Pulver, aus dem sich so etwas wie Milch anrühren ließ, war leicht zu finden gewesen. Die Abbildungen auf der Packung waren eindeutig, und auch die korrekte Zubereitung war in Bildern beschrieben. Weil der Kochherd nicht funktionierte, hatte er auf dem Balkon eine Feuerstelle konstruiert, für die er jeden Tag Zweige und Äste sammelte. Hier erwärmte er auch das Wasser, mit dem er das Kind wusch.

Das Kind.

Er hatte ihm keinen Namen gegeben, nicht aus Respekt vor der toten Frau, sondern weil er hoffte, dass es, konsequent mit »Kind« angesprochen, dieses Wort lernen und eines Tages aussprechen würde. Das war sein großes Projekt: dem Kind seine Sprache beizubringen, um wieder einen Menschen zu haben, mit dem er sich unterhalten konnte. Entsprechend redete er ständig auf das Kind ein, gab jedem Gegenstand seinen Namen. »Das ist der Tisch, das ist der Stuhl, das ist das Fenster.« Unter den Spielsachen hatte er ein Bilderbuch gefunden, und nach einigem Zögern, weil es in dieser Stadt ja keine Tiere gab, ging er es regelmäßig mit dem Kind durch. »Das ist die Kuh, das ist der Bär, das ist der Löwe.« Auch selbsterfundene Lieder sang er ihm vor. Am schönsten war es für ihn, wenn das Kind dann lachte und mit den Beinen zappelte. Dort, wo der Hintern in den Oberschenkel überging, hatte es Speckfalten. Er deutete das als Zeichen von Gesundheit.

Einmal war das Kind krank. Hohes Fieber, wenn er auch kein Thermometer gefunden oder es nicht erkannt hatte. Die Apotheken wären voller Medikamente gewesen, aber das half ihm nichts, weil er nicht lesen konnte, was auf den Packungen stand. Er behandelte das Kind mit kalten Umschlägen, und nach ein paar Tagen fühlte sich die Stirn unter seiner Hand wieder normal an.

Er spielte kleine Spiele mit ihm, versteckte sich hinter

einem Tuch und tauchte wieder auf. Er tat das, um das Kind zu amüsieren, redete er sich ein, und wusste doch, dass das gelogen war. Es ging ihm um die immer wieder neue Bestätigung, dass da jemand war, der sich freute, ihn zu sehen.

Das Lieblingsspielzeug des Kindes war ein buntes Auto, das quietschte, wenn man daraufdrückte. Eine Puppe, die ganze Sätze sprach, hatte er ihm wieder weggenommen. Er wollte nicht, dass das Kind die falsche Sprache lernte.

Er war froh, wenn das Kind spielte. Es zeigte, dass es ihm gutging. Und es sorgte dafür, dass es müde wurde. In der Wohnung gab es mehrere Kinderbetten, auch eines in der richtigen Größe wäre da gewesen, aber er ließ das Kind neben sich im Bett schlafen. Er liebte es, den regelmäßigen Atemzügen zuzuhören. Wenn das Kind schlecht träumte, war er wach, noch bevor es aus dem Schlaf aufschrecken konnte, nahm es in den Arm und wiegte es in schönere Gedanken zurück.

Am Anfang hatte das Kind nur ein bisschen kriechen können. Irgendwann – er hatte nicht gewusst, wann es zu erwarten war – stand es wacklig auf seinen dicken Beinchen und schien es vergnüglich zu finden, immer wieder auf sein Windelpolster zurückzuplumpsen. Der erste Schritt. Die ersten Schritte. Die blutige Stirn, weil sich das Kind beim Hinfallen an einer Stuhlkante gestoßen hatte.

Hundert Tage. Zweihundert Tage. Dreihundert Tage. Und dann: die ersten Worte.

Er hatte sich den Moment oft vorgestellt, hatte sich darauf gefreut, wie man sich auf etwas freut, von dem man weiß, dass es irgendwann stattfinden wird. Wie man sich auf einen Geburtstag freut: Man kennt die Geschenke noch nicht, aber man verlässt sich darauf, dass man welche bekommen wird.

Das Kind sagte nicht »Papa« und nicht »Kind«. Es sagte nicht »Tisch« und nicht »Fenster« und nicht »Auto«. Es sprach, strahlend vor Stolz über die neuentdeckte Fähigkeit, die Sprache, die damals aus diesem Abspielgerät erklungen war. Die Sprache, von der er kein Wort verstand, außer dass »han« oder »hao« möglicherweise »und« bedeutete.

Er ging auf den Balkon, fachte das Feuer an und kochte einen Topf Wasser auf. In der Wohnung fanden sich insgesamt fünf Trinkflaschen, die füllte er alle mit angerührter Milch. Den Inhalt sämtlicher Gläser mit Brei kippte er in eine große Schüssel, alle Sorten durcheinander. Es war ein warmer Tag, und so zog er dem Kind die Strampelhosen und die Windeln aus und setzte es nackt auf den Teppich, das Quietsche-Auto, die Trinkflaschen und die Schüssel mit dem Brei in Reichweite. Dann ging er.

Er ging durch die leere Stadt, den Straßenbahnschienen entlang und an dem Geschäft mit den Waffen im Schaufenster vorbei. Durch das Portal mit den vergoldeten Figuren betrat er den Bahnhof, wählte zufällig einen Bahnsteig und ging dem wartenden Zug entlang bis zur Lokomotive. Dann kletterte er auf die Schienen hinunter und begann seinen Weg. Immer den Gleisen nach, aus der Stadt hinaus, irgendwohin.

Tagebuch

Wenn ich nicht aufschreiben kann, was passiert ist, explodiere ich.

Erstens: Der Padre ist ein Idiot.

Nein, das ist zweitens. Drittens. Hundertstens.

Erstens: Ich bin ein Idiot. Ich habe gedacht: Tu ihm den Gefallen. Sei ihm nützlich. Zeig keine Neugier. Erledige, was man von dir verlangt. Ein Buch in Empfang nehmen, ein Buch weitergeben. Es geht mich nichts an, was sich darin versteckt. Habe ich gedacht.

Wenn es Drogen sind …

Natürlich sind es Drogen.

Wenn es Drogen sind, habe ich gedacht, kann mir das egal sein. Es muss den Briefträger nicht interessieren, was in seinen Paketen drin ist. Zalando oder die Mafia. Nicht mein Problem.

Habe ich gedacht. Idiot, der ich bin.

Als sich der Advokat das zweite Mal neben mich gesetzt hat, habe ich nicht aufgeschaut. Ich kann Diskretion wie andere Leute Klavier. Habe den Muskelprotz hinter uns gar nicht zur Kenntnis genommen. Obwohl er nach Schweiß roch. Habe mit der Gabel die Nudeln über den Teller gehalten, um die verwürzte Tunke abtropfen zu lassen. Wenn es hier einmal eine Rebellion gibt, wird man sie den Maggi-Aufstand nennen.

Der Advokat hat dieses Soßenproblem nicht. Das Essen lässt er stehen. Sie müssen in der Wäscherei bessere Verpflegung haben. »Der Grimmelshausen war interessant«, sagte er, »aber im Moment interessiere ich mich mehr für Tiere. *Brehms Tierleben* wäre hübsch. Egal, welcher Band. Meinst du, dass du so etwas für mich besorgen kannst?«

»Ich fürchte mich nicht vor Tieren«, habe ich gesagt. Ohne den Kopf zu ihm zu drehen.

Er hat nicht gelacht, ich glaube, das kann er gar nicht. Aber er hat mir auf die Schulter geklopft und gesagt: »Es gefällt mir, wenn einer Humor hat. Wenn ich wieder einmal etwas für dich tun kann …«

Ich habe keine Gegenleistung verlangt, und das war ein Fehler. Sie könnten denken: Er holt sich seinen Profit auf anderen Wegen. Beim ersten Mal, beim Grimmelshausen, habe ich angedeutet, dass eine Einzelzelle angenehmer für mich wäre, und es hat prompt funktioniert. Leistung – Gegenleistung. Sie sind Geschäftsleute.

Misstrauische Geschäftsleute. Wenn sie einer übers Ohr hauen will, haben sie ihre Methoden. Wenn sie auch nur denken, dass sie einer übers Ohr hauen will. Wenn sie nur die Spur von einem Verdacht haben. Dann kann es einem gehen wie

Ausleihschein

Brehm, Alfred Edmund
Brehms Tierleben
Band 3: Katzenartige Raubtiere

Am Nachmittag eingetroffen, und am Abend in meiner Zelle abgeholt.

Tagebuch

Ich kann nicht absolut sicher sein. Vielleicht war es tatsächlich ein Unfall.

Und der Storch bringt die kleinen Kinder.

Der Brehm ist angekommen, zuunterst in einem Pappkarton mit Schrottliteratur. Ich habe das Buch in meine Zelle mitgenommen, und am Abend wurde es abgeholt. Von denselben Leuten wie beim ersten Mal. Der eine ließ sich den Band geben, und der andere eskortierte ihn. Beide Stufe B. Dürfen sich außerhalb der Arbeitszeiten frei bewegen. Die Direktion will beweisen, wie liberal hier der Strafvollzug ist. Man sah den beiden von weitem an, dass sie passionierte Leser sein mussten. Die Muskelpakete in den tätowierten Oberarmen konnten ihnen nur bei fleißiger Lektüre gewachsen sein.

Wenn ich hier etwas zu sagen hätte, ich würde jeden, der sich solche Pakete antrainiert, in Stufe C versetzen. In Stufe Z. Handschellen und Fußfesseln rund um die Uhr. Aber man stellt ihnen einen Kraftraum zur Verfügung. Deine Nagelschere wird beschlagnahmt, weil du sie als Waffe verwenden könntest, aber aus dem eigenen Körper eine Waffe machen, das ist erlaubt. Da kann man ihnen auch gestatten, mit einer geladenen Pistole herumzulaufen.

So wie ich es mir zusammenreime, haben die beiden das Buch zwar abgeliefert, aber es fehlte etwas vom Inhalt. Vielleicht haben sie dem Ochsen, der da drischt, die Nase nicht verbunden und sich unterwegs eine Linie reingezogen. Was für mich schlimme Folgen hätte haben können. Wenn sie auf den Gedanken gekommen wären, ich sei derjenige, der sich da bedient hat. Dann wäre ich jetzt

Ich will es nicht einmal denken.

Ich vermute, einer von ihnen war der Schuldige, und der andere hat ihn verpfiffen. So muss es gewesen sein. Sonst hätte nicht nur einer diesen Unfall gehabt, sondern alle beide.

Un-Fall. So ein schönes Wort. Mit dieser Vorsilbe, die zwei verschiedene Dinge bedeuten kann. Entweder war es gar kein Fall, so wie Unruhe keine Ruhe ist und Unrecht kein Recht, oder es war ein schlechter Fall, so wie eine Untat eine schlechte Tat ist. Es trifft wohl beides zu.

In der JVA sind Gerüchte oft zuverlässig, und die Gerüchte besagen, die Spurensicherung der Kriminalpolizei habe die Trümmer untersucht. Sie werden nichts gefunden haben. Wer ein Gestell so zu präparieren versteht, dass man es aufs Stichwort zusammenbrechen lassen kann, hinterlässt keine Spuren.

Ein passender Tod für einen Bodybuilder. Das Regal mit den Hanteln bricht zusammen, und die Gewichte erschlagen ihn.

Ich selber bin ein Bücherwürmchen und habe im Kraftraum nichts zu suchen. Für mich hätten sie sich einen anderen Unfall ausdenken müssen. Wenn sie mich verdächtigt hätten. Es wäre ihnen etwas eingefallen, da bin ich mir ganz sicher: Es wäre ihnen etwas eingefallen.

Wenn sich der Advokat das nächste Mal zu mir setzt, werde ich kein Wort sagen. Tut mir leid, mein Stottern ist heute wieder besonders schlimm. Ich werde nur nicken. Ja und amen.

Amen.

Wenn das hier nicht mein Tagebuch wäre, sondern ein literarischer Text, würde ich diesen Übergang streichen. Zu offensichtlich.

Vor dem Advokaten habe ich Angst, aber der Padre macht mich wütend. Er muss meine Geschichte nicht loben, das verlangt keiner von ihm. Es ist auch nicht so, dass ich keine Kritik vertragen würde. Aber seine Reaktion ist eine Frechheit. »Interessant, wie Sie darin symbolisch Ihre eigene Situation beschreiben, die Einsamkeit des Gefangenen.« Meine Situation? Das ist eine Geschichte, verdammt noch mal. Das ist Literatur, Padre. Phantasie. Aus der Luft gepflückt. Aber er kann nicht anders, als mich in die Geschichte hineinzulesen. Oder mich aus ihr herauszulesen. »Ich habe Sie sofort wiedererkannt, Herr Shakespeare. Hamlet und Lear und Petruchio und Iago, das sind alles Sie selber, nicht wahr?« Nein, Padre! Ich bin nicht, was ich schreibe, und ich schreibe nicht, was ich bin. Ich erfinde.

Selbst wenn es anders wäre, selbst wenn man immer nur sich selber aufs Papier bringen könnte – wie sollte ausgerechnet dieser festangestellte Gefängnissülzer das merken? Er kennt mich nicht. Weiß von mir nur, was ich ihm erzählt habe. Aus meinen Texten macht er sich ein Bild von mir, und dann verwechselt er mich damit. Geht davon aus, dass ich dumm genug bin, ihm die Wahrheit über mich zu erzählen, jede Story ein Geständnis. Das könnte ihm so passen.

Hält sich für einen Psychologen. Meint in seiner Selbstüberschätzung, er könne in die Leute hineinsehen. »Was ist denn das für ein Fleck auf Ihrem Röntgenbild? Sollte das etwa eine Seele sein?« Und das bloß, weil ihm die Leute Geschichten erzählen. Dabei ist es umgekehrt: Sie erzählen ihm Geschichten, weil er sich für einen Psychologen hält. Tun ihm den Gefallen. Der Einzige, der sich darin erkennen lässt, ist immer er selber. Wie in dem alten Witz vom Rorschach-Test: »Und wer hat all die Schweinereien gezeichnet, Herr Professor?«

Ich würde ihm gern einen Schopenhauer-Satz an den Kopf ballern. »Zum Denken sind wenige Menschen geneigt, obwohl alle zum Rechthaben.« Aber das würde er ja doch auf alle anderen beziehen, nur nicht auf sich selber. Wo er sich doch ein so schönes Bild von sich selber gemalt hat. Statt eines Spiegels in seinem Büro aufgehängt. Jetzt steht er jeden Tag davor, sieht sich das Bild an und denkt: Bin ich nicht ein toller Gefängnispfarrer? Edel, hilfreich und mit einem Rollkragenpullover.

Meinen Wutanfall noch einmal durchgelesen und mich gefragt, warum ich mich eigentlich so aufrege. Seine Naivität ist mir nützlich. Solang er einen besseren Menschen aus mir machen will, geht es mir in diesem Scheißladen besser. Es ist ja nicht schwierig, mich so zu geben, wie er glaubt, dass ich bin. Freudianische Patienten haben freudianische Träume, habe ich mal gelesen, jungianische Patienten haben jungianische Träume. Was für eine Sorte Träume möchten Sie von mir hören, Padre? Ich schreibe sie gern für Sie auf.

Aber eins auswischen will ich ihm doch. Dort, wo es weh tut.

Für den Padre

Es ist Sonntag, und ich habe gerade Ihre Predigt gehört, lieber Padre. Wenn Sie gestatten, möchte ich Ihnen gern ein paar Dinge dazu sagen. Rein stilistisch. Literaturkritik. Sie äußern sich so gern zu den Texten anderer Leute, da werden Sie gegen ein paar freundschaftliche Anmerkungen nichts einzuwenden haben.

Wie gesagt: rein formale Randnotizen. Das Religiöse ist Ihr Fach, und ich habe auch gar nicht so sehr darauf geachtet. In einer Predigt spielt der Glaube ja keine große Rolle. Ich habe einfach versucht zuzuhören, so wie man im Theater zuhört oder bei einer politischen Ansprache. Ohne vorgefasste Meinung.

Da war – nehmen Sie es mir nicht übel, Padre, wenn ich das so direkt sage – gleich am Anfang ein falscher Ton. Ich meine damit nicht Ihre Anrede an die Gemeinde. Es ist jedem klar, dass »Liebe Brüder« nur eine Floskel ist. Wer ein Gesuch um vorzeitige Entlassung stellt, beginnt seinen Brief auch mit »Sehr geehrter Herr Staatsanwalt«, obwohl er dem Typen lieber den Hals umdrehen würde.

Nein, ich meine das, was danach kam. »Wir wollen«, sagten Sie (wieso eigentlich »wir«? Wo Sie doch den Inhalt Ihrer Predigten ganz allein bestimmen!), »wir wollen heute über den tragischen Unfall nachdenken, der sich in dieser Woche ereignet hat.« Und damit hatten Sie Ihr Publikum schon mit dem ersten Satz verloren. Falsche Wortwahl. Das Geschehen im Kraftraum mag ein Unfall gewesen sein (wenn das auch niemand glaubt), aber tragisch war er nicht.

»Gerecht«, das wäre in diesem Zusammenhang ein passenderes Wort gewesen. Oder »wohlverdient«. Wenn Sie über einen wohlverdienten Unfall gepredigt hätten, da hätten Ihnen die Leute anders zugehört. Da wären auch jene aufgewacht, die Ihren Sermon nur dazu nutzen, um noch ein bisschen weiterzuschlafen. »Er ist tot, und das ist auch gut so« – so etwas hätten Sie sagen müssen. Denn dass der Mann ein übler Bursche war und sein Tod niemanden traurig macht, das müsste auch bis zu Ihnen durchgedrungen sein. Seine wichtigsten Eigenschaften, darüber sind sich alle einig, waren Heimtücke und Grausamkeit. Und zwar nicht nur, weil »heimtückisch« und »grausam« in dem § 211 stehen, nach dem er verurteilt wurde. Er war ein Schläger, vor dem sogar die Leute Angst hatten, die sich sonst vor niemandem fürchten.

Aber er hatte Stufe B. Gute Chancen für eine vollständige Resozialisierung. Wenn Sie in Ihrer Predigt darüber gesprochen hätten, wie er zu dieser Auszeichnung gekommen ist – das hätte die Leute wirklich interessiert. Aber dazu hätten Sie aus dem Nähkästchen plaudern müssen (oder aus dem Wäschekorb?), und in dem stecken zu viele Nadeln, an denen man sich piksen könnte.

Nicht wahr, Padre?

Einen »Sünder, wie wir allzumal Sünder sind«, haben Sie ihn genannt, und das war schon wieder ein falscher Ton. Nicht wegen des altertümlichen »allzumal«, es ist mir schon klar, dass man in Ihrem Beruf so reden muss. Ich weiß auch, was Sie gemeint haben: *Römer* 3,23. »Sie sind allzumal Sünder und mangeln des Ruhmes, den sie bei Gott haben sollten.« Aber Sie haben »wir« gesagt, und das war für jeden anständigen Sünder im Publikum eine Beleidigung. Kein Dieb, kein Vergewaltiger, kein Brandstifter will sich mit so einem Typen vergleichen lassen. Wenn er nur ein gewöhnlicher Sünder war, dann sind wir andern alle Heilige.

Allzumal.

Nein, Padre, es gibt nun mal Leute, die verdienen kein *Requiescat in pace.* »Na endlich« wäre ein passenderer Nachruf.

Aber Sie sind beruflich verpflichtet, so zu tun, als ob Ihnen der Kerl leidtut. Oder singen Sie die falschen Töne tatsächlich aus Überzeugung? Ich kann es mir nicht vorstellen.

»Ein Sünder, wie wir allzumal Sünder sind, erlitt einen tragischen Unfall.« Jeder Deutschlehrer hätte Ihnen das rot angestrichen und an den Rand geschrieben: »Leere Worthülsen«. Note fünf, setzen.

Weil ein Klischee Gesellschaft braucht, kam gleich hinterher der Spruch von den unergründlichen Wegen des Herrn. Ein Satz, den ich mir in Ihrem Job verkneifen würde. Weil er, in weniger feierliches Deutsch übersetzt, nichts anderes bedeutet als: »Ich habe auch keine Ahnung, warum das passiert ist.« Dann sollte man keine Predigt darüber halten.

Ich weiß, ich weiß, und Schopenhauer hat es auch gesagt: Die Leute wollen hören, Gott der Herr habe alles wohlgemacht. Das ist Ihr Metier, und ich mische mich da nicht ein. Meine Einwände sind rein stilistischer Natur. Muss man wirklich immer die gleichen totgekauten Sprüche verwenden?

Dabei hätte es gerade zu diesem Todesfall ein paar wirklich fetzige Bibelzitate gegeben, die der Sache mehr entsprochen hätten. Zum Beispiel: »Die Leute zu Sodom waren böse und sündigten sehr wider den Herrn.« Der Satz hätte zu seinem Charakter gepasst wie die Faust, die er andern so gern aufs Auge gehauen hat. Man muss seine Zuhörer abholen, wo sie wohnen.

Prämisse: Er sündigte wider den Herrn. Folgerung: »Da ließ der Herr Schwefel und Feuer regnen vom Himmel herab.« Und ein Regal mit Hanteln ließ er zusammenbrechen, und die Hanteln, so wie Gott sie geschaffen hatte, jede nach ihrer Größe, stürzten herab und erschlugen den Sünder, halleluja! Lasset uns jauchzen und frohlocken, wahrlich, ich sage euch: Das Arschloch ist tot.

Das wäre eine Predigt gewesen. Donnernder Applaus wäre Ihnen sicher gewesen.

Schade. Eine verpasste Gelegenheit.

Und noch etwas: Drum rumreden ist schon okay. Das gehört zu Ihrem Beruf. Aber es gibt doch auch noch so etwas wie das achte Gebot. »Du sollst nicht lügen.« Nicht so, dass es jeder merkt. »Wir trauern um ihn«, haben Sie gesagt, und das ist einfach nicht wahr. Keine Sau trauert um ihn, auch Sie nicht. Eigentlich hätte es heute Mittag zum Nachtisch Kuchen für alle geben müssen, wie das hier an Festtagen üblich ist.

Mit Sahne.

Wenn Sie schon so tun wollen, als ob Sie trauerten: Wieso lächeln Sie dann die ganze Zeit? Ist das eine Berufskrankheit? Trainiert man das im Studium? Acht bis neun Bibelkunde, neun bis zehn Exegese, zehn bis elf mildes Lächeln? Hat man Ihnen überhaupt kein Beerdigungsgesicht beigebracht?

»Der passende Gesichtsausdruck für jede Gelegenheit«: Das wäre ein Buch, mit dem man reich werden könnte. Vielleicht werde ich es irgendwann schreiben. Von meiner Kurzgeschichte waren Sie ja nicht begeistert.

Wie gesagt, Padre, das sind keine Vorwürfe. Nur Anmerkungen. So wie Sie zu meiner Geschichte Anmerkungen gemacht haben. Aufbauende Kritik.

In der nächsten Lieferung bekommen Sie wieder ein Kapitel aus meinem Leben, versprochen. Ich habe Ihnen noch gar nicht erzählt, warum ich hier in der JVA sitze. Sie werden sich meine Akte angesehen haben, aber in Akten steht nie die ganze Wahrheit.

Für den Padre

Der Enkeltrick.

Ich habe die Formulierung nie gemocht. Es verletzt meinen Berufsstolz, dass eine ausgefeilte Technik, die ich mir mühsam erarbeitet habe, ein gewöhnlicher Trick sein soll. Als ob das jeder könnte. Es müsste auch in meinem Fach einen Meisterbrief geben, und den dürften nur Leute bekommen, die bewiesen haben, dass sie ihr Gewerbe mit einer gewissen Eleganz auszuüben verstehen. Bloß weil man weiß, wie man jemandem mit einer Axt den Schädel spaltet, ist man noch kein Hirnchirurg.

Ich höre schon Ihren Einwand: Stolz ist eine Todsünde, erst recht, wenn man auf etwas stolz ist, wofür man hinter Gittern sitzt. Aber es ist doch wahr. Wenn Herr Irgendwer oder Frau Weißnichtwas ein Blatt Papier nimmt und einen Kopf darauf zeichnet – Punkt, Punkt, Komma, Strich, fertig ist das Mondgesicht –, dann sieht zwar jeder, dass das ein Mensch sein soll, aber niemand käme auf den Gedanken, das Gekritzel neben der Mona Lisa in den Louvre zu hängen. Schon gar nicht, wenn die Mondgesichter in zehntausend Exemplaren produziert werden, alle nach dem gleichen Schema. Ich halte mich nicht für Leonardo, aber mit jedem Pfuscher will ich mich auch nicht in einen Topf werfen lassen.

Eine JVA ist ja auch eine Bildungseinrichtung (vielleicht nicht in dem Sinn, wie Sie sich das gern vorstellen), und so habe ich mir von einem Mithäftling, der wegen Enkeltrick nach § 263 einsitzt, gegen drei Schachteln Zigaretten im Detail erklären lassen, wie er dabei vorgegangen ist. Ich muss sagen: ausgesprochen primitiv. Wie wenn man mit der Schrotflinte in einen Krähenschwarm hineinballert und hofft, dass schon der eine oder andere Vogel zu Boden gehen wird. Masse statt Klasse.

Um auch für Ihre Bildung etwas zu tun – da Sie sich ja mehr für die Seelen Ihrer Schäfchen interessieren, haben Sie von deren Taten wenig Ahnung –, hier eine kurze Beschreibung, wie die Methode in ihrer üblichen, laienhaften Form funktioniert. Als Erstes nimmt man das Telefonverzeichnis zur Hand und sucht nach Frauen mit altmodischen Vornamen. Bei denen ist die Chance, dass es sich um einsame alte Damen handelt, am größten. Männer sind in diesem Zusammenhang uninteressant, auch wenn sie Theobald oder Klaus-Dieter heißen. Nicht weil Männer klüger oder misstrauischer wären als Frauen, aber wo der Mann im Verzeichnis eingetragen ist, handelt es sich oft um Ehepaare, und der Trick funktioniert nun mal am besten, wenn die Leute einsam sind. Man ruft also eine Nummer nach der andern an – die Schrotladung in den Krähenschwarm – und meldet sich mit »Rate mal, wer am Apparat ist«. Das ist der Zauberspruch. Aus der Reaktion darauf versucht man herauszulesen, ob ein Enkel oder ein anderes nicht allzu nahes Familienmitglied existiert, von dem die Oma lang nichts gehört hat. Einsame Greisinnen gibt es viele, und fast jede hat einen Nachkommen, der sich nie meldet. Auch der größte Dilettant wird deshalb früher oder später fündig. Dann muss er seine Gesprächspartnerin nur noch ein bisschen aushorchen – mit zunehmendem Alter werden die Leute oft geschwätzig –, und schon kann er sich als der lang vermisste Enkel ausgeben und zum Zweck seines Anrufs überleiten: ein Auto, das er günstig kaufen kann, aber leider nur jetzt und gleich, die perfekte Wohnung, die er mieten kann, wenn er die Abstandssumme auftreibt, oder was er sich sonst für eine Ausrede dafür ausgedacht hat, dass er Geld braucht. In bar und sofort. Wenn die alte Dame naiv genug ist, auf die Geschichte reinzufallen, lässt er sie das Geld von der Bank abheben und muss dann nur noch entscheiden, ob er das Risiko eingehen will, die Knete selber abzuholen, oder ob er die liebe Oma dazu überreden kann, sie ihm per Western Union zu schicken.

Kinderkram.

Natürlich, der Trick funktioniert, das bestreite ich nicht. Aber eine künstlerische Herausforderung sieht anders aus. Die Methode ist nicht elegant und, um ein modisches Wort zu verwenden, auch nicht nachhaltig. Ein zweites Mal lässt sich das Opfer nicht abzocken, und wenn sich der so plötzlich aus dem Nichts aufgetauchte Enkel nach der Geldübergabe nie mehr meldet, kommt früher oder später die Polizei ins Spiel.

Ich bin anders vorgegangen. Nicht moralischer, das gebe ich zu. Den Luxus, auch noch die Moral in meine Pläne einzubeziehen, konnte ich mir nicht leisten. »Die Mutter der nützlichen Künste ist die Not«, sagt Schopenhauer. Falls Sie einmal arbeitslos werden sollten, könnte der Enkeltrick auch für Sie eine Erwerbsquelle sein. Sie sind gut darin, Vertrauen zu erwecken.

Als Erstes geht man Kaffee trinken. Ich empfehle Latte macchiato. Nicht weil ich den besonders mag, sondern weil man es den Gläsern wegen des Milchschaums von außen nicht ansieht, wenn sie schon leergetrunken sind. Ein kleines Detail, ich weiß, aber eine wirklich professionelle Arbeit setzt sich aus lauter solchen Kleinigkeiten zusammen. Wenn man lang dasitzt, ohne nachzubestellen – und manchmal sitzt man sehr lang da –, soll die Kellnerin denken: Der Mann ist sparsam. Oder: Der Mann ist geizig. Nur nicht: Der Mann belauscht die Gespräche am Nebentisch.

Die besten Orte sind altmodische Konditoreien. Leider gibt es davon immer weniger. Auch Cafés in Einkaufszentren können ergiebig sein, wenn es dort auch oft so laut ist, dass das Zuhören anstrengend wird. Orte, an denen sich alte Damen zum Tratschen treffen. Man sollte sich auch selber ein bisschen altmodisch anziehen, man fällt in diesem Umfeld dann weniger auf. Schon wieder etwas, mit dem Sie keine Probleme hätten.

Von einem gewissen Alter an scheint es für das weibliche

Geschlecht nur noch zwei Gesprächsthemen zu geben: Gesundheit und Verwandtschaft. Wenn von der Gesundheit geredet wird und sie sich gegenseitig mit medizinischen Fachausdrücken übertrumpfen, wechselt man am besten das Lokal. Aber nicht zu früh!

Manchmal kommen sie vom knapp überstandenen Herzinfarkt oder vom künstlichen Hüftgelenk auf den nahenden Tod, und dann wird es interessant. Die Tatsache, dass sie nicht mehr lang zu leben haben, das habe ich immer wieder beobachtet, scheint ihnen keine Angst zu machen, sondern dient als willkommenes Argument, mit dem sie die Lieblosigkeit der jüngeren Generation als besonders abscheulich brandmarken können. »Was aber alt und überjahrt ist, das ist nahe bei seinem Ende« – *Hebräer* 8,13, falls Ihnen der Vers nicht geläufig war –, und trotzdem, so klagen sie, kommt niemand zu Besuch, keiner kümmert sich um einen, und wenn man morgen tot umfiele, würde es niemand bemerken, bis sich die Nachbarn über den Geruch beschwerten. An sich natürlich uninteressant. Aber manchmal hat man Glück, und sie zählen die treulosen Nachkommen, die sich gemeinerweise nicht mehr melden, einzeln auf. Das ist dann der Heureka-Moment.

Es gibt natürlich auch die andern, die damit zu punkten suchen, dass sie ihre Familie als vorbildlich schildern. Mit denen ist nichts anzufangen. Wenn sie erst einmal die Fotos von niedlichen Enkelkindern vor sich aufstapeln wie erfolgreiche Pokerspieler das gewonnene Geld, empfiehlt es sich weiterzuziehen.

Ergiebig sind die Jammerer. Denen muss man gut zuhören. Ich hatte immer eine Zeitung vor mir liegen, auf der Seite mit dem Kreuzworträtsel aufgeschlagen (Ambros möge mir verzeihen), und wenn ich mir diskret Notizen machte, sah es aus, als ob mir gerade der Planet mit sechs Buchstaben oder der Frauenname mit F eingefallen wäre. Mit ein bisschen Glück und viel Geduld kann man so nicht nur einen ganzen Stammbaum rekonstruieren, sondern – und das ist noch viel nützlicher – man kennt auch alle wichtigen Ereignisse aus der Familiengeschichte. Vor allem die Anekdoten.

Dann kann es losgehen. Nicht mit der Schrotflinte in den Krähenschwarm, sondern gezielt. Ich habe mehr als einmal den Vogel abgeschossen.

Fortsetzung folgt.

Für den Padre

Kennen Sie Curaçao? Am andern Ende der Welt. Südamerika, glaube ich.

(Sie müssen sich nicht die Mühe machen, das Land zu googeln. Ich habe den Namen ganz zufällig aus dem Gedächtnis gefischt. Weil er so schön exotisch klingt.)

Dort (oder besser gesagt: an dem Ort, den ich wirklich meine, aber ich bin ein diskreter Mensch) habe ich einen Bekannten sitzen – Sie, mit Ihrem Hang zur unnötigen Korrektheit, würden ihn einen Komplizen nennen –, der hat eine sehr schöne Handschrift. Gut leserlich. Das ist wichtig, weil die Adressatinnen seiner Briefe oft nicht mehr so gute Augen haben.

Die Adressatinnen meiner Briefe.

Ich betreibe Korrespondenz per Outsourcing. Lasse jemand anderen meine Briefe schreiben und zur Post bringen. Name und Adresse, an die sie gehen müssen, sind leicht ausfindig zu machen. Man muss der alten Dame nur unauffällig vom Café nach Hause folgen.

Mein Partner schreibt die Briefe, aber den Text bekommt er von mir. Per Mail. Das ist der kreative Teil der Aktion. Der Teil, der mir am meisten Spaß macht. Wenn es nach mir ginge, würden die Menschen überhaupt nur brieflich miteinander verkehren. Das wäre eine ideale Welt für einen Stotterer wie mich.

Ich schreibe also: »Liebe Oma, Du wirst Dich wundern, nach so vielen Jahren Post von mir zu bekommen, aber ...« Dann folgt die Beschreibung des schweren Lebens, das ich geführt habe, vielleicht war es eine unglückliche Liebe, der ich in dieses ferne Land gefolgt bin, vielleicht habe ich gehofft, mir dort eine Existenz aufbauen zu können, oder es war einfach Abenteuerlust, die mich all die Jahre nicht hat zur Ruhe kommen lassen. Aber jetzt bin ich älter, schreibe ich, lasse ich schreiben, bin reifer und vernünftiger geworden und möchte versuchen, dort anzuknüpfen, wo ich als Kind immer am glücklichsten war: bei meiner lieben Oma. Ich erinnere mich so gern an den Apfelkuchen, schreibe ich, lasse ich schreiben, den niemand je wieder so köstlich zu backen wusste wie sie, an den Ausflug an den Baggersee, bei dem sie mich vor dem Ertrinken gerettet hat, an die Märchen, die sie mir vorgelesen hat, wenn ich bei ihr übernachten durfte, und weil ich immer noch eine Geschichte und noch eine Geschichte hören wollte, ist sie einmal mit dem Buch in der Hand neben meinem Bett eingeschlafen.

»Weißt du noch?«, schreibe ich. Lasse ich schreiben. Lauter Dinge, die ein Fremder nicht wissen kann, nur der Enkel, der sich so lang nicht gemeldet hat.

Und der Mann, der sich am Nebentisch so konzentriert mit seinem Kreuzworträtsel beschäftigte.

Von Geld ist in diesem ersten Brief nicht die Rede. Obwohl die Kunst natürlich nach Brot geht. Aber gleich mit der Tür ins Haus zu fallen, das wäre nicht elegant. Und, wie gesagt, nicht nachhaltig. Alles kommt zu dem, der warten kann. Alles, was sie auf dem Sparbuch hat.

Ich möchte nur, schreibe ich, lasse ich schreiben, dass sie mir antwortet. Auch wenn ich das nicht verdient habe. Jeden Tag werde ich auf der Straße vor meiner Hütte (»Hütte« klingt romantischer als »Haus«) auf den Briefträger warten. Weil ich ja nicht weiß, ob meine liebe Oma überhaupt noch lebt oder ob ich mir den Rest meines Lebens Vorwürfe machen muss, weil ich mich zu spät an sie erinnert habe.

Spätestens hier bekommt sie feuchte Augen.

Man hört den Briefträger von weitem kommen, lasse ich schreiben. Sein Fahrrad ist alt, und das Hinterrad quietscht bei jeder Umdrehung. Die Tasche mit den Briefen hat er umgehängt, und selbst wenn er anhält, selbst wenn er dafür die Füße auf den staubigen Boden stemmt, weil seine Bremse schon lang nicht mehr funktioniert, selbst dann weiß ich immer noch nicht, ob er Post für mich hat. Er hält nämlich jedes Mal an, wenn er vorbeikommt, das ist hier auf Curaçao so üblich, für ein Schwätzchen oder einfach, um sich einen Moment auszuruhen. Er nimmt die Dienstmütze ab und wischt sich mit einem großen roten Taschentuch den Schweiß von der Stirn, und dann sagt er »Tut mir leid, Mijnheer« oder »Señor« oder »Sahib«, was immer man für eine Sprache spricht in dem Land, das ich Ihnen nicht verraten werde, »tut mir leid«, sagt er, »auch heute ist kein Brief für Sie gekommen«. Und dann steigt er wieder auf sein Fahrrad, das Quietschen des Hinterrads entfernt sich, und ich gehe traurig in meine Hütte zurück und warte und warte.

Erfindungen von bester handgefertigter Qualität.

Natürlich habe ich es auf ihr Geld abgesehen, aber ich liefere auch etwas dafür. Mehr Romantik, als ihr das Leben in achtzig Jahren geboten hat. Eine Hauptrolle im *Traumschiff*.

Sie schreibt zurück, und ich schreibe ihr wieder, mit noch mehr Erinnerungen an unsere gute alte Zeit, denn jetzt weiß ich ja, wo sie sich mit ihren Freundinnen zum Teetrinken trifft, und natürlich erzählt sie denen ausführlich von dem Enkel, der sich wieder gemeldet hat, und von all den schönen Dingen, die sie damals mit ihm erlebt hat. Sie ist der Star in der Runde, die Einzige, die etwas Neues und erst noch Spannendes zu erzählen hat, und auch das lässt sich in der Buchhaltung unserer Beziehung auf ihrer Seite als Gewinn verbuchen. Meine Briefe machen sie glücklich. Das ist etwas anderes als ein schnöder Enkeltrick.

Das ist die *Mona Lisa*.

Irgendwann – es eilt mir nicht, denn sie ist ja nicht die Einzige, die Post von mir bekommt –, irgendwann teile ich ihr mit, dass ich nach Deutschland kommen will, um sie zu besuchen. Es war nicht einfach für mich, schreibe ich, lasse ich schreiben, das Geld für das Flugticket zusammenzubekommen, ich habe es mir vom Mund absparen müssen, aber jetzt ist es geschafft, oder wird doch in wenigen Wochen geschafft sein, und ich werde ihr endlich persönlich sagen können, wie wichtig sie für mich ist.

Sie ist gerührt und aufgeregt und glücklich, sie bietet mir an, dass ich selbstverständlich bei ihr wohnen könne, sie bereitet alles vor, und dann, wenige Tage vor meinem angekündigten Ankunftstermin kommt der nächste Brief. Ich bin krank, schreibe ich, lasse ich schreiben (mit zittriger Schrift, auch an solche Details denke ich und maile meinem Partner die entsprechenden Anweisungen), ich liege im Krankenhaus, und da man hier in Curaçao keine Krankenversicherung kennt, geht das Geld, mit dem ich den Flug bezahlen wollte, für die Behandlungen drauf. Es ist eine ernsthafte Krankheit, die Ärzte im Krankenhaus wissen nicht, ob sie mich je wieder gesund machen können, für so komplizierte Fälle ist man hier nicht ausgerüstet, nicht wie in Deutschland, wo ich wahrscheinlich in null Komma nichts auf die Beine käme, aber es ist, wie es ist, und mehr, als für meine Gesundheit zu beten, kann niemand für mich tun.

Worauf sie natürlich anbietet, mir das Geld für den Flug zu schicken.

Ich lehne ab. »Ich habe das nicht verdient«, schreibe ich. Lasse ich schreiben. Und nehme erst nach langem Zögern an.

Wenn Sie nicht so ein Gutmensch wären, Padre, würden Sie der Eleganz dieser letzten Pirouette applaudieren. Geld zu bekommen, ohne um Geld zu bitten, zu erreichen, dass es einem aus freien Stücken angeboten wird, das ist Trapezkunst ohne Netz. Es sich widerwillig aufdrängen lassen und dabei – und da werden Ihre moralischen Kategorien ganz schön durcheinanderkommen – die alten Damen auch noch glücklich machen, das ist der dreifache Salto. Mit doppelter Schraube. Ja, Padre, ich mache sie glücklich. Beschwingt gehen sie zur Sparkasse – oder doch so beschwingt, wie ihr Rheuma es zulässt –, und wenn ihr Konto dahinschmilzt, dann ist ihnen das egal. Denn sie bekommen ja etwas Unbezahlbares dafür. Da hatten sie sich schon damit abgefunden, dass der Rest ihrer Tage immer nur schwarzweiß sein würde, eine triste Einbahnstraße zum Pflegeheim und von dort weiter zum Friedhof, und jetzt ist plötzlich alles wieder bunt, und sie erleben eine gefühlvolle Geschichte, voll großer Emotionen und mit immer neuen überraschenden Wendungen. Denn meine Krankheit verschlimmert sich, ich gebe die Hoffnung auf, lasse mich von meiner Brieffreundin zum Weiterleben ermuntern, die Krankenhauskosten steigen immer weiter, der Chefarzt muss bestochen werden, um einen Termin für eine lebensrettende Operation zu bekommen, die Operation gelingt, aber ich bin noch sehr geschwächt – für die Mitwirkung in einem so spannenden Film darf einem nichts zu teuer sein. Sie gehen glücklich pleite, oder – manchmal hat die Wirklichkeit ein perfektes Timing – sie sterben glücklich.

Tagebuch

Der Padre muss warten. In dem Moment, wo ich den letzten Satz geschrieben habe, ist mir eine Geschichte eingefallen.

Die ich ihm diesmal nicht schicken werde. Er würde ja doch wieder nur behaupten, ich hätte mich selber geschildert.

Fingerübung

DIE BEWERBUNG

Er war sicher, dass er die Anzeige gesehen hatte. Man konnte sich eine Menge einbilden, das wusste er aus Erfahrung, aber doch nicht so etwas. Links oben auf der Seite, mit einem dicken schwarzen Rand.

»Mitarbeiter für verantwortungsvolle Tätigkeit gesucht. Keine Spezialkenntnisse erforderlich. Arbeitsbeginn sofort. Nur persönliche Vorstellung.« Und dann die Adresse. Er hatte das doch gesehen.

Früher, als er ohne Drogen nicht durch den Tag gekommen war, da war es normal, dass ihm solche Dinge passierten. Einmal war ein Hund in seinem Zimmer gewesen, so einer, wie man sie in alten Zeiten auf Bären hetzte, der hatte die Zähne gefletscht, spitze Zähne, der Geifer war ihm aus dem Maul getropft, und er hatte an seiner Kette gezerrt, obwohl niemand diese Kette festhielt. Aber das war damals gewesen, und jetzt war er clean. Schwarzer Afghane war keine Droge, genauso wenig wie Bier eine Droge war oder Jubi, wenn Geld da war, um sich eine Flasche zu kaufen. Es war selten Geld da, deshalb brauchte er ja auch so dringend einen Job. Die Frau mit der Glückskäferbrosche hatte das auch gesagt.

Er war auf der Suche nach Pfandflaschen gewesen, mühsam ernährt sich das Eichhörnchen, und ganz oben im Müllcontainer hatte diese Zeitung gelegen, sauber gefaltet und ungelesen, das war ein Zeichen. Er hatte schon lang keine Zeitung mehr in der Hand gehabt, es passierte nichts auf der Welt, das ihn interessiert hätte, aber diesmal schlug er sie auf, und das Erste, was ihm in die Augen fiel, war diese Anzeige.

»Mitarbeiter für verantwortungsvolle Tätigkeit.« Schwarz eingerahmt. Er hatte das doch nicht phantasiert.

Der Hund damals, okay, das war Einbildung gewesen, die spitzen Zähne und die Kette, an der er zerrte. Er hatte die Polizei anrufen wollen, die Feuerwehr, den Tierschutzverein, aber auf seiner Prepaid-Karte war nichts mehr drauf gewesen, und der Hund war dann auch von selber verschwunden, einfach nicht mehr da. Ein bedrohliches Tier, so etwas konnte das Gehirn produzieren, aber doch nicht eine Stellenanzeige. Nicht nach dem Entzug. Nicht, wenn man weder besoffen noch bekifft war. Nur Durst hatte er, fürchterlichen Durst, dehydriert nannte man das. Die Ausdrücke kannte er alle. Halluzination, Aggression, Paranoia. Aber jetzt war er nüchtern wie ein Säulenheiliger, und die verdammte Anzeige blieb trotzdem verschwunden.

»Keine Spezialkenntnisse erforderlich.«

Das war es gewesen, das ihn am meisten angesprochen hatte, wie für ihn gemacht war das. Er hatte geschickte Hände, immer gehabt, konnte ein IKEA-Regal ohne Anleitung zusammenbauen, und eine Vene, die noch brauchbar war, fand er schneller als jeder Facharzt. Phlebologen hießen die Ärzte, die sich mit Venen befassten, das wusste nicht jeder. Ein paar Bücher hatte er gelesen, früher. Damals. Bevor. Aber das war nicht die Sorte Spezialkenntnisse, die man für einen Job brauchte. Und jetzt, wo sie einmal ausdrücklich keine verlangten, konnte er die verdammte Anzeige nicht mehr finden.

Oben links. Schwarz umrandet.

Früher waren bei ihm ständig Dinge verschwunden. Als ob die Sachen vor ihm wegliefen. Es nicht mehr aushielten bei ihm. Schlüssel. Das Feuerzeug mit dem Totenkopf. Der Ohrring, für den er sich extra hatte piercen lassen. Einfach weg. Einmal war sogar ein Tattoo verschwunden, was doch gar nicht möglich war. Das Stoppschild auf seinem rechten Arm, das ihn daran erinnern sollte, was er sich vorgenommen hatte. *Just say no.* Aber vielleicht hatte er das mit dem Tattoo auch nur vorgehabt.

»Arbeitsbeginn sofort.«

Genau was der Typ im Waschsalon immer gesagt hatte. So hatten sie die Klinik genannt, untereinander. Waschsalon. »Ihr müsst die Dinge sofort anpacken«, hatte der immer gesagt. »Eure Vorsätze nicht aufschieben, sondern handeln.« Wie hatte der schon wieder geheißen? So ein Weltverbesserer im Rollkragenpullover. Auch in der größten Hitze immer mit Rollkragen. Leitete die tägliche Gesprächsrunde, und wenn einer etwas besonders Ekelhaftes erzählte, konnte man sehen, wie er sich daran aufgeilte. Ein Elendsvampir. Aber der Satz stimmte schon: Nicht aufschieben, sondern handeln. Jetzt sofort.

Wo hatte er die Seite mit der Anzeige hingelegt? Das passierte ihm manchmal, dass er Ordnung machen wollte, System in sein Leben bringen, und hinterher konnte er sich nicht mehr erinnern, was das für ein System gewesen war. »Ordnung ist das halbe Leben« hatte es im Heim immer geheißen, aber er lebte halt in der anderen Hälfte.

Das Zimmer in der Notunterkunft hatte nicht viele Winkel, wo man etwas hätte aus Versehen hinlegen können. Manchmal versteckte er wichtige Dinge unter der Matratze, aber da war die Anzeige auch nicht. Das Bettzeug musste mal wieder in die Maschine. Er hatte damals die Kotze unter dem Wasserhahn ausgewaschen, aber der Geruch war nicht weggegangen. Die Waschküche im Keller konnte jeder benutzen, Waschpulver musste man auch nicht selber kaufen, Aber er hatte schon zweimal seine Sachen hinuntergeschleppt, zwei Treppen, und beide Male war die Maschine belegt gewesen. Man hatte auch noch anderes zu tun.

Sich einen Job suchen, das hatte er zu tun.

Dass das Bettzeug schlecht roch, war ein gutes Zeichen. Es bedeutete, dass seine Nase wieder funktionierte. Das war lange nicht mehr der Fall gewesen. In der Beratungsstelle boten sie einem immer Kaffee an, aber er hatte seinen jedes Mal stehenlassen. Fröhliche Tassen, mit kleinen Enten drauf oder Schweinchen, aber die ganze Fröhlichkeit nützte einem nichts, wenn man den Kaffee nicht riechen konnte. Er konnte die ganze Beratungsstelle nicht riechen, diese ernsthaften Gesichter, die sie jeden Tag aus dem Spind holten, wenn sie zur Arbeit kamen, aber das war etwas anderes.

Wie war er jetzt auf die Beratungsstelle gekommen? Der Kaffee, natürlich. Abwaschwasser hätten sie ihm hinstellen können, und es hätte keinen Unterschied gemacht. Was man nicht riechen kann, schmeckt auch nicht. Die Glückskäferbrosche hatte ihm erklärt, es liege nicht an seiner Nase. »Es sind die Rezeptoren in Ihrem Gehirn, die überfordert sind.« Aber jetzt funktionierten sie wieder, die Rezeptoren, oder sie funktionierten doch besser. Das Bettzeug musste er wirklich bald einmal waschen.

Morgen.

Vielleicht sollte er dort mal wieder vorbeischauen. »Ich wollte Ihnen von meinen Fortschritten berichten«, konnte er sagen und unauffällig überprüfen, ob der Kaffee wieder ein Aroma hatte.

Schweinchen und Entchen auf den Tassen. Man war doch kein Kind mehr.

Nein, er würde erst wieder dort hingehen, wenn er einen Job hatte. Auf eigenen Beinen stehen, das hatte er sich fest vorgenommen.

Aber die Anzeige war verschwunden. Oben links, dort, wo er sie gesehen hatte, wurde jetzt ein Bereichsleiter Verkauf gesucht. Dabei hätte er auswendig hersagen können, was dort gerade noch gestanden hatte.

»Keine schriftlichen Bewerbungen.« Das hatte auch dagestanden. Wie auf ihn zugeschnitten. Zu Stellenbewerbungen gehörte ein Lebenslauf, und in der Beziehung hatte er nichts Überzeugendes zu bieten. Sechsmal Entzug, davon zweimal *cold turkey*. »Wunderbar«, würden sie sagen, »genau, was wir gesucht haben. Wäre Ihnen ein Büro mit Swimmingpool recht?«

In der Anzeige hatten sie geschrieben, wo man sich melden sollte. Ausgerechnet das hatte er sich nicht gemerkt. Das Gedächtnis wie ein Schweizer Käse. Und was man nicht vergessen hatte, war erst recht Käse. Dinge, die man überhaupt nicht brauchen konnte. Das idiotische Lied aus dem Kindergarten, das wusste er immer noch auswendig. »Ein Männlein steht im Walde, ganz still und stumm.« Solchen Stumpfsinn bekam man als Kind eingetrichtert. »Still und stumm.« Totaler Quatsch. Entweder still oder dann aber stumm. Eins von beiden war überflüssig. Wer still ist, ist auch stumm, und wer stumm ist, ist auch still. »Sagt, wer mag das Männlein sein, das da steht im Wald allein, mit dem purpurroten Mäntelein.«

Die Stimme klang auch schon besser. Nicht mehr so heiser. Bariton, das war die männlichste Stimmlage. Die Tenöre waren alle schwul, und die Bässe ...

Die waren auch irgendwas, aber das hatte er vergessen.

Schweizer Käse.

Aber von dem doofen Kindergartenlied wusste er noch jedes Wort. »Das Männlein steht im Walde auf einem Bein und hat auf seinem Haupte schwarz Käpplein klein. Sagt, wer mag das Männlein sein ...«

Das war Kalle, der da an die Wand klopfte. Helllichter Tag, und der Penner lag immer noch im Bett. Verladen bis zum Eichstrich. Man müsste rübergehen, sich vor ihn hinstellen und ihm den Rest des Liedes ins Gesicht singen. Die Türen kriegte man leicht auf. Die Schlösser Marke Mickymaus. Hier war schon jeder mal bei jedem eingebrochen, wenn er auf dem Affen war.

Hagebutte. Das Lied handelte von der Hagebutte. An so einen Scheiß konnte er sich erinnern. Aber die Adresse hatte er vergessen.

Irgendwo in dem Neubaugebiet wäre es gewesen, das war alles, was er noch wusste, dort, wo früher die Fabriken standen, und wo sie jetzt ein Bürogebäude nach dem anderen hinklotzten.

Manchmal, hatte der Rollkragenmensch gesagt, kamen Erinnerungen wieder, wenn man nicht nach ihnen suchte, sondern ganz bewusst an etwas anderes dachte.

Irgendetwas anderes.

Im Park, in der Ecke, wo die Bullen einen in Ruhe ließen, solang man nicht die Spaziergänger anbaggerte, in dem Park, in dem er erst gestern noch gewesen war, oder vorgestern, in dem Park war ein Mann vom Blitz getroffen worden, und er hatte den gekannt. Nicht wirklich gekannt, mit Namen und so, aber man war sich begegnet. Einmal hatte der eine Zweiliterflasche Rotwein bei sich gehabt und sie im Kreis herumgehen lassen. Sie hatten ihn gefragt, wo er den Wein herhabe, und er hatte geantwortet: »In der Lotterie gewonnen.« So einer war das gewesen. Und jetzt: vom Blitz getroffen. Wenn es stimmte, was man erzählte. Vor dem Gewitter hatte er da gelegen, wo sie immer alle lagen, und hinterher lag er immer noch da und war tot. So ein Blitz, das musste ein schöner Abgang sein. Peng und weg. Weiden sollst du meiden, Buchen sollst du suchen. Zypressen kannst du vergessen.

Zypressenweg.

Die Methode funktionierte tatsächlich.

Jetzt fiel ihm auch wieder ein, dass er noch gedacht hatte, wie doof das war, Straßen so ländlich zu benennen, mitten in einem Neubaugebiet. Wahrscheinlich hockte irgendwo im Rathaus ein Beamter auf seinem fetten Hintern, der machte den ganzen Tag nichts anderes, als sich Straßennamen auszudenken. So einen Job müsste man haben.

»Nur persönliche Vorstellung.«

Zypressenweg.

Hausnummer? Egal. Wenn er erst einmal dort war, würde sie ihm wieder einfallen. Und wenn nicht: So unendlich lang konnte die Straße nicht sein. Einfach von Büro zu Büro gehen und fragen: »Ist hier ein Job zu vergeben?« Wenn er Glück hatte ...

Warum sollte nicht auch er einmal Glück haben? Einmal.

*

Er hätte schwarzfahren können, es passierte einem nichts, wenn man erwischt wurde. Sie wussten, wo nichts zu holen war, und sparten sich den Papierkram. Aber er hatte Lust, zu Fuß zu gehen, das war ein gutes Zeichen. Bevor er clean wurde, war es ihm immer vorgekommen, als ob er Gewichte an den Schuhen hätte, und jetzt ging es sich ganz leicht, auch die Stufen bei der Fußgängerüberführung, die waren ihm immer vorgekommen wie ein Berg.

Statt dass sie für die Autos eine Unterführung gebaut hätten.

Die Leute auf der Straße sahen ihn anders an, als er es sonst gewohnt war, das heißt: Sie sahen ihn überhaupt nicht an, schienen nichts Ungewöhnliches an ihm zu bemerken. Schon wieder ein Fortschritt.

»Wenn ihr euch irgendwo vorstellt«, hatte die Glückskäferbrosche gesagt, »wenn ihr zu einem Vorstellungsgespräch eingeladen werdet, dann müsst ihr eure besten Sachen anziehen.« Sie hatte gut reden. Um beste Sachen anzuziehen, muss man erst mal beste Sachen haben, und es war ja nicht so, dass in seinem Kleiderschrank eine große Auswahl gewesen wäre. Wenn er einen Kleiderschrank gehabt hätte. Eine Krawatte besaß er schon seit Jahren nicht mehr, die letzte hatte er gebraucht, um sich den Arm abzubinden. Guter Stoff war das damals gewesen, wirklich guter Stoff. Aber mit dem Zeug war er ein für alle Mal fertig.

Kleine Anker auf der Krawatte, wieso eigentlich? Er war nie zur See gefahren. Daran würde er sich erinnern.

Die Schuhe hatte er geputzt, so gut es ging – sehr gut war es nicht gegangen –, aber gegen die durchgescheuerten Stellen in der Hose hatte er nichts machen können. Vielleicht würden sie es für Mode halten, so wie manche junge Leute heutzutage herumliefen.

Es kam ihm seltsam vor, dass er »junge Leute« dachte. Er war ja selber erst achtundzwanzig. Neunundzwanzig. Einunddreißig.

Scheißegal.

Vom ersten Gehalt würde er sich ein Paar Jeans kaufen. In dem Heilsarmeeladen, wo die Sachen fast nichts kosteten und manchmal überhaupt nichts, wenn man ihnen etwas vorjammerte. Ein Paar Jeans ohne Löcher. Ein Hemd. Zwei Hemden. Damit man eines waschen und das andere anziehen konnte. Einen Mantel würde er auch brauchen, aber das eilte nicht. Noch war Sommer. Herbst. Auf jeden Fall noch nicht Winter. Noch lang nicht Winter.

In seiner eigenen Wohnung würde er Zentralheizung haben und ein Schloss an der Tür, das sich nicht mit jedem Schraubenzieher aufmachen ließ. Sein Name auf dem Türschild. Er hatte noch nie ein Türschild mit seinem Namen gehabt. Die in der Klinik zählten nicht. Das war nur ein Stück Papier, mit dem Computer beschriftet, und wenn der

Nächste das Zimmer bezog, schmissen sie den Namen weg und steckten einen neuen in die Halterung. Ein richtiges Türschild musste angeschraubt sein.

Das Jackett hatte er ewig nicht mehr angehabt, nur immer diesen Pullover, der war praktischer. Ein Jackett zog man ganz aus, und hinterher konnte man es nicht mehr finden. Bei einem Pullover konnte man zum Spritzen einen Arm freimachen, und wenn man wieder auftauchte, hatte man ihn immer noch an. Vielleicht hatten sie bei der Heilsarmee einen besseren, dann würde er den alten wegschmeißen.

Alles würde er wegschmeißen. Neu anfangen. Sich diesmal das Stoppschild wirklich auf den Arm tätowieren lassen.

Die Fingernägel hätte er saubermachen müssen, so machten sie einen schlechten Eindruck. Er steckte die Hände in die Taschen des Jacketts, versteckte sie dort und fand doch tatsächlich eine Fünfzig-Cent-Münze. Auch das war ein Zeichen.

Auf dem Gehsteig vor H&M kniete der Bettler, der dort immer kniete, das linke Bein in einem unnatürlichen Winkel abgebogen. Auch ein armes Schwein, dachte er, es muss verdammt anstrengend sein, den ganzen Tag so zu tun, als sei man verkrüppelt. Ihm jetzt die fünfzig Cent zu geben wäre ein gutes Gefühl gewesen. Aber er ging dann doch lieber vorbei.

Das ist jetzt mein Glückspfennig, beschloss er und fragte sich, warum man immer noch »Glückspfennig« sagte, obwohl es doch Mark und Pfennig gar nicht mehr gab. Abgeschafft, wie auch das Glück abgeschafft worden war.

Vielleicht sollte er die Münze in die Luft schmeißen und wieder auffangen. Kopf oder Zahl. Brandenburger Tor oder Zahl. Er kriegte den Job, oder er kriegte ihn nicht.

Lieber nicht. Wenn es falsch herauskam, würde ihn das nur deprimieren.

Der Weg weiter, als er gedacht hatte. Es war immer alles weiter, als man gedacht hatte. Schwieriger. Aber er wurde nicht müde, im Gegenteil. Je näher er seinem Ziel kam, desto mehr Energie spürte er. Als ob er ein E eingeworfen hätte. Eins von den guten, mit dem eingeprägten Schmetterling. Wo man die ganze Nacht durchmachen konnte, und wenn die Sonne aufging, war man immer noch eins a drauf.

Genau in dem Moment, in dem er das dachte, hing da an einer Plakatwand die Werbung von einer Bausparkasse, und darauf war ein Sonnenaufgang abgebildet. Genau in dem Moment. »Alles ist möglich!«, stand darunter, und das war auch wieder ein Zeichen. Er musste lang davor stehen bleiben, und wenn er ein Taschentuch gehabt hätte, würde er sich die Tränen abgewischt haben.

Alles ist möglich.

Als er weiterging, fühlte er sich so beschwingt, dass er zu singen begann. Nicht laut, damit wäre man aufgefallen, sondern in seinem Kopf. Schwang die Arme im Takt der Melodie. »Sag, wer mag das Männlein sein, das da steht im Wald allein ...«

Was war das eigentlich, eine Hagebutte?

*

Als er den Zypressenweg gefunden hatte – in dem Neubaugebiet waren alle Straßen nach Bäumen benannt –, stand da zwar schon ein Straßenschild, aber die Straße gab es noch gar nicht. Die Fahrbahn nicht asphaltiert und die Randsteine schief und schepp, so wie man sie vom Laster abgeladen hatte. Ein einziges Gebäude stand schon da, eingeklemmt zwischen zwei Baugruben. Ein typischer Bürobunker, die Fassade protzig mit Marmor verkleidet. Irgendwie mussten die Mieten ja gerechtfertigt werden. Vielleicht war es auch ein anderer Stein, er kannte sich da nicht aus. Für ihn sah es aus wie Marmor. Große schwarze Platten, eine Einladung für Sprayer, aber noch völlig sauber. Wahrscheinlich hatten sie gerade erst die Bauabsperrungen weggeräumt.

Wann hörte ein Neubau eigentlich auf, Neubau zu sein? Nach einer Woche? Einem Jahr? Die lottrige Abbruchbude, in der ihn das Amt einquartiert hatte, war auch einmal ein Neubau gewesen. Aber dort würde er nicht mehr lang bleiben.

Der Weg von der unfertigen Straße zum Hauseingang war von zwei Reihen frischgepflanzter Bäumchen flankiert, jedes von seinem eigenen halbhohen Zaun umgeben. Hinter den Bäumen je ein Beet, die Erde frisch umgegraben. An den paar Sträuchern, die schon gepflanzt waren, hingen noch die Preisschilder der Gärtnerei.

Neben dem Eingang eine Gegensprechanlage und darüber eine Metalltafel mit drei Reihen kleinerer Schilder. Alle leer. Hier sollten wohl einmal die Firmennamen der Mieter eingraviert werden. Auch von den Klingelknöpfen noch keiner beschriftet.

Vielleicht war die Anzeige zu früh erschienen, und sie hatten ihr neues Büro noch gar nicht bezogen. Oder hatten es bezogen und das Namensschild noch nicht montiert.

War es überhaupt die Zypressenstraße, wo man sich melden musste? Es passierte ihm manchmal, dass er sich an Dinge exakt zu erinnern glaubte, und dabei war es ganz anders gewesen. Oder überhaupt nicht gewesen. Wie der Hund an der Kette, die niemand festhielt.

Keine Überwachungskamera. Aber man sah die nicht immer. Damals in dem Laden, wo alles so altmodisch ausgesehen hatte, da war auch eine gewesen, gut versteckt, und sie hatten gewaltig Stress gemacht wegen der einen Flasche Jubi. Jubiläums-Aquavit. Schon das Wort machte Durst. Vom ersten Gehalt würde er ...

Ein Paar Jeans und zwei Hemden.

Doch eine Kamera. Jemand hatte gesehen, dass da einer wartend vor dem Eingang stand, und jetzt blinkte an der Gegensprechanlage ein grünes Licht. Eine Stimme, die so klang, als ob sie rein elektronisch wäre, ohne Mensch dahinter.

»Sie sind spät dran«, sagte die Stimme, und dann fuhren die großen Glasscheiben der Eingangstür nach links und rechts auseinander.

Spät dran? In der Anzeige hatte nichts von einer bestimmten Zeit gestanden.

Soweit er sich erinnerte.

Die Eingangshalle war riesig. Hatten dem Architekten wohl gesagt: »Die Besucher müssen beeindruckt sein.« Palmen in mächtigen Töpfen.

Auch der Fußboden aus schwarzem Marmor. Er konnte seine eigenen Schritte hören, und das erinnerte ihn an das leicht gruslige Gefühl, das er jedes Mal hatte, wenn er allein in einer Kirche war. Früher war er oft in Kirchen gegangen, weil es draußen regnete oder weil die Sonne zu grell war, oder einfach, weil er sich ausruhen wollte.

Ein Empfangstresen, so hoch, dass man hinaufschauen musste, wenn man mit der Empfangsdame sprechen wollte. Aber da war keine Empfangsdame. Niemand, der ihm hätte Auskunft geben können.

Vier Aufzüge nebeneinander, bei einem stand sogar einladend die Tür offen. Aber er wusste den Namen der Firma nicht mehr, die in der Anzeige gestanden hatte, hätte nicht einmal beschwören können, dass da überhaupt ein Name gewesen war. Auf jeder Etage anhalten und aussteigen, das war viel zu umständlich. Er ging besser zu Fuß, es strengte ihn auch überhaupt nicht an. Heute strengte ihn nichts an.

Das Treppenhaus so sauber, dass man das Gefühl hatte, die Schuhe ausziehen zu müssen. Keine überquellenden Mülltüten. Keine weggeworfenen Spritzen. Nichts.

Zuerst zählte er die Stockwerke, kam aber schon bald mit den Zahlen durcheinander. Jede Etage sah gleich aus: ein breiter Flur mit einem Fenster am Ende und links und rechts eine Reihe geschlossener Türen.

Bis dann – in welcher Etage? – eine Tür offen stand. Das Licht aus dem Büro auf dem glänzenden Fußboden wie ein Teppich.

Er klopfte an den Türrahmen, und eine Stimme sagte: »Herein!«

Niemand. Ein Schreibtisch und ein Regal, das die ganze Wand ausfüllte, vom Boden bis zur Decke, die Abstände zwischen den leeren Fächern für Aktenordner berechnet. Der Bürostuhl in eine Plastikfolie eingesiegelt, gerade erst angeliefert und noch nicht ausgepackt.

»Herein!«

Die Tür zum nächsten Zimmer fiel ihm erst jetzt auf. Das passierte ihm manchmal, oder war ihm doch früher passiert, als er noch nicht clean war: dass er etwas gar nicht bemerkt hatte, und dann war es plötzlich da, wie ins Bild gesprungen. Er hatte mal einen gekannt, einen von der Sorte, die ins Reden kommen, wenn sie geladen haben, der behauptete, die Dinge wären alle nicht an ihrem Ort, bis zu dem Moment, wo jemand sie ansehe. Trieben sich irgendwo herum. Wenn man sich ganz schnell umdrehe, könne man manchmal noch sehen, wie sie an ihren Platz zurücksprängen. Der Typ war dann überfahren worden, wenn er sich richtig erinnerte, das Automobil im falschen Moment ins Bild gesprungen.

»Herein!«

Die Stimme nicht ungeduldig oder drängend. Man hatte das Gefühl, sie würde auch beim vierten oder fünften Mal noch immer im genau gleichen Ton »Herein« gesagt haben.

»Zu Vorstellungsgesprächen müsst ihr pünktlich erscheinen«, hatte die Glückskäferfrau ihnen eingetrichtert.

Das Büro nicht größer als das erste. Derselbe Schreibtisch, dasselbe leere Regal. Nicht so, wie man es von einem Chefbüro erwarten würde. Aber der Mann hinter dem Schreibtisch war kein einfacher Angestellter, das sah man an seiner Haltung. Der Rücken auch im Sitzen kerzengerade. Das schwarze Jackett mit dem kleinen Stehkragen bis zum Hals durchgeknöpft. Vollglatze.

»Ich komme wegen der Anzeige.«

»Gut«, sagte der Mann. »Du bist eingestellt.«

Auch das passierte ihm manchmal, dass er Dinge hörte, die niemand gesagt hatte. Wie damals in dieser Einkaufspassage, als die Stimme ihm befohlen hatte, die Scheiben der Auslagen einzuschlagen, weil das der einzige Fluchtweg sei. Manchmal hörte er auch schöne Dinge. Einmal hatte ihm eine Polizeibeamtin ihre Liebe erklärt, auf einen Mann wie ihn habe sie ihr ganzes Leben gewartet, und er hätte sie auch geheiratet und nie wieder einen Tropfen getrunken, aber dann war es doch wieder nur Erregung öffentlichen Ärgernisses gewesen.

Den Mann mit der Glatze hatte er sagen hören, er sei eingestellt. Aber unterdessen merkte er schon selber, wenn er sich etwas nur einbildete. Auch das war ein Fortschritt.

»Besondere Fähigkeiten habe ich keine.«

»Ehrlichkeit ist die beste Strategie«, hatte der Glückskäfer gesagt.

»Sehr gut«, sagte der Mann. »Eingestellt.«

Diesmal war es keine Einbildung gewesen.

»Aber ...«

»Es gibt eine Menge zu tun«, sagte der Mann. »Wir haben zu wenig Personal. Hier.«

Vorher war die Schreibtischplatte leer gewesen. Jetzt lag da ein Briefumschlag, den schob der Mann zu ihm hin.

»Dein erster Auftrag. Zur Probe. Du gibst den Brief an dieser Adresse ab« – jetzt lag auch ein Zettel mit einer Adresse neben dem Brief – »und kommst dann zurück und meldest Vollzug. Verstanden?«

Er nickte, obwohl er nicht verstanden hatte. Oder doch nur verstanden, aber nicht begriffen.

»Persönlich übergeben. Von der Hand in die Hand. Ist das klar?«

»Klar.«

»Dann ab mit dir!«

Diesmal nahm er den Fahrstuhl. An den Ziffern, die eine nach der anderen aufleuchteten, sah er, dass er im siebten Stockwerk gewesen war.

*

Käthe Hambach-Frantz. Ein altmodischer Vorname. Heute nannte niemand mehr seine Tochter so. Katharina, ja, aber nicht Käthe. Eine ältere Dame wahrscheinlich. Verheiratet. Oder verwitwet.

Was wohl in dem Briefumschlag steckte? Geld, natürlich. Warum sollten sie sonst diesen Aufwand treiben, ein Büro aufmachen und Mitarbeiter einstellen? Es gab immer Leute, die kein Bankkonto hatten. Keines bekamen, so wie er selber, oder keines wollten, weil sie den Banken nicht trauten. Ganze Bündel von Geldscheinen unter der Matratze, man hörte solche Geschichten immer wieder, und wenn sie starben, konnte man keine Erben finden. Vielleicht betrieb der Mann in Schwarz eine Rentenkasse für Leute, die ihr Geld in bar haben wollten und es sich jeden Monat ins Haus bringen ließen. So wie es reiche Leute mit ihren Frühstückssemmeln machten. Die gingen nicht zum Bäcker, die ließen ihn kommen. Von der Hand in die Hand.

Ob es viel Geld war? Der Umschlag fühlte sich nicht dick an. Aber es konnten 500-Euro-Scheine sein. Er war sich fast sicher, dass solche Scheine existierten. Viermal fünfhundert oder fünfmal fünfhundert … Vielen Dank, liebe Heilsarmee, ich brauche euren Laden nicht mehr. Bei Armani oder Hugo Boss in den Laden spazieren und zu den Verkäufern sagen: »Zeigen Sie mir die neuste Kollektion!« Was die für Gesichter machen würden! Vielleicht vorher zum Friseur.

Er würde den Umschlag nicht aufmachen. Er war ja nicht blöd. Brav überbringen und Vollzug melden. »Der erste Auftrag zur Probe«, hatte der Mann gesagt. Da würden sie noch kein richtiges Geld in den Umschlag stecken. Zeitungspapier. Um ihn zu testen. Erst wenn sie überzeugt waren: »Jawohl, unser neuer Angestellter ist ehrlich«, erst dann würde es sich lohnen, unehrlich zu sein. Was ihm während seines Botenganges alles durch den Kopf gegangen war, das konnten sie nicht wissen. Dafür gab es noch keinen Test, zum Glück. Wenn sie einem im Waschsalon eine Haarsträhne abschnitten und sie durch ihre Maschinen jagten, dann konnten sie auch nicht feststellen, auf was man seit der letzten Kontrolle alles Lust gehabt hatte. Nur was man wirklich genommen hatte. Heroin, Speed, Koks, das konnten sie an den Haaren ablesen. Nicht die Gedanken.

Käthe Hambach-Frantz. Die Adresse am andern Ende der Stadt. Wahrscheinlich ausgesucht, um seine Ausdauer zu testen. Eigentlich müssten sie ihm ja für eine so lange Strecke ein Taxi bezahlen. Dienstfahrt.

»Viel Bewegung an der frischen Luft« hatten sie ihm in der Klinik geraten. Idioten. Als ob man auf der Suche nach Stoff nicht ohnehin dauernd an der frischen Luft wäre. Jetzt müsste ihn der Rollkragenpullover sehen, der würde seinen Augen nicht trauen, so fit fühlte er sich. Er war doch schon eine ganze Weile unterwegs, aber er war überhaupt nicht müde, auch nicht ein bisschen. Als ob man ihm neue Batterien eingesetzt hätte.

Einmal fing er sogar an zu rennen, aber damit hörte er

gleich wieder auf. Nicht dass man ihn noch für einen Ladendieb hielt, jemanden, der Grund hatte, vor etwas davonzulaufen. Natürlich, wenn ihn jemand festhielt, konnte er sagen: »Ich muss eilig etwas abgeben«, konnte ihnen sogar den Umschlag zeigen, aber dann würden sie ihn nach dem Namen der Firma fragen, für die er arbeitete, und den wusste er nicht. Hatte nicht daran gedacht, sich danach zu erkundigen.

Egal. In seinem Arbeitsvertrag würde das alles drinstehen. Und dann: ein Paar Jeans und zwei Hemden. Vielleicht einen Mantel.

Schönes Wetter. Nicht zu heiß und nicht zu kalt. Perfekt für den Job. Es war, als ob die Leute ihm ansähen, dass er etwas Wichtiges zu erledigen hatte. Wenn er an einen Zebrastreifen kam, hielten die Autos an. Die Ampeln immer auf Grün.

Links, zwei, drei, vier. Links, zwei, drei, vier.

Bei der Bundeswehr hatten sie ihn nicht genommen. Die Uniform hinter dem Schreibtisch hatte den Kopf geschüttelt. »Junkies können wir nicht gebrauchen.« Dabei war er damals gar kein Junkie gewesen. Noch nicht.

Bis zur anderen Stadtseite war es weniger weit, als er gedacht hatte. Warum sagte man eigentlich »Katzensprung«? So weit sprangen Katzen überhaupt nicht.

Als Kind hatte er mal ein Meerschweinchen gehabt, das war dann gestorben. Hasi. Ein idiotischer Name für ein Meerschweinchen.

Weit konnte es nicht mehr sein. Er kannte sich in diesem Stadtteil nicht aus, aber an der nächsten Kreuzung nahm er, ohne zu überlegen, die Seitenstraße links. Instinkt.

Bingo. Die Adresse auf Anhieb gefunden. Wir begrüßen unseren neuen Mitarbeiter mit dem eingebauten GPS.

Ein Altersheim. Scheiße. Bis man das richtige Zimmer gefunden hatte, konnte es dauern. Aber das gehörte alles zu dem Test. »Flexibel müsst ihr sein, wenn ihr eine Anstellung wollt.« Jawohl, Frau Glückskäfer.

Niemand fragte ihn, wo er hinwollte. Man war hier an Besucher gewöhnt.

Türen, Türen, Türen. Neben jeder ein Namensschild, von Hand geschrieben und mit bunten Blümchen verziert. Ließen die alten Leute in der eigenen Scheiße liegen und saßen bequem im Büro und malten Blümchen.

»Mit Rosen bedacht, mit Nelken besteckt.« So etwas saß einem im Hirn fest, und die wirklich wichtigen Dinge vergaß man.

Auf den Namensschildern viel mehr Frauen als Männer.

Frauen wurden älter. Das war eine erwiesene Tatsache. Sie hatten das im Park mal besprochen, es gab Tage, da waren alle schwer philosophisch. Hatten den Grund dafür gesucht, hin und her, bis schließlich einer meinte: »Es kommt davon, dass wir Männer schneller leben.« Das hatte ihm eingeleuchtet.

In einem Flur hatten sie immer zwischen zwei Zimmereingängen ein Kinderfoto hingehängt. Altmodische Kinder, auch wenn er nicht hätte sagen können, woran er das erkannte. Kinder, die schon lang erwachsen waren. Oder schon wieder tot.

In einem anderen Flur Plakate mit Landschaften. Wer es von den alten Leuten nicht mehr bis ins Freie schaffte, konnte sich hier die Berge ansehen.

Dann endlich das Namensschild, das er suchte. Die Blümchen in Farben gemalt, die es gar nicht gab.

Er klopfte an, ein zweites und ein drittes Mal, und als niemand antwortete, öffnete er vorsichtig die Tür. Der Geruch im Zimmer erinnerte ihn an etwas, ihm fiel nicht ein, was es war. Nichts Angenehmes.

Käthe Hambach-Frantz saß in einem Sessel, der zu groß für sie war. Alte Leute verloren nicht nur die Haare und die Zähne, sie schrumpften auch. Eine dicke Wolljacke hatte sie an, und dabei war es heute doch wirklich nicht kalt. Im Zimmer, mit dem geschlossenen Fenster, war es sogar drückend.

Er räusperte sich, räusperte sich ein zweites Mal und sagte: »Ich habe hier etwas abzugeben.« Hielt ihr den Briefumschlag hin. Keine Reaktion. Sie schlief nicht, ihre Augen waren offen, aber sie schien ihn nicht wahrzunehmen. Wenn sie einatmete, klang es wie ein Seufzen, und wenn sie ausatmete, rasselte etwas in ihrer Kehle. Seufzen, Rasseln. Seufzen, Rasseln. Der Kopf nach hinten gefallen, als ob er für ihren Hals zu schwer geworden wäre.

Seufzen, Rasseln.

Er konnte den Brief natürlich einfach auf den Tisch legen oder auf das Kopfkissen im ungemachten Bett. Aber dann hätte er seinen Auftrag nicht ausgeführt, nicht so, wie er gelautet hatte. »Von der Hand in die Hand.« Es war gut möglich, dass sie auch das kontrollierten bei einem Probeauftrag. Die alte Frau hatte sich eine Wolldecke über die Beine gelegt, und ihre Hände darunter gesteckt. Er würde sie aufwecken müssen. Sie an der Schulter fassen und ein wenig rütteln. Aber sie wirkte so zerbrechlich, dass er sich das nicht traute. Wie beim Mikado, wenn man ein Stäbchen ganz vorsichtig herausziehen will, und dann fällt der ganze Haufen zusammen.

Seufzen, Rasseln.

Die Wolldecke lüften und ihr den Umschlag in die Hand legen. Problem gelöst. Aufgabe erfüllt.

Der Stoff ganz weich.

Beide Handrücken voller Altersflecken.

Seufzen, Rasseln.

Den Umschlag ganz vorsichtig unter die Hand schieben.

Seufzen.

Dass das Ausatmen ausblieb, erschreckte ihn mehr, als es ein lautes Geräusch hätte tun können.

*

»Es war ein unglücklicher Zufall.«

»Natürlich«, sagte der glatzköpfige Mann.

»Ich bin im falschen Moment gekommen.«

»Selbstverständlich«, sagte der Mann.

»Ich wusste nicht, was ich tun sollte. Darum habe ich den Umschlag wieder mitgenommen.«

»Das war richtig«, sagte der Mann. »Hier ist die nächste Adresse, wo er abgegeben werden muss.«

»Derselbe Umschlag?«

»Es ist immer derselbe Umschlag«, sagte der Mann.

»Wieder ein Altersheim?«

»Diesmal nicht. Ein kleiner Junge, erst sieben. Du triffst ihn auf der Straße an, gibst ihm den Umschlag, und dann wird er von einem Auto überfahren.«

Manchmal hörte er Dinge, die konnte er gar nicht gehört

haben. Er hatte erwartet, dass das aufhören würde, jetzt, da er clean war.

»Du bist nicht clean«, sagte der Mann. »Wer clean ist, erstickt nicht an der eigenen Kotze.«

»Ich bin nicht ...«

»Doch«, sagte der Mann. »Aber man gewöhnt sich daran. Immerhin hast du einen Job. Die meisten bekommen keinen mehr, wenn sie einmal gestorben sind.«

Für den Padre

Tut mir leid, Padre. Ich habe Sie auf Ihre Lektüre warten lassen. Es ist mir schwergefallen, diesen Teil meiner Lebensgeschichte zu Papier zu bringen. An unangenehme Dinge erinnert man sich ungern.

In meiner Autoreneitelkeit stelle ich mir vor, dass Sie mit jedem Tag, an dem mein Text nicht eintraf, ungeduldiger wurden. Meine Geschichten sind seine Droge, rede ich mir ein, und male mir Ihre Entzugserscheinungen aus. Sehe vor mir, wie Sie in Ihrem Büro auf und ab gehen, zu unruhig, um an der nächsten Predigt zu arbeiten, oder was man in Ihrem Beruf sonst den ganzen Tag treibt. Höre Sie denken: »Den Anfang seiner Geschichte kenne ich jetzt. Er hat mir ausführlich genug geschildert, wie er den alten Weibern ...« Entschuldigen Sie, Padre. Sie sind ein viel zu gut erzogener Mensch, um »Weiber« zu denken. Sie denken »Frauen«. Oder sogar »Damen«. »Ich weiß nun, wie er den alten Damen ihr Geld abgeknöpft hat«, denken Sie, »und seine Methode war ebenso verwerflich wie brillant. Aber jetzt will ich endlich wissen, wieso man ihn schließlich doch erwischt hat. Erwischt und verurteilt.«

Sprüche 23,18. »Denn es wird dir hernach gut sein, und dein Warten wird nicht trügen.« Hier kommt, wenn auch mit Verzögerung, das Unhappy End.

Ich bin, und das ärgert mich an der ganzen Sache am meisten, an einem Zufall gescheitert. An einer statistischen Unwahrscheinlichkeit.

Einerseits.

Andererseits war es mein eigener Fehler. Die verdiente Strafe für handwerkliche Schlamperei. Ich habe meine Arbeit nicht sorgfältig genug gemacht, habe eine Abkürzung genommen, den breiten, bequemen Weg statt den schmalen, steinigen. Oder um es weniger biblisch auszudrücken: Ich habe gepfuscht. »Gerade in Kleinigkeiten, als bei welchen der Mensch sich nicht zusammennimmt, zeigt er seinen Charakter«, meint Schopenhauer. Man könnte sagen: Ich sitze wegen eines Charakterfehlers.

Wie alle hier in der JVA.

Am schwersten fällt es mir, eingestehen zu müssen, dass ich auf einen Brief hereingefallen bin. Ausgerechnet ich, der ich mich mit Briefen nun wirklich auskenne. Wenn ich die Person kennenlernte, die ihn geschrieben hat, ich würde ihr widerwillig gratulieren. Der Brief hätte von mir sein können. Eine erstklassige Fälschung.

Unterschrieben von ... Nennen wir sie so, wie ihr Name in den Presseberichten stand: Frau K. aus M.

Frau K. gehörte zu meinen lukrativsten Korrespondentinnen. Ein hübscher Teil ihrer Ersparnisse war bereits auf meinem Konto gelandet. Das war ihr durchaus bewusst, sie war alt, aber nicht blöd, und es störte sie nicht. »Mitnehmen kann ich es nicht«, hat sie mir einmal geschrieben, »und die Leute, die mein Geld laut Gesetz mal bekommen, haben sich seit Jahren nicht um mich gekümmert.« Während ich sie, allein durch die Tatsache, dass ich in ihrem Leben aufgetaucht war – wieder aufgetaucht, glaubte sie –, glücklich gemacht hatte.

Glücklich, Padre. Friede in deinen Mauern und Glück in deinen Palästen.

Wenn ich vor dem Jüngsten Gericht stehe – ich habe meine Zweifel an dessen Existenz, aber man weiß ja nie –, wenn ich mich für das, was ich im Leben angestellt habe, verantworten muss, dann werden sich meine Kundinnen als Charakterzeuginnen melden und bestätigen, wie sehr ich sie beglückt habe. Außer eben Frau K. aus M.

Vor dem irdischen Landgericht habe ich es mit diesem Argument gar nicht versucht. Weder die Richter noch die beiden Schöffen sahen mir nach himmlischer Gnade aus. Ein schnelles Geständnis, schien mir, hatte mehr Chancen, sich strafmildernd auszuwirken. Was zuerst auch zu gelingen schien und dann im letzten Moment doch nicht funktionierte. Zuerst hat man kein Glück, und dann kommt auch noch Pech dazu.

Manchmal denke ich: Ich hätte mir den Spaß machen sollen, mein Plädoyer vor Gericht nicht dem Anwalt zu überlassen, sondern es selber zu halten. Lang und ausführlich. Was bei meinem Spre… Spre… Sprechtempo eine Woche gedauert hätte.

Aber ich schweife ab. Sie wollen endlich wissen, wie es überhaupt dazu gekommen ist, dass ich vor Gericht stand.

Es gehe ihr nicht gut, schrieb mir Frau K. in ihrer altmodischen Handschrift, und ihr Hausarzt, der zum Glück einer von der alten, ehrlichen Sorte sei, mache ihr keine Hoffnungen, dass sie ihren nächsten Geburtstag noch erleben werde. Im Testament habe sie festgehalten, dass ihr Enkel in Curaçao, also ich, ihr Alleinerbe sein solle, ihr Erspartes sei zwar weniger geworden, aber es sei immer noch genug vorhanden, um jemandem, der in einem billigen Land wohne, ein sorgenfreies Leben zu ermöglichen. Wenn also keine Post mehr von ihr käme, solle ich nicht traurig sein, sie habe ein volles Leben gelebt, und die letzten beiden Jahre, seit sie mich wiedergefunden habe, seien die glücklichsten überhaupt gewesen. Ich solle einfach darauf warten, dass sich die deutsche Botschaft wegen des Erbes bei mir meldete.

Das war der Haken an der Sache, und ich war blöd genug, nicht zu merken, dass es ein Angelhaken war.

Wenn in ihrem Testament meine Adresse stand, oder doch die Adresse, die als Absender auf meinen Briefen gestanden hatte, dann würde die Post von der deutschen Botschaft zwar nach einem Umweg bei mir ankommen, aber für die Auszahlung des Erbes würden sie Papiere verlangen, notariell beglaubigt, und wo sollte ich die herbekommen, wo ich doch die ganze Zeit unter falschem Namen gearbeitet hatte? Wenn es so weit war, würde ich keine Chance haben, an das schöne Geld heranzukommen, das mir da versprochen wurde.

Wie gesagt: Das war der Haken. Mit einem verlockenden Köder versehen.

Am allerliebsten, schrieb Frau K., wäre es ihr, wenn wir

all die Ämter und Formulare nicht brauchten, wenn sie das Geld einfach von der Bank holen und mir in die Hand drücken könnte. Sie wisse zwar, dass meine geschwächte Gesundheit mir die lange Reise nach Deutschland wohl kaum erlaube, aber sie könne sich kein größeres Glück vorstellen, als mich vor ihrem Tod noch einmal zu sehen, und würde sogar, obwohl ihr das Stehen immer schwerer falle, versuchen, für mich ein letztes Mal den Apfelkuchen zu backen, an den ich so schöne Erinnerungen hätte.

(Das mit meiner geschwächten Gesundheit muss ich Ihnen erklären: Ich hatte mir als Zusatzschleife in meiner Lebensgeschichte einen Tumor ausgedacht, von dem man, um die Spannung zu erhalten, noch nicht wusste, ob er gut- oder bösartig war.)

Es gehörte zwar eigentlich zu meinen Geschäftsprinzipien, bei keiner der Großmütter, deren Enkel ich spielte, jemals persönlich in Erscheinung zu treten, aber hier war die Versuchung einfach zu groß. Sie als Fachmann wissen ja, dass Versuchungen immer vom Teufel kommen. In diesem Fall von einer Unterabteilung der Hölle: von der Kriminalpolizei.

Ich schrieb also zurück, ließ zurückschreiben, dass ich mich ins nächstmögliche Flugzeug setzen würde, um meiner lieben Oma ihren letzten Wunsch zu erfüllen. Einen direkten Flug nach Deutschland, so hatte ich mir das ausgedacht, gab es von meiner abgelegenen Insel nicht, ich würde zweimal umsteigen müssen und dann, von London kommend, in München landen.

Es gab eine Menge zu bedenken. Um überzeugend zu wirken, musste es aussehen, als ob ich tatsächlich eine lange

Reise hinter mir hätte, Reisegepäck und alles. Dass ich trotz des tropischen Klimas in Curaçao nicht braungebrannt, sondern großstädtisch bleich war, ließ sich mit dem langen Krankenhausaufenthalt erklären, den ich ihr so phantasievoll geschildert hatte. Und ich musste tatsächlich aus einem Flugzeug steigen. Ich hielt es durchaus für möglich, dass Frau K. trotz ihres schlechten Gesundheitszustands darauf bestehen würde, mich am Flughafen abzuholen. Ich flog also nach London und von dort zurück nach Deutschland.

Und wurde wirklich abgeholt. Nur nicht von Frau K.

Für den Padre

Ich komme also in München die Gangway herunter, voll ausstaffiert als Reisender aus südlichen Gefilden, habe, obwohl es Winter ist, keinen Mantel dabei und finde mich auch sonst in meiner Rolle sehr überzeugend. Ich will in den Bus zum Terminal steigen, da stehen zwei Männer, und einer von ihnen spricht mich an. Ich bin so überrascht, dass ich auf den Namen nicht reagiere. Weil er ja nicht meiner ist, sondern der von Frau K.s Enkel. Einer von vielen Namen, die ich verwende.

Ich merke also erst gar nicht, dass ich gemeint bin. Die Passagiere drängen zum Bus, und ich lasse mich weiterschubsen. Aber der Mann hält mich am Arm fest, sein Kollege auf der anderen Seite, und der Mann sagt: »Sie müssen nicht den Bus nehmen. Wir haben einen Wagen für Sie bereit.« Sagt es ganz höflich.

Ich merke – seltsam, was man in so einem Augenblick

alles wahrnimmt –, wie mich die anderen Passagiere geradezu ehrfürchtig ansehen. Wer auf dem Rollfeld von einem privaten Fahrer abgeholt wird, denken sie, der muss etwas Wichtiges sein. Der Wagen war nicht als Polizeiauto zu erkennen. Keine vergitterten Scheiben, nichts in der Art. »Vorfeldaufsicht« stand an der Tür, und ich weiß noch, dass ich mich ganz automatisch fragte: Im Vorfeld wovon?

Im Vorfeld meiner Verhaftung.

Ich versuchte mich herauszureden, aber ohne wirkliche Überzeugung, wie ein Fußballspieler, der so tut, als ob er die rote Karte des Schiedsrichters nicht bemerkt habe oder als ob er glaube, sie müsse einem anderen gegolten haben, und der doch keinen Zweifel daran hat, dass er das Spielfeld verlassen muss. Ich sagte etwas von »Verwechslung« und »keine Ahnung, was Sie von mir wollen«, aber eigentlich hatte ich schon resigniert, und das waren alles nur noch automatische Reflexe. Ein Huhn läuft auch noch weiter, wenn man ihm den Kopf abgehackt hat.

Sie wussten alles. Weil ich zu faul gewesen war, meine Arbeit gründlich zu machen.

Nein: weil ich mich in meine eigenen Ideen verliebt hatte. Mich selber toll gefunden.

Faulheit und Eitelkeit. Zwei Todsünden auf einmal. In Idealkonkurrenz, wie die Juristen sagen. Kein Wunder, dass ich dafür bestraft wurde.

In den *Regeln für besseres Schreiben,* die Sie mir geschenkt haben, steht als abschließende Nummer neunundneunzig: »*Kill your darlings.*« Der Verfasser hätte hinzusetzen sollen: »*… or your darlings will kill you.*« Der Briefträger auf Curaçao, den man schon von weitem kommen hörte, weil sein Fahrrad ein quietschendes Hinterrad hatte – das war der Einfall, der mir so gut gefallen hatte, dass ich ihn mehr als einmal verwendete. Der mir so malerisch erschienen war, so pittoresk, so wirkungsvoll kitschig, dass ich ihn in den Enkelbriefen an verschiedene Großmütter vorkommen ließ.

Es war, so viel hatte ich mir durchaus überlegt, nicht damit zu rechnen gewesen, dass diese Doublette jemandem auffallen würde. Ich hatte es mir zur strengen Regel gemacht, nie zwei Kundinnen in derselben Stadt zu betreuen. Auch wenn es genügend Kandidatinnen gegeben hätte. Fünfzig Kilometer Entfernung, das war das Minimum, das ich mir gesetzt hatte. Um die Möglichkeit auszuschließen, dass sich zwei zufällig begegneten und einander von ihren wiedergefundenen Enkeln erzählten.

Nur Großstädte, das war auch ein Prinzip. Mit genügendem Sicherheitsabstand dazwischen. Das hatte ich alles bedacht. Und dann: Hamburg und München. Fast achthundert Kilometer Luftlinie. Unglücklicher kann ein Zufall nicht sein.

Es müsste eine Instanz geben, bei der man sich über solche Zufälligkeiten beschweren kann. Wo man fordern kann, dass sie wegen erwiesener Unwahrscheinlichkeit für ungültig erklärt und zurückgenommen werden. Aber leider hat Schopenhauer wieder mal recht: »Gegen die Gunst und Gnade des Zufalls ist alles Verdienst ohnmächtig.«

Die Beamten blieben die ganze Zeit höflich. Nichts von *good cop, bad cop* oder einen mit der Schreibtischlampe blenden. Sie hatten das nicht nötig, sie wussten Bescheid. Konnten mir die Summen nennen und die Daten der Überweisungen. Nur mit meinem Stottern hatten sie nicht gerechnet.

Wenn man ein Spiel verloren hat, macht es keinen Sinn mehr, darüber zu diskutieren, ob der Ball tatsächlich über der Torlinie war. Ich habe nichts abgestritten. Habe ein volles Geständnis abgelegt. Zumindest, was die beiden Fälle betraf, von denen sie wussten.

Zwei Fälle, ja. Frau K. aus M. und Frau F. aus H. Waren miteinander zur Schule gegangen vor fast siebzig Jahren und hatten den Kontakt nie ganz verloren. Obwohl die eine in München wohnte und die andere in Hamburg. Sie hatten ja auch viel Gemeinsames, nicht nur die einsame Witwenschaft. Beide hatten einen Sohn gehabt, und beide Söhne lebten nicht mehr. Es gab nur noch ein paar Nichten und Neffen, die aber nie auftauchten, höchstens mal zu Weihnachten eine vorgedruckte Karte schickten. Und seit neuestem gab es jetzt auch noch diesen Enkel, der sich ganz plötzlich wieder gemeldet hatte, mit all den schönen Erinnerungen an die Zeit, als man noch eine glückliche Familie gewesen war. Der auf Curaçao lebte und dort einen Briefträger kannte, dessen Fahrrad man schon von weitem quietschen hörte, wenn er sich näherte.

München und Hamburg. Wie viel Pech kann ein Mensch haben?

Ich habe mich seither oft gefragt, ob es anders gekommen wäre, wenn ich sorgfältiger gearbeitet hätte. Für die eine den Briefträger mit Quietschfahrrad erfunden und für die andere vielleicht eine dicke Postbeamtin, so neugierig, dass sie heimlich alle Briefe las, bevor sie sie auslieferte. Die mir meine Post mit einem vorwurfsvollen Kopfschütteln überreichte, weil sie es unfair fand, dass meine Korrespondenz in einer Sprache geführt wurde, die sie nicht verstand und deshalb ihre Neugier nicht befriedigte. Oh, es wäre mir genügend eingefallen. Wenn ich mir die Mühe gemacht hätte. Aber ich habe mir die Mühe nicht gemacht, und für diesen Pfusch wurde ich nun bestraft. »Durch Faulheit sinken die Balken, und durch lässige Hände wird das Haus triefend.« *Prediger* 10,18.

Man redet so leichthin von der Ironie des Schicksals, aber in meinem Fall scheint die Vorsehung wirklich eine ironische Ader gehabt zu haben. Weil sie mich, den großen Briefeschreiber, auf einen Brief hereinfallen ließ. Die Polizei hatte ihn formuliert, und Frau K. hatte den Text abgeschrieben. Und ich war blöd genug gewesen, die falschen Töne nicht herauszuhören. Die Kriminaler müssen auf ihren Einfall sehr stolz gewesen sein. Nicht wegen der Ironie – ein Talent, das Beamten fernliegt –, sondern wegen der Arbeitsersparnis. Wozu umständlich einen internationalen Haftbefehl ausstellen, wenn man den Gesuchten nur am Flughafen abzuholen braucht? Das Kalb, das sich freiwillig am Schlachthaustor meldet, macht dem Metzger am meisten Freude. Bitte einzutreten, der Schlagbolzen liegt schon bereit. In meinem Fall mit der Bezeichnung § 263. Gewerbsmäßiger Betrug.

Von München und Hamburg wussten sie, und ich wäre, weil Stottern immer Mitleid erregt, vielleicht mit einer Bewährungsstrafe davongekommen. Aber dann wurde in den Zeitungen über den Fall berichtet (»Witwenschüttler« nannten sie mich), und noch vor der Urteilsverkündung meldete sich eine Oma aus Sachsen. Frau S. aus D. Auch sie wusste von einem wiedergefundenen Neffen zu berichten und von einem quietschenden Briefträgerfahrrad. Da war es dann nichts mehr mit der Bewährung.

»Bei der besonders zynischen Vorgehensweise des Angeklagten scheint es angebracht, ein Exempel zu statuieren.« Höchststrafe.

Zynisch? Bis sich die Polizei einmischte, waren alle drei glücklich gewesen.

Für den Padre

Nachtrag zur letzten Lieferung:

Kurz nach Haftantritt habe ich erfahren, dass Frau K. nicht mehr lebt. Ich bedaure, dass das letzte Jahr ihres Lebens unerfreulich für sie war. Sie wäre leichter gestorben, wenn sie an ihrem wiedergefundenen Enkel nie hätte zweifeln müssen. Damit er mit der Welt im Reinen ist, muss der Mensch an etwas glauben, da werden Sie mir als Pfarrer nicht widersprechen. Eine nette Lüge ist besser als eine unangenehme Wahrheit. In diesem Sinn bin ich nie Witwenschüttler gewesen, sondern immer Witwenbeglücker.

Übrigens: Frau K. ist bei meinem Prozess als Zeugin aufgetreten, und am Schluss der Verhandlung haben wir kurz miteinander gesprochen. Zuerst habe ich sie nicht erkannt, obwohl ich sie doch oft genug vom Nebentisch aus beobachtet hatte. Aber im Lauf unseres Briefwechsels hatte sich mein Bild von ihr verändert, die Erfindung stärker als die Tatsachen, und in meinem Kopf war sie interessanter, vielschichtiger und vor allem großmütterlicher geworden.

Und jetzt: eine gewöhnliche alte Frau. Als ob man mit Julia Capulet verabredet wäre, und dann erschiene ein pickliger Teenager.

Frau K. scheint es mit mir ähnlich ergangen zu sein. Ich weiß nicht, wie sie sich ihren weitgereisten Enkel nach der Lektüre seiner Briefe vorgestellt hatte, auf jeden Fall habe ich dieser Vorstellung nicht entsprochen. Auf dem Papier war ich ein interessanter Mensch, im Original eine Enttäuschung. Eine treffende Zusammenfassung meines Lebens: Ich kann besser schreiben als sein.

Frau K.s letzter Satz, bevor ich abgeführt wurde: »Ich kann dir alles verzeihen, nur nicht, dass du stotterst.« Von einem Stotterer kann man nicht träumen.

Vorbei.

Nach meiner Entlassung werde ich mir einen anderen Broterwerb suchen müssen. Vorläufig habe ich noch keine Ahnung, wo sich etwas Passendes finden könnte. Meinen alten Beruf werde ich nicht mehr ausüben können, obwohl er maßgeschneidert für mich war. Nicht wegen der Polizei; ich traue mir genügend Schlauheit zu, nicht ein zweites Mal erwischt zu werden. Aber ich werde nie wieder die nötige Sicherheit für diese Tätigkeit aufbringen. Ein Artist, der während der Vorstellung abstürzt, muss sofort zurück aufs hohe Seil, nicht erst nach ein paar Jahren Zwangspause auf Staatskosten.

Ich weiß, Sie mögen es nicht, dass ich meine Tätigkeit als Kunst oder Artistik bezeichne. Aber Paganini war nun mal nicht einfach ein Mann, der auf einer Fiedel herumschrammte.

Ich vermute, Sie werden mich (und ein bisschen sich selber) dafür loben, dass ich mich zum Umsatteln entschlossen habe. Obwohl Sie mir, wenn das Neue Testament wirklich Ihr Leitfaden wäre, eigentlich dazu raten müssten, meinem Gewerbe treu zu bleiben. *1. Korinther* 7,20: »Ein jeglicher bleibe in dem Beruf, darin er berufen ist.«

Kleiner Scherz.

Im Ernst: Seit Sie mir die Funktion in der Bibliothek vermittelt haben, überlege ich, ob ich nicht versuchen sollte, mit Verweis auf diese Tätigkeit einen Job in einer Bibliothek zu bekommen. Sie würden mir ein Empfehlungsschreiben mitgeben, nicht wahr, Padre? »Hat das in ihn gesetzte Vertrauen voll erfüllt und seinen Arbeitsplatz nicht ein einziges Mal verlassen.« Aber ohne die notwendigen Diplome – in Deutschland braucht man schon ein Diplom, wenn man nur die Straße überqueren will – würde man mich bestenfalls als Hilfskraft einstellen. Regale einräumen. Verstaubte Bände aus dem Keller holen. Die Kaffeeküche saubermachen. Das ist nichts für mich. Ich brauche eine tragende Rolle, nicht eine, in der ich anderen Leuten ihre Tassen hinterhertrage.

Wenn es am Ende doch nur auf Hilfsarbeit hinausläuft, kann ich mich auch gleich in einer Stanzerei für Kfz-Kennzeichen melden. Noch ein Beruf, in dem ich Erfahrung habe. Man wird im Gefängnis umfassend auf das Leben in Freiheit vorbereitet.

Katschong, katschong, katschong.

Dabei gäbe es durchaus Berufe, in denen ich meine Talente einbringen könnte. Redenschreiber für Politiker. Es würde für mich keine Rolle spielen, welche Positionen mein Arbeitgeber vertritt. Für die Politiker spielt es ja auch keine.

Vaterland, Freiheit, Menschenrechte – um auf dieser Klaviatur zu spielen, würde ich keine Partitur brauchen. Würde ihnen die Floskeln auf den Leib schneidern.

Aber man wird mich dafür nicht engagieren. Zu viele Punkte in Flensburg.

Bisher ist mir noch nichts Besseres eingefallen, als mich selbständig zu machen. Wieder im Dienstleistungsgewerbe. Ich denke an eine kleine Firma, bei der man Briefe für alle Gelegenheiten bestellen kann. Kunden dafür zu akquirieren dürfte nicht schwierig sein. Es gibt genügend Leute, die lieber Steine schleppen, als einen Text zu Papier bringen. Ich würde ein vielseitiges Angebot bieten. Offizielle Schreiben an Ämter aller Art. Beschwerdebriefe an die Hausverwaltung, weil der Nachbar nachts zu laute Musik hört. Oder, wie Ambros, beim Onanieren zu heftig stöhnt. Und die Spezialität des Hauses: Liebesbriefe, denen keine Frau widerstehen kann. (Oder kein Mann. Ich bin da nicht wählerisch.)

Das wäre eine menschenfreundliche Tätigkeit. Edel, hilfreich und gut. In manchen Fällen lebensrettend. Nur würde sie mich auf die Dauer unterfordern. »Lieber Herr Mozart, ich würde gern ein Kinderlied bei Ihnen bestellen. Zur Gitarre zu singen. Ich kann aber nur drei Griffe.« Ein bisschen anspruchsvoller darf es schon sein.

Wie kommen Menschen eigentlich zu ihren Berufen? Wenn ich mir die Leute hier ansehe, frage ich mich: Haben die sich schon als Kinder vorgenommen, kriminell zu werden? »Wenn ich groß bin, will ich Taschendieb werden.« Oder Scheckbetrüger. Oder Einbrecher. Die haben doch auch alle einmal von einem Job als Lokführer geträumt.

Oder als Cowboy. Oder, wie ich, als einer der kleinen Propheten.

Wann ändert sich das? Wann rutscht man in die Fahrspur, aus der man dann nicht mehr rauskommt?

Sie zum Beispiel, Padre. Wie sind Sie dazu gekommen, Theologie zu studieren? Sie werden nicht schon im Sandkasten beschlossen haben, einmal auf der Kanzel zu stehen. Oder waren Sie ein frühreifer Jungheiliger, der niemals auch nur auf den Gedanken gekommen wäre, heimlich in den Swimmingpool zu pinkeln? So, wie ich Sie einschätze, werden Sie die Vorstellung gehabt haben, man sei als Pfarrer eine Art Seelen-Osteopath, bei dem sich die Leute ihren Charakter geradebiegen lassen. Haben Sie deshalb den Job hier in der JVA angenommen? Dann müssten Sie unterdessen ganz schön enttäuscht sein. Es gibt nichts Schlimmeres, als sein Leben lang in einem Beruf festzusitzen, für den man nicht geeignet ist.

Jeder Mensch sollte nur das tun müssen, was er gut kann. Was allerdings dazu führen würde, dass die meisten Leute arbeitslos wären. Außer man erklärt Vor-dem-Fernsehersitzen-und-Bier-trinken zum Ausbildungsberuf.

Was ich am besten kann, ist Briefe schreiben. Überhaupt schreiben. Aber ohne das Talent, als armer Poet in einer Dachkammer vor mich hin zu hungern. Mit einem Leben als gutsituierter Kunsthandwerker wäre ich ganz zufrieden.

Zum Glück – oder Pech – habe ich noch reichlich Zeit, um über meine Zukunft nachzudenken. Gute Ratschläge werden gern entgegengenommen.

Tagebuch

Wenn das eine Anregung für einen zukünftigen Beruf sein soll, dann traut mir der Padre eine Menge zu. Aber er ist wohl nur zufällig auf diese Ausschreibung gestoßen und hat an mich gedacht. Was auch schon wieder ein Kompliment ist.

Der Mensch ist ein seltsames Tier. Selbst von Leuten, deren Meinung uns völlig egal ist, akzeptieren wir gern Komplimente.

Auch ein Betrieb, der bestimmt gut laufen würde: Ein Lieferservice für Lobeshymnen aller Art. Bauchkraulen auf Bestellung.

Meine Gedanken schießen durcheinander. Alles wegen diesem Wettbewerb. Wegen dieses Wettbewerbs. An dem ich mich natürlich beteiligen werde, so gut kennt mich der Padre. Ich werde an nichts anderes denken können, bis die Aufgabe gelöst ist.

Eine Kurzgeschichte zum Thema »Gerechtigkeit«. Maximal zwanzigtausend Anschläge, inklusive Leerzeichen.

Ohne Computer werde ich die Zeichen einzeln zählen müssen. Vielleicht kann der Padre dafür sorgen, dass mir die Benutzung einer Schreibmaschine bewilligt wird. Ein handschriftlicher Text wird keine Chance haben.

Ich denke schon über die Darstellung nach und habe noch keine Idee für eine Geschichte.

Fast zwei Monate bis zum Einsendeschluss. In aller Ruhe nachdenken.

»Gerechtigkeit«. Wer denkt sich so ein Thema aus? Arbeitskreis »Das Wort« mit einer Postfachadresse in Bottrop. Gemeint ist das Wort Gottes, das ist offensichtlich. Die Anzeige ist in einem Magazin namens *chrismon plus* erschienen. Klingt furchtbar heilig. Kein Wunder, dass der Padre so etwas abonniert hat.

Kein gewaltiges Preisgeld, aber immerhin. Dreitausend Euro für den Gewinner, je tausend für die beiden Ehrenplätze. Dreitausend Euro, das sind zweihundertzweiundvierzig Arbeitstage hier in der JVA. Zweihundertzweiundvierzig Komma sieben.

Wobei das Geld nicht wichtig ist. Nicht entscheidend. Was mich geil macht, ist der Gedanke, überhaupt mit einem Text einen Preis zu gewinnen. Die Vorstellung, dass man ein paar Seiten in einen Umschlag steckt, sie abschickt, und

Ich muss den Padre bitten, den Brief für mich zur Post zu bringen. Sonst läuft der Text hier durch die Zensur, und sie hauen den »Geprüft«-Stempel der JVA drauf. Was keine Empfehlung wäre. Er wird herumeiern, von wegen Umgehung der Vorschriften, aber er wird sich überreden lassen. Auch für die Antwort muss er seine eigene Adresse angeben.

Der Name des Autors ist in einem verschlossenen Umschlag beizulegen. Ein Pseudonym natürlich, c/o Padre.

Hör auf zu sabbern! Das wird sich alles finden.

»Gerechtigkeit« ist ein idiotisches Thema.

Was sie erwarten, ist klar: Ein weiser Richter und ein salomonisches Urteil. Etwas in der Art. Eine Story mit einer klaren Moral. Am Anfang Auseinandersetzung und Streit, und nach zwanzigtausend Zeichen ist alles wieder gut. »Und der Gerechtigkeit Frucht wird Friede sein.« Und Freude und Eierkuchen.

Gähn.

Einerseits langweilig, andererseits nicht schwer zu schreiben. Bachofen hat genügend solche Märchen erzählt.

Wenn es nicht ganz anders ist.

Warum sollte jemand, der auf der simplen Frömmlerschiene fährt, einen Literaturwettbewerb ausschreiben? Der hat auch so genügend Material. Es ist ja nicht die Redaktion der Zeitschrift, die den Wettbewerb ausschreibt, sondern eine Organisation, die dafür eine Anzeige buchen musste. Arbeitskreis »Das Wort«, das dürfte die moderne Abteilung sein. Kirche für das 21. Jahrhundert. Wo sich die Nachwuchs-Luthers organisieren. Von den alten Herren als Revoluzzer betrachtet, weil in ihren Gottesdiensten auf dem Didgeridoo geblasen wird. Typen wie der Padre. Denen muss man natürlich eine ganz andere Geschichte liefern.

Man müsste von jeder Sorte je einen Text einreichen können. Wenn über jeder Geschichte ein anderes Pseudonym steht, würde es niemand merken. Aber das geht nicht, weil ich den Padre zum Verschicken brauche. Er würde nicht mitmachen. In den Wettbewerbsbedingungen steht »nur ein Beitrag pro Person«, und der Mann ist nicht flexibel.

Ich muss nachdenken.

Es ist wahrscheinlicher, dass sie zur modernen Fraktion gehören. Keine altmodische Parabel also, sondern etwas Heutiges. Mit sozialkritischem Aspekt.

Relevant.

Sklavenarbeiter auf einer Baustelle für die Fußball-WM? Einer stürzt vom Gerüst, und niemand will verantwortlich sein?

Besser nicht. Fußball ist für solche Leute nicht sexy.

Flüchtlinge in einem sinkenden Schlauchboot?

Zu oft erzählt.

Auf jeden Fall ein Held, mit dem man mitfühlen kann. Ein Opfer.

Eine Heldin! Frauen haben einen Sympathievorsprung.

Eine Frau, die gelitten hat. Ihre Qualen detailliert beschrieben.

Eine Märtyrerin. Wenn in der Jury Kirchenleute sitzen, müsste ihnen das angenehm vertraut vorkommen.

Fingerübung

PROTOKOLL EINER VERNEHMUNG

Danke. Ich brauche nichts.

Wirklich nicht.

Ich habe Brot bekommen. Schokolade. Wasser. Hier ist die leere Flasche.

Ich darf sie behalten?

Danke.

Ich bin es nicht mehr gewohnt, Dinge zu haben.
Danke.
Oder doch. Etwas. Vielleicht. Wenn es möglich ist.
Es ist nur eine Kleinigkeit, aber er wird so etwas nicht haben. Er ist ein … Es ist ein hässliches Wort, aber wir haben alle Männer so genannt. Sie haben unsere Sprache nicht verstanden, und das war unser kleiner Sieg.
Ich wollte sagen: Was ich mir wünsche, ist eine Sache, die Männer für gewöhnlich nicht besitzen. Es passt nicht zu ihnen.
Er schaut mich so seltsam an. Habe ich etwas Falsches gesagt?
Ich habe es nicht gern, wenn sie lächeln. Zuerst lächeln sie, und dann …
Sie haben mir versprochen, dass mir hier niemand etwas tun wird.
Natürlich habe ich Angst. Warum hat er eine Zigarette angezündet? Warum jetzt?
Nicht der Rauch. Ich habe viele brennende Häuser gesehen. Aber mit einer Zigarette …
Er soll sie ausmachen. Wenn er mir nichts tun will, soll er sie ausmachen.
Danke.
Danke, danke, danke.
Ich habe Angst vor Zigaretten.
Hier. Sehen Sie. Mein Arm. Beide Arme. Manchmal haben sie ihre Zigaretten auf uns ausgedrückt.
Ich brauche keinen Arzt. Wirklich nicht.
Ich brauche nichts.
Ich habe keinen Durst.

Oder doch. Ein Schluck Wasser. Hier ist die Flasche.

Jedes Mal eine neue? Sein Land muss sehr reich sein.

Das hat mir so gefehlt: kühles Wasser.

Jetzt geht es mir besser.

Es ist sein Büro. Er kann rauchen, wann er will.

Sagen Sie ihm, dass er ein guter Mensch ist.

Was ich mir wünsche? Will er das wirklich wissen? Es ist nicht wichtig.

Es ist lächerlich.

Er wird das nicht haben. Er ist ein Mann. Ein Herr.

Es ist mir peinlich.

Ein Spiegel.

Eine Scherbe würde mir reichen. Nur gerade groß genug, dass ich mein Gesicht darin sehen kann.

Das ist mein Wunsch. Ja.

Ich weiß, wie ich aussehe. Aber ich will es immer wieder neu wissen. Jede Minute. Damit ich mich daran gewöhne. Jetzt, ohne Schleier, sehen es alle.

Danke.

Ist es in seinem Land üblich, dass man einem Wohltäter die Hand küsst?

Es gibt so viel zu lernen. Meinem Vater habe ich die Hand geküsst. Er war ein guter Vater. Er hat mir gesagt, dass ich hübsch bin. Früher war ich hübsch. Als ich noch ein Kind war.

Hundert Jahre. Ich bin hundert Jahre alt.

Fünfzehn. Bei fünfzehn habe ich aufgehört zu zählen. Als mein Gesicht so geworden ist.

Nein, das hatte mit dem Krieg nichts zu tun. Oder doch, natürlich hatte es damit zu tun.

Eine klare Flüssigkeit. Wie Wasser. Man braucht sie, um Bomben zu bauen. Die Flasche stand auf dem Tisch, und manchmal hat er sie gestreichelt. Er hat auch seine Waffe gestreichelt.

Er.

Einmal hat er einen Hund mitgebracht, einen ganz jungen Hund, und hat ihn damit übergossen. Wenn ein Hund schreit, klingt er wie ein Mensch.

Um mir zu zeigen, was er mit mir machen wird, wenn ich ihm nicht gehorche. Ich habe seine Sprache nicht gekannt, aber ich habe ihn verstanden.

Es war mein Fehler. Ich hätte tun sollen, was er von mir verlangte. An jenem Tag hat es mich zu sehr geekelt.

Man kann das einem Mann nicht erzählen. Muss ich?

Danke.

»Nein« ist ein Wort mit zwei Köpfen. Wenn es ein anderer sagt, tut es weh. Wenn man es selber sagen darf, macht es stark. Ich hatte das schon fast vergessen.

Ich habe nein gesagt, und er hat die Flasche genommen, und … Es war wie Feuer auf der Haut, aber ich hatte Glück.

Glück, ja. Viele werden blind davon.

Er war enttäuscht, dass ich immer noch sehen konnte.

Er.

Mein Mann.

Wir waren nicht verheiratet. Aber sie haben gesagt, dass er mein Mann ist, und dann war er mein Mann.

Er.

Es bringt Unglück, den Namen eines Toten in den Mund zu nehmen. Außer, wenn er ein Heiliger war. Er war kein Heiliger.

Gefallen. Ich nehme an, dass er gefallen ist. Ich hoffe es.

Genügt es nicht, wenn ich sage: »Mein Mann«? Wenn man den Namen eines schlechten Menschen ausspricht, kann aus ihm ein Ifrit werden.

Ifrit. Ich kenne kein anderes Wort dafür. Sie kommen in der Nacht und saugen den Atem aus dem Körper.

Lebende Tote.

Vielleicht. Es ist möglich, dass ich das meine. Erklären Sie es ihm so, wie er es verstehen kann.

Meine Mutter hat mir von solchen Wesen erzählt.

Ob es irgendwo geschrieben steht, weiß ich nicht. Ich kann nicht lesen. Mädchen brauchen das nicht.

Hätte es mir etwas genützt, wenn ich es gelernt hätte?

Es tut mir leid. Sagen Sie ihm, dass es mir leidtut. Ich wollte ihn nicht anschreien. Aber er versteht nichts. Obwohl er ein guter Mensch ist.

Sagen Sie ihm, dass ich ihm dafür danke, dass er mir einen Spiegel besorgen will.

Seine Fragen sind wie fremde Hände unter meinem Kleid.

Doch. Er soll fragen.

Der Anfang? Kann man wirklich sagen, wann etwas anfängt? Einmal, lang vorher, haben wir Getreide ausgesät, und meine Mutter hat gesagt: »Jetzt fängt das Brot an.« Ich habe gedacht, sie will mir ein Märchen erzählen. Meine Mutter kannte viele Geschichten.

Sie ist tot.

Sie haben den Wassereimer mit Steinen gefüllt und ihn ihr an die Beine gebunden. Dann haben sie sie in den Brunnen hinuntergelassen, ganz langsam. Wir waren keine armen Leute. Wir hatten einen eigenen Brunnen.

Sie tun solche Sachen so oft, dass es ihnen keinen Spaß mehr macht. Sie wollten erreichen, dass mein Vater ihnen sagt, wo er die Waffen versteckt hat. Er hatte keine Waffen versteckt. Er war ein friedlicher Mensch.

In den Brunnen. Ganz langsam. Wenn ein Mensch darin verwest, kann man das Wasser nicht mehr trinken. Das Vieh merkt es und verdurstet lieber.

Ziegen. Eine kleine Herde Ziegen. Einen eigenen Brunnen. Mein Vater hat immer gesagt, dass Brunnen heilige Orte sind.

Sie haben ihm … Man sollte so etwas nicht tun, wenn die Tochter zuschaut. Wenn man die Tochter zum Zuschauen zwingt. Zuerst seine Zunge und dann … Abgeschnitten und in den Mund gestopft. Ich bin ohnmächtig geworden, und darum weiß ich nicht, ob er geschrien hat. Aber wenn ich nachts aufwache, höre ich die Schreie.

Jede Nacht.

Mein Vater war kein wichtiger Mann. Ein kleiner Bauer, ein Ziegenzüchter, aber er war klug. Wenn zwei sich gestritten haben, sind sie zu ihm gekommen, damit er Frieden zwischen ihnen macht. Es gibt auch kleine Heilige.

Abgeschnitten und in den Mund gestopft.

Nein, jetzt soll er zuhören. Er hat mich gefragt, und jetzt soll er die Antwort bekommen. Vielleicht ist es gut, dass ich davon erzähle. Wenn einer eine Eiterblase am Körper hatte, hat man ihn zu meiner Mutter gebracht, und sie hat sie aufgeschnitten. Sie hat gesagt: »Er wird davon nicht gesund, aber er ist doch weniger krank. Es ist besser, wenn der Dreck nicht in einem Menschen drinbleibt.« So wie es besser war, dass ich es war, die zuschauen musste. Ich und nicht mein Vater. Er hätte es nicht ertragen zu sehen, was sie mit mir gemacht haben.

Einer nach dem andern.

Beim ersten Mal wusste ich noch nicht, wie man sich dabei verhalten muss. Man darf sich nicht zu sehr wehren. Nur so viel, dass sie sich stark fühlen können. Einer Frau haben sie beim Festhalten die Beine gebrochen. Beide Beine. Sie hatten dann einen Übernamen für sie, ich habe ihn nicht verstanden, aber ich bin sicher, dass es ein Übername war. Vielleicht hieß das Wort »Affe«. Sie hat sich bewegt wie ein Affe, weil ihre Beine schief zusammengewachsen waren. Ihr Mann hat sie mit diesem Namen gerufen, und dann musste sie im Kreis laufen, und alle haben gelacht. Manchmal hat man einem angesehen, dass er lieber geweint hätte. Der lachte dann am lautesten. Oft war das einer von denen, die sich auf einen drauflegen, wenn die Reihe an ihnen ist, die dabei aber nicht hart werden. Man darf sich dann nichts anmerken lassen, sondern muss besonders laut schreien. Weil er sonst vor den andern seine Ehre verliert.

Fragen Sie ihn, ob in seinem Land die Ehre auch so wichtig ist.

Wenn ich ihm ins Gesicht spucke, würde er mich töten?

Auch nicht, wenn andere es gesehen hätten?

Einer hat vor ihnen ausgespuckt, und zur Strafe haben sie ihn gekreuzigt. Haben das Kreuz auf dem Markt aufgestellt, dort wo die Metzger ihre Stände haben. Totes Fleisch zu totem Fleisch. Eine ganze Woche lang haben sie nicht erlaubt, dass man ihn wegschafft. Auch als sein Körper in der Hitze …

Darf ich mehr Wasser haben?

Danke.

Das Kreuz, so wie Sie es um Ihren Hals hängen haben ... In dieser Form wäre es unpraktisch. Man würde jedes Mal einen Schreiner brauchen, um eines herzustellen. Man hat aber nicht immer einen Schreiner. Und es wäre schwierig, jemanden daran zu befestigen. Sie haben es sich einfacher gemacht. Weil sie so viele Kreuze gebraucht haben.

Zwei Holzstücke, schräg übereinandergenagelt. Dass es aussieht wie ein Mensch, der unten die Beine spreizt und über dem Kopf die Arme.

Wie das Zeichen, das man in die Türen kratzt, um den bösen Geistern den Weg zu versperren.

Ja, so wie er es gezeichnet hat. Nur Arme und Beine gleich lang.

Man legt es auf den Boden. Dann ist es nicht schwierig, jemanden darauf festzunageln. Mein Vater war auch ein Schreiner. Er konnte viele Dinge. Einmal hat er ein Gehege für die jungen Ziegen gebaut, da hat er das Holz auch auf dem Boden ... Er hatte geschickte Hände.

So ein Kreuz ist schnell zusammengebaut. Leicht aufzustellen. Um Ihres zu befestigen, müsste man jedes Mal ein Loch graben und mit Steinen wieder auffüllen. Unseres lehnt man einfach gegen eine Mauer.

Der Mann mit dem weißen Kragen hat uns erklärt, warum manche von Ihnen so ein Kreuz um den Hals tragen. Er spricht unsere Sprache nicht gut, aber man versteht ihn. Mir scheint, dass die Geschichte nicht so gewesen sein kann, wie er sie erzählt hat. Ich weiß nicht mehr, wie der Name war von dem Volk, das damals regiert hat, aber mit Kreuzen werden sie sich ausgekannt haben. Sieger kennen sich mit solchen Dingen aus. Sie haben sich bestimmt nicht mehr Arbeit gemacht als nötig.

Ich weiß, es ist ein heiliges Zeichen für Sie. Aber ich war dabei und Sie nicht.

Wenn sie wieder so etwas getan hatten, war es gut, dass wir unsere Gesichter verstecken mussten. Man konnte daran vorbeigehen, und niemand hat einem angesehen, was man dachte.

Sagen Sie ihm, dass er ein glücklicher Mensch ist.

Ja, glücklich.

Es ist ein Glück, wenn man erst dann in einen Krieg kommt, wenn die Kämpfe vorbei sind. Man kann ein Held sein, ohne töten zu müssen. Kann beim Aufräumen helfen. Flaschen mit Wasser verschenken. Spiegel.

Sagen Sie ihm, er soll Gewürznelken in ein Tuch wickeln und immer bei sich tragen. Wenn man sie sich vor die Nase hält, riecht man den Leichengestank nicht so stark.

Sagen Sie ihm …

Ich bitte um Verzeihung. Natürlich. Er soll fragen, und ich werde antworten.

Es tut mir leid. Sagen Sie ihm, dass es mir leidtut.

Ob ich sie erkennen würde? Würde ich meinen Vater erkennen, wenn er wieder vor mir stünde? Wenn ich im Spiegel mein Gesicht sähe, so wie es vorher war, würde ich es erkennen?

Alle würde ich erkennen. Jeden Einzelnen. Die Befehler und die Gehorcher. Aber es ist keiner mehr da, den man erkennen könnte. Das ist der Trost, den mir niemand wegnehmen kann. Dass sie alle tot sind. Verbrannt. Von einer Bombe zerrissen. Unter einer Mauer begraben.

Es ist nicht möglich, dass einer entkommen konnte. Die Befreier sind von allen Seiten gekommen. Haben die Schlinge sorgfältig zugezogen.

Die Schlinge.

Wenn einer ein Lied gesungen hat, das man nicht singen durfte, haben sie ihm einen Draht um den Hals gelegt und den Draht im Nacken um ein Stück Holz gewickelt. Einmal war es ein Kochlöffel aus meiner Küche. Sie haben ganz langsam daran gedreht, und mit jeder Umdrehung wurde die Schlinge enger. Sie haben darauf gewettet, ob ihm der Draht zuerst die Kehle aufschneidet oder ob er schon vorher erstickt.

Den Kochlöffel haben sie mir zurückgegeben.

Wenn Sie mich in ein finsteres Zimmer einsperren und mir die Augen verbinden, ich würde den Mann trotzdem erkennen, der das befohlen hat. Der den Draht zugezogen hat.

Er hat gewartet, bis genügend Leute da waren, um ihm zuzusehen. Sie sind Mörder, aber sie sind auch Schauspieler.

Eitel.

Danke. Ich trinke und trinke, und der Durst hört nicht auf.

Danke.

Ja, ich würde sie erkennen. Alle. Aber es ist keiner mehr da. Nur in meinem Kopf.

Es ist nicht möglich, dass einer überlebt hat. Überall war Feuer. Da war nur dieser Abwasserkanal, dort, wo uns die Soldaten herausgeholt haben. Wir waren lauter Frauen. Eine hatte ihr Kind dabei, das ist dann gestorben.

Ein Mädchen. Der Splitter von einer Bombe hatte seinen Kopf ... Es war gut, dass es nicht leben musste.

Lauter Frauen. Wir hatten uns vorgenommen: Wenn ein Mann kommt, töten wir ihn. Wir haben nicht gewusst, wie man das macht, aber wir hätten es getan. Mit unseren Händen. Mit den Zähnen.

Es kann nicht sein, dass einer von ihnen am Leben ist. Er sagt das, um mich zu prüfen. Um herauszufinden, ob ich nicht heimlich zu ihnen gehöre. Kann er das wirklich glauben, nach allem, was ich erzählt habe?

Fragen Sie ihn, ob er das wirklich glauben kann.

Warum spielt er dieses Spiel mit mir?

Tatsächlich? Sie haben tatsächlich …?

Ich will ihn nicht sehen.

Ich will nicht.

Nein.

Sagen Sie ihm: Er braucht keinen Zeugen, um zu wissen, ob einer von ihnen schuldig ist. Sie sind alle schuldig.

Alle.

Gerechtigkeit. Das Wort haben sie auch immer verwendet, bevor sie jemanden hingerichtet haben. Im Namen der Gerechtigkeit. Im Namen Gottes. Nie im eigenen Namen. Sie sind dann nicht verantwortlich für das, was sie tun.

Nein.

Ich will diesen Mann nicht sehen. Ich will nie wieder einen von diesen Männern sehen.

Wenn er mich zwingt, dann wäre es besser, die Säure hätte auch meine Augen getroffen.

Mir hat auch niemand geholfen.

Mich hat niemand befreit. Man ist nicht befreit, weil einem jemand Brot gibt. Schokolade. Wasser.

Sehen Sie, was ich mit seinem Wasser tue? Ich schütte

es auf den Boden. Ich will lieber verdursten als tun, was er von mir verlangt.

Man hat mich gestohlen, und man hat mich verschenkt. Aber zu kaufen bin ich nicht. Soll er seinen Spiegel behalten. Ich will ihn nicht haben. Ich weiß, wie ich aussehe.

Mein Vater? Er hat nichts damit zu tun. Man soll die Toten ruhen lassen.

Ich weiß nicht, was er getan hätte.

Er war kein Richter. Ich habe das falsch erzählt. Nur ein Mann, den andere um Rat gefragt haben. Er hatte kein Gesetzbuch. Einmal hat er gesagt: »Alles Unheil fängt mit Gesetzen an.« Er hat zugehört, und dann hat er nachgedacht und versucht, eine Lösung vorzuschlagen, die keinen zum Verlierer machte.

Manchmal, wenn er nicht wusste, welche Antwort er geben sollte, ist er ins Haus gegangen und hat meine Mutter gefragt. Er hat gesagt: »Sie ist klüger als ich.«

Vielleicht hätte er …

Meine Mutter hätte auch geschwiegen.

Eine Eiterbeule aufstechen, das ist nicht dasselbe.

Überhaupt nicht dasselbe.

Er kann mich nicht zwingen. Nie wieder wird mich jemand zu etwas zwingen. Nie wieder.

Ich weine nicht. Ich weine schon lang nicht mehr.

Es weint aus mir.

Warum steht er auf? Wenn er mich schlagen will – sagen Sie ihm: Er ist nicht dafür gemacht. Ich sehe es ihm an. Er muss sich verstellen, wenn er mit den anderen mitlachen soll.

Ich kann gehen? Einfach so?

Es passiert mir nichts?

Ich bin es nicht gewohnt, dass jemand auf mich hört. Dass meine Worte etwas bedeuten.

Danke.

Dann gehe ich jetzt.

Ich gehe.

Und der Mann? Ohne mich wird doch niemand wissen, wer er ist. Was er getan hat.

Meint er das wirklich? Dass ich wichtiger bin? Dass ich allein entscheiden kann?

Unter einer Bedingung. Wenn ich ihn sehen kann, ohne dass er mich sieht. Er soll sich an meinem Gesicht nicht erfreuen.

Nicht unter einem Schleier. Nie wieder.

Diese Tür hier. Was ist dahinter?

Das muss ein wichtiger Mann sein. Er ist nicht da, aber niemand setzt sich auf seinen Stuhl.

Ich könnte mich dort verstecken, und wenn wir die Tür einen Spalt offen lassen …

Ja, lassen Sie ihn herbringen.

Ich werde genügend sehen. Mit geschlossenen Augen würde ich ihn erkennen.

Ich kenne nicht alle Namen. Ich kann nur sagen, wie wir sie genannt haben. Einer war »der Hammer«, weil er so stark zuschlagen konnte. Ein anderer …

Ja, ich bin aufgeregt. Natürlich bin ich aufgeregt.

Soll ich hineingehen?

Solche Sessel habe ich noch nie gesehen. Wie in einem Palast. Darf ich …?

Man kann sich auf dem Stuhl drehen.

Und er hat Räder. Wozu braucht man das?

Wie eine Königin. Ich komme mir vor wie eine Königin. Ich ...
Schon? Steht er jetzt draußen?
Warten Sie. Ich muss mich zuerst ...
Noch weniger. Ein kleiner Spalt reicht.
Er soll etwas sagen. Fragen Sie ihn etwas, und er soll antworten. Ich kenne alle ihre Stimmen.
Nein.
Ja.
Ich bin bereit. Ich bin nicht bereit, aber ich bin bereit.
Bereit.

Tagebuch

Natürlich ist es ihr Mann, der hereingeführt wird. Der Mann, der ihr Gesicht mit Säure übergossen hat. Alles andere würde den Leser enttäuschen. Ich weiß nur noch nicht, welche Reaktion von ihr die bessere ist.

Variante eins: Sie erkennt ihn, sagt das auch, aber der Mann streitet alles ab, behauptet, Opfer einer Verwechslung zu sein. Es scheint keinen Beweis für seine Schuld zu geben, und der Mann, der das Verhör führt, hat die Aufgabe, in dem Land eine neue, unabhängige Gerichtsbarkeit einzuführen, und will deshalb besonders korrekt sein. Man muss beim Lesen das Gefühl haben, dass der Schuldige aus Prinzipienreiterei nicht bestraft wird. Aber dann sagt sie: »Sehen Sie sich seine Fingerspitzen an!« Die sind vom Umgang mit der Säure verätzt, der Mann ist überführt und bekommt die gerechte Strafe. Möglich.

Aber ob das für diesen Wettbewerb das Richtige ist? Einer ist schuldig, wird dafür bestraft und Schluss? Das Thema heißt »Gerechtigkeit«. Da müsste sich der letzte Schlenker vielleicht philosophischer geben.

Vielleicht besser so: Sie erkennt den Mann, behauptet aber, ihn noch nie gesehen zu haben. Lügt, um nicht an seiner Bestrafung schuld zu sein. Ein letzter Satz, den sie zu sich selber sagt. Im Sinn von »Einmal muss es aufhören«. Das Opfer als Vorkämpferin der Versöhnung. Auch das ein bisschen offensichtlich, aber ich kann mir vorstellen, dass sie genau so etwas haben wollen.

Für den Padre

Danke, Padre. Ihr Lob hat mir gutgetan. Ich habe mir mit der Geschichte sehr viel Mühe gegeben.

Ob das versöhnliche Ende meiner eigenen Überzeugung entspricht? Ich komme mir vor wie in einer Ihrer Donnerstagsrunden: Ich weiß, was Sie gern hören würden, und die Versuchung, Ihnen die entsprechende Antwort zu liefern, ist groß. Zu Beginn unserer Bekanntschaft hätten Sie genau das von mir bekommen: eine gefällige Antwort, in Geschenkpapier verpackt und mit einem hübschen Bibelzitat verziert.

Unterdessen sind wir uns nähergekommen, und so einfach kann ich es mir nicht mehr machen. Sie wissen eine Menge über mich, und damit haben sich die Spielregeln des Duells, das wir miteinander ausfechten, verändert. Wir spielen jetzt in einer höheren Liga.

Habe ich diese Geschichte mit Überzeugung geschrieben? Auf diese Frage könnte ich flapsig antworten: Nein, mit Kugelschreiber. Ihre Frage geht davon aus, dass Überzeugungen unveränderliche Bestandteile eines Menschen sind, wie blaue Augen oder blonde Haare. Ich kann diese Prämisse nicht akzeptieren. Es ist meine Erfahrung, dass Weltanschauungen ein kurzes Verfallsdatum haben. Sie ändern sich zwar nicht automatisch, wenn der Wind dreht, aber wenn ein Sturm aufkommt, egal, aus welcher Richtung, sind sie schnell weggeblasen. Feste Meinungen, die sich keiner neuen Wirklichkeit anpassen, scheinen mir auch nicht erstrebenswert. Sie sind etwas, an dem sich Dumme und Hilflose festhalten. Oder Märtyrer. Kein Beruf für mich.

Was war meine Überzeugung, als ich den Schluss meiner Geschichte schrieb? Die Überzeugung, dass es erstrebenswert sein würde, in diesem Wettbewerb gut abzuschneiden.

Das ist nicht das, was Sie hören wollen. Sie sind der Meinung, dass ein Autor an das, was er zu Papier bringt, auch glauben muss. Ich meine: Er muss nicht. Geschichtenerfinder müssen keine Bekenner sein, sondern gute Lügner. Wer ein Märchen erzählt, muss an die Feen und sprechenden Tiere nicht glauben. Er muss sie nur so beschreiben können, dass der Leser daran glaubt, und selbst das nur für den kurzen Moment der Lektüre. Ich hätte die Geschichte auch anders enden lassen können und wäre nicht weniger überzeugt davon gewesen.

Außerdem: So versöhnlich finde ich den Schluss gar nicht. Es ist ja nicht so, dass die Frau plötzlich beschlossen hätte, ihre Feinde zu lieben. Wobei mich persönlich *Mat-*

thäus 5,44 nie überzeugt hat. Wenn schon, müsste es dort heißen: »Liebet eure Feinde, nachdem ihr sie besiegt habt.«

Meiner Figur fehlt der Trost, mit dem sich ein Christ das unangenehme Feinde-Lieben versüßt: die Gewissheit, dass man dem anderen ruhig vergeben kann, weil der seiner verdienten Strafe trotzdem nicht entgeht. Sie wird nur aufgeschoben bis zum Jüngsten Gericht. Gott selber hält sich ja nicht an den eigenen Befehl und vergibt seinen Schuldigern nicht wirklich. Er spart sich ihre Bestrafung bloß auf, so wie mein Vater manchmal eine Prügelstrafe aufgeschoben hat, bis er in der richtigen Stimmung war. Eine Bestrafung am Ende aller Tage, wo nichts mehr hinterherkommt, kann aber – auch das habe ich bei Schopenhauer gelernt – weder Besserung noch Abschreckung bezwecken, sondern ist bloße Rache.

Nur darauf verzichtet die Frau, wenn sie beschließt, ihren Peiniger nicht zu erkennen. Nicht, weil sie den Kerl plötzlich liebt, sondern weil sie von dem ewigen Kreislauf von Vergeltung und wieder Vergeltung die Nase voll hat. Um es profan zu formulieren: Sie will bei dem Scheißspiel nicht mehr mitmachen. Und das wiederum, lieber Padre, entspricht durchaus meinen eigenen Überzeugungen.

Ihre andere Frage macht mir das Antworten nicht einfacher. Sie wollen wissen, warum ich eine Frau als Hauptfigur der Geschichte gewählt habe, es müsse doch besonders schwierig gewesen sein, meinen Sie, mich in deren Gefühlswelt hineinzudenken.

Dazu gibt es mehreres zu sagen. Erst mal glaube ich nicht, dass es in weiblichen Köpfen so prinzipiell anders aussieht als in männlichen. Die äußeren Umstände machen da wohl einen größeren Unterschied. Und von wegen sich in andere hineindenken – ich habe all die Jahre von dieser Kunst gelebt. Nur wer sein Gegenüber wirklich versteht, kann es auch manipulieren. Das hat nicht nur bei alten Damen gut funktioniert, bei den jungen, wo es nicht um Geld ging, war es sogar einfacher. Man kommt leichter ins Bett einer Frau als an ihr Sparbuch. Die Tatsache, dass ich stottere, war mir dabei oft nützlich. Meine zögerliche Sprechweise, wenn nötig ein bisschen übertrieben, ließ mich in den Augen möglicher Partnerinnen hilfsbedürftig erscheinen, und offenbar liegt es in der menschlichen Natur, dass man die Fürsorge für einen Schwächeren leicht mit Liebe verwechselt. Ängstliche Menschen (sie sind immer in der Mehrheit) suchen sich mit Vorliebe Partner, die ihnen wegen einer Schwäche unbedrohlich erscheinen. Davon habe ich profitiert. Sebi, der eine absichtlich krude Sprache gern mit Kumpelhaftigkeit verwechselte, nannte mich einmal »den Weltmeister des Mitleidficks«.

Übrigens: Bei Ihrer positiven Reaktion auf meine Geschichte könnte ein ganz ähnlicher Mechanismus funktioniert haben. Sosehr ich mich über Ihr Lob gefreut habe, Ihre Begeisterung hatte sicher auch damit zu tun, dass die Protagonistin eines dieser Vögelchen mit gebrochenem Flügel ist, deren man sich gern annimmt. Wenn die Jury des Wettbewerbs genauso reagiert, habe ich meinen Text richtig konstruiert. Was sind das eigentlich für Leute?

Noch einmal, Padre: Ich danke Ihnen. Nicht nur für Ihre Ermunterung, sondern noch mehr dafür, dass Sie mir diese Chance überhaupt eröffnet haben. Und natürlich für Ihre ganz praktische Unterstützung. Es kann nicht einfach gewesen sein, mir die Schreibmaschine zu verschaffen. Ich habe sie mit Bedauern zurückgegeben. Für Ihre Bereitschaft, die ganzen Wettbewerbsmodalitäten über Ihre private Adresse laufen zu lassen, werden Sie im Himmel einen Ehrenplatz bekommen. Ein JVA-Stempel auf dem Manuskript hätte bei der Jury kaum als Empfehlung gewirkt. Außer, wenn der Vögelchen-mit-gebrochenem-Flügel-Mechanismus auch hier funktioniert hätte und sie geglaubt hätten, hier versuche ein bemitleidenswertes Opfer gesellschaftlicher Missstände sich durch die Beschäftigung mit Literatur zu einem besseren Menschen emporzuläutern. Aber darauf hätte ich mich nicht gern verlassen.

Wir werden nun also ein paar Wochen nichts voneinander hören. Sie werden mir fehlen. Sie und die Verpflichtung, regelmäßig einen Text für Sie zu verfassen. Die Disziplin tut mir gut. Ich werde mich bemühen, auch weiterhin meine Fingerübungen zu machen, während Sie auf dem Berg Athos nach den Wurzeln der Spiritualität suchen. Ich persönlich hätte mir für ein Sabbatical ja ein anderes Reiseziel ausgesucht. Mit so einer Mönchsrepublik verbinden sich in meiner Vorstellung vor allem zwei Dinge: schlechtes Essen und Plumpsklos. Und dass jemand, der das ganze Jahr in einer Männer-JVA verbringt, in seinem Urlaub ausgerechnet in eine Weltgegend fährt, zu der Frauen keinen Zutritt haben, will mir schon gar nicht in den Kopf. Aber es muss jeder nach seiner eigenen Fasson selig werden. (Wäre es nicht schön, wenn dieser Satz nicht von Friedrich dem Großen stammte, sondern von Augustinus?)

Weiß man schon etwas über Ihren Vertreter? Laut Gerüchteküche soll er ein sturer Bock sein. Man wird sehen. In zwei Monaten sind Sie ja wieder zurück. Und finden dann in Ihrer Wohnung vielleicht schon die Antwort von den »Das Wort«-Leuten vor.

Ich wünsche erholsame Spiritualität.

Ausleihschein

Schwachulla, Wolfram (Red.)
Der Brockhaus in einem Band
7. Auflage, 1996

In meiner Zelle abgeholt.

Tagebuch

Der Padre ist schuld. Mit diesem Wettbewerb hat er mich endgültig angefixt.

Obwohl es natürlich Unsinn ist.

Größenwahn.

Aber Schreiben war schon immer mein Beruf.

Wer davon leben will, darf nicht versuchen, Literatur zu machen. Die Kunst geht nach Butterbrot.

Gibt es noch Kioskromane? Die ließen sich am Laufmeter produzieren. Krankenschwester heiratet Chefarzt. Sheriff jagt Viehdiebe. Superheld rettet die Welt.

Zu leicht. Ich würde mich beim Schreiben langweilen, und gelangweilt habe ich mich genug.

Ein Buch? Ein Roman von Johannes Hosea Stärckle?

Man müsste ein Pseudonym verwenden.

Das Buch kommt aus der Druckerei, man hält es in der Hand und stellt es zu Hause feierlich ins Bücherregal.

Wenn man ein Zuhause hätte. Und ein Regal. Vom Träumen ist noch keiner satt geworden.

Ich komme von dem Gedanken nicht los. Schon hier in der JVA damit anfangen. Jetzt, wo die Bibliothek ordentlich eingerichtet ist, habe ich genügend leere Stunden. Wenn jemand nachfragt: Ich arbeite am Katalog. Der Padre hätte nichts dagegen.

Einfach ein leeres Blatt nehmen und

Und was?

Ein Buch mit dreihundert leeren Seiten. Leider ist dem Autor nichts eingefallen.

Regel Nummer 51: »Wenn Sie für ein Schreibproblem keine Lösung finden, haben Sie zu wenig recherchiert.«

Eine Rangliste der Dinge, die meine Kunden in ihren Büchern haben wollen:

1. Sex
2. Abenteuer
3. Exotik

Es wird draußen nicht anders sein. Die drei Elemente müssten sich liefern lassen.

Am schwierigsten: die Exotik. Man würde Google brauchen, um die Erfindung mit realen Details zu unterfüttern.

In einem Roman kann man nicht einfach »Curaçao« sagen und sich im Übrigen auf die Phantasie des Lesers verlassen. Für ein Buch reicht ein quietschendes Hinterrad nicht aus.

Leerstellen lassen. Später ausfüllen, wenn ich wieder Zugang zum Internet habe.

Abenteuer? Einen interessanten Helden erfinden und in einer ungewöhnlichen Umgebung auf die Piste schicken. Sagen wir: im alten Rom. Blutige Kämpfe in der Arena.
    Oder eine Piratengeschichte. Verlorener Sohn wird Seeräuber. Die schöne Frau auf dem gekaperten Schiff, die er vor Vergewaltigung rettet.
    Oder

Ich habe zu viel gelesen und bin zu oft ins Kino gegangen. Jetzt fallen mir nur noch Geschichten ein, die ich schon kenne. Altes Rom? *Spartacus* und *Ben Hur*. Seeräuber? *Schatzinsel* und *Fluch der Karibik*.
    Die Wirklichkeit umbauen – ja. Etwas völlig Neues kreieren – nein. Ich bin ein Lügner, kein Erfinder.
    Hat der Padre recht, wenn er sagt, dass ich immer nur mich selber thematisiere?
    Am besten war ich immer dann, wenn ich von Dingen ausgehen konnte, die ich kannte. Wo ich nur noch etwas dazuerfinden musste. Eine Bewunderin zu Nils' eingebildeter Unwiderstehlichkeit. Pädophilie zu Bachofens Verklemmtheit. Ganz früh das Maleachi-Zitat.
    Ein Buch über das Leben im Knast?
    Gähn.

Für den Padre

Was ich Ihnen hier schreibe, werden Sie erst in zwei Monaten lesen. Aber ohne meine regelmäßigen Berichte an Sie komme ich mir vor wie ein Sportler, der sein Training unterbricht. Man will ja die Form nicht verlieren. Außerdem: Was ich zu berichten habe, dürfte Sie auch nach Ihrer Rückkehr noch interessieren.

Dieser Pastor Dorffmann, den Sie uns da als Ihren Stellvertreter organisiert haben, ist eine Katastrophe. Es heißt, Sie haben ihn für die zwei Monate aus dem Ruhestand geholt. Sie hätten ihn besser an seinen Schaukelstuhl gefesselt.

Sein erster Gottesdienst war als ökumenisch angekündigt, was bedeutete: Katholiken und Protestanten wurden gleichermaßen zusammengeschissen. Feuer und Schwefel ließ er regnen auf Sodom und Gomorra. Wir würden alle verzärtelt, donnerte er, er habe das schon in den ersten Tagen seiner Anwesenheit festgestellt, und es sei leider nicht nur hier so, sondern in vielen Strafanstalten, er habe in dieser Hinsicht Erfahrung und halte sogar regelmäßig Vorträge zu dem Thema. Vor lauter falsch verstandenem Gutmenschentum würde der Aspekt der Buße vernachlässigt. Aber im Zuchthaus des lieben Gottes (er gebrauchte tatsächlich dieses Sprachbild!) würden alle, die nicht rechtzeitig bereuten, ganz anders behandelt. Und dann listete er einen ganzen Katalog von sadistischen Praktiken auf, die uns dereinst in der Hölle erwarten würden.

Der Katalog an sich war mir nicht neu. Bachofen hat auch immer mal wieder den mittelalterlichen Bußprediger gespielt und seiner Gemeinde Höllenqualen angedroht. Mein Bruder, der die Beschreibungen wörtlich nahm, ist darüber zum Bettnässer geworden. Aber Bachofen präsentierte den Katalog der satanischen Strafen wenigstens mit poetischem Schwung. Ihr Stellvertreter bellte die Liste der Scheußlichkeiten in die Kapelle wie den Tagesbefehl einer Strafkompanie. Stillgestanden! Bereuen! Abtreten!

Von einem alten Knasti, der ihn schon in einer anderen Anstalt erlebte, habe ich erfahren, dass man ihn dort den Feldwebel Gottes nannte. Die Bezeichnung passt. Die Bibel ist für ihn eine reine Vorschriftensammlung, und er sieht es als seine Aufgabe, jeden zur Sau zu machen, der auch nur eine davon nicht befolgt. Mit dieser Haltung hat er es in kürzester Zeit geschafft, sich und sein Amt in der ganzen Anstalt unbeliebt zu machen. Wenn es Ihrem Charakter nicht so widersprechen würde, könnte man glatt vermuten, Sie hätten bewusst so einen Steinzeittheologen als Ihren Vertreter ausgesucht. Damit wir Sie nach Ihrer Rückkehr umso mehr zu schätzen wissen.

Pastor Dorffmann hat sich auch in die Organisation der Bibliothek eingemischt, die ihm ja für die Zeit Ihrer Abwesenheit unterstellt ist. Dass man sich hier täglich während neunzig Minuten Bücher holen kann, scheint ihm übertrieben, und er hat die Ausleihzeiten auf je eine halbe Stunde am Dienstag und Freitag reduziert. Ich habe ihn darauf hingewiesen, dass das nicht Ihren Wünschen entspricht. Es hat ihn nicht interessiert. Ich habe den Eindruck, dass er den Ruhestand schlecht verträgt und es genießt, endlich mal wieder herumregieren zu können. Meine Bitte, die Bibliothek wenigstens am Sonntag, wo die meisten Leser kommen, offen halten zu dürfen, hat mir einen Anschiss eingetragen. Am Tag des Herrn habe man sich gefälligst mit anderen Dingen zu beschäftigen als mit profaner Lektüre, die die Leute nur auf falsche Gedanken bringe. Um mir zu beweisen, wie falsch diese Gedanken seien, griff er blind einen Band aus einem Gestell und erwischte ausgerechnet einen Krimi mit entsprechend drastischem Umschlagbild. Keine Lektüre für die Sonntagsschule, natürlich nicht, aber so ein Buch bietet doch immerhin ein paar Stunden Ablenkung, und genau das wird dringend benötigt – vor allem am Sonntag, wo man sich nicht mit Arbeit ablenken kann.

Der sture Gottesfeldwebel war nicht zu überzeugen, sondern ordnete an, sämtliche Kriminalromane seien aus den Regalen zu entfernen. Ich habe nicht widersprochen, habe nur erklärt, das sei eine zeitraubende Aufgabe, da ich die entsprechenden Bücher einzeln heraussuchen müsse, eine Lüge, die Sie mir vergeben werden. Ich hätte seinen Auftrag zügig ausführen können – durch das Katalogisieren kenne ich den Bestand bestens –, aber ich wollte vermeiden, dass er der Direktion meldet, ich sei in der Bibliothek unterbeschäftigt. Durch meine Ausrede habe ich jetzt erst einmal Ruhe vor ihm und kann mich in der gewonnenen Zeit mit literarischen Fingerübungen beschäftigen. Dass ich das so gern tue, daran sind Sie schuld, Padre!

Aber auch eine komische Geschichte gibt es von Dorffmann zu berichten. Sie erinnern sich bestimmt an Walter, den Taschendieb, den alle nur Walterchen nannten. Einer der fröhlichsten Menschen, die mir je begegnet sind. Seinen Aufenthalt hinter Gittern hat er immer als Urlaubszeit bezeichnet, und man hatte den Eindruck, dass er das Leben an keiner Riviera der Welt mehr genossen hätte. (Ich schreibe in der Vergangenheit, weil er unterdessen entlassen wurde. Sie treffen ihn also nicht mehr an, wenn Sie zurück sind.)

Walterchen, für jeden Schabernack zu haben, hatte sich für die Gesprächsrunde am Donnerstag angemeldet. Ich nehme an, Sie haben darum gebeten, dass diese Tradition nicht unterbrochen wird. Nachdem sich unser Feldwebel wieder einmal ausführlich über das Höllenfeuer ausgelassen hatte, fragte er, wohl mehr pro forma, ob jemand ein persönliches Problem in die Runde einbringen wolle. Walterchen meldete sich und erklärte, er stecke in einem tiefen theologischen Dilemma und er wäre sehr dankbar, wenn ihm der Herr Pastor da heraushelfen könnte.

Die acht oder zehn Leute, die gekommen waren, merkten gleich, dass hier eine Verarsche ins Haus stand. Aber niemand verzog eine Miene. Man will sich ja nicht den Spaß verderben. Der Unteroffizier Gottes, der Walterchen nicht kannte, war nur allzu gern bereit, sich als allwissende Autorität in Glaubensfragen zu präsentieren.

Es sei nämlich so, sagte Walterchen, er habe in der Bibliothek ein Buch namens *Die Wunder der Meere* ausgeliehen, darin sei auch der Blauwal beschrieben, und seit er das Kapitel über dieses Tier gelesen habe, seien all seine religiösen Überzeugungen ins Wanken gekommen. Was endgültig klarmachte, dass er einen Jux vorhatte, denn Walterchen hat so viele religiöse Überzeugungen wie ein Glatzkopf Haare. Nur Pastor Dorffmann merkte nichts und bat Walterchen, ihm den Zusammenhang zwischen Blauwalen und Religion näher zu erläutern.

In dem Buch habe gestanden, erklärte der, der Blauwal ernähre sich von winzigen Krebsen, die sich in seinen Barten verfingen, größere Tiere könne er nicht schlucken. Und seit er das gelesen habe, denke er darüber nach, wie es ein Blauwal trotzdem habe schaffen können, den Propheten Jona zu verschlingen, denn der sei doch bestimmt größer gewesen als so ein Krebschen. Er frage sich, ob die Bibel sich hier geirrt haben könne, und wenn sie sich in diesem Punkt geirrt habe, dann sei es doch möglich, dass sie auch in anderen Dingen nicht zuverlässig sei, und darum sei sein christlicher Glaube nach dieser Lektüre gewaltig ins Wanken geraten.

Ihr Vertreter hätte es sich einfach machen und erklären können, die Geschichte sei symbolisch und nicht wörtlich zu verstehen, aber das ließ sein Feldwebeldenken nicht zu, und er verstrickte sich, weil Walterchen immer weiterfragte, in die spitzfindigsten theologischen Argumente. Schade, dass Sie den Auftritt verpasst haben. Ich bin sicher, Sie hätten mitgelacht.

Ich persönlich habe *Jona* schon immer für eine Parodie gehalten. Der Autor, stelle ich mir vor, wird die Nase voll gehabt haben von der immergleichen Geschichte, die man bei ihm bestellt hatte: ein übereifriger Prophet, der den sündigen Menschen mit allem möglichen Unheil droht, aber auf taube Ohren stößt. Also schrieb er – zumindest ich hätte das so gemacht – einmal das exakte Gegenteil, nur um beim Verfassen wieder Spaß zu haben. Statt des eifrigen Propheten erfand er einen widerwilligen, der gar nicht daran denkt, den göttlichen Auftrag auszuführen, sondern lieber per Schiff abhaut. Und als er dann trotzdem vor Ni-

nive an Land gespuckt wird, läuft es ganz anders als bei allen anderen Propheten: Er sagt nur einen einzigen Satz, und schon fangen alle an zu bereuen und gehen in Sack und Asche. Was Jona dann auch wieder nicht passt.

Den Fisch, der ihn verschluckt, denke ich, hat der Autor nur eingebaut, weil seine Story noch einen dramatischen Schlenker brauchte. Vielleicht hatte man eine vorgegebene Zahl von Buchstaben bei ihm bestellt, so wie bei diesem Wettbewerb. Von mir hätte er den ersten Preis bekommen.

Tagebuch

Warum bin ich da nicht gleich drauf gekommen??? Das ist der ideale Job für mich. Als ob ich mich mit allem, was ich im Leben gemacht habe, darauf vorbereitet hätte.

Lassen Sie Ihre Memoiren von einem Profi verfassen! Sie erzählen, ich schreibe. Sagen Sie nur, wie dick Sie Ihr Buch haben wollen, den Rest übernehme ich. Eins-a-Erinnerungen, in jedem gewünschten Stil. Mit Ihrem Namen als Autor auf dem Umschlag. Der eine schreibt das Buch, der andere schreibt den Scheck. Das ist eine Arbeitsteilung, die mir gefällt. Es werden keine armen Leute sein, die sich so etwas bestellen.

Ghostwriter ist ein wunderbares Wort. Ich war schon immer gern das Gespenst hinter meinen Texten. Der gute Geist oder der böse Geist. Ariel oder Caliban.

Außerdem ist es die perfekte Beschäftigung für einen Stotterer. Man bleibt selber diskret im Hintergrund, während man anderen Leuten dabei hilft, sich ihre Vergangenheit zurechtzulügen.

Ich wüsste auch schon, wie man vorgehen müsste. In einer ersten Phase nur zuhören und Notizen machen. Kein Lauschangriff vom Nebentisch, sondern ganz offiziell. Das Aufnahmegerät auf dem Tisch.

Reden lassen. So ein Business-Boss oder abgehalfterter Filmstar wird in dem Punkt nicht anders funktionieren als jedes Muttchen. Hat seine Geschichten schon so oft erzählt, dass sie sich zu Legenden abgeschliffen haben. Man muss nur auf den Knopf drücken, und schon spult das Band ab.

Zuhören. Nicken. Bewundern.

Nicht widersprechen, wenn er sich an bedeutend interessantere Zeiten erinnert, als er real erlebt haben kann. »Jeder ist der heimliche Theaterdirektor seiner Träume«, sagt S. Bestreut seine Erinnerungen mit Puderzucker. Oder mit extrascharfem Pfeffer, wenn er zeigen will, was er alles für Hindernisse zu überwinden hatte, bis er so erfolgreich wurde, wie er es selbstverständlich ist. Barfuß auf den Mount Everest, und selbst der Sherpa hatte noch nie so einen heftigen Schneesturm erlebt.

So viel anders als damals bei R & J wäre das gar nicht. Ich war schon immer gut darin, die Wünsche anderer Leute zu erspüren. Die Glücksfälle zu Heldentaten ummodeln, die Fehler zu unverschuldeten Tragödien. In der Übertreibung zeigt sich der Meister. Dazu ein paar intime Details. Die lassen sich die Leute am leichtesten einreden. Wenn der Kunde das fertige Buch liest, muss er glauben, er habe das so erlebt.

Ich könnte das.
Wie kommt man an Kunden ran?

Sebi!
Eigentlich noch zu jung für Memoiren, aber schon eitel genug. Der wird auf den Vorschlag bestimmt anspringen. Alle anderen Statussymbole hat er schon. Fehlt noch die Autobiographie im Regal. In der natürlich die zwielichtigen Anfänge seines Imperiums elegant weggewedelt werden müssen. So wie ich ihn kenne, müsste ihn das reizen.
Die Arbeit gratis anbieten – »Ich werde doch von einem alten Freund kein Geld nehmen!« – und nur darum bitten, dass er meinen Namen als Geheimtipp an seine Freunde im Rotary

Eilt! An den Advokaten – sofort überbringen!

Problem bei der angekündigten Lieferung. Muss auf der Stelle besprochen werden.

Für den Advokaten

Aufschreiben geht schneller als stotternd erzählen.
Dorffmann hat erfahren, dass Kiste mit Bücherspende eingetroffen. Kiste in seinem Büro. Will Bücher einzeln überprüfen, ob für Strafgefangene geeignet.
Für diese Bücherlieferung angekündigt: *Mann ohne Eigenschaften*.

Dorffmann jetzt unterwegs. Vortrag in Kirchgemeinde. Mit anschließendem Abendessen. Wenn er zurückkommt, will er die Bücher durchsehen.

Ich weiß nicht, was zu tun ist.

Tagebuch

Der Advokat hat keine Miene verzogen. Ist aufgetaucht, als ich gerade mit meiner Notiz für ihn fertig war. Scheinbar ohne Eile. Hat sich an den Tisch gesetzt und meine Nachricht gelesen. Hat genickt und gesagt: »Wir kümmern uns darum.« Sonst kein Wort. Ist aufgestanden und gegangen.

Ich kann mir nicht vorstellen, was er unternehmen will. Das Büro des Padre ist auf dem Direktionsflur. Häftlinge haben dort nur nach Vorladung Zutritt. Und selbst wenn: Man kann eine Kiste nicht öffnen, ohne Spuren zu hinterlassen. Es ist unmöglich, das ausgehöhlte Buch einfach so verschwinden zu lassen.

Wenn es gefunden wird, bin ich als Mitwisser dran.

Ich brauche einen Plan.

Ich habe keinen Plan.

Die Gedanken aufschreiben, um sie zu sortieren.

Wie verhalte ich mich, wenn sie kommen?

So heftig stottern, dass sie mich für debil halten. Das alte Vorurteil ausnützen. Den Arglosen spielen. Keine Ahnung von nichts.

Drogen? Was für Drogen?

Wenn sie überhaupt fragen.

Sie werden den Absender der Bücherkiste überprüfen und feststellen, dass er nicht existiert. Sie werden auch bald wissen, dass immer ich es war, der die Sendungen

Sie werden gar nicht fragen. Werden den *Mann ohne Eigenschaften* wieder in die Kiste packen. Samt Inhalt. Die Bücher in der Bibliothek abliefern und abwarten, was ich damit anstelle.

Dann bleibt mir nichts anderes übrig, als Meldung zu machen. Mein überraschtestes Gesicht aufzusetzen und zu sagen

Nicht überrascht. Ängstlich. Auch ein Unschuldiger würde in dieser Situation Angst haben, als Komplize zu gelten. Wer einmal mit dem Gesetz in Konflikt war, fürchtet es sein Leben lang.

Verlangen, dem Direktor vorgeführt zu werden. Mit dem Buch unter dem Arm zu ihm hingehen und

Das funktioniert nicht. Pastor Dorffmann wird ihnen gesagt haben, dass ich wusste, dass er

Der Verdächtige hatte genügend Zeit, um sich Ausreden auszudenken, werden sie sagen. Es gibt keinen Grund, seine Aussagen für wahr zu halten.

Sie werden mir nicht glauben, dass es das erste Mal war. Der Padre hat die Bücherlieferungen nie überprüft. »Bei wem hast du die Drogen abgeliefert?«

Wenn sie nicht denken, dass ich sie selber vertreibe. Dass man bei mir nicht nur Bücher bekommt, sondern auch

§ 30a Betäubungsmittelgesetz. Mit Freiheitsstrafe nicht unter fünf Jahren wird bestraft, wer Betäubungsmittel in nicht geringer Menge

Mindestens fünf Jahre.

Ich muss ein Geständnis ablegen. Dessen Inhalt so exakt ausdenken, als ob ich das Ganze als Geschichte schreiben wollte. Als Roman. Eine Story, in der ich nicht nur Täter bin, sondern auch Opfer. Vor allem Opfer. Was immer man mir auch vorwirft: Man hat mich dazu gezwungen.
Wer?
Wenn ich den Advokaten erwähne, die Leute hinter dem Advokaten, bin ich tot.
Man kann kein Geständnis ablegen, ohne Namen zu nennen.
Ich bin tot.

Der Mann, den sie von seinen eigenen Hanteln haben erschlagen lassen. Der war der Anstifter. Einem Toten die Schuld geben, das wird mir der Advokat verzeihen. Vielleicht wird er mir auf die Schulter klopfen und sagen: »Du stotterst, aber du bist nicht dumm.«

Ich werde sagen

Ich weiß nicht einmal seinen Namen.

Vielleicht wirkt gerade diese Unkenntnis überzeugend.

Er ist in die Bibliothek gekommen – es werden sich Zeugen dafür finden, dass er manchmal da war –, und er hat mich gezwungen. Bedroht. War als Schläger bekannt. Einer, dem man nicht widerspricht. »Wenn die und die Büchersendung ankommt«, hat er gesagt, »wirst du dich in die hinterste Ecke deiner Bücherei verkriechen. Wirst nichts sehen und nichts hören.«

Sie können nicht beweisen, dass es nicht so war.

Ich werde Reue zeigen. »Ich weiß, dass ich mich mitschuldig gemacht habe, aber ich habe es aus Angst getan.« Mildernde Umstände.

Das Leben richtet sich nicht nach dem, was man sich dafür ausdenkt.

»Ein jegliches hat seine Zeit, und alles Vornehmen unter dem Himmel hat seine Stunde.«
Am liebsten kommen sie früh um vier.

Zum ersten Mal, seit ich mich von Bachofen befreit habe, verfolgt mich der Gedanke, beten zu sollen.
Zu wem?
Wo sind die Wunder, wenn man sie braucht?

Ausleihschein

Musil, Robert
Der Mann ohne Eigenschaften

Aus dem Büro des Padre mit anderen Büchern in die Bibliothek gebracht und in meiner Zelle abgeholt.

Für den Padre

In zwei Wochen sind Sie wieder hier. Es tut mir leid, dass Sie dann so Unerfreuliches erwartet.

Es ist kein schöner Anfang, wenn man mit frisch aufgeräumter Seele aus einem Sabbatical zurückkommt und als Erstes von einer so schrecklichen Geschichte erfährt. Oder hat man Sie schon auf Athos aufgestöbert? So oder so, ich hoffe, Sie haben genügend Kraft getankt, um das Geschehene verdauen zu können.

Uns hat der Direx zu Beginn des Sonntagsgottesdienstes über den Unfall informiert.

(Ich merke, dass ich ganz automatisch »über den tragischen Unfall« schreiben wollte, aber ich kann in dem Geschehen keine Tragik entdecken. Eher eine Ironie des Schicksals, weil ihn das Ende zu einem Zeitpunkt erreichte, als er gerade noch einmal für ein paar Wochen aus dem Ruhestand ins aktive Leben zurückgekehrt war.)

Die kurze Ansprache diente vor allem dazu, uns den jungen Aushilfspfarrer vorzustellen, der die Andacht leiten würde. (Oder muss ich Aushilfs-Aushilfspfarrer schreiben?) Über den Unfall selber wurde nur ganz kurz gesprochen, und wir erfuhren nichts, was wir nicht gerüchteweise schon erfahren hatten. Vor allem ein Detail wurde gern kolportiert: Pastor Dorffmann habe beim Abendessen nach seinem Vortrag zu viel Wein getrunken, ein schwerer Rotwein sei es gewesen, wollen manche wissen, und sei dann trotz seines schwer angesäuselten Zustandes in sein Auto gestiegen, um noch einmal zur JVA zu fahren. Was er dort um diese Zeit wollte und warum er sich nicht direkt auf den Weg nach Hause gemacht hat, dafür hat auch die Gerüchteküche keine Erklärung. Fest steht, dass er, ohne zu bremsen, in diese Kurve gefahren ist, die Herrschaft über den Wagen verlor und frontal gegen einen Baum krachte. Ein Minutenschlaf oder ein anderer Aussetzer. Hier im Hause glauben die Leute lieber an die Rotwein-Theorie. Mich überzeugt sie nicht. Eine Vorliebe für Alkohol passt nicht zu seiner asketischen Strenge. Obwohl ich bei Schopenhauer gelernt habe, man solle bei allem, was stattfindet, sofort das Gegenteil davon imaginieren.

Ich kenne Sie unterdessen gut, Padre, und kann mir Ihre Reaktion vorstellen. Sie werden sich, fürchte ich, für den Unfall Ihres Kollegen verantwortlich fühlen, obwohl Sie überhaupt nichts dafür können. Natürlich, Sie haben ihn als Ihren Vertreter geholt, und ohne dieses Angebot wäre er nach seinem Vortrag direkt nach Hause gefahren, eine Strecke, die er gut kannte, und nicht mit überhöhter Geschwindigkeit (auch davon wird geflüstert) auf eine unübersichtliche Kurve zugerast. Aber eine solche Verkettung von

Umständen war nicht vorauszusehen, und es gibt keinen Grund, sich eine Schuld daran zuzumessen.

Es kommt mir seltsam vor, wenn ich, als staatlich approbierter Krimineller, versuche, einem Gefängnisgeistlichen tröstliche Ratschläge zu geben, und ich will Ihnen die alten Klischees von der Vorsehung und dem unerfindlichen Ratschlag Gottes ersparen. Es gibt nun einmal Zufälle. Dinge, für die niemand etwas kann. Die einfach so passieren, und niemand ist schuld daran.

Tagebuch

Heuchler! Gottverdammter Heuchler! Ich ekle mich vor mir selber.

Dinge, für die niemand etwas kann? Ich bin schuld, ich ganz persönlich, das müsste ich ihm schreiben. Ich bin kein harmloser Bücherwurm und Geschichtenerfinder, müsste ich schreiben. Ich habe Pastor Dorffmann umgebracht, auch wenn ich die Bremsleitung an seinem Wagen nicht mit eigenen Händen durchgeschnitten habe. Oder wie immer sie es gemacht haben. »Wir kümmern uns darum«, hat der Advokat gesagt, und sie haben sich gekümmert. Ich weiß nicht, wie die Maschinerie funktioniert, mit der sie solche Dinge vom Gefängnis aus organisieren können, ich will es nicht wissen, aber sie haben die Fäden gezogen, den Auftrag erteilt, und ein Pastor im Ruhestand hatte einen Unfall. Zum Tod verurteilt, weil er eine Kiste mit Büchern kontrollieren wollte. Weil er dabei den einen Band gefunden hätte, *Der Mann ohne Eigenschaften*, mit der Eigenschaft, ausgehöhlt zu sein. Ein dicker Roman mit genügend Platz für den Stoff, für den man hier jeden Preis verlangen kann. »Mord im Drogenmilieu«, nicht »Unfall eines Rentners«. Ich war es, der die Pistole geladen hatte, den Giftcocktail zusammengebraut, den Sprengstoff scharf gemacht.

Und obwohl diese Notizen nur für mich selber bestimmt sind, ertappe ich mich dabei, wie ich überlege, welche Formulierung die beste ist.

MÖRDER ist die richtige Formulierung.

Dabei rede ich mir immer wieder ein, ich sei ohne eigenes Zutun in die Sache hineingezogen worden, sei selber ein Mann ohne Eigenschaften, ein unschuldiger Danebensteher, wie die Engländer das nennen, einer, der nichts dafür kann, dass er ins Kreuzfeuer eines fremden Krieges geraten ist. Schließlich, so argumentiere ich vor mir selber, habe ich mir den Posten in der Bibliothek nicht intrigiert, um Drogen einzuschmuggeln, sondern um während der Zeit, die ich absitzen muss, eine vernünftige Beschäftigung zu haben. Ich konnte nicht ahnen, plädiere ich, dass die Vertrauensseligkeit des Padre schon die längste Zeit auf diese Weise ausgenutzt wurde. Ich konnte nicht wissen …

Ich schaffe es nicht, mich von den eigenen Ausreden zu überzeugen. »Ich konnte nicht wissen, dass die Waffe geladen war« – damit kommt man vor keinem Gericht der Welt durch. Selbst dann nicht, wenn die Naivität ausnahmsweise einmal nicht gespielt sein sollte.

Man ist nicht blind, weil man die Augen schließt.

Ich hatte keine Wahl, lüge ich mich an, und weiß doch sehr genau, dass ich nach der ersten Begegnung mit dem Advokaten einen anderen Weg hätte einschlagen können.

Der Direktion oder, noch besser, dem Padre meinen Verdacht melden und gleichzeitig um die Verlegung in eine andere JVA bitten.

Aber so eine Verlegung, widerspreche ich mir dann wieder, hätte mich nicht vor den Konsequenzen bewahrt. Wer aus einer JVA heraus in wenigen Stunden einen Verkehrsunfall organisieren kann, vor dem ist man nicht sicher, bloß weil man seine Zelle mit einer anderen vertauscht.

Aber musste ich dem Advokaten melden, dass eine Durchsuchung seiner Bücherkiste drohte? Hätte ich dem Geschehen nicht einfach seinen Lauf lassen können?

Nein, konnte ich nicht. Hätten Sie das Buch mit den Drogen gefunden – §30a, Freiheitsstrafe nicht unter fünf Jahren. Oder mehr. Die nach oben offene Richterskala.

Aber ich habe nicht gewusst, dass sie einen Unfall organisieren würden.

Als ob das einen Unterschied machte. Wenn ich es gewusst hätte – hätte ich die zusätzliche Strafe der Mitschuld vorgezogen? Ich möchte es mir einreden und glaube es mir nicht. Es ist leichter, andere Leute zu manipulieren als sich selber.

Den Bericht an den Padre zu Ende schreiben. Weiterhin im Ton des unschuldigen Danebenstehers. Der Clown muss seine Purzelbäume schlagen.

Für den Padre

Ich war zu jenem Sonntagsgottesdienst aus Neugier hingegangen, nur um zu sehen, wie die Anstaltsleitung mit der

Überraschung, die für uns alle keine Überraschung mehr war, umgehen würde. Trauer habe ich keine empfunden. Ich möchte dem Pastor nicht posthum ein Gefühl hinterherlügen, das ich nicht empfunden habe.

Der Einspringer war ein ganz junger Mann. Wie er vor uns stand, das Lesepult mit beiden Händen umklammernd, kam er mir vor wie ein Abiturient bei der mündlichen Prüfung in Religionskunde. Er hatte eine überraschend tiefe Stimme, einen Basso profundo, der nicht zu seinem schmächtigen Körperbau passte, so dass man ganz automatisch auf den ersten Kiekser wartete, wie das kurz nach dem Stimmbruch manchmal vorkommt. Er kiekste nicht, sondern machte seine Sache gut.

Als seinen Text hatte er sich *Hebräer* 7,23 ausgesucht, nicht in der Luther-Übersetzung, sondern in einer moderneren Formulierung: »Auch folgten dort viele Priester aufeinander, weil der Tod sie hinderte zu bleiben.« Die Gedankenkurve, die er von dort einschlug, war nicht ungeschickt: wechselnde Geistliche als Glieder einer ununterbrochenen Kette, an der man immer Halt finden könne, weshalb der Tod eines Einzelnen zwar bedauerlich, aber durch den Fortbestand der Kette auch gleichzeitig trostspendend sei. Alles ein bisschen wolkig, aber mit einem wohltuend positiven Grundton.

Seinen Namen weiß ich nicht. Sie werden ihn leicht eruieren können. Sie sollten sich den jungen Mann merken, er ist beim Publikum gut angekommen – was auch daran lag, dass sich seine Sprechweise so angenehm vom Befehlston seines Vorgängers unterschied. Es werden nicht viele der Anwesenden seiner Argumentation gefolgt sein, aber Inhalte spielen in solchen zeremoniellen Situationen ja eine viel kleinere Rolle als die Stimmung, die man verbreitet. Man hörte ihm gern zu.

Der Gottesdienst war gut besucht, wobei auffiel, dass auch mehrere Häftlinge aus der Wäschereimannschaft erschienen waren, Leute, die man sonst nie in der Kapelle sieht. Von der Kanzel aus muss man den Eindruck gehabt haben, eine Bodybuilding-Mannschaft habe die Religion als neues Anabolikum entdeckt.

Was habe ich noch zu berichten? Ich überlege, ob ich mich tatsächlich einmal an einem längeren Text versuchen soll.

Tagebuch

Von Sebi noch keine Antwort.

Für den Padre

Nun sind Sie wieder da, und es betrübt mich zu sehen, wie sehr der Tod von Pastor Dorffmann Sie getroffen hat. Wir sind keine Freunde, Sie und ich, können es nicht sein, dafür sind unsere Stellungen im Leben zu weit voneinander entfernt, aber ich habe Sie doch gut kennengelernt oder meine zumindest, Sie kennengelernt zu haben. Man kann nicht regelmäßig Texte für jemanden verfassen, ohne sich ein Bild von ihm zu machen. In Ihrem Charakter, so ich ihn beim Schreiben im Kopf hatte, war die wichtigste Farbe immer ein grundsätzlicher Optimismus. Ein sympathischer Charakterzug, auch wenn ich mich manchmal darüber lustig gemacht habe. Diese Farbe ist jetzt verblasst. Ihre Predigt am Sonntag war, ganz gegen Ihre Art, geradezu melancholisch. Es war ja auch kein ausgesprochen fröhlicher Text, den Sie sich ausgesucht hatten. »Lehre uns bedenken, dass wir sterben müssen, auf dass wir klug werden.«

Nehmen Sie es als Zeichen unserer unmöglichen Freundschaft, wenn Sie heute, entgegen unserer Abmachung, keinen Bericht aus meinem Leben bekommen – ich will Sie nicht noch mehr deprimieren –, sondern für einmal eine reine Erfindung. Die Geschichte ist nichts Großartiges, aber ich habe sie speziell für Sie geschrieben. Oder über Sie? Manchmal kann ich das nicht unterscheiden.

Fingerübung

DIE BEGEGNUNG

Der Fels wechselte immer wieder die Farbe, das war ihm hier auf dem Gipfel schon ein paarmal aufgefallen. Oft geschah das ganz plötzlich; was eben noch rötlich geschimmert hatte, wurde von einem Moment auf den anderen grau, aber manchmal blühte die neue Farbe auch ganz allmählich auf, mit zahllosen Zwischentönen, für die er keine Namen hatte. Es muss etwas mit dem Licht zu tun haben, dachte er, dabei blieb es, solang die Sonne schien, doch immer gleichbleibend hell, und Wolken gab es auch keine. Ich hätte im Herbst hierherfahren sollen, dachte er, oder im Frühjahr, da wäre es weniger heiß gewesen. Ich hätte mir den Reiseführer früher besorgen sollen, dachte er, ihn nicht erst im Flugzeug nach Athen studieren. Gut, dass der Platz neben mir frei geblieben ist, dachte er, so war die Reise doch bequem, fast wie in der Business Class. Dort zahlt man das Doppelte oder das Dreifache, und die Sitze sind auch nicht breiter.

Das sind die falschen Gedanken, dachte er, ich bin nicht nach Athos gefahren, um über Flugzeugsitze nachzudenken.

Die Muskeln in seinem Oberschenkel verkrampften sich schon wieder. Er war es nicht gewohnt, auf dem Boden zu hocken. Im Kloster, wo er seine Zelle gemietet hatte – teuer eigentlich, wo es noch nicht einmal fließendes Wasser gab –, im Kloster hatte er einen alten Mönch gesehen, der konnte stundenlang in der Hocke bleiben, scheinbar ohne jede Anstrengung. Vielleicht genügten ein paar Wochen eben doch nicht, um das Gleichgewicht wiederzufinden, das äußere und das innere.

Magnesium hätte ich mitnehmen müssen, dachte er und wollte solche Sachen doch gar nicht denken, das ist gut gegen Muskelkrämpfe.

Er hatte die Reise nicht gemacht, um über Muskelkrämpfe nachzudenken, verdammt noch mal. Dafür hatte er seinen kostbaren Urlaub nicht geopfert.

Es müsste einen Rebootschalter für den Denkapparat geben, dachte er, man müsste sein Hirn neu starten können, wie einen Computer. Alles herunterfahren und neu anfangen. Vielleicht würden dann die Erkenntnisse kommen, nach denen er sich so sehnte. Vielleicht würde sich dann nicht mehr dieser Alltagsdreck über allem ausbreiten, diese aufgewirbelten Gedankenfetzen. Wie in einem Hinterhof, wo alles liegen bleibt, was längst in den Müll gehört hätte.

Wo schaffen die Mönche eigentlich ihren Müll hin?, fragte er sich.

Es musste möglich sein, solche Gedanken nicht zu denken. Vielleicht hatten die Buddhisten recht mit ihren Mantras. Oder waren das die Hindus?

Er beschloss, sich auf die Farbe der Felsen zu konzentrieren. Wir kennen so viele Worte für rot, dachte er, und nur ganz wenige für Braun, obwohl sich doch in der Natur sehr viel mehr Brauntöne finden. Warum ist das so? Er schloss die Augen und versuchte sich ein Braun vorzustellen, das anders war als alle, die ihm je begegnet waren, versuchte im Kopf eine neue Farbe zu erschaffen. Vielleicht würde ihm das helfen, die Welt neu zu sehen.

Aber jedes Braun, das ihm einfiel, war eines, das es schon gab. Braun wie Leder, braun wie ein Baumstamm, braun wie ein Teddybär.

»So funktioniert das nicht«, sagte eine Stimme.

Ein alter Mann stand vor ihm, das Urbild eines alten Mannes. Weiße Haare, weißer Bart.

»Farben sind schwierig«, sagte der alte Mann. »Ich habe selber Mühe damit.«

»Ich habe Sie nicht kommen hören.«

»Das passiert mir oft.«

»Woher wussten Sie, dass ich Deutsch spreche?«

»Ach«, sagte der alte Mann, »war das Deutsch? Ich muss besser auf diese Dinge achten. Manchmal bin ich ein wenig zerstreut.«

Er hatte sich hingesetzt, so bequem wie dieser Mönch im

Kloster. Aber er war kein Mönch, die trugen alle dieselben schwarzen Gewänder. Ein Bauer vielleicht, ganz einfache Kleidung. Jemand, der sein ganzes Leben mit den Händen gearbeitet hat. Der seine Weisheit nicht aus Büchern bezog.

»Ach, wissen Sie«, sagte der alte Mann, »Weisheit ... Ich bin mir da schon lang nicht mehr sicher.«

Das kam vom vielen Alleinsein hier oben: Er hatte das, ohne es zu merken, laut gesagt.

»Verzeihen Sie.«

»Aber natürlich«, sagte der Alte. »Das kann ich gut. Wenn ich auch nicht immer Lust dazu habe.«

Sprach Deutsch ganz ohne Akzent. Wohl doch kein Bauer. Jemand, der in Deutschland studiert hatte.

»Und anderswo«, sagte der alte Mann.

Hatte er schon wieder laut gedacht? Besser, man stellte seine Fragen direkt.

»Stammen Sie hier aus der Gegend?«

»Ursprünglich ein bisschen weiter südlich. Südöstlich, um genau zu sein.«

»Und – wenn ich fragen darf – was waren Sie von Beruf?«

»Ich war nicht, ich bin. Immer noch aktiv, hoffe ich doch.«

Dort, wo der alte Mann saß, leuchtete der Fels in einer ganz neuen Farbe.

»Aktiv als was?«

»Darüber wird viel gestritten.« Der alte Mann lächelte. Perfekte Zähne. Anders, als man es bei seinem Alter erwarten würde. »Dauernd wird darüber gestritten«, wiederholte er.

Nun ja, wenn er es nicht sagen wollte ... Es war ja nicht so, dass ihn der Beruf seines neuen Bekannten brennend interessierte. Besser ein bisschen harmlose Konversation machen.

»Ganz schön steil, der Weg hier herauf, nicht?«

»Ja«, sagte der alte Mann, »ich kann mir vorstellen, dass er einem steil vorkommt.«

»Wie lang haben Sie gebraucht?«

»Tausende von Jahren. Und bin immer noch nicht angekommen.«

Wahrscheinlich wirkte er so mild, weil er nicht mehr klar im Kopf war.

»Ich bin aus Deutschland hierhergereist, um nachzudenken.«

»Ich bin auch zum Nachdenken hier«, sagte der alte Mann. »Es ist ein guter Ort dafür.« Das Leuchten um ihn herum hatte sich noch einmal verstärkt.

»Um zu mir zu kommen.«

»Oder zu mir«, sagte der alte Mann.

Definitiv verwirrt. Aber vielleicht unterhielt man sich gerade deshalb so gern mit ihm. Weil es keine Folgen hatte.

»Ich suche nach Antworten und habe noch nicht einmal die richtigen Fragen gefunden.«

»Das verstehe ich«, sagte der alte Mann. »Am schwierigsten ist es mit den Fragen, die man sich erst stellt, wenn man schon geantwortet hat. Früher habe ich jedes Mal, wenn ich etwas geschaffen hatte, gedacht, dass es gut sei. Unterdessen habe ich meine Zweifel.«

»Geschaffen?«

»Ein altmodisches Wort, ich weiß. Aber ich bin nun mal

nicht mehr der Jüngste. Obwohl ich natürlich der Jüngste bin.«

»Ist das ein Rätsel?«

»Ja«, sagte der alte Mann, »das ist ein Rätsel. Sie sollten die Augen schließen und darüber nachdenken.«

Sie saßen dann noch lang schweigend nebeneinander, bis der alte Mann nicht mehr da war und die Felsen nicht mehr leuchteten.

Tagebuch

Ich habe es hinausgeschoben und hinausgeschoben. Mich mit diesem Geschichtchen für den Padre abgelenkt. Aber die Zeit wird knapp. Es kann sein, dass der Advokat schon heute

Alles aufschreiben. Pro und kontra.

Pro: Ich weiß, was ich tun muss. Tun sollte. Schon lang hätte tun müssen. Wenn ich nicht so ein Feigling wäre.

Kontra: Ich bringe mich in Lebensgefahr.

Aber wenn ich es nicht tue

Am Anfang anfangen.

Die Abstände zwischen den Lieferungen waren bisher immer recht regelmäßig. Nicht auf den Tag, aber auf die Woche. Es kann also nicht mehr lang dauern, bis er sich das nächste Mal beim Essen neben mich setzt und mir den Titel eines Buches nennt. Das ich abliefern soll, ohne hineinzuschauen.

Dann muss ich ihm sagen, dass ich mit der Sache nichts mehr zu tun haben will.

Meine Ausreden überzeugen mich nicht. Wer auf Drogen ist, findet auch ohne mich einen Weg, um an seinen Stoff zu kommen? Man tut also nicht wirklich etwas Schlechtes, wenn man ihm dabei hilft? Man ist nur der Mann von FedEx? »Bitte schön, hier ist Ihre Lieferung von Drogando. Ich habe keine Ahnung, was in dem Päckchen drin ist.«

»Wir betrügen niemanden durch so feine Kunstgriffe als uns selbst.« S. hat wirklich alles verstanden.

Am Anfang konnte ich noch so denken. Jetzt nicht mehr. Die Leute, mit denen ich mich eingelassen habe, sind kein freundliches Drogen-Versandhaus. Sie sind Mörder. Erst der Mann im Kraftraum und dann Dorffmann.

Wer Pech anfasst

Ich bin kein moralischer Mensch. Nie gewesen. Aber es gibt Grenzen. Sonst schwimmt man den Rest seines Lebens in der Jauche.

Kontra, kontra, kontra: Das ist kein Job, den man einfach kündigen kann.

Deserteure können dem Feind den Aufmarschplan verraten. Besser, man schafft sie sich gleich vom Hals. Prophylaktisch. Lässt sie von Hanteln erschlagen. Sorgt dafür, dass ihre Bremsen versagen. Warum sollte ich mich zum Märtyrer

Es muss mir gelingen, den Advokaten davon zu überzeugen, dass ich auch weiterhin schweigen werde.

Oder: den Padre bitten, dass er die Leitung der Bibliothek jemand anderem überträgt.

Aber er wird einen Grund dafür hören wollen, und mir fällt keiner ein. Ich erlaube mir nicht, mir etwas einfallen zu lassen. Weil ich die Bibliothek nicht aufgeben will.

Bis zum Ende meiner Strafe nur noch den ganzen Tag katschong, katschong, katschong?

Wenn ich das Ende meiner Strafe überhaupt erleben würde. Sie würden erfahren, dass ich um die Versetzung gebeten habe, und auch das wäre schon Desertion.

Und doch

Wenn sich der Advokat das nächste Mal neben mich setzt, muss ich ihm erklären, warum ich nicht mehr mitmachen will und dass das keine Gefahr für ihn bedeutet. Nicht für ihn und nicht für seine Auftraggeber.

Er wird mir nicht lang genug zuhören. Wird nicht darauf warten, dass ich meine vorbereiteten Sätze herausgestotottert habe. Schon gar nicht im Speisesaal, wo alle sehen können, dass wir uns unterhalten. Für zwei, drei Sätze war das nie ein Problem, aber ein ausführliches Gespräch wird er dort nicht führen wollen.

Unter vier Augen? Sechs Augen? Acht? Mindestens einen Muskelmann hat er immer dabei. Ich müsste ihn bitten, ein privates Treffen zu arrangieren. Er würde es tun. Würde einen Ort finden, wo uns niemand beobachten kann.

Aber.

Wenn uns niemand zusieht, kann er mit mir anstellen, was er will. Er oder seine Gorillas. Er wirkt immer ruhig, aber bestimmt kann er auch anders.

Das hat Nils oft gesagt, bevor er zugeschlagen hat: »Ich kann auch anders.«

Bedauerlicher Unfall eines Bibliothekars. Genickbruch bei unglücklichem Sturz auf der Treppe. Sie werden für einen Nachfolger sorgen, der ihnen keine Schwierigkeiten macht.

Trotzdem.

Erklärung

Wenn jemand diese Seiten findet, bedeutet das, dass ich nicht mehr am Leben bin.

Ich bitte den Finder, diese Erklärung unter Umgehung der Anstaltsleitung, der ich nicht vertraue, an die Polizei weiterzuleiten. Sollte das nicht möglich sein, so bitte ich um Übergabe an den Anstaltspfarrer Arthur Waldmeier, allgemein Padre genannt. Er soll dafür sorgen, dass dieser Bericht an die richtigen Instanzen gelangt.

Ich verfasse die folgenden Zeilen, weil ich es für möglich halte, dass ich mich in Lebensgefahr befinde. Sollten sich meine Befürchtungen bewahrheiten, wird mein Tod wie ein Unfall aussehen. Diese Tatsache allein bitte ich als Beweis dafür zu betrachten, dass es sich um keinen Unfall handelt. Mit dieser Erklärung will ich verhindern, dass die Verantwortlichen ungestraft davonkommen.

Meine Aussage:

Ich, Johannes Hosea Stärckle, Häftling in dieser Anstalt und für den Arbeitsplatz Bibliothek eingeteilt, erkläre und bezeuge, dass ich die folgenden Angaben nach bestem Wissen und Gewissen mache und dass ich sie, wenn ich noch am Leben wäre, beeiden würde.

Die Vorgeschichte: Kurz nachdem ich auf Empfehlung von Pfarrer Waldmeier den Posten als Verwalter der Anstaltsbibliothek übertragen bekam, erfuhr ich, dass diese an und für sich segensreiche Einrichtung dazu benutzt wurde, Drogen in die JVA zu schmuggeln. Dass es sich bei dem Schmuggelgut um Drogen handelt, ist nur eine Vermutung, aber in Anbetracht der Umstände erscheint es mir logisch, dass es sich um nichts anderes handeln kann.

Das Vorgehen der Schmuggler war folgendes:
Der Bestand der Bibliothek setzt sich ausschließlich aus Bücherspenden zusammen, die nach einem entsprechenden Aufruf von Pfarrer Waldmeier in der JVA eingetroffen sind und weiterhin eintreffen. Die Bücher kommen in der Regel nicht einzeln, sondern in größeren Sendungen, typischerweise in Paketen oder Kisten mit zwanzig und mehr Büchern. Diese an den Anstaltspfarrer adressierten Sendungen wurden von ihm jeweils direkt an mich weitergeleitet, mit dem Auftrag, brauchbare Bände in den Bestand einzuordnen und unbrauchbares Material auszusondern.

Die Tatsache, dass bei diesen Bücherspenden die Prüfung des Inhalts durch die Posteingangsstelle entfällt und dass der eigentlich damit betraute Anstaltspfarrer auf eine Kontrolle zu verzichten pflegt, wird von einer mir namentlich nicht bekannten Gruppe von Leuten benutzt, um unter dem Deckmantel dieser Bücherlieferungen andere Dinge in die Anstalt einzuschmuggeln. Aus meinen Beobachtungen und Erlebnissen schließe ich, dass dies im Innern von ausgehöhlten Büchern geschieht, auch wenn ich dieses Detail, wie sich aus dem Folgenden ergeben wird, nie mit eigenen Augen beobachtet habe.

Ich erfuhr von der Situation im Gespräch mit einem Mithäftling, dessen Namen ich nicht kenne, der in der Anstalt aber allgemein als »der Advokat« bekannt ist und entsprechend leicht zu identifizieren sein dürfte. Ich hatte damals das Amt in der Bibliothek gerade erst übernommen, und er drohte mir mit negativen Konsequenzen, falls ich den unter meinem Vorgänger etablierten Schmuggelweg stören oder gar verraten würde. In Anbetracht seines Rufs hielt ich seine Drohungen für glaubhaft und wollte mich nicht durch die Verweigerung einer Unterstützung in Gefahr bringen, insbesondere, da die Rolle, die von mir verlangt wurde, eine weitgehend passive war.

Ich gestehe, dass ich mich damit im Sinne des Gesetzes der Beihilfe zum Drogenhandel schuldig gemacht habe, führe aber als mildernden Umstand an, dass ich nur einwilligte, um eine drohende Gefahr für Leib und Leben abzuwenden.

Insgesamt war ich an vier solchen Aktionen beteiligt. Das Vorgehen war in jedem Fall dasselbe: Der als »Advokat« bekannte Mithäftling nannte mir den Namen eines Buches, das Bestandteil der nächsten Bücherspende sein würde, und forderte mich auf, den betreffenden Band ungeöffnet an ihn beziehungsweise an eine von ihm delegierte Person zu übergeben. Aus der Tatsache, dass er jedes Mal über den Inhalt einer noch nicht eingetroffenen Büchersendung Bescheid wusste, schließe ich, dass er die entsprechenden Sendungen selber veranlasst hat. Die meiner Meinung nach als Transportmittel für Drogen verwendeten Bücher waren während meiner Amtszeit folgende: *Simplicius Simplicissimus*, ein Band *Brehms Tierleben*, eine einbändige Ausgabe des *Großen Brockhaus* und *Der Mann ohne Eigenschaften*. Keines dieser Bücher befindet sich gegenwärtig im Bestand der Bibliothek. Ich gehe davon aus, dass sie nach Entnahme des Inhalts vernichtet wurden.

Die Abholung der Bücher, anfänglich in der Bibliothek, später direkt in meiner Zelle, erfolgte durch wechselnde Teams aus jeweils zwei Personen, von denen mir keine namentlich bekannt ist. Soweit ich weiß, sind sie alle, oder doch die meisten von ihnen, zur Arbeit in der Wäscherei eingeteilt. Einer davon war der Kraftsportler, der im Übungsraum einen tödlichen Unfall hatte. Ich werde darauf noch eingehen.

Eine Bezahlung oder Vergütung habe ich für meine Dienste nie erhalten. Allerdings steht mir seit längerer Zeit eine eigentlich für zwei Personen bestimmte Zelle allein zur Verfügung, und obwohl mir das nie jemand ausdrücklich bestätigt hat, gehe ich davon aus, dass es sich bei dieser Vergünstigung um eine Belohnung für geleistete Dienste handelt. Wenn dieses Dokument, wie ich es wünsche, nach meinem Tod in die Hände der Polizei gelangt, fordere ich die zuständigen Stellen auf, der Frage nachzugehen, auf welche Weise und in welchem Umfang ein entsprechender Einfluss auf die Verwaltung der JVA möglich war.

Generell hatte ich im Zusammenhang mit den zwielichtigen Bücherlieferungen den Eindruck einer eingespielten Maschine. Außer dem »Advokaten« kann ich keinen Verantwortlichen benennen, aber auf jeden Fall handelt es sich dabei um Leute, die bereit sind, auf jede Störung ihrer Tätigkeit sehr heftig zu reagieren. Der Unfall jenes als Schläger bekannten Häftlings, der im Kraftraum der Anstalt von den eigenen Hanteln erschlagen wurde, ereignete sich einen Tag, nachdem er eine Sendung bei mir abgeholt hatte. Ich bin fest davon überzeugt, dass er seinen Auftrag nicht korrekt ausführte und dafür mit dem Tod bestraft wurde. Auch das ist eine Vermutung, die ich nicht belegen kann.

Noch offensichtlicher ist der Zusammenhang im Fall eines anderen »Unfalls«, auch wenn der außerhalb der JVA stattfand. Es handelt sich um den Tod von Pastor Kaspar Dorffmann, der während der Abwesenheit von Pfarrer Waldmeier dessen Pflichten in der Anstalt übernahm und damit vorübergehend auch für die Bibliothek zuständig war. Er informierte mich darüber, dass er beschlossen habe, die bisher übliche Praxis beim Eintreffen von Büchersendungen zu ändern und die Bände einzeln zu überprüfen, bevor sie mir für die weitere Bearbeitung übergeben würden. Am Tag, an dem er mir diese Mitteilung machte, war gerade eine Lieferung eingetroffen, in der sich, wie mir der »Advokat« mitgeteilt hatte, eines dieser »speziellen Bücher« befand. Pastor Dorffmann hatte sich, wie er mir mitteilte, vorgenommen, seine Inspektion des Paketinhalts noch am Abend dieses Tages durchzuführen.

Ich informierte den »Advokaten« über die bevorstehende Kontrolle. Ein paar Stunden später kam Pastor Dorffmann bei einem Verkehrsunfall ums Leben. Ich habe keinen Beweis für einen Zusammenhang zwischen den beiden Ereignissen, aber es scheint offensichtlich, dass so ein Zusammenhang bestehen muss und dass der Unfall – vielleicht durch eine Manipulation am Fahrzeug – absichtlich herbeigeführt wurde.

Es ist mir klar, dass die Kette dieser Ereignisse vermutlich durch meine Warnung in Gang gesetzt wurde, und ich bekenne mich zu einer Mitschuld am Tod von Pastor Dorffmann.

Heute bin ich zu einem Treffen mit dem als »Advokat« bekannten Häftling verabredet. Die Begegnung soll im Kraftraum im Untergeschoss stattfinden. Ich nehme an, dass der Ort gewählt wurde, weil dort ein Gespräch von Außenstehenden weder mitgehört noch auch nur beobachtet werden kann. Es ist allgemein bekannt, dass der Kraftraum fast ausschließlich von Mitgliedern des Wäscherei-Teams benutzt wird. Ich gehe, wie bereits erwähnt, davon aus, dass der »Advokat« eine enge Verbindung zu dieser Gruppe hat.

Unsere Begegnung wird in wenigen Stunden erfolgen. Es ist meine Absicht, dem »Advokaten« mitzuteilen, dass ich jede weitere Zusammenarbeit mit ihm ablehne. Es ist möglich, dass er meine Entscheidung akzeptiert. Schließlich habe ich verhindert, dass Pastor Dorffmann das eingeschmuggelte Buch entdecken konnte, wodurch die heimlichen Drogentransporte aufgeflogen wären.

Es scheint mir aber auch möglich, dass die Hintermänner der Schmuggelaktion aufgrund meiner Verweigerung einer weiteren Zusammenarbeit zum Schluss kommen werden, dass ich ihnen als Mitwisser gefährlich werden kann. Sollten sie mich als unzuverlässig einstufen, werden sie nicht zögern, mich aus dem Weg zu schaffen. Sie haben, davon bin ich überzeugt, im Kraftraum schon einmal einen tödlichen »Unfall« inszeniert.

Trotz dieser Befürchtungen werde ich zu der Verabredung hingehen. Ich fühle mich moralisch verpflichtet, die Zusammenarbeit mit diesen Leuten zu beenden. Andererseits wage ich es nicht, mich der Anstaltsleitung anzuvertrauen und dort Schutz zu suchen. Meine eigenen Erfahrungen legen den Verdacht nahe, dass dort zumindest einzelne Personen mit den Schmugglern in Verbindung stehen oder sie sogar unterstützen. Ich kann mich deshalb nicht auf die Diskretion der Verwaltung verlassen.

Ich werde diese Blätter in einem der Regale zwischen zwei Bücher stecken, in der Hoffnung, dass sie, falls mir heute etwas zustoßen sollte, dort früher oder später entdeckt werden.

Ich bestätige, dass alle diese Angaben auf Tatsachen beruhen.

Johannes Hosea Stärckle

Tagebuch

Man müsste beten können.

Tagebuch

Ich habe mein Geständnis in kleine Fetzen zerrissen und ins Klo gespült.

Ich muss notieren, was passiert ist. Bevor die Erinnerung das Geschehene zur Selbstverständlichkeit abschleift. Mein Staunen festhalten.

Ich will versuchen, es so aufzuschreiben, als ob ich es jemand anderem erzählen würde. Vielleicht lässt sich irgendwann später eine Geschichte daraus machen. Wenn ich die Einzelheiten verändere.

Es fing damit an, dass der Advokat mich zu diesem Treffen bestellte. Ohne eine entsprechende Bitte meinerseits. Ich hatte ihn schon längst kontaktieren wollen, um ihm zu sagen, dass ich eine weitere Mitarbeit verweigere, hatte es mir wirklich vorgenommen, habe die Durchführung des Entschlusses aber immer wieder hinausgezögert. Ich bin kein mutiger Mensch.

Wozu Tagebuch schreiben, wenn man selbst dort die Wahrheit in harmlose Formulierungen packt? Ich bin ein Feigling.

Ich fand den Zettel mit der Einladung (Einladung??? Aufgebot!) auf meinem Arbeitstisch, obwohl die Bibliothek über Nacht abgeschlossen wird. Ich verfüge über keinen Schlüssel, muss jedes Mal auf einen Aufseher warten, der den Raum bei Arbeitsbeginn für mich aufschließt und nach Arbeitsschluss wieder verriegelt. Trotzdem lag der Zettel da.

Nach dem ersten Schreck empfand ich eine gewisse Erleichterung. Die Entscheidung, zu der ich mich nicht aufraffen konnte, war mir abgenommen worden. Dann kam die Angst. Allein schon die Wahl des Treffpunkts hatte etwas Bedrohliches.

Trotzdem habe ich keinen Moment daran gedacht, der Aufforderung nicht Folge zu leisten. Wer der Wäscherei nicht gehorcht, wird durch die Mangel gedreht.

Galgenhumor: Es wäre unhöflich gewesen, zur eigenen

Hinrichtung zu spät zu kommen. Ich bin pünktlich hingegangen. Der Weg ins Untergeschoss kam mir sehr lang vor.

Für spätere Schreibarbeiten merken: Das Klischee von den weichen Knien hat eine Basis in der Wirklichkeit.

Die Tür zum Kraftraum wurde von zwei dieser Muskelprotze bewacht, für die die Anstaltsleitung T-Shirts in Übergröße organisiert. Korrektur: Muskelprotz ist das falsche Wort. Sie protzen nicht, das haben sie nicht nötig. Ein Soldat prahlt nicht mit seiner Waffe, sondern zeigt gerade durch die Selbstverständlichkeit, mit der er damit umgeht, dass er bereit ist, sie einzusetzen.

Einen der beiden erkannte ich. Er war zweimal als Begleiter – Bewacher? – dabei gewesen, als bei mir in der Zelle ein Buch abgeholt wurde. Ich nickte ihm zu, aber er reagierte nicht darauf. Nahm mich wahr und ignorierte mich gleichzeitig.

Ich versuchte, aus ihren Gesichtern abzulesen, was mich erwartete, aber ich konnte nichts Lesbares entdecken. Wenn da überhaupt ein Ausdruck war, dann war es einer von Verachtung. Wie sie diese Leute für alle Menschen empfinden, die nicht jeden Tag ihre Körper trainieren.

Interessant und auch für später zu merken: Die beiden glichen sich nicht und waren sich doch ähnlich. Einer war Asiate, einen Kopf kleiner als der andere. Trotzdem hätten sie Geschwister sein können.

Wahlverwandtschaften.

Der Größere war der Ranghöhere, obwohl ich nicht zu sagen wüsste, woran ich das ablas. Er klopfte an die Tür, ein Signal wie aus einem alten Hollywoodfilm, der versteckte

Eingang zum Speakeasy. Von innen muss eine Antwort gekommen sein; ich habe sie nicht wahrgenommen. Er öffnete die Tür, trat aber nicht zur Seite, so dass ich mich an ihm vorbeiquetschen musste, eine bewusste Verletzung der JVA-Etikette. Hier ist die Regel, dem andern immer genügend Platz zu lassen, weil jeder zufällige Rempler als Angriff aufgefasst werden könnte. Wo Minen liegen, vermeidet man Erschütterungen.

Der Mann, der mich dazu zwang, ihm zu nahe zu kommen, roch nach einer dieser süßlich parfümierten Seifen, wie man sie für kleine Kinder verwendet.

Der Kraftraum schien mir professionell eingerichtet, wenn ich mich in diesen Dingen auch nicht auskenne. Die meisten Geräte hätte ich nicht zu benennen gewusst. Für mich sehen sie alle aus wie Folterinstrumente.

Der Advokat saß auf einer mit schwarzem Kunststoff bezogenen Schrägbank, mit den Beinen abgestützt, um nicht wegzurutschen. Es muss eine unbequeme Position gewesen sein, aber er hätte auf einem Schreibtischstuhl nicht sicherer wirken können. Perfekt frisiert wie immer. Die Sträflingskleidung sieht an ihm aus, als ob er sie nach Maß habe anfertigen lassen.

Vielleicht hat er das ja.

Die Regeln wären klar gewesen: Ich hätte abwarten müssen, was er von mir wollte. Im Mittelalter konnte man geköpft werden, wenn man den König ohne Aufforderung ansprach. Oder auch nur seinen Haushofmeister. Aber ich hatte mir fest vorgenommen, ihm zu sagen, dass ich aus der Sache aussteigen wollte, ihm zu versichern, dass ich selbstverständlich über alles schweigen würde, ihn anzuflehen, er solle mich doch bitte, bitte aus der Geschichte rauslassen. Ich platzte also gleich damit heraus, wollte damit herausplatzen, aber mein Stottern hatte sich in der Aufregung der Situation so verstärkt, dass ich schon den ersten Satz nicht zu Ende brachte.

Der Advokat reagierte überraschend. Keine Vorwürfe, keine Drohungen, keine Bitten. Er lächelte sogar, was bei ihm aussah, als habe er den freundlichen Gesichtsausdruck erst nach gründlicher Überprüfung aller juristischen Konsequenzen aufgesetzt.

»Das ist ganz in unserem Sinn«, sagte er.

»Seinen Ohren nicht trauen« ist eine falsche Formulierung. Es ist der Verstand, dem man nicht traut.

»Wir haben beschlossen«, sagte er, »jedes Risiko zu vermeiden und vorläufig keine Bücher mehr zu lesen.« Sagte »lesen«, als ob es die ganze Zeit nur um bibliophile Sonderwünsche gegangen wäre. »Es werden sich andere Wege finden.«

Ich merkte, dass mir vor Erleichterung schwindlig wurde. Wenn der Stein, den man auf dem Herzen hatte, plötzlich nicht mehr da ist, muss man ein neues Gleichgewicht suchen.

Und jetzt kommt das, was ich immer noch nicht glauben kann. Ich will versuchen, es hier so sachlich wie möglich festzuhalten.

»Wir sind sehr zufrieden mit dir«, sagte der Advokat, ein Pluralis Majestatis, mit dem er wohl andeuten wollte, dass das Lob nicht von ihm persönlich, sondern von höherer Stelle kam. »Sehr zufrieden. Wir haben den Eindruck, dass man sich auf dich und deine Verschwiegenheit verlassen kann. Und haben uns deshalb entschlossen, dir einen neuen Auftrag anzuvertrauen.«

Er sah mich an, als habe er mir gerade ein Stichwort gegeben. »Sehr gern« hätte ich sagen müssen oder »Vielen Dank«. Ich brachte nur ein Krächzen heraus. Was für ein Auftrag konnte das sein? In meinem Kopf wirbelte das ganze Strafgesetzbuch durcheinander.

Im Kraftraum, das fiel mir in diesem Moment auf, roch es wie damals in der Garderobe bei meiner Abrechnung mit Nils.

»Es geht um etwas«, sagte der Advokat, »das deinen besonderen Talenten entspricht.«

Einen Augenblick lang glaubte ich, sie benötigten in der Wäscherei einen Bibliothekar.

»Du kannst mit Worten umgehen. Wir haben gelesen, was du alles so schreibst, und es hat uns gefallen.«

Immer noch »wir«. Was nur bedeuten konnte, dass er damit den Mann meinte, für den er arbeitet. Für den er, wenn die Gerüchte stimmen, freiwillig ins Gefängnis gegangen ist.

Aber was konnte dieser Mann von mir gelesen haben?

Der Advokat hat das Talent, auch die Fragen zu beantworten, für die man immer noch nach den richtigen Worten sucht.

»Die Sachen, die du regelmäßig an den Padre schickst. Manches ist recht nett, wirklich. Unterhaltsam.«

Ich denke die ganze Zeit darüber nach, wie sie an diese Texte herangekommen sein können, aber ich finde keine Erklärung. Sie kommen an alles heran, was sie interessiert. An alles und jeden.

»Du erwähnst darin mehrmals, was für ein guter Briefschreiber du bist«, sagte der Advokat. »Jetzt kannst du das unter Beweis stellen. Wir brauchen einen Brief. Überzeugend formuliert.«

Ich wollte etwas fragen, aber der Advokat stoppte mich mit einer Handbewegung. Wie sie wohl ein Dirigent macht, wenn ein Geiger einen Takt zu früh einsetzt. Wenn er ein Gespräch führt, dann hat er tatsächlich die Führung.

»Selbstverständlich wirst du dafür bezahlt«, fuhr er fort. »Nach deiner Entlassung. Wenn du uns so lang Kredit gibst.« Er zog kurz die Mundwinkel hoch, ein angedeutetes Lachen, wie wenn jemand in einer Twitternachricht »LOL« schreibt. Was er damit signalisieren wollte, war klar: »Wir wissen, dass du gern auf dein Honorar warten wirst.«

Sie sind Leute, die ihre Schulden bezahlen. So wie sie Schulden, die andere bei ihnen haben, gnadenlos eintreiben.

Er fasste in die Tasche, es sah aus, als ob er eine Waffe herausholen wollte. Aber dann war es eine Fotografie, die er mir entgegenstreckte.

»Was hältst du von diesem Mann?«

Einer, den ich noch nie gesehen hatte. Häftlingskleidung. Kein gestelltes Bild, sondern ein Schnappschuss, beim Hofgang aufgenommen. Wahrscheinlich jemand aus Block 2. Sie benutzen denselben Hof, aber zu anderen Zeiten.

Der Mann schaute nicht in die Kamera, schien nicht bemerkt zu haben, dass er fotografiert wurde. Die Aufnahme mit einem Smartphone gemacht, obwohl deren Besitz nicht erlaubt ist. Aufgenommen an einem kalten Tag, das merkte man an der Strickmütze, die seine Ohren verdeckte.

»Wie würdest du ihn beschreiben?«

Jung. Ein Jüngling, wenn das Wort nicht so altmodisch wäre. Sein Gesicht hatte tatsächlich etwas Altmodisches. Wie einer dieser Engel, die am Rand von Christusbildern herumflattern, makellos, aber ohne eigenen Charakter. Die Körperhaltung ohne Selbstsicherheit, anders als etwa bei Nils, der sich der Attraktivität seines Äußeren immer bewusst war. Die Haltung eines Menschen, der beschützt werden muss und in anderen den Wunsch auslöst, ihn beschützen zu dürfen.

Eine Strafanstalt ist kein guter Ort für Menschen dieser Art. Wer dazu einlädt, gleichzeitig geliebt und unterdrückt zu werden, endet oft damit, dass man ihm Brüste auf den Rücken malt, damit man sich eine Frau vorstellen kann, während man ihn vergewaltigt.

»Nun?«, fragte der Advokat.

Ich wusste nicht, welche Antwort er hören wollte, und sagte zunächst einmal nur: »Hübsch.«

»Es gibt jemanden, der ihn unwiderstehlich findet. Wir haben dafür gesorgt, dass ihm niemand in die Quere kommt.«

»Und was soll ich …?«

»Man könnte ihn sich natürlich einfach nehmen«, sagte der Advokat. »Es wäre keine Schwierigkeit, ihn in unseren Block versetzen zu lassen.«

So wie es keine Schwierigkeit war, Ambros in Block 2 zu verschieben.

»Aber das soll erst geschehen, wenn er selber es wünscht.«

»Warum sollte er …?«

»Aus Liebe«, sagte der Advokat. Er sprach das Wort aus, wie man ein gerade erst im Lexikon entdecktes Fremdwort ausspricht. Den Namen einer exotischen Frucht, die man noch nie gekostet hat.

Ich musste ihm nicht ausdrücklich sagen, dass ich ihn nicht verstand.

»Du bist ein gebildeter Mensch«, sagte der Advokat, »und kennst *Cyrano de Bergerac*. Das wird deine Rolle sein. Du formulierst die Liebeserklärungen, und ein anderer setzt seinen Namen drunter.«

»Wer?«

»Neugier ist keine attraktive Eigenschaft.« Obwohl sich nichts in seiner Sprechweise verändert hatte, war die Drohung zu spüren. »Sagen wir so: Eine nicht unwichtige Persönlichkeit hat diesen jungen Mann durch ein Fenster gesehen und fühlt sich zu ihm hingezogen. Reicht das?«

Manchmal ist es gut, Stotterer zu sein. Man kann sich aufs Nicken beschränken, ohne unhöflich zu wirken. Ich nickte eifrig.

»Gut«, sagte der Advokat, »dann sind wir uns einig.« Jeder andere hätte seinen unbequemen Sitz schon längst aufgegeben, aber er hat seine Position nie verändert. »Ich warte auf den ersten Brief. Mach ihn sorgfältig, es soll nicht dein Schade sein.«

Was bedeutete: Sollten meine Formulierungen nicht überzeugen, könnte das durchaus mein Schade sein.

Es war nicht notwendig, dass ich seinen Auftrag formell akzeptierte. Wie es in den Mafiafilmen heißt: Man hatte mir einen Vorschlag gemacht, den ich nicht ablehnen konnte. Auch ohne abgeschnittenen Pferdekopf im Bett.

Als ich hinausging, trat der Mann mit dem Kinderseifengeruch zur Seite und machte mir Platz. Er muss gespürt haben, dass man jetzt höflich mit mir sein musste.

Wer der Mann ist, in dessen Namen ich diese Briefe schreiben soll, will ich nicht wissen, obwohl ich es ahne. Dass ihm ein hübscher junger Mann gefällt, muss nicht bedeuten, dass er schwul ist. In einer Welt ohne Frauen können sich die Interessen schon einmal verschieben.

Der Weg zurück in die Bibliothek war kürzer, als der Hinweg gewesen war.

Tagebuch

Ich hatte gedacht, so ein Brief sei leicht zu schreiben. Aber ich krieg ihn nicht auf die Reihe. Zu viel Angst, etwas falsch zu machen. Ich habe schon zehnmal angefangen, aber ich finde nicht den richtigen Ansatz.

Es ist nicht nur mein Fehler. Ich weiß zu wenig über den Mann. Man müsste hören, wie er spricht. Sehen, wie er sich bewegt.

Von wo aus kann er ihn beobachtet haben? Die Zellenfenster erlauben nur den Blick nach oben. Den Himmel gönnen sie uns. Weil dort niemand sitzt, der uns helfen könnte.

Der Advokat erwartet, dass ich mit verbundenen Augen ins Schwarze treffe.

Regel einundfünfzig: »Sie haben zu wenig recherchiert.«
Die Fotografie noch einmal studieren. Genauer.

Jung. Als ob er sich noch nie rasiert hätte. Alles an ihm kindlich gerundet. In ein paar Jahren wird er fett sein. Man müsste ihn vorher einfrieren können.

Sehr jung. Aber nach Erwachsenenstrafrecht verurteilt, sonst wäre er nicht hier.

Es wäre nützlich zu wissen, was er angestellt hat. Etwas, für das man keine Bewährung kriegt. So wie er aussieht, traut man ihm kein Gewaltverbrechen zu. Das Äußere kann täuschen. Der schmächtige Stadlberger hat sein Lebenslänglich für besondere Grausamkeit bekommen.

Seine Augen erinnern mich an einen Fisch.

Ein leeres Gesicht. Kein eigener Ausdruck. Gegenüber dem Advokaten habe ich ihn hübsch genannt. Ein Allerweltswort für einen Allerweltsmenschen. Aber ich kann mir vorstellen, dass ihn jemand schön findet. Einem Hungernden schmeckt alles. Wenn man sich ein Lächeln dazu vorstellt ...

Ich schaffe es nicht, mir sein Bild reizvoller zu denken. Wenn er eine Frau wäre, ich würde sie nicht kennenlernen wollen.

Ob er intelligent ist? Egal, das ist hier nicht gefragt. Niemand will mit ihm philosophische Gespräche führen.

Aber bestimmt geht es auch nicht nur um Sex. Der wäre einfacher zu bekommen. Wenn nötig mit Gewalt. Mein Brief soll ihn verliebt machen.

Wo hat diese Festung ihre schwache Stelle?

Er steht nicht selbstsicher da, aber das kann der Zufall des Augenblicks sein, in dem man das Bild aufgenommen hat. Die Körperhaltung, als ob er gleich wegrennen wollte. Ist Angst der Punkt, wo man ansetzen müsste?

Er kann sich nicht bedroht fühlen. Seit er in der JVA ist, hat ihn niemand auch nur schräg angesehen. Dafür haben sie gesorgt.

Ich kann mich nicht in ihn hineinversetzen.

Heute lag auf meinem Arbeitstisch wieder ein Zettel. Kein Text, nur ein Fragezeichen. Sie werden ungeduldig.

Ich bin es falsch angegangen. Habe versucht zu empfinden, was ich schreibe. Aber empfinden soll er.

In der zweiten Reihe im Regal, bei den Büchern, die nie jemand ausleiht, steht ein Band, der *Prominente Liebesbriefe* heißt. Oder so ähnlich. Alle Texte von irgendwelchen Berühmtheiten verfasst. Da müsste sich genügend Material zum Abschreiben finden.

(Auch diese Bände endlich mal katalogisieren.)

Schnitzler: »Immer sehe ich Ihre unergründlichen Augen vor mir und versuche sie zu deuten.«

Humboldt: »Mir ist ein Wesen wie Sie nie erschienen.« (»Du« daraus machen.)

Fontane: »Die Zuneigung ist etwas Rätselvolles.«

Liszt: »Ich hab nur einen Gedanken, eine Idee, ein Gefühl, und das sind Sie (bist Du), immer Sie (Du).«

Keats: »Du ahnst nicht, wie sehr es mich drängt, in Deiner Nähe zu sein.«

Rilke: »Haben wir einander nicht schon auf einem andern Stern gekannt?«

Beethoven: »Ich kann nur ganz mit Dir leben oder gar nicht.«

Jede Menge Material. Es muss zu schaffen sein, daraus einen Brief zu basteln.

Erledigt und abgeliefert.

Für den Padre

Doch, Padre, natürlich habe ich mich gefreut. Sehr sogar. Wenn Sie einen anderen Eindruck hatten, dann war das ein Missverständnis. Es war die Überraschung, die mich nicht gleich hat losjubeln lassen. Obwohl ich allen Grund dazu hatte. Tausend Euro, wow! Ich weiß nicht, wie viele Geschichten im Ganzen eingereicht wurden, aber ein zweiter Preis, das ist schon was!

Tagebuch

Der zweite Preis ist Scheiße! Scheiße, Scheiße, Scheiße!!! Es ist nicht fair! Diese Schmonzette, die sie haben gewinnen lassen, diese fade Sonntagsschulparabel – so etwas schreibe ich ihnen dreimal am Tag, eine Hand auf den Rücken gebunden. Geschmacklose Idioten.

Zurück zum Padre. Ich darf ihn nicht merken lassen, wie enttäuscht ich bin. Er war so stolz auf seinen Erfolg.

Für den Padre

Dass ich den Preisverleihern dankbar bin, ist selbstverständlich, aber Ihnen, lieber Padre, danke ich noch viel mehr. Ich weiß, wem ich mein Glück zu verdanken habe. Sie haben mich auf diesen Wettbewerb aufmerksam gemacht, Sie haben mich zum Schreiben ermuntert und haben mir erst noch Ihre Adresse für die Einsendung zur Verfügung gestellt. Johannes Hosea c/o Pfarrer Waldmeier – das klingt schon beinahe, als ob ich in Ihrer Welt ein eigenes kleines Zimmer hätte.

Gestatten Sie deshalb, dass ein besorgter Untermieter Ihnen sagt: Ich mache mir Sorgen um Sie, Padre. Wenn man ein Sabbatical hinter sich hat, zwei Monate griechische Sonne und griechischer Wein, dann muss man fröhlicher in die Welt schauen.

Eigentlich sollte man solche Dinge den Psychologen überlassen (die raten zwar auch nur herum), aber mir scheint, bei Ihnen ist etwas Grundsätzliches aus den Fugen geraten. Sie erinnern mich an meine Schwester, so wie sie in den Monaten war, bevor sie ihren Unfall hatte. Bevor sie, wie ich meine, beschloss, ihren Unfall zu haben. Sie hat damals auch weiter funktioniert, aber ihre Gedanken waren immer mehr woanders.

Sie hieß Elisabeth. Nehmen Sie es als Zeichen meines Vertrauens, dass ich den Namen mit Ihnen teile.

Ist es immer noch der Tod von Pastor Dorffmann, der Ihnen so zu schaffen macht? Eine traurige Geschichte, natürlich, aber ein so enger Freund kann er auch wieder nicht gewesen sein. An seinem Unfall trifft Sie keine Schuld.

Sie wollten, haben Sie gesagt, auf Athos nach Ihrer Mitte suchen. Mir kommt es vor, als sei Ihnen dabei Ihr Koordinatensystem durcheinandergeraten. Wie wenn bei Ausschachtarbeiten die ganze Baustelle einstürzt.

Ich weiß nicht, ob Ihnen das selber auffällt, aber auch Ihre Stimme hat sich verändert. Eine Frequenz ist verschwunden. Sie sagen nach wie vor die richtigen Dinge, stellen immer noch die richtigen Fragen, aber nur noch schwarzweiß und nicht mehr in Farbe.

Gern würde ich schreiben: Wenn ich etwas für Sie tun kann, lassen Sie es mich wissen. Aber das wäre Anmaßung.

Vielleicht kann eine kleine Episode aus meinem Leben für Sie nützlich sein. Es war in der Zeit, als ich noch für R & J gearbeitet habe, mir also jeden Tag (und bis tief in die Nacht) das Gebalze irgendwelcher Idioten reinziehen und darauf reagieren musste. Im Grunde – nehmen Sie mir den Vergleich nicht übel – war das gar nicht so anders als das, was Sie jeden Tag tun müssen. Einer nach dem andern kommt zu Ihnen, um sich auszuweinen, es sind immer dieselben Probleme, und doch müssen Sie jedes Mal reagieren, als ob Sie gerade diese Jammergeschichte noch nie gehört hätten. Den einen besucht seine Frau nicht mehr, und er befürchtet, dass sie sich einen anderen gesucht hat, dem andern hat man das Gesuch auf vorzeitige Entlassung abgelehnt, und er fühlt sich ungerecht behandelt. Und Sie müssen der liebe Padre sein, der für alles Verständnis hat und für jeden ein tröstendes Wort. Ein Knochenjob.

Mir passierte es damals an einem freien Tag. (Es kann

kein Wochenende gewesen sein, da war bei uns immer am meisten los.) Ich wachte am Morgen auf und stellte fest: Ich wusste nicht mehr, wer ich war. Verstehen Sie mich nicht falsch, ich hatte keine Amnesie oder so was, ich musste nicht erst im Personalausweis nachsehen, um wieder zu wissen, wie ich hieß. So schlimm war es nicht. Aber ich spürte mich nicht mehr. War mir abhandengekommen. Wahrscheinlich ging das schon eine ganze Weile so, aber erst als ich ein paar Stunden leere Zeit hatte, wurde es mir bewusst: Es gab keinen Unterschied mehr zwischen mir und den Inges, Alexandras oder Veronicas, in deren Namen ich meine Kunden beglückte. Der Johannes Hosca Stärckle war genauso künstlich geworden.

Ich habe es nicht gut beschrieben. Wenn es Ihnen so geht, wie ich das zu spüren glaube, werden Sie mich trotzdem verstehen. Ist es Ihnen nicht auch schon passiert, dass sich einer bei Ihnen anmeldete, um seinen Kropf zu leeren, jammer, jammer, schnatter, schnatter, dass Sie ihm geantwortet haben, beruhigend, tröstend, verständnisvoll – und als Sie wieder allein waren, stellten Sie fest, dass Sie nicht die geringste Ahnung hatten, um was es eigentlich gegangen war? Dass Sie sich während des Gesprächs, ohne es zu wollen, ausgeschaltet hatten und nur noch als Sprechautomat anwesend gewesen waren? Immer noch der Pfarrer Arthur Waldmeier, aber nicht mehr der Padre.

Vielleicht hatten Sie in den Wochen auf Athos – genau wie ich damals an jenem Vormittag – zu viel Zeit zum Nachdenken und haben realisiert, dass auch Sie sich abhandengekommen sind. Das würde eine Menge erklären.

Ich weiß noch gut, wie ich mich damals aus diesem Loch

wieder herausgearbeitet habe. Es ist kein Rezept, das Sie in Ihrem Job anwenden können, aber vielleicht tut Ihnen schon die Vorstellung gut.

Ich bin damals, obwohl ich dienstfrei hatte, zur Arbeit gefahren und habe den ersten Kunden, der sich meldete, nach Strich und Faden zur Sau gemacht. Habe ihm schriftlich bestätigt, was für eine lächerliche Figur er doch sei, was für ein uninteressanter, hoffnungsloser, impotenter Versager. (Und das ist die einigermaßen stubenreine Übersetzung der Worte, die ich tatsächlich in mein Keyboard gehackt habe.) Ich habe ihn zusammengeballert, bis nur noch ein jämmerliches Häufchen von ihm übrig war. Dann ging es mir wieder gut, und ich war wieder ich selber.

Sie sind ein anständigerer Mensch als ich, Padre, und ich weiß: So etwas würden Sie nie tun. Aber spielen Sie es rein theoretisch mal durch. Stellen Sie sich vor, Sie würden dem Typen mit der untreuen Frau sagen, es sei Ihnen ein Rätsel, wieso ein Schlappschwanz wie er überhaupt eine Partnerin gefunden habe, und dem Mann mit dem abgelehnten Antrag würden Sie erklären, jemand mit einem so miesen Charakter, wie er ihn habe, müsse eigentlich lebenslänglich sitzen. In Einzelhaft.

Sie werden feststellen: Schon die Vorstellung erleichtert ungemein.

Wenn Sie zu feinsinnig sind, um die wirklich unflätigen Schimpfworte auch nur zu denken, können Sie sich ja mit dem biblischen Vokabular behelfen. »Schlangen und Otterngezücht« klingt nicht schlecht. Auch wenn es nur in der Phantasie passieren sollte: Die Hauptsache ist, Sie lassen einfach mal alles raus. Wie ich das in meiner Wettbewerbsgeschichte geschrieben habe: »Es ist besser, wenn der Dreck nicht in einem drinbleibt.«

Vielleicht erscheint Ihnen mein Ratschlag seltsam. Es kann sein, dass etwas ganz anderes Sie bedrückt. Ich möchte einfach meinen optimistischen Padre wiederhaben.

Tagebuch

Antwort von Sebi. Nicht von ihm selber geschrieben, sondern von einer Sekretärin. Man habe für mein Angebot keinen Bedarf und bitte mich, von weiteren Kontaktversuchen abzusehen. Ein Mann in seiner Position könne sich keinen Umgang mit Vorbestraften erlauben. Hochachtungsvoll.

Ich möchte bei Schopenhauer nachsehen, was der über »Freunde« sagt.

Und Sebi möchte ich

Fingerübung

DER FREUND

Eine Zigarre durfte nicht knistern, wenn man sie zwischen den Fingern drehte. Das war eine der Regeln, die er von seinem Freund gelernt hatte. So wie man in einem Lokal nie nach dem Kellner rief, sondern nur die Hand ein wenig hob, wie zufällig, »und wenn sie dann nicht gerannt kommen«, hatte sein Freund gesagt, »dann bist du niemand«.

Die Ledersessel, in denen sie es sich bequem gemacht

hatten, hatten einmal in einem berühmten Club in London gestanden, und sein Freund war eigens nach England geflogen, um sie zu ersteigern. »Wenn du etwas wirklich haben willst, musst du es dir holen«, hatte er gesagt.

Die beiden Ölgemälde mit den aufgewühlten Wellen – »Seestück nennt man das«, hatte sein Freund erklärt – hingen immer noch an ihren Plätzen, aber dazwischen war ein kreisrunder heller Fleck auf der Täfelung, dort, wo die antike Schiffsuhr gehangen hatte. »Ich lasse sie vor dem Transport noch einmal gründlich revidieren«, hatte sein Freund gesagt, »damit ich die Firma verklagen kann, wenn sie beschädigt ankommen sollte.«

Früher hatte er an solche Dinge nicht gedacht.

Aber wenn man ihn daran erinnerte, würde er sagen: »Ich glaube nicht an früher. Wer an früher glaubt, ist von gestern.«

»Wenn ich dort bin, werde ich mir zu der Uhr ein Schiff kaufen«, sagte er, lächelte und kniff ein Auge zu. Als ob er nur einen Scherz gemacht hätte. So lächelte er immer, wenn ihm das Leben einen Triumph bescherte. Wie damals, als er in diesem Luxuslokal den Hauptgang unberührt zurückgehen ließ, nur um dem herbeigeeilten Koch sagen zu können: »Die Präsentation auf dem Teller hat mir nicht gefallen.«

Noch viel früher hatten sie zusammen Buletten gegessen und Bier getrunken.

Die Zigarre wollte nicht richtig brennen.

»Davidoff Special Reserve«, sagte sein Freund und meinte damit: Es liegt nicht an der Zigarre.

»Ob du die Marke auch am neuen Ort bekommst?«, fragte er.

»Man bekommt alles«, sagte sein Freund, »wenn man bereit ist, den Preis dafür zu bezahlen.«

»Und dir ist nichts zu teuer?«

Er bekam die Antwort auf die Frage, die er eigentlich hatte stellen wollen. »Ich würde auch auf den Mond ziehen«, sagte sein Freund, »wenn dort gute Geschäfte zu machen wären.«

Mit einem Feuerzeug wäre es einfacher gegangen, aber nur Barbaren zünden eine Zigarre mit dem Feuerzeug an. Auch das war eine Regel, die sein Freund ihm beigebracht hatte.

Das Schweigen hing zwischen ihnen wie ein schlechter Geruch.

Gut, dass er in der Schachtel nach einem neuen Streichholz fingern musste. So brauchte er seinen Freund nicht anzusehen, als er ihn fragte: »Und es gibt dort unten ganz bestimmt keinen Posten für mich?«

»Wenn du Chinesisch könntest …«

Wenn du das hohe C singen könntest. Wenn du den Salto rückwärts könntest. Dich in einen Vogel verwandeln. »Wenn du nicht du wärst«, hieß das.

»Wenn du mir noch nützlich sein könntest«, hieß das.

Früher …

Aber sein Freund glaubte nicht mehr an früher.

Ihre Weingläser waren schon eine Weile leer. »Soll ich noch eine Flasche aufmachen?«, fragte sein Freund.

Er brauchte keinen Dolmetscher für Zwischentöne, um sich den Satz zu übersetzen. »Es wird Zeit, dass du dich verabschiedest«, hieß das.

Er legte die kaum angerauchte Zigarre in den Aschenbecher zurück. »Eine Bitte hätte ich noch.«

Sein Freund fasste automatisch nach seiner Brieftasche, brach die Bewegung aber auf halbem Weg ab. Freundschaft ist selbstlos.

»Ja?«

»Dein Weinkeller mit all den großen Jahrgängen, von denen du mir so viel erzählt hast. Willst du ihn mir nicht einmal zeigen, bevor alles abtransportiert wird?«

»Wenn es dich glücklich macht«, sagte sein Freund und war selber glücklich. Er hatte schon immer gern seine Schätze vorgeführt.

Er ging voraus und sagte über die Schulter weg: »Ein Spezialcontainer für den Transport. Feuchtigkeit und Temperatur automatisch kontrolliert. Eine eigene Schaumstoffhülle für jede Flasche. Ich lasse meine Babys auf der Reise verwöhnen.«

Eine verschlossene Tür, die zu einem Treppenabgang führte. An den weißgestrichenen Wänden links und rechts die Deckel von Weinkisten, jedes Brett mit dem Signet eines anderen französischen Weinguts. Hinter Glas gerahmt wie Kunstwerke. Eine zweite Tür, die auch wieder umständlich aufgeschlossen werden musste.

Der Weinkeller wie die Lagerhalle eines Hightechunternehmens. Neonlicht. Das leise Summen der Klimaanlage. Ein elektronisches Gerät mit blinkenden grünen Dioden. Das bedeutete wohl, dass die Atmosphäre den Anforderungen entsprach. Die Flaschenregale in langen Reihen.

Sein Freund blieb mit verschränkten Armen bei der Tür stehen, ohne sich anzulehnen. So standen die Aufpasser in den Museen da, am Rundgang der Besucher scheinbar nicht interessiert und trotzdem wachsam.

Man hätte da und dort eine Flasche herausziehen und das Etikett betrachten können. Er tat es nicht. Es ist verboten, die Ausstellungsstücke zu berühren.

»Für diese Sammlung«, sagte sein Freund, »hat man mir mehr Geld geboten, als du in deinem ganzen Leben verdienen wirst.« Sagte es ohne Herablassung, als sachliche Feststellung.

»Welches ist die wertvollste Flasche?«

»Die bewahre ich woanders auf.« Er wartete die überraschte Reaktion ab, wie man im Laden auf sein Wechselgeld wartet. »Aber da du mein Freund bist ...«

Er ging den Weinflaschen entlang, zielstrebig schlendernd, ein Model auf dem Laufsteg, das sein Publikum nicht zu beachten scheint und es doch braucht. Vor einem Regal, das nicht anders aussah als alle andern, blieb er stehen. »Von diesem Raum weiß niemand etwas«, sagte er. Das Regal ließ sich, obwohl es voller Flaschen war, mühelos zur Seite klappen. Dahinter eine Tür aus Metall. Der Öffnungsmechanismus ein eisernes Rad, vor das er sich breitbeinig hinstellte, wie der Steuermann auf einem Segelschiff. Ein paar Umdrehungen der Kurbel, und die Tür öffnete sich geräuschlos. Dahinter wurde es hell.

Kein kaltes Neon diesmal, sondern warmes Licht. Zwei Ständerlampen mit gelben Schirmen. Sie flankierten einen antiken Schreibtisch, vor dem ein Sessel im gleichen Stil stand. »Louis-quinze«, sagte sein Freund, »das schien mir passend. Der König war ein großer Weinkenner.«

Keine langen Weinregale, nur ein filigranes Gestell mit einzelnen Fächern, jedes durch ein schmiedeeisernes Gitter gesichert. Sein Freund holte einen Schlüsselbund aus der

Schublade des Schreibtisches und sperrte ein Fach auf. Er zog weiße Stoffhandschuhe an, von denen ein ganzer Stapel in der Schublade bereitlag, und zog dann die Flasche heraus.

»Château Margaux 1787«, sagte er. »Aus dem Weinkeller von Thomas Jefferson, als er amerikanischer Botschafter in Paris war. Er hat seine Initialen in die Flasche eingeritzt. Ein T und ein J.« Sein Ton hatte etwas Ehrfürchtiges bekommen, das nicht zu ihm passte. Wenn in der Kathedrale die Orgel einsetzt, senkt auch ein Atheist die Stimme.

»Nicht nur die teuerste Flasche in meiner Sammlung, sondern eine der teuersten Flaschen auf der ganzen Welt.«

»Darf ich sie anfassen?«

»Nur mit Handschuhen.«

Das erste Paar war zu groß für seine Finger, das zweite passte perfekt. Er nahm die Flasche entgegen, hielt sie am Hals fest und schlug sie seinem Freund über den Kopf. Musste ein zweites Mal zuschlagen, bevor das Glas zerbrach. Sein Freund sackte zusammen, das Gesicht von einer roten Flüssigkeit überströmt, von der man nicht auf Anhieb sagen konnte, ob es Blut war oder nur der teure Wein.

Der Flaschenhals in seiner Hand hatte eine scharfzackige Kante. Es wäre ein Leichtes gewesen, seinem Freund damit die Kehle aufzuschlitzen oder die eigenen Initialen in die Haut zu ritzen, so wie es Thomas Jefferson mit seinen Weinvorräten gemacht hatte.

Aber er hatte eine bessere Idee. Den Rest der Flasche legte er sorgfältig in das Fach zurück und sperrte es wieder zu. Den Schlüsselbund ließ er auf dem Schreibtisch liegen.

Als er über den reglosen Mann hinwegstieg, hörte er ihn stoßweise atmen. Er ist nicht tot, dachte er, und das ist gut so. Er wird aus seiner Bewusstlosigkeit aufwachen und nicht sofort verstehen, was passiert ist. Dann wird er verstehen, und das ist noch besser. Verdursten wird er nicht, dafür liegen zu viele seiner kostbaren Flaschen für ihn bereit. Wahrscheinlich wird er verhungern. Wenn er sich nicht vorher mit einer Scherbe die Pulsadern aufschneidet.

Niemand wird ihn vermissen, überlegte er weiter, während er die Metalltüre hinter sich zuzog. Es ist allgemein bekannt, dass er wegziehen wollte. Ist er eben ein bisschen früher abgereist. Von diesem Raum weiß niemand etwas. Dafür hat er gesorgt.

Er drehte die Kurbel bis zum Anschlag und schob das Regal zurück, bis es mit einem Klicken in die alte Position einrastete. Es ging ganz leicht.

An den Reihen der Weinflaschen vorbei. Durch die Tür. Die Treppe hinauf. Durch die zweite Tür. Erst dann zog er die Stoffhandschuhe aus. Später, auf dem Nachhauseweg, würde er sie wegschmeißen.

Der alte Ledersessel war bequem, und die neue Zigarre, die er aus dem Humidor geholt hatte, brannte sofort. Nur ein Barbar zündet eine Zigarre zum zweiten Mal an. Auch das hatte er von seinem Freund gelernt.

Tagebuch

Ich muss auch das aufschreiben, weil ich es sonst später nicht mehr glauben werde. Ich glaube es schon jetzt nicht, obwohl es doch gerade erst passiert ist.

Er kam allein, ohne Muskelmann-Eskorte, das war schon

ungewöhnlich genug. Eine halbe Stunde vor der Zeit, in der für Stufe A und B die freie Bewegung auf den Gängen erlaubt ist. Aber er ist der Advokat, und für ihn gelten andere Regeln.

Er war nervös, das hatte ich bei ihm noch nie erlebt. Selbst damals, als ich ihn darüber informierte, dass Pastor Dorffmann die Bücherkiste durchsuchen wollte, hat er keine Miene verzogen. Aber diesmal: ein Kontrollfreak, der die Kontrolle verloren hat. Er wollte, dass ich die Tür abschließe, und konnte nicht verstehen, dass ich keinen Schlüssel habe. Von der Wäscherei her ist er andere Regeln gewohnt.

Ich habe ihm meinen Stuhl angeboten, den einzigen in der Bibliothek, aber er wollte sich nicht setzen. Wir standen uns gegenüber, unangenehm nahe. Es ist wenig Platz zwischen den Regalen.

Er räusperte sich. Zupfte an seiner Perücke, von der niemand etwas merken soll. Verlagerte sein Körpergewicht von einem Bein auf das andere. Ein Fußballspieler, der nicht weiß, in welche Ecke er den Elfmeter treten soll. Bei unseren früheren Begegnungen war er immer gleich zur Sache gekommen.

»Wir haben ein Problem«, sagte er schließlich. Schloss in dieses »wir« diesmal nicht seinen Auftraggeber mit ein, sondern mich. Wir beide, der Advokat und ich, hatten ein Problem.

»Der Brief, den du für uns geschrieben hast ...«

»Ich habe mir Mühe gegeben«, sagte ich. Wollte ich sagen. Die Situation machte mir Angst, und wenn ich Angst habe, bringe ich keinen Satz zu Ende.

»Nicht dein Fehler«, sagte er. Klopfte mir auf die Schulter. »Der Brief war gut. Ausgezeichnet formuliert. Aber ...«

Der Advokat ist ein Mann, von dem man sich vorstellen kann, dass er vor Gericht jedes Plädoyer ohne Manuskript hält. Ohne ein einziges Mal zu zögern. Unsicherheit passt nicht zu ihm.

»Das Schreiben hat seinen Empfänger erreicht«, sagte er. Eine bürokratische Formulierung. »Eine Antwort ist eingetroffen.«

Ich weiß nicht, wie sie die strikte Trennung zwischen Block 1 und Block 2 umgehen, aber auch das haben sie geschafft.

»Eine unerfreuliche Antwort.«

Mein erster Gedanke war: Ich habe als Briefeschreiber versagt. Den richtigen Ton nicht getroffen.

Aber der Advokat war nicht gekommen, um mir Vorwürfe zu machen. »Es war mein Fehler«, sagte er. »Ich hätte ihm die Idee ausreden sollen.«

Ihm. *He who must not be named.*

»Ich hätte es versuchen müssen«, sagte er. »Auch wenn es schwer ist, ihn von etwas abzubringen, das er sich in den Kopf gesetzt hat.«

Der Advokat hat mich ins Vertrauen gezogen. Hat mich in sein Vertrauen geschleppt. Freiwillig wäre ich da nicht hingegangen. Es ist ein gefährlicher Ort.

Die Geschichte war von Anfang an verrückt. Jetzt ist sie noch verrückter. Sein Boss hat sich in diesen jungen Mann verguckt. In diesen Epheben. Hat ihn ein einziges Mal gesehen und ist von romantischen Gefühlen befallen worden wie von einer Krankheit. Hat sich rettungslos verliebt. Die

Engländer sagen es noch präziser: Er ist in Liebe gefallen. Hat das Gleichgewicht verloren und ist über die Klippe gestürzt. Totalschaden.

Dabei: Nach allem, was gemunkelt wird, ist dieser Mann nicht für sein empfindsames Gemüt bekannt. Es muss ihn überrascht haben, was da in ihm drin passierte. Hatte sich nie Gefühle erlaubt und wusste jetzt nicht, wie er mit ihnen umgehen sollte. Wenn man plötzlich etwas spürt, wo vorher alles in Ordnung war, soll man die Stelle dann schonen oder erst recht belasten? Schließlich hatte er beschlossen, das Problem so anzugehen, wie er wohl schon viele Probleme gelöst hatte: indem er einen Spezialisten anheuerte. Wenn man sich über einen Konkurrenten ärgert, bucht man einen Schläger. Wenn einem die Justiz auf den Leib rückt, bucht man einen Advokaten. Wenn man verliebte Briefe schreiben will, bucht man jemanden, der formulieren kann.

Mich.

Dabei, erklärte mir der Advokat, war seinem Boss das, was da in seinem Namen geschrieben wurde, gar nicht so wichtig. Nicht die einzelnen Worte. Ihm ging es um die Antwort. Nur die interessierte ihn. Er wollte, so lächerlich das für einen Menschen seines Charakters und seiner Vergangenheit war, einmal im Leben einen Liebesbrief bekommen. Hatte sich den blonden jungen Mann aus Block 2 dafür als Absender ausgesucht.

»Es ist mein Fehler«, sagte der Advokat schon zum zweiten Mal. »Ich hätte dir den Auftrag nicht geben dürfen, ohne mehr über ihn zu wissen. Es ist meine Aufgabe, falsche Leute …«

Er sprach den Satz nicht zu Ende. Vielleicht hat er »von ihm fernzuhalten« gemeint. Vielleicht »aus der Welt zu schaffen«.

»Block 2, das ist immer schwierig. Es geht alles, aber es braucht Zeit, und die hat er mir nicht gelassen. Wollte nicht warten, bis ich mehr wusste. Wenn er etwas haben will, will er es sofort haben.«

Sie hatten es geschafft, alle Kontrollen zu umgehen und einen Brief dorthin zu schmuggeln. Und jetzt, auch wieder auf verschlungenen Wegen, war eine Antwort zurückgekommen. Die er seinem Boss auf keinen Fall zeigen konnte. Weil sie so überhaupt nicht das war, was der erwartet hatte.

Karel heißt der reizende junge Mann, und seine Nachricht war so kurz, dass ich sie hier wörtlich festhalten kann. »Wer immer du bist: Quatsch nicht drum rum. Wenn du mich ficken willst, kannst du das haben. Aber es kostet.«

Auf einen Menschen, der zum ersten Mal in seinem Leben nach Romantik giert, muss so eine Nachricht wirken wie ein Tritt in die Magengrube. Ich konnte verstehen, dass der Advokat nicht ihr Überbringer sein wollte.

»Ein Stricher!« Der Advokat sagte es so verzweifelt, als ob es sein eigener Sohn wäre, der da auf die schiefe Bahn geraten war. »Zwei Jahre acht Monate wegen schwerer Körperverletzung. Hat einem Freier bei einem Streit um Geld ein Auge kaputtgeschlagen.«

Und ich großer Menschenkenner hatte ihn als jemanden eingestuft, den man beschützen musste. Vielleicht war es ja gerade diese scheinbare Hilflosigkeit, die ihn für seine Kunden attraktiv machte. Die ihn auch in diesem Fall attraktiv gemacht hatte.

»Er hat sich ein Bild von ihm geschaffen«, sagte der Advokat, »und man ist besser nicht derjenige, der es ihm zerstört. Er ist es nicht gewohnt, sich zu irren.« Er zupfte schon wieder an seiner Perücke. »Wenn er wütend wird, kann er sehr wütend werden.«

»Sie können doch nichts dafür.«

Der Advokat sah mich an, wie man ein Kind ansieht, das die Welt noch nicht verstanden hat. »Das wird für ihn keine Rolle spielen«, sagte er. »Nein, ich sehe nur eine Lösung: Dieses Antwortschreiben darf es nie gegeben haben. Hat es nie gegeben.«

»Sie wollen es …?« »Verschwinden lassen«, hatte ich sagen wollen, aber Wörter mit Zischlauten sind besonders schwierig.

»Ich will es ersetzen«, sagte der Advokat. »Du wirst mir dabei helfen.«

Cyrano de Bergerac schrieb Liebesbriefe für einen anderen. Ich soll auch gleich die Antworten dazu verfassen. Soll mit mir selber korrespondieren.

»Nur zwei oder drei Briefe hin und her«, hat der Advokat gesagt. »Um ihn hinzuhalten. Vielleicht verliert er das Interesse. Oder ich finde eine andere Lösung.«

Diese andere Lösung stelle ich mir lieber nicht vor.

Ich habe den Brief mit links geschrieben. Im doppelten Sinn: Um meine Schrift zu verstellen und weil es mir leichtfiel. Ich habe mir einfach einen erwachsenen Nils als Adressaten vorgestellt.

»Ich träume schon lang von einem großen starken Mann, der mich beschützt, aber ich habe Angst, dass du mir weh tun könntest.« In der Richtung.

Der Advokat war sehr zufrieden damit und hat gleich den nächsten Liebesbrief in Auftrag gegeben.

Für den Padre

Ach, Padre, nehmen Sie doch nicht alles so schwer! Warum machen Sie sich aus jeder Kleinigkeit ein Gewissen? (Das ist übrigens eine interessante Erkenntnis unserer Sprache: Man hat ein Gewissen nicht einfach, man macht es sich.)

Sie haben mir das Problem – das gar kein Problem ist – mit so ernstem Gesicht dargelegt, als ginge es um die Aufnahme einer neuen Todsünde in den Katalog. Dabei ist die Sache doch überhaupt nicht kompliziert. *chrismon plus* will den Gewinnern ein paar Fragen stellen. »Wie sind Sie auf die Idee gekommen?«, nehme ich an, oder: »Haben Sie schon immer gern geschrieben?« Was man halt so fragt. So weit, so unwichtig. Es geht ja nicht um den Literaturteil der *Zeit*.

Dass der damit beauftragte Journalist felsenfest davon überzeugt ist, Sie selber seien der heimliche Verfasser meiner Geschichte, ist ein ebenso verständlicher wie komischer Irrtum. Ich gestehe: Das Missverständnis hat mich amüsiert. Obwohl, *mea culpa*, ich ja derjenige bin, der Ihnen das Kuddelmuddel eingebrockt hat. »Johannes Hosea« klingt schon sehr nach einem pfarrherrlichen Pseudonym. Wahrscheinlich hat er gedacht, Sie wollten die Jury nicht durch ihre Berufsbezeichnung irritieren, so wie ich die JVA lieber nicht erwähnt haben wollte. Obwohl Sie dann wohl kaum als Adresse »c/o Pfarrer Waldmeier« angegeben hätten.

Sie haben ihm versichert, der Autor sei jemand anderes, Sie dürften ihm aber den Namen nicht nennen, und das hat er Ihnen nicht geglaubt. Journalisten sind von Berufs wegen misstrauisch. Jetzt wissen Sie nicht, wie Sie sich verhalten sollen.

Ach, Padre, es ist zwar vorbildlich korrekt von Ihnen, dass Sie Ihr Versprechen, meine Anonymität zu schützen, nicht brechen wollen, aber machen Sie kein moralisches Dilemma daraus. Es ist eine Mücke, kein Elefant. Wo es Ihnen im Moment ohnehin nicht so gut geht, will ich Ihr empfindliches Gewissen nicht zusätzlich belasten. Verraten Sie ihm ruhig, wer der wirkliche Verfasser ist und wo er sich befindet.

Das mit dem Interview samt Fototermin muss er sich natürlich abschminken. Eine JVA ist keine Künstleragentur. Er soll seine Fragen brieflich stellen, ich werde sie gern auf demselben Weg beantworten. E-Mail geht ja leider nicht.

Ich weiß, diese Zeitschrift wird wahrscheinlich nur von ein paar Leuten Ihres Faches gelesen, und trotzdem freue ich mich unbändig darauf, meine Geschichte darin abgedruckt zu sehen. »Sintemal die Kreatur unterworfen ist der Eitelkeit.« *Römer*, 8,20.

Wenn in *chrismon plus* steht, eine der preisgekrönten Geschichten sei von einem Strafgefangenen verfasst, wird die Welt davon nicht untergehen.

An Jürgen Milberg

Lieber Herr Milberg,
ich will versuchen, Ihre Fragen zu beantworten, so gut ich kann.

Wie ich zum Schreiben gekommen bin? Ich habe diesen neuen Lebensinhalt weitgehend dem Anstaltspfarrer Arthur Waldmeier zu verdanken. Er glaubte, in mir ein Talent zu entdecken, und das hat er gefördert und unterstützt. Ich werde ihm dafür immer dankbar sein.

Wenn ich hier entlassen werde, möchte ich mir eine Tätigkeit suchen, bei der ich meine Liebe zum geschriebenen Wort einbringen kann. Vielleicht kann mir der eine oder andere Ihrer Leser dabei mit einem guten Rat weiterhelfen.

Die zweite Frage ist schwieriger. Was hat mich am Stichwort »Gerechtigkeit« gereizt? Ich könnte Ihnen antworten, für den Insassen einer Strafanstalt sei es geradezu zwingend, über dieses Thema nachzudenken. Aber das wäre keine ehrliche Antwort. Bei mir selber war es umgekehrt. Ich habe zuerst nachgedacht und bin dann kriminell geworden. Weil ich als logisch denkender Mensch zum Schluss gekommen bin, dass es in unserer Gesellschaft keine wirkliche Gerechtigkeit gibt, also auch keinen Grund, sich an Gesetze zu halten. In meinem Leben sind mir zu viele Dinge zugestoßen – nein, nicht zugestoßen: angetan worden –, für die nie jemand zur Rechenschaft gezogen wurde.

Ich will damit nichts von dem, was ich getan habe, beschönigen und schon gar nicht behaupten, ich sitze unschuldig hier in der JVA. Eine Strafe habe ich verdient, mehr als verdient, wenn auch nicht unbedingt für die Taten, für die ich vor Gericht stand. Ich habe in meinem Leben bedeutend schlimmere Dinge begangen, für die mich nur deshalb kein Staatsanwalt je angeklagt hat, weil niemand davon weiß.

Am schwierigsten ist die Gretchenfrage, die Sie mir beim Charakter Ihrer Zeitschrift natürlich stellen müssen: Wie hab ich's mit der Religion? Um die Wahrheit zu sagen (auch wenn wohl bei keinem anderen Thema so viel gelogen wird): Der Gedanke an ein wie auch immer geartetes höheres Wesen löst bei mir vor allem Neid aus. Neid auf jene glücklichen Menschen, die fähig sind, an einen allmächtigen Gott zu glauben, sich ihm anzuvertrauen und sogar Hilfe und Unterstützung von ihm zu erwarten. So ein Glaube, daran zweifle ich nicht, tut seinen Anhängern gut, aber er verlangt ein Gedankenkunststück, das ich nicht beherrsche.

Arthur Schopenhauer hat den Glauben und das Wissen einmal mit einem Schaf und einem Wolf verglichen, die im selben Käfig eingesperrt sind. Mein Wolf hat von meinem Schaf nur blutige Fetzen übrig gelassen. Um daraus wieder ein fröhlich über die Auen hüpfendes Lämmlein zu machen, würde es wohl mehr brauchen als nur ein Wunder wie das zu Nain.

Ich habe erste Versuche gemacht, all jene Ereignisse in meinem Leben aufzuschreiben, die den Wolf so wütend haben werden lassen. Später einmal, habe ich mir vorgenommen, werde ich sie zu einem Buch zusammensetzen. Wenn ich mir auch keinen Verleger vorstellen kann, der eine solche Abfolge von Scheußlichkeiten publizieren würde.

Mit freundlichen Grüßen

Johannes Hosea

Tagebuch

Das müsste seine Wirkung tun. Ein reumütiger Strafgefangener, der Schopenhauer zitiert und erst noch in der Bibel Bescheid weiß – das ist genau die Sorte Mensch, die solche Leute sich in ihren weltverbessernden feuchten Träumen vorstellen. Dazu noch der Verweis auf ein zu entdeckendes Buch. Hoffentlich liest ein Verleger das Interview. Wenn ich das Interesse meiner Bibliothekskunden als Maßstab nehme, müssten ihm die versprochenen Scheußlichkeiten als hervorragendes Verkaufsargument erscheinen.

Für den Padre

Ist das wirklich wahr? Soll das hier tatsächlich der letzte Text sein, den ich für Sie schreibe? Soll unsere Brieffreundschaft, aus der sich beinahe so etwas wie eine Freundschaft entwickelt hat, wirklich von einem Tag auf den anderen zu Ende gehen? Ich kann es nicht fassen und weiß doch, dass meine Fassungslosigkeit nichts an den Tatsachen ändern wird. *Römer* 3,3: »Dass aber etliche nicht daran glauben, was liegt daran?«

Kein anderer hätte seine Mitteilung so sperrig formuliert, wie Sie es getan haben. »Ich habe beschlossen, meinem Lebensweg eine neue Richtung zu geben.« Buchhalterdeutsch. Warum nicht gleich »… eine neue Herausforderung anzunehmen«? So steht das doch immer in den Pressemitteilungen, wenn mal wieder jemand in seinem Job gescheitert ist. Und wünschen wir ihm für seine Zukunft viel Erfolg.

Die Gerüchte besagen, dass Sie sich der Bruderschaft in Taizé anschließen wollen. Ich kann Sie mir dort gut vorstellen. Eine Gemeinschaft, in der es auf die Details der eigenen Gläubigkeit nicht ankommt, wo man ebenso gut katholisch wie protestantisch sein kann, das passt zu Ihrem kompromisslerischen Stil. Nur das dort übliche weiße Habit wird für Sie gewöhnungsbedürftig sein. Aber vielleicht gehen Sie ja als der Erfinder des weißen Rollkragenpullovers in die Religionsgeschichte ein.

Was hat Sie zu dieser Flucht bewogen? Immer noch Ihr Schuldgefühl wegen Pastor Dorffmann? Das Scheitern Ihres Versuchs, auf Athos die eigene Mitte zu finden? Oder ist es einfach seelische Materialermüdung, weil Ihre Bemühungen, aus Straftätern bessere Menschen zu formen, so regelmäßig gescheitert sind? Das könnte ich am ehesten verstehen. Eigentlich, das habe ich schon immer gedacht, würde Sisyphos sehr viel besser in die biblische Schöpfungsgeschichte passen als dieser Adam mit seinem fehlenden Bauchnabel und der Narbe von der Rippenoperation. »Und am sechsten Tag schuf der Herr den Menschen und sprach zu ihm also: ›Siehe, hier ist ein Felsblock, und siehe, hier ist der Berg, auf den du ihn rollen sollst.‹ Und der Herr sah, dass es der Mensch niemals schaffen würde, und da lächelte der Herr und wusste, dass es gut war.«

Verzeihen Sie, Padre. Heute ist kein Tag für theologische Gehässigkeiten. Wer sich der Gemeinschaft von Taizé anschließt, sucht nach Harmonie, und es wäre unfair von mir, Sie beim Intonieren Ihrer gregorianischen Gesänge mit Hänseleien zu stören. Ich will Ihnen auf den Weg ins Gutmenschenland lieber ein Abschiedsgeschenk mitgeben. Was könnte bei der Art unserer Bekanntschaft dafür passender sein als ein allerletztes Kapitel aus meinem Leben?

Es ist meine allerfrüheste Erinnerung, und die Episode selber ist nur ein paar Sekunden lang, ein ganz kurzer Filmstreifen aus den Anfangsjahren meines Kopfkinos. Eigentlich besteht er nur aus einer Bewegung und aus dem Ende dieser Bewegung. Aber noch viele Jahre später (heute nur noch selten; die Fähigkeit zu träumen verkümmert mit jedem Lebensjahr ein bisschen mehr), noch bis in meine Teenagerzeit und darüber hinaus brauchte ich diese Erinnerung nur aufzurufen, und schon konnte ich mich aus der unangenehmsten Wirklichkeit wegdenken. Wegträumen. Eine autobiographische Wichsvorlage, wenn Sie so wollen.

Ich muss damals vier gewesen sein oder vielleicht erst drei, auf jeden Fall schon selbständig genug, um von meiner Mutter auf einen Einkaufsbummel mitgenommen zu werden. Wobei das ein zu großes Wort ist für das Ablaufen der zwei oder drei Straßen, die in unserer Stadt das Zentrum darzustellen hatten. Ein Kleidergeschäft, ein Schuhgeschäft, ein Von-allem-etwas-Laden, der sich in eitler Selbstüberschätzung »Warenhaus« nannte. Zwei Fleischerläden, von denen wir in einem nicht einkauften, weil er als zu teuer galt. Meine Mutter nannte ihn den Wuchermetzger, und ich war viele Jahre davon überzeugt, das sei der Name des Besitzers. (Nein, ich habe ihn nie mit »Herr Wuchermetzger« angesprochen, obwohl sich daraus eine hübsche Anekdote basteln ließe.)

Es gab eine *Edeka*-Filiale, einen *Ratskeller*, einen *Wienerwald*, zwei Apotheken und drei Optikergeschäfte, von denen eines auch Hörgeräte verkaufte. Dass der Verkauf von Brillen und Medikamenten als einziger Geschäftszweig florierte, wird daran gelegen haben, dass hier die Krankenkasse die Rechnungen bezahlte. Völlig rätselhaft ist mir hingegen, wie ein Geschäft mit Brautmoden so lange durchhalten konnte. Meine unromantisch verheiratete Mutter blieb jedes Mal – sehnsüchtig, rede ich mir ein – vor der Auslage stehen, obwohl die ausgestellten Hochzeitsroben in all den Jahren immer dieselben blieben. Heute stehen dort die meisten Ladenlokale leer. Auch dieser Miniaturausgabe einer Einkaufsmeile haben die Einkaufszentren und der Internethandel den Garaus gemacht.

Ich weiß nicht, ob meine Mutter an jenem Tag wieder einmal Pailletten und Rüschen bewunderte, oder ob sie nur versuchte, sich zwischen Rotwurst und Fleischwurst zu entscheiden. Auf jeden Fall war ihre Aufmerksamkeit woanders, und mich hatte sie ... Sagen wir: aus den Augen verloren. Stand zwar neben mir, aber war ganz weit weg. Und dann kam, auf dem Heimweg vom Spielplatz, diese Kindergarten-Gruppe vorbei, lauter glückliche Mädchen und Jungen in meinem Alter. Sie marschierten händchenhaltend zu zweit, nur in der letzten Reihe ging ein Mädchen allein.

Hinter ihr, die Kolonne abschließend, eine zweite Betreuerin.

Ich glaube nicht, dass ich etwas überlegt habe, ich habe nur – Filmschnipsel ab! – gehandelt. Ich fasste nach der Hand des unbegleiteten Mädchens und schloss mich dem Umzug an. Wahrscheinlich ist es nur Einbildung, eines jener falschen Details, mit denen wir uns vage Erinnerungen konkretisieren, aber ich meine mich zu erinnern, dass die fremde Hand kleiner war als meine. Zwei oder drei Schritte gingen wir nebeneinander her, dann fasste mich jemand an der Schulter, hielt mich fest, und eine Stimme sagte: »Du gehörst nicht dazu.« Ende des Filmschnipsels. Saallicht an.

Ein Erinnerungsfetzen, nicht mehr. Die herausgerissene Seite aus einem Buch, das man gelesen hat, als man noch ein anderer war. Ein paar Takte aus einem Musikstück, das im Hintergrund erklang, als man ... Suchen Sie sich selber etwas aus. Was immer Sie am meisten erregt.

Meine Mutter, auch das ist eine frühe Erinnerung, besaß eine bemalte Muschel, wenn man die ans Ohr hielt, konnte man das Meer rauschen hören. »Grus aus Capri« war darauf gemalt, mit einem gewöhnlichen einfachen s. Der Beschrifter hatte wohl nicht wirklich Deutsch gekonnt, aber meine Mutter war ja auch nie auf Capri gewesen. Soweit ich weiß, ist sie nie aus Deutschland herausgekommen. Aber sie hatte, woher auch immer, diese Muschel, und konnte ein bisschen vom Meer träumen, das sie nie gesehen hatte. Mein Vater hat die Muschel dann weggeschmissen, denn »wo viel Träume sind, da ist Eitelkeit und viel Worte; aber fürchte du Gott«. *Prediger,* 5,6. Er wusste mit Bibelsprüchen zu bestrafen wie ein Staatsanwalt mit Paragraphen.

Meine Mutter hatte ihre Capri-Muschel und ich das Filmschnipsel, in dem ich drei Schritte lang nicht mehr zu meiner Familie gehörte. Das konnte mir niemand wegnehmen, weil niemand etwas davon wusste. Und dabei ...

Das Weitere schreibe ich morgen auf, Padre, in meinem dann endgültig letzten Brief an Sie. Für heute höre ich auf, obwohl mir noch mehr als eine halbe Stunde bis zum Lichterlöschen bliebe. Beim Aufschreiben sind Erinnerungen wachgeworden, die ich schon längst verglüht glaubte. An Dinge, die nie gewesen sind, und die ich doch auf keinen Fall missen möchte.

Morgen, Padre. Versprochen.

Für den Padre

Wir gingen nebeneinander her, das fremde Mädchen und ich, sie kannte meinen Namen und ich den ihren, sie hieß Mirjam oder Noëmi oder Abigal und manchmal, später, auch Lilith. Hand in Hand gingen wir durch Straßen, die immer vertrauter wurden, je fremder sie mir waren. Die Schaufenster, an denen wir vorbeikamen, waren voller Schokolade und Kuchen, und vor den Türen ihrer Läden standen Fleischermeister mit weißen Schürzen und verteilten Wurstscheiben.

Schließlich kamen wir beim Kindergarten an, einer für mich damals legendären Institution, denn unsere Gemeinde war zu klein und zu arm, um eine eigene zu führen, und in jeder anderen, hatte Bachofen verkündet, würden die Kinder auf die Pfade des Satans gelockt. In diesem Kindergarten sang man Lieder, die ich mitsingen konnte, ohne sie je gehört zu haben, und spielte Spiele, deren Regeln ich nicht erst lernen musste.

Als wir uns müde gesungen und gespielt hatten, keine Sekunde zu früh und keine zu spät, kamen Eltern und holten ihre Kinder ab. Auch meine Eltern waren dabei, neue Eltern, andere, und Mirjam war meine Schwester. Wir fuhren nach Hause, an den Ort, wo ich jetzt daheim war. Manchmal war es ein Puppenhaus, die Fenster nur gemalt und trotzdem durchsichtig, manchmal ein Palast, und Diener rissen vor uns die Türen auf, manchmal war da überhaupt kein Gebäude, nur ein Teppich auf einer Wiese, wir saßen im Schneidersitz, aßen mit den Händen, und Ochs und Esel schauten uns dabei zu.

Meine neuen Eltern, das war lange Zeit mein Lieblingsgedankenspiel, waren immer genau so, wie ich sie gerade haben wollte, ich konnte ihnen neue Gesichter geben oder andere Stimmen, konnte sie Millionäre sein lassen oder Bettler, die heimliche Königskinder waren, konnte sie in jeder Minute neu erfinden. Aber nie, nie trug die Mutter Kittelschürzen, und nie, nie musste der Vater unter schütteren Haarsträhnen seine Glatze verstecken. In allen Inkarnationen waren sie freundlich und bestraften einen nicht. Manchmal kippte ich absichtlich Kakao auf das Tischtuch oder ließ einen Teller fallen, nur um sie sagen zu hören: »Aber das macht doch nichts, Wolfgang.«

Oder Ferdinand. Oder Ludwig. Auch seinen Namen durfte man sich aussuchen, ganz wie man wollte.

In unserem Garten – das Haus veränderte sich, aber ein Garten war immer dabei – blühten das ganze Jahr Blumen, und niemand musste sie pflücken, um Erntedankkränze daraus zu flechten. Viele Jahre später dachte ich mir für den Garten einen Grabstein aus, auf dem stand: »Johannes Hosea«.

In meiner neuen Familie wurde man nie ins Bett geschickt, man spielte in die Nacht hinein und wachte auf, wenn einem die Sonne ins Gesicht schien. Denn natürlich gab es hier keine Stockbetten; auf weichen Kissen liegend, sah man direkt in den Himmel. Wenn ich die Augen aufschlug, wartete Mirjam schon auf mich, oder sie hatte die Nacht bei mir gelegen, unersättlich oder schüchtern, immer so, wie ich es gerade brauchte. Dieses Bild entstand natürlich erst später. Zunächst waren wir Kinder.

Mit einer ganz anderen Kindheit, als ich sie bisher erlebt hatte.

Phantasiebegabt war ich schon immer gewesen, aber trotzdem dauerte es lang, bis ich mir eine Welt ohne Bestrafungen vorstellen konnte. In der Familie, die ich mir ausdachte, war es so: Wenn jemand bestraft werden musste, dann lag da ein großes Kissen, das wurde stellvertretend für den Missetäter geschlagen, und der Staub, der dabei aufstieg, schmeckte süß.

In die Kirche ging man nie, es existierte keine Gemeinde und kein Ältester. »Das ist für die anderen«, sagte mein neuer Vater, und ich hatte ein angenehm schlechtes Gewissen, weil ich wusste, wen er damit meinte.

Mit dem Älterwerden veränderten sich die Geschichten, nur ihr Grundton blieb derselbe. Ich kam in die Schule, war in allen Fächern der Beste und wurde wegen meiner Wortgewandtheit zum Klassensprecher gewählt. In den Pausen patrouillierte ich auf dem Schulhof, und wenn ich einen Mitschüler dabei ertappte, wie er einen Schwächeren quälte, dann ließ ich den Peiniger Schnellsprechübungen aufsagen, »Fischers Fritz« und den »Cottbuser Postkutscher«, und wenn er auch nur über eine einzige Silbe stolperte, dann …

Das wollen Sie nicht so genau wissen, Padre. Das ist nicht die Art Geschichte, die man nach Taizé mitnimmt.

Natürlich war ich auch Kapitän der Fußballmannschaft, bis mich ein Scout von *Bayern München* entdeckte und in sein Team holte. Im Endspiel der Champions League schoss ich in der Nachspielzeit das entscheidende Tor und wurde auf den Schultern meiner Kollegen vom Spielfeld getragen. Nicht sehr originell, zugegeben. Aber beglückend.

Später wurde ich Pilot und flog nach Afrika, um Elefanten vor Wilderern zu retten. Einmal ritt ich auf einem Nashorn in ein Dorf und wurde von den Eingeborenen als göttliches Wesen verehrt. Ich wurde Arzt und erfand Heilmittel, man holte mich zu den hoffnungslosen Fällen und küsste mir dankbar die Hände, wenn ein schon Aufgegebener wieder ins Leben zurückkehrte. Ich wurde Politiker und hielt von Balkonen hinunter mitreißende Reden, oder …

Oder, oder, oder.

Immer wieder andere Fortsetzungen erfand ich zu meinem Filmschnipsel, und wenn die Überarbeitungen mit den Jahren auch seltener geworden sind, so redigiere ich doch immer noch am Drehbuch herum. Gestern Nacht, von der

Erinnerung angeregt, kam Lilith darin vor, und auch das ist keine Geschichte, die zu Taizé passt.

In meinem Kopfkino ist immer neu Premiere, aber jeder Film beginnt mit derselben Szene: Ich fasse nach der Hand eines fremden Mädchens und lasse mich von ihr aus meiner Welt wegführen. Es ist meine früheste Erinnerung. Meine schönste. Dass ich sie mit Ihnen teile, soll mein Abschiedsgeschenk an Sie sein.

In der Wirklichkeit – aber nichts wird mehr überschätzt als die Wirklichkeit – war das Ende weniger märchenhaft. »Du gehörst nicht dazu«, sagte die Betreuerin, und meine Mutter schnappte sich meine Hand und zog mich mit sich fort. »Was hast du jetzt wieder angestellt?«, fragte sie, und ich glaube mich zu erinnern, dass mir die Sinnlosigkeit dieser Frage schon damals auffiel. Aber wie Schopenhauer sagt (wörtlich weiß ich es nicht mehr): Unser Gedächtnis ist ein Sieb, dessen Löcher mit den Jahren immer größer werden.

Es kommt auch gar nicht darauf an, ob eine Erinnerung der Wahrheit entspricht oder nicht. Irgendeinmal ist alles passiert. *Prediger* 1,10. Ich bin sicher, Sie haben die Stelle präsent.

Wie werden Sie sich später einmal an mich erinnern? Ich hoffe doch: als an jemanden, der Sie nicht gelangweilt hat. Es muss Sie nicht reuen, dass es Ihnen nicht gelungen ist, einen besseren Menschen aus mir zu machen. Wenn ich mich umsehe, scheint mir, dass das Erschaffen von guten Menschen ein Kunststück ist, das auch dem lieben Gott nur selten gelingt.

Damit endet unsere Korrespondenz. Es ist üblich, dem andern beim Abschied gute Wünsche mit auf den Weg zu geben, aber ich weiß nicht recht, was ich Ihnen wünschen soll. Vielleicht: dass Sie die Ruhe wiederfinden, die Ihnen so gründlich abhandengekommen ist. Nach allem, was ich davon gehört habe, dürfte Taizé kein schlechter Ort für die Suche danach sein.

Ich befürchte nur, dass Ihnen das Talent dazu fehlt.

Tagebuch

16:15. In der Bibliothek eingesperrt.

Vor ein paar Minuten: Alarm. Ein unbekanntes Signal. Kurze Töne, schnell aufeinander. Durchsage: »Alle Häftlinge zurück in ihre Zellen!« Die Stimme am Mikrophon, als ob der Sprecher Angst vor etwas hätte.

Ich habe die strenge Auflage, die Bibliothek erst dann zu verlassen, wenn ein Aufseher da ist, um nach meinem Weggang die Tür zu verriegeln (als ob die ganze JVA kein anderes Interesse hätte, als Bücher zu klauen), und so blieb ich, um den einen Befehl zu befolgen und den anderen nicht zu verletzen, wartend auf dem Gang stehen, die Hände gut sichtbar. In unruhigen Zeiten empfiehlt es sich, deutlich zu machen, dass man nicht bewaffnet ist.

Zweimal rannten Aufseher an mir vorüber. Beachteten mich nicht. Hatten Schlagstöcke in den Händen, wirkten aber trotzdem nicht bedrohlich. Später kam aus derselben Richtung der freundliche ältere Beamte, den hier alle nur Papa nennen. Versuchte schwer atmend so zu tun, als ob er rennen würde. Schien erleichtert, dass meine Anwesenheit ihm einen Grund gab, stehen zu bleiben. »Was machst du denn noch hier?«, fragte er, und bevor ich ihm mein Dilemma erklären konnte, hatte er mich schon in die Bibliothek zurückgeschubst und die Tür von außen verriegelt.

16:25. Wenn man die Gefangenen vor Arbeitsschluss aus den Werkstätten wegholt und in ihre Zellen zurückschickt, muss dem täglichen Räderwerk etwas Gewichtiges in die Speichen geraten sein. Sonst werden Regeln und Abläufe stur eingehalten. Wecken um sechs, Einschluss um neun. Nach Freigängen Leibesvisitation. Werktags Kekse, sonntags Nachtisch.

Papa, das Bild muss ich mir merken, hatte seinen Schlagstock gefasst wie eine Suppenkelle.

16:30. Der Alarm hat aufgehört. In der plötzlichen Stille meine ich, ein Rauschen in den Ohren zu verspüren. Capri-Muschel.

16:40. Immer noch alles still. Die Alltagsroutine noch nicht wieder in Gang. Um diese Zeit wäre für Stufe A und B freie Bewegung erlaubt, aber da bewegt sich nichts. Die Aufseher scheinen einen anderen Rückweg genommen zu haben.

16:50. Die Abwesenheit von Lärm ist eine Bedrohung.

17:05. Ich hasse es, nicht zu wissen, was los ist.

17:40. Warten. Warten. Warten.

18:05 Keine Klingel zum Abendessen. In ein paar Minuten wird die Rebellion ausbrechen. Auch bei mir. So gern ich auf Margarinebrote und wässrigen Kaffee verzichte, der pawlowsche Reflex funktioniert, und ich bilde mir ein, Hunger zu haben.

Man könnte eine Geschichte schreiben, in der sämtliche Angestellten einer JVA von einem Moment auf den andern nicht mehr da sind. Schildern, wie die Häftlinge in ihren Zellen allmählich zugrunde gehen.

Warum fallen mir immer Geschichten ein, in denen es keine Menschen mehr gibt? Der Padre hätte bestimmt eine hochphilosophische Erklärung dafür gewusst.

Er fehlt mir. Mit ihm konnte man sich wenigstens kabbeln.

18:10. Wieder Alarm, schon der zweite heute. Diesmal ein bekanntes Signal. Drei aufsteigende Töne. Häftling verschwunden. Hat es einen Ausbruch gegeben? War das der Grund für die Aufregung am Nachmittag?

Viel später.

Kein Ausbruch. Der zweite Alarm hat mir gegolten. Verrückt.

Der Reihe nach: Begonnen hat alles mit einer Massenschlägerei in Block 2. Für gewöhnlich ist die Barriere zwischen den beiden Blöcken undurchdringlich (außer für den Advokaten), aber auch Justizbeamte können dem Drang nicht widerstehen, eine gute Geschichte weiterzuerzählen. Keiner weiß, was die Gewalt ausgelöst hat. Die Leute sollen, von einem Moment auf den andern, so wild aufeinander losgegangen sein, dass man es für eine Revolte gehalten hat. Aber es war dann nur eine dieser Explosionen, wie sie vorkommen, wenn man Menschen zu eng zusammenpfercht.

Es war schon alles bereit, auch das Tränengas und die scharfen Waffen, aber dann ging die Prügelei genauso plötzlich und genauso ohne sichtbaren Grund zu Ende, wie sie angefangen hatte. Alles wieder ruhig. Nur dass in der Schneiderei von Block 2 ein toter Häftling lag. Mehr weiß man noch nicht.

Ich stelle mir Block 2 vor wie ein Spiegelbild unseres eigenen Gebäudes. Auch dort eine Küche mit nummerierten und weggeschlossenen Messern. Auch dort eine Schreinerwerkstatt. Eine Stanzerei für Autokennzeichen. Eine Schneiderei, deren Mitarbeiter sich jedes Mal eine Bewilligung holen müssen, bevor sie eine Schere anfassen.

Ich würde darauf schwören, dass der Tote mit einer Schere erstochen wurde.

Ob auch dort drüben die Wäscherei ein eigenes Reich ist? Haben sie eine Bibliothek? Eine seltsame Vorstellung, dass im nächsten Gebäude ein seitenverkehrter Doppelgänger von mir existiert. Ein Hosea Johannes zum Johannes Hosea.

Weil Gewaltausbrüche ansteckend sein können, wurde beschlossen, das Abendbrot in beiden Blocks ausnahmsweise in den Zellen auszugeben. Zimmerservice. Dabei stellten sie fest, dass in meiner Zelle niemand war.

Bei der Wachmannschaft war der Adrenalinspiegel zu hoch, um logisch zu denken. Sie drückten lieber gleich wieder auf den Alarmknopf. Häftling verschwunden, Mann über Bord, Feuer im Dach.

Es dauerte eine Weile, bis einer auf die Idee kam, an meinem Arbeitsplatz nachzusehen. Sie stürmten die Bibliothek mit vorgehaltener Waffe. Wollten mir einen Strick daraus drehen, dass ich trotz der Lautsprecherdurchsage nicht in meine Zelle gegangen war. Wer einen dummen Fehler gemacht hat, braucht einen Sündenbock.

Papa hatte schon Dienstschluss und musste erst von zu Hause geholt werden. Als meine Unschuld endlich erwiesen war, begleitete er mich zu meiner Zelle zurück und entschuldigte sich auf dem Weg mehrmals für die Umstände, die ich seinetwegen gehabt hatte. Ein netter Mann. Er heißt Kantereit, das ist das einzig Neue, was ich bei dem ganzen Affentheater gelernt habe.

Das Abendbrot habe ich verpasst. Niemand kam auf den Gedanken, es mir nachzuliefern.

Am nächsten Tag. Hochstimmung im Haus. Eine Massenschlägerei und ein Toter – das ist doch mal was anderes als die tägliche Routine.

Tagebuch

Man müsste sich, wenn man sich für einen Beruf entscheidet, den passenden Namen dazu aussuchen können. Der Neue ist noch nicht einmal Pastor und heißt Kuntze. Kandidat Kuntze. Wie von Wilhelm Busch erfunden.

Ich mag ihn nicht.

»Nennen Sie mich Padre«, hat er gesagt. Das könnte ihm so passen. Manche Namen muss man sich verdienen.

In der Bibliothek will er sich nicht einmischen, sagt er. Immerhin. War furchtbar höflich. Er ist mir trotzdem nicht sympathisch.

Damals, als er für Dorffmann einsprang, habe ich ihn noch gelobt. Habe ihn dem Padre empfohlen. Nach so einem Vorgänger hätte einem jeder gefallen.

Seine Predigten sind angenehm nichtssagendes Wortgeklingel. Wie eine Konditorei auf Bestellung jede Torte wunderschön beschriftet, mit der immer gleichen Spritztüte. »Alles Gute zum Geburtstag« oder »Selig sind die Sanftmütigen«, scheißegal. Solang die Leute nur Torten kaufen.

Auf den Toten aus Block 2 hat er mit den Sanftmütigen aus *Matthäus* 5,5 reagiert. Der übliche Aufruf zur Gewaltlosigkeit. Man konnte die Variationen voraussagen, aber er hat sie hübsch gesungen. Er macht, was man in seinem Beruf zu machen hat. Tut niemandem weh. Ich habe es gern, wenn man während einer Predigt in Ruhe den eigenen Gedanken nachhängen kann.

Auch im privaten Umgang nicht unsympathisch. Im Gegenteil. Er ist so pausenlos sympathisch, dass er mir furchtbar auf den Senkel geht. Wie der Pudding, den es hier an jedem zweiten Sonntag zum Nachtisch gibt. Beim ersten Löffel denkt man noch: Endlich mal wieder was Süßes, aber dann ist es nur süß, man sehnt sich nach einem anderen Geschmack und bekommt doch immer nur den einen. Ich befürchte, sein Kellerbass ist tatsächlich der Brustton der Überzeugung. Der Mann glaubt, was er erzählt. Ein grober Fehler für einen Geistlichen. Außerdem: Mit Leuten, die bei jeder Andeutung von Widerspruch nur mild lächeln, macht Streiten keinen Spaß.

Es wird sich zeigen, wie viel Einfluss er beim Direx hat. Vielleicht schaffe ich es doch noch, mir einen Computer bewilligen zu lassen.

An Jürgen Milberg

Lieber Herr Milberg,
 selbstverständlich. Er soll mir schreiben. Wenn er mir eine Telefonnummer nennt, kann ich auch versuchen, ihn anzurufen. Obwohl das hier immer nur am Abend eine halbe Stunde lang möglich ist und man nicht immer drankommt. Besser schriftlich.
 Fühlen Sie sich für Ihre Vermittlung bedankt. Ich würde es ausführlicher tun, aber wenn ich diesen Brief nicht in fünf Minuten abgebe, geht er erst vierundzwanzig Stunden später raus.

Johannes Hosea

Tagebuch

Ich darf jetzt keinen Fehler machen.
 Der Name sagt mir nichts. Ein Verleger. Eine Gemeinheit, dass sie einem hier kein Internet erlauben. Ich müsste seine bisherige Produktion kennen, um zu wissen, was ich ihm anbieten soll. Wie ich mich ihm anbieten soll.
 Am besten so, wie es auch hier in der JVA nützlich ist: härter, als man in Wirklichkeit ist. Wer zu schnell ja sagt, hat früher oder später einen fremden Schwanz im Arsch.

An Barne Böckler

Lieber Herr Böckler,
ich danke Ihnen für Ihr Angebot, wenn ich auch nicht glaube, dass etwas daraus werden kann.

Ich kann mir denken, was Sie sich vorstellen. Pikareske Abenteuer mit einer kleinen Prise Gewalt. *Rinaldo Rinaldini* für das 21. Jahrhundert. Und dazu ein geläuterter Autor, der sich bei jeder Lesung erst mal für seine Vergangenheit entschuldigt.

All das kann ich nicht liefern. Für Gemeindebüchereien ist meine Geschichte ungeeignet. Lesungen kann es keine geben, weil ich Stotterer bin.

Schon gar nicht bin ich, wie Sie das formulieren, jemand, »der nach einem gesetzlosen Leben zur Religion gefunden hat«. Dass meine preisgekrönte Geschichte in dieser Frömmlerzeitung erschienen ist, war reiner Zufall. Ich hätte auch für die *Apotheken-Umschau* geschrieben, wenn die einen entsprechenden Wettbewerb veranstaltet hätten. Es wäre, das kann ich Ihnen versichern, ein äußerst apothekengemäßer Text geworden. In unwichtigen Dingen bin ich anpassungsfähig.

Aber wir reden hier von einem Buch über mein Leben. Das schreibe ich so, wie ich es schreiben will. Wenn ich während meiner Strafverbüßung etwas gelernt habe, dann dies: Wer Kompromisse macht, hat schon verloren.

Und: Nein, es existiert noch kein fertiges Manuskript, nur einzelne Kapitel. Bisher habe ich keinen Grund gesehen, mich mit der Arbeit zu beeilen. Sie vertreibt mir die

Zeit. Die eine oder andere Episode kann ich Ihnen durchaus zu lesen geben, auch wenn ich wenig Sinn darin sehe. Am Ende werden Sie sich doch nicht trauen, das Buch herauszubringen. Nicht so, wie ich es im Kopf habe. Den Luxus falscher Hoffnungen kann ich mir in meiner Situation nicht leisten.

Trotzdem Dank für Ihr Interesse. Ein bisschen Abwechslung hat mir Ihr Brief immerhin gebracht.

Johannes Hosea

Tagebuch

Wenn er auf diese Absage hin nicht anbeißt, weiß ich nicht mehr, wie man einen Brief schreibt.

Bis er sich wieder meldet: Üben, üben, üben. So wie die aus der Wäscherei jeden Tag in den Kraftraum gehen.

Fingerübung

NACHTS

Er kam pünktlich ins Theater, sieben Tage in der Woche. Seinen Urlaub nahm er in den Spielzeitferien. Er betrat das Haus, wenn die Vorstellung zu Ende war, ohne vom Applaus etwas mitzubekommen. Ging zu seinem Stuhl neben der Pförtnerloge, deponierte die Tüte mit seiner Verpflegung auf einem Wandvorsprung, setzte sich und wartete, ohne sich von der Stelle zu rühren, bis alle Mitarbeiter das Gebäude verlassen hatten. Am nächsten Morgen saß er immer noch am selben Platz, oder saß wieder dort, und erst wenn die ersten Bühnentechniker ins Haus kamen, um die Dekoration vom Vorabend abzubauen, stand er auf und ging, ohne sich von jemandem zu verabschieden. Einmal hatten zwei junge Schauspieler seinen Stuhl gegen einen Thron ausgetauscht, den sie mit dramatisch gespielter Anstrengung aus dem Möbellager angeschleppt hatten, aber weil er auf die Veränderung nicht reagierte, weder überrascht noch beleidigt, hatte der Jux nicht funktioniert. Am nächsten Tag war dann wieder sein gewohnter Stuhl dagestanden.

Es ging das Gerücht um, er habe früher einmal zum Ensemble gehört und seine Anstellung sei ein Gnadenbrot, aber es machte sich niemand die Mühe, der Geschichte auf den Grund zu gehen, und noch weniger kam jemand auf den Gedanken, ihn danach zu fragen. Er war keiner, mit dem man sich unterhielt, gehörte quasi zur Einrichtung des traditionsreichen Hauses, war immer schon da gewesen, so wie das alte Emailschild im Konversationszimmer schon immer da gewesen war, das die Herren Darsteller zur Benutzung der schon seit Generationen abgeschafften Spucknäpfe aufforderte. Dabei war sein Posten gar nicht so alt; die Vorschrift, dass sich rund um die Uhr jemand im Haus aufzuhalten habe, war erst in den achtziger Jahren erlassen worden, nachdem ein unsorgfältig entsorgter Zigarettenstummel beinahe einen nächtlichen Brand im Malersaal ausgelöst hatte. Für die Rundgänge, die er durchs Haus zu machen hatte, gab es einen exakten Plan, aber niemand kümmerte sich darum, ob er ihn einhielt.

Er hatte auch einen Namen, aber den kannte nur die Personalabteilung.

Im *Lämmle,* wo die Schauspieler nach den Vorstellungen die erhitzten Gemüter mit Bier abkühlten, hatte mal jemand die Frage gestellt, was er wohl die ganze Nacht allein in dem leeren Theater anstelle, und sie hatten sich am Stammtisch mit immer verrückteren Geschichten überboten, nach Schauspielerart lauter lachend, als es die Einfälle verdienten. »Er sucht die Logen nach verlorenen Pralinen ab«, hatte einer gesagt und ein anderer: »Er bringt den Mäusen auf der Unterbühne das Tanzen bei.« Den größten Lacher hatte sich ein Anfänger im ersten Jahr geholt, als er meinte: »Er ändert am Schwarzen Brett heimlich die Besetzungszettel, deshalb bekomme ich nie die großen Rollen zu spielen.«

In Wirklichkeit war es so: Nachdem alle gegangen waren und das Haus still geworden war, wartete er noch eine halbe Stunde, denn manchmal hatte einer etwas in seiner Garderobe vergessen und kam noch einmal zurück. Meistens war Mitternacht, wenn er aufstand, der Zeitpunkt ein Zufall ohne Bedeutung. Er nahm dann nicht den direkten Weg zu seinem Ziel – warum soll man sich die Vorfreude verkürzen? –, sondern benutzte die kleine Tür, durch die man, auf der Höhe der ersten Reihe, direkt in den Zuschauerraum gelangte, und tastete sich den Sitzreihen entlang zur Empore. Man hatte ihn mit einer Lampe ausgestattet, aber die benutzte er noch nicht. Die nie ausgeschalteten grünen EXIT-Zeichen signalisierten ihm die Richtung, und im Foyer, das er von der Empore her betrat, sorgte die verglaste Fassade auch in mondlosen Nächten für genügend Licht. Er stieg die breite Treppe zum ersten Rang hinauf und die weniger breite, die ohne Teppich, zum zweiten, ging dort der Reihe der Logen entlang, und dann war auch dort wieder ein unauffälliger Durchgang, von der vergilbten Pracht der Zuschauerräume in den sachlichen Bereich des eigentlichen Theaters. Im Schloss von Sanssouci, das hatten sie mal im Fernsehen gezeigt, gab es hinter jeder Wand einen schmalen Gang, in dem sich die Dienerschaft ungesehen bewegen konnte. Wem ein Theater von beiden Seiten vertraut war konnte sich das gut vorstellen.

Die Tür zum Kostümfundus war abgeschlossen, aber er hatte sich schon längst einen Nachschlüssel besorgt. Die Hand schon am Lichtschalter, wartete er ein paar Sekunden, bevor er es hell werden ließ. Etwa so, stellte er sich vor, musste es den Zuschauern gehen, wenn sie im dunklen Saal auf das Öffnen des Vorhangs warteten. Er selber ging nie ins Theater, obwohl er Anspruch auf Steuerkarten gehabt hätte. Auch Schauspieler war er nie gewesen.

An manchen Tagen war ihm seine Rolle für die nächste Nacht schon beim Aufwachen klar gewesen, er hatte sie herumgetragen und wachsen lassen, an anderen kam er ohne Vorsatz, ließ sich vom Zufall leiten, fasste blind nach dem einen oder anderen Bügel. In die Kragen waren kleine Stoffetiketten eingenäht, mit den Namen des Schauspielers, für den das Kostüm einmal geschneidert worden war. Die Namen sagten ihm nichts, er hatte auch kein Interesse an ihnen, außer dass er mit jedem eine Kleidergröße verband und deshalb schon im Voraus wusste, was ihm passen und was zu weit oder zu eng sein würde.

Wenn eins der Kostüme wiederverwendet werden sollte, manchmal erst nach Jahren, wurde es gereinigt, bevor es in die Schneiderei kam, aber hier hingen die Kleidungsstücke noch ungewaschen an ihren Bügeln. Die Körper, zu denen sie einmal gehört hatten, waren immer noch präsent, und man konnte in sie hineinschlüpfen. Wenn er sich entkleidete, wie er es jeden Tag tat, war ihm die eigene Nacktheit peinlich, als ob ihm die alten Schauspieler oder die Figuren, die sie gespielt hatten, dabei zuschauten. Einmal hatte er sich für ein Loch in seiner Unterhose so sehr geschämt, dass er aus dem Kostümfundus geflohen war. In jener Nacht konnte er sich nicht verwandeln, und die Stunden waren ihm langsam vergangen.

Beim Anziehen versuchte er, nicht hinzusehen. Wenn ein Kostüm sich nur mühsam zuknöpfen oder ein versteckter Reißverschluss sich nur mit Verrenkungen hochziehen ließ, schloss er dabei sogar die Augen. Den ersten Blick auf sein neues Ich sparte er sich auf, wie man das beste Stück auf dem Teller liegen lässt, um es zum Schluss umso mehr zu genießen, machte die paar Schritte zur Herrenschneiderei mit ihrem großen Spiegel mit steifem Hals. Wenn ihm der Anblick nicht gefiel, es kam immer wieder vor, erlaubte er sich keinen zweiten Versuch, beherrschte sich, wie sich ein Süchtiger beherrschen muss. Manchmal, wenn er sich von Anfang an unsicher war, schaute er aus Angst vor der Enttäuschung überhaupt nicht in den Spiegel.

Am wenigsten gefiel er sich in den Kostümen, zu denen eine riesige Perücke gehört hätte; sein Gesicht kam ihm dann lächerlich klein vor. Er wusste zwar, wo die Haarteile für französische Könige und britische Richter aufbewahrt wurden, ein gesichtsloser, behaarter Kunststoffschädel neben dem andern, aber der Schrank in der Maske war durch ein Vorhängeschloss gesichert, und den Schlüssel dazu hatte er nie gefunden. Auch Hüte waren riskant. Wenn sie nicht genau die richtige Größe hatten, sah man mit ihnen nur verkleidet aus, und er wollte sich doch verwandeln.

Wenn er dann in seinem Kostüm durchs Foyer spazierte oder sich ins dunkle Parkett setzte, hielt er keine Reden und verkündete keine Todesurteile, glaubte sich nicht im Nationalkonvent und nicht in einem Thronsaal. Er war einfach nur jemand anderes, und das genügte ihm für eine halbe Stunde oder eine ganze. Dann hängte er das samtene Jackett oder das geblümte Wams sorgfältig auf den Bügel zurück, zog die eigenen Kleider wieder an, schaltete seine Lampe ein und setzte seinen Rundgang fort.

Nur alle paar Wochen, auch darin glich er einem Süchtigen, war ihm das alles zu wenig. Schon wenn er das Theater betrat, wusste er, dass es heute wieder so weit war, hatte den Drang den ganzen Tag gespürt und wartete ungeduldig auf den Moment, wo es losgehen konnte. An diesen Tagen nahm er den direkten Weg zu den Kostümen, über die Wendeltreppe auf der Seitenbühne, die während der Vorstellungen nicht betreten werden durfte, weil sie bei jedem Schritt schepperte. Im Fundus angekommen, zögerte er an solchen Tagen keinen Moment bei der Auswahl, hatte sich sein Ich für die Nacht schon im Kopf ausgesucht. Es waren Kostüme, denen man nichts Besonderes ansah; sie stammten – auch wenn er diese Ausdrücke nicht kannte – aus Konversationsstücken oder Gesellschaftskomödien. Manche der Kleidungsstücke waren altmodisch, aber trifft man nicht auch im Alltag immer wieder Menschen, die sich nicht nach der neusten Mode kleiden?

In einem eleganten Anzug, einmal sogar im Frack, verließ er das Theater, verriegelte den Bühneneingang hinter sich oder vergaß es auch und flanierte durch die Innenstadt, ein Passant unter späten Passanten. Manchmal blieb er vor dem Eingang eines Nachtlokals stehen wie jemand, der sich überlegt, ob er sich einen allerletzten Drink genehmigen will, manchmal näherte er sich bewusst langsam einem Taxistand, nur um zu sehen, wie der vorderste Fahrer schon erwartungsvoll das Heft mit den Sudokus weglegte, manchmal ließ er sich von einer Frau in einem viel zu kurzen Rock ansprechen, verhandelte mit ihr sogar den Preis, bevor er dann doch weiterging und jedes Wort genoss, das sie hinter ihm her schimpfte. Es gab so vieles, was man tun konnte, wenn man ein anderer war.

Wenn er dann ins Theater zurückkehrte, jedes Mal atemlos, obwohl er doch gar nicht gerannt war, freute er sich schon auf die Erinnerungen, von denen er noch lang zehren würde, bis auch sie irgendwann verblassten und die Gier sich von neuem aufbaute. Nach solchen Nächten lächelte er manchmal, wenn er am Morgen das Haus verließ, und ein Bühnenarbeiter sagte einmal zu einem Kollegen: »Der alte Sauertopf scheint das große Los gewonnen zu haben.«

Aber Los heißt auch Schicksal, und nicht jeder kann sich die Rolle aussuchen, die er darin spielt.

An diesem Tag trug er eine Uniform, eindeutig die eines Polizisten, obwohl es nirgends auf der Welt Polizisten gab, die so aussahen. Das grüne Tuch veränderte seine Gangart, und auch die Straßen kamen ihm anders vor als sonst, das hatte damit zu tun, wie er sich in ihnen bewegte. Er schlenderte nicht, sondern marschierte, die Hände auf dem Rücken. Einmal hob er einen leeren Getränkekarton vom Boden auf und entsorgte ihn in der nächsten Abfalltonne; ein richtiger Polizist, stellte er sich vor, würde das auch getan haben. Kein Missetäter machte ihm die Freude, die Flucht vor ihm zu ergreifen, nur eine Touristin sprach ihn an und fragte nach dem Weg zu ihrem Hotel. »Officer« nannte sie ihn, und er konnte ihr auch Auskunft geben, obwohl sein Schulenglisch eingerostet war. Bevor er weiterging, salutierte er, übersah ihre ausgestreckte Hand, das schien ihm passender für einen Beamten.

Als er ins Theater zurückkam, stand die Tür des Bühneneingangs einen Spalt offen, was ihn verwunderte. Dass er das Absperren vergessen hatte, war schon vorgekommen, aber hinter sich zugezogen hatte er die Tür ganz bestimmt. Er nahm sich vor, beim nächsten Mal vorsichtiger zu sein, und hatte sich doch geschworen, dass es ein nächstes Mal nicht geben dürfe.

Er war heute länger unterwegs gewesen, als er es sich je zuvor erlaubt hatte, und so beschloss er, den Rückweg zum Kostümfundus und zur Alltagskleidung für den obligatorischen Rundgang zu nutzen. Er betrat nicht jeden Raum, sondern schaute nur kurz hinein, Auftrag ausgeführt. Auch die Tür zum Konversationszimmer hatte er schon wieder geschlossen, als ihm mit Verzögerung auffiel, dass ihm etwas aufgefallen war. Auf dem von den vielen Aufführungen, in denen es mitgespielt hatte, schon recht verschlissenen Sofa hatte etwas gelegen. Es wird einer seinen Mantel liegengelassen haben, dachte er, schaute aber lieber noch einmal nach.

Auf dem Sofa lag jemand, ein Kind, schien es ihm zuerst, aber dann war es eine Frau, ein Mädchen, hatte die Wange auf die gefalteten Hände gelegt und schlief. Er ließ den Lichtkegel seiner Lampe über sie wandern, und das schien sie zunächst nicht zu stören, erst als er ihn auf ihr Gesicht richtete, blinzelte sie und schlug dann die Augen auf.

»Scheiße«, sagte sie. »Ein Bulle.« Richtete sich nicht auf, sondern blieb liegen, auch als er das Deckenlicht einschaltete.

Kurze Haare. Nicht kurz auf die Art, wie es ein Friseur macht, das fiel sogar ihm auf, eher gehackt als geschnitten. Dunkle Haare, die nicht zu ihren hellen Augen passten. Ein kleiner Mund, unschuldig, als ob er noch nie geschminkt gewesen wäre. Unter der Nase eingetrockneter Rotz.

Sechzehn? Siebzehn?

»Einundzwanzig«, sagte sie. »Ich sehe nur jünger aus.«

»Was machst du hier?« Es wäre ihm lächerlich vorgekommen, sie zu siezen.

»Ich habe nichts geklaut. Nur ein bisschen gepennt. Du bist weggegangen und hast nicht abgeschlossen. Da habe ich gedacht … Es ist nicht Einbruch, wenn die Tür offen ist.«

»Ich weiß«, sagte er, obwohl er von solchen Dingen keine Ahnung hatte.

»Hoffentlich weißt du das«, sagte sie. »Du als Polizist.«

*

Später holte er die Papiertüte und überließ ihr die Stulle mit der Wurst, obwohl er den Käse weniger mochte. Sie aß schneller als er, aber nicht gierig, erledigte das Essen wie eine Aufgabe, die man hinter sich bringen muss, um für die nächste bereit zu sein. Als sie zum Nachtisch kamen, nahm sie ihm den Apfel aus der Hand und biss eine reichliche Hälfte davon ab, malmte mit vollen Backen, schluckte und bedankte sich erst dann. Sie hat starke Zähne, dachte er.

Sie saß jetzt mit gekreuzten Beinen auf dem Sofa und sah sich um. »Was ist das hier eigentlich?«, fragte sie. »Unten waren Büros, aber hier oben …«

»Das ist das Theater«, sagte er.

»Quatsch. Theater ist vornehm. Ich geh doch jeden Tag dran vorbei. Die Leute, die reingehen, ziehen sich schick an, aber sie haben es eilig, und man kriegt nichts von ihnen.«

»Hier kommen die Zuschauer nicht hin.«

Sie sah ihn zweifelnd an, wie sie wohl, schien ihm, alles auf der Welt zweifelnd anschaute, pulte mit dem Zeigefinger weiße Fäden aus einem Loch im Polster. »Komische Einrichtung«, sagte sie. »Kein Stück passt zum andern.«

Er hätte ihr erklären können, dass man ins Konversationszimmer stellt, was auf der Bühne endgültig nicht mehr brauchbar ist, aber er nickte nur. »Ja, komisch«, sagte er.

»Und du bist ein komischer Bulle.«

»Wieso?« Der Satz verletzte ihn, ohne dass er hätte sagen können, was ihn daran störte.

»Die Abzeichen habe ich noch nie gesehen. Dabei kenne ich mich aus. Sie mögen es, wenn man sie mit einem Dienstgrad anspricht. Polizeimeister oder Obermeister oder Hauptmeister. Immer einen höher, als sie wirklich sind. Das schmeichelt ihnen.«

»Hast du viel mit der Polizei zu tun?«

»Sie hat viel mit mir zu tun. Ich bin eine Ordnungswidrigkeit. Sie würden mich gern in eine andere Stadt abschieben, aber ich bin hier zu Hause.«

Bevor er die Stelle am Theater gefunden hatte, waren die Zeiten oft auch schwierig gewesen, und so wusste er, worauf es ankam. »Solang du immer deine Meldebescheinigung in der Tasche hast …«

Sie lachte, ohne dass ihre Augen mitlachten, so wie man es aus Höflichkeit tut, wenn jemand, mit dem man es sich nicht verderben will, einen schlechten Witz erzählt. »Meldebescheinigung wäre schon gut«, sagte sie. »Leider muss man dafür zuerst einmal eine Wohnung haben.«

»Hast du keine?«

»Keine Spülmaschine und kein Wasserbett und keinen Rolls-Royce.«

»Aber irgendwo musst du doch …«

Sie ließ ihn nicht ausreden. »Tu ich«, sagte sie. »Hier und da. Manchmal auch da und hier. Heute zum Beispiel in diesem … Ist es wirklich ein Theater?«

»Ja. Das hier ist das Konversationszimmer.«

»Verarschst du mich jetzt?« Als er sie nur anschaute, zog sie die Schultern hoch, eine Geste, die sagte: »Mir kann man ja jeden Scheiß erzählen«, und meinte: »Na schön, machen wir Konversation. Aber dann lässt du mich noch ein bisschen pennen. Gar nicht so unbequem, dieses Sofa.« Sie streckte sich der Länge nach aus, die Arme hinter dem Kopf verschränkt. Ihre Jeans hatten Löcher, aber nicht aus Modegründen, wie man es manchmal auf der Straße sah, sondern weil sie wirklich alt und durchgewetzt waren. Was von ihrem Oberschenkel sichtbar wurde, sah nicht sauber aus.

»Ein Stockwerk höher sind Duschen«, sagte er. »Wenn du möchtest ...«

»Und du schaust mir dabei zu? Auf die Nummer bin ich schon als Säugling nicht mehr reingefallen.«

»Ich wollte nur ...« Aber er hätte nicht zu sagen gewusst, was er gewollt hatte. Es ist einfacher, sich zu unterhalten, wenn man sich sein Gegenüber nur ausgedacht hat.

Sie merkte, wie verwirrt er war, und lachte ihn aus. Unten links fehlte ihr ein Zahn.

»Bei welcher Abteilung bist du eigentlich?«

»Bei allen«, hätte er beinahe geantwortet, merkte aber gerade noch rechtzeitig, dass sie nicht die Abteilungen des Theaters meinte, nicht wissen wollte, ob er zur Technik gehörte oder zur Verwaltung oder zu den Schauspielern. »Ich bin überhaupt kein Polizist«, sagte er.

»Was dann? Privater Wachdienst?«

Den nächsten Satz hatte er gar nicht sagen wollen, er rutschte ihm heraus, wie einem manchmal ohne Vorwarnung ein Körpergeräusch herausrutscht. Unangenehm, aber auch erleichternd.

»Gestern war ich ein König«, sagte er.

Sie lachte schon wieder. Vielleicht, dachte er, war es der fehlende Zahn, der sie so jung aussehen ließ.

»Du hast eine Vollmeise«, sagte sie. »Aber das gefällt mir.«

Das wäre der Moment gewesen, ihr zu erklären, dass die Uniform nicht wirklich zu ihm gehörte, dass sie nur ein Kostüm war, so wie auch gestern der Königsmantel nur ein Kostüm gewesen war, aber er konnte es nicht erklären, verstand es ja selber nicht. Aber zeigen konnte er es ihr, wenn sie mitkommen wollte, durchs Foyer und dann die Treppe hinauf.

»Foyer«, wiederholte sie. Zog das Wort in die Länge und ließ es im Mund zergehen wie ein Stück Schokolade. »Das gehört bestimmt zum vornehmen Teil des Theaters.«

Vor der großen Glasfront blieb sie stehen, schaute auf den Theaterplatz hinunter und auf die Straße, wo um diese Zeit nur noch wenige Autos vorbeifuhren, jedes einen Streifen Licht vor sich herschiebend. »Komisch«, sagte sie. »Von der andern Seite kenne ich es. Aber so – als ob es eine andere Stadt wäre.«

Sie konnte nicht sehen, dass er hinter ihrem Rücken nickte. Es kam ihm vor, als ob sie sich in diesem Moment ganz nah wären.

Im Fundus ließ er zuerst den Lichtkegel seiner Lampe über die lange Reihe der Kostüme wandern, immer zwei übereinander. Dann erst schaltete er die Neonleuchten ein.

»Irre«, sagte sie, und er nahm es entgegen wie ein persönliches Kompliment.

»Das gehört alles dir?«

»Gewissermaßen«, sagte er.

Sie nahm die Parade der Kostüme ab, betrachtete hier einen bestickten Ärmel näher, zupfte dort einen Kragen zurecht. Mit dem Fingerknöchel klopfte sie auf den Harnisch einer Ritterrüstung. »Plastik«, sagte sie. »Hier ist nichts echt, was?«

»Nein«, sagte er, »das ist ja gerade das Schöne.«

»Außer uns beiden.«

Dann war es für ihn Zeit, sich umzuziehen. Er bat sie, solang hinauszugehen, aber sie blieb stehen. »Ich hab schon mal einen Mann in Unterwäsche gesehen«, sagte sie. »Oder auch ohne.«

»Bitte«, sagte er.

Sie nahm die falsche Tür, nicht die, die auf den Flur hinausführte, aber er war so erleichtert, dass ihm das egal war.

Er hängte schnell die Uniform auf ihren Bügel zurück, zog wieder die eigenen Klamotten an, die braune Hose und den ausgeleierten Pullover, und öffnete die Tür zum Nebenraum.

Wollte sie öffnen.

»Nicht so ungeduldig«, rief sie, die Stimme dumpf, als ob ihr Kopf unter einer Bettdecke steckte.

»Was machst du da drin?«

»Dasselbe wie du.« Jetzt klang die Stimme wieder heller.

Erst jetzt fiel ihm ein, dass nebenan der Fundus der Damenschneiderei war. Er hatte nicht daran gedacht, weil er dort nie hineinging.

»Bitte, komm raus!«

»Ich mach schon nichts kaputt.«

Er rüttelte an der Tür, obwohl er wusste, dass das nichts bringen würde. So gut hatte er sie schon kennengelernt, dass er wusste: Wenn sie eine Tür abgeschlossen hatte, dann blieb die auch versperrt.

»Bitte!«, rief er noch einmal. »Du kostest mich meinen Job.«

»Bin gleich so weit.« Es dauerte eine Minute oder zwei, sie kamen ihm vor wie Stunden. Dann drehte sich endlich der Schlüssel im Schloss, und sie kam herein. Einen Zylinder hatte sie sich aufgesetzt, er saß schräg auf ihren kurzen Haaren und passte nicht zu den anderen Kleidungsstücken, die sie ausgesucht hatte: ein Reifrock, für eine viel größere Frau geschneidert, so dass er bei jedem Schritt, den sie machte, über den Boden schleifte. Der Stoff rosarot und glänzend wie Seide, aber es war wohl ein billigeres Material. In Hüfthöhe eine Girlande aus Stoffblumen. Dazu eine Art Korsett, zwar in einer ähnlichen Farbe, aber aus einer ganz anderen Epoche. Sie hielt es sich vor die Brust, drehte ihm den Rücken zu und sagte: »Bind mir das zu!«

»Das ist nicht erlaubt«, protestierte er, und sie lachte und fragte: »Ist es dir lieber, wenn ich das Ding fallen lasse?« Sie ließ das Mieder auch wirklich ganz langsam nach unten rutschen, zeigte ihm einen Moment lang ihre Brüste, klein und fest, und er wusste, dass ihm nichts anderes übrigblieb. Er verschnürte die Bänder. Knotete sie enger zusammen, als es notwendig gewesen wäre. Wenn er ihr damit weh tat, ließ sie es sich nicht anmerken.

Sie drehte sich im Kreis, versuchte, sich im Kreis zu drehen, aber der Platz zwischen den Kostümen war so eng, dass das Band mit den künstlichen Blüten irgendwo hängen blieb und zerriss.

»Pass doch auf!«, sagte er.

»Passiert ist passiert«, sagte sie. »Gibt es hier irgendwo einen Spiegel?«

In der Schneiderei probierte sie verschiedene Posen aus, von vorne, von der Seite, probierte auch verschiedene Gesichter und nahm dann plötzlich seine Hand und sagte: »Lass uns auf die Bühne gehen.«

»Auf die Bühne?«

»Wenn das hier doch ein Theater ist ... Dort ist bestimmt genug Platz. In solchen Kleidern muss man tanzen.«

Er versuchte es ihr auszureden, obwohl er wusste, dass sie es sich nicht würde ausreden lassen, schaffte es aber nur, sie davon zu überzeugen, dass die Bühne nicht der richtige Ort war, nicht mit all den Versatzstücken, die dort von der Abendvorstellung noch herumstanden, und mit dem eisernen Vorhang, für dessen Mechanismus er keinen Schlüssel hatte.

Sie tanzte dann im Foyer, tanzte allein, ohne einen Partner zu brauchen. Durch die große Glasfront drang schon das erste Morgenlicht, und er hatte noch nie etwas so Schönes gesehen. Hatte noch nie etwas gesehen, dass ihm solche Angst machte.

Sie drehte sich und trippelte und hob die Arme. Blonde Achselhaare, obwohl doch die Haare auf ihrem Kopf …

Das ging ihn nichts an. Das hatte ihn nicht zu interessieren.

Er schaute auf die Uhr, schon zum zweiten und zum dritten Mal, und es war schon wieder Zeit vergangen, zu viel Zeit. Manchmal kamen die Bühnentechniker früh, und wenn er dann nicht an seinem Platz saß …

Nein, die Kleider würde sie nicht zurückbringen, sagte sie, nicht jetzt. Vielleicht in ein paar Tagen, wenn sie ihr verleidet waren … »Mir verleiden Sachen schnell«, sagte sie.

»Du kommst also wieder?«, fragte er, und es war eine Bitte.

»Vielleicht«, sagte sie. »Wir werden sehen.«

Sie begleitete ihn nach unten, ließ sich seinen Stuhl zeigen und bestand darauf, dass er sich hinsetzte. Dann setzte sie ihm den Zylinder auf – »Zum Andenken«, sagte sie –

und ging hinaus in die Stadt, in einem Reifrock und einem rosaroten Korsett.

Er hängte den Zylinder an einen Nagel hinter seinem Stuhl, und er fiel nie jemandem auf. Alle hatten das Gefühl, er sei schon immer dort gewesen.

Er kam auch weiterhin jeden Tag pünktlich ins Theater, immer exakt dann, wenn die Vorstellung zu Ende war.

»Ich hätte sie nach ihrem Namen fragen sollen«, dachte er oft.

Tagebuch

Ja, Padre, ich weiß. Wieder eine Geschichte, die von mir selber handelt.

An Barne Böckler

Anbei das gewünschte Musterkapitel. Ich bitte Sie zu entschuldigen, dass es von Hand geschrieben ist. Man hat mir keine Schreibmaschine bewilligt.

Aus meinem Leben

Ich kannte die griechischen Buchstaben nicht. Kannte überhaupt noch keine Buchstaben. Für mich waren es einfach zwei Zeichen, die ihm Bachofen auf die nackte Brust gemalt hatte.

Heute weiß ich, dass da unter der rechten Brustwarze ein Alpha war und unter der linken ein Omega. Kann die Bibelstelle nennen, auf die sich die Symbole bezogen. »Ich bin das A und das O, der Anfang und das Ende, der Erste und der Letzte.« Damals waren es für mich nur Formen. Wie bei einem Ausmalblatt, wo die Farben auch in ihren Feldern zu bleiben hatten.

Bei uns zu Hause gab es fünf verschiedene Ausmalblätter, von jedem einen ganzen Stapel, und ich kannte sie alle auswendig. »Moses mit den Gesetzestafeln«, »Tanz um das Goldene Kalb«, »Die Könige aus dem Morgenland«, »Die Hochzeit von Kana« und »Jesus geht über das Wasser«. Ich weiß nicht, warum es nur gerade diese fünf Motive und keine anderen waren. Vielleicht hatte mein sparsamer Vater einen günstigen Restposten kaufen können. Oder die Zeichnungen hatten einen kleinen Fehler, den ich als Kind nicht bemerkte. Immer sonntags bekam ich ein Blatt davon auf den Küchentisch gelegt, und es kam vor, dass es mehrere Wochen lang immer wieder das gleiche war. Bevor meine Mutter die Schachtel mit den Farbstiften aus dem Schrank holte, musste ich mir unter Aufsicht die Hände waschen.

Am liebsten malte ich mit dem gelben Stift, weil man sich dabei vorstellen konnte, es sei Gold.

Bei meiner Sonntagsarbeit gab ich mir jedes Mal große Mühe. Kaspars Turban, zum Beispiel, bestand aus vielen kleinen einzelnen Farbfeldern, und wenn ich die alle sauber ausgemalt hatte, wurde ich dafür gelobt. Ich mochte es, wenn man mir bestätigte, dass ich etwas gut konnte.

Besonders gut beherrschte ich als kleiner Junge eine Kunst, von der ich heute als Erwachsener nicht einmal träumen kann. Heute bin ich Stotterer. Extremer Stotterer. Damals konnte ich Gedichte aufsagen, ohne ein einziges Mal über ein Wort zu stolpern. Zungenbrecher. »Die Katzen kratzen im Katzenkasten, im Katzenkasten kratzen Katzen.« Manchmal durfte ich stellvertretend für die ganze Familie das Tischgebet sprechen. Heute würde ich es nicht einmal mehr über die Hürde der ersten Worte schaffen, aber den Text kann ich immer noch auswendig. »Allen Hunger, den wir haben, / stillen wir mit Gottes Gaben. / Alles Dürsten, das wir stillen, / stillen wir mit Gottes Willen. / Alle Sehnsucht ist erfüllt, / wenn Gott selbst als Nahrung quillt.« Ich habe bei diesen Worten jedes Mal vergeblich versucht, mir einen nahrhaft quellenden Gott vorzustellen. Wenn es um solche Themen ging, stellte man in unserer Familie keine Fragen. Wir waren fromm bei uns zu Hause. Kleinstadtheilige.

An dem Tag, von dem ich erzählen will, erzählen muss, sollte ich kein Gedicht aufsagen, sondern hatte eine sehr viel wichtigere Aufgabe. Eine erwachsene Aufgabe. Man hatte mir keinen Farbstift in die Hand gegeben, sondern ein Messer. Ein richtiges Messer. Wo mir doch zu Hause das Essen auf dem Teller immer noch vorgeschnitten wurde.

Das Wort »Skalpell« kannte ich noch nicht.

»Nur unschuldige Hände können Gottes Werk tun«, hatte Bachofen gesagt, und mein Vater hatte genickt, wie er bei jeder Aussage seines Idols genickt haben würde.

Bachofen.

Es müsste ein Satzzeichen geben, das deutlich macht, dass man jemanden hasst. Ein Satzzeichen wie ein Schrei.

Bachofen.

Das Lächelmonster. Der Frömmigkeitsheuchler. Der kritiklos verehrte Hochglanz-Heilige.

Er nannte sich »der Älteste« und war der Guru unserer kleinen Gemeinde. Gemeinde, nicht Sekte, darauf legte er Wert. Sekten waren alle andern, die Baptisten, die Lutheraner und natürlich die Katholiken mit ihren als Heiligen verkleideten Nebengöttern. Bei uns galt einzig und allein das Wort der Bibel, unverfälscht und klar, und wo etwas nicht klar war, wurde es von Bachofen ausgelegt. Wenn mein Vater die eigene Gottgläubigkeit betonte, und das tat er oft, meinte er damit seinen Glauben an Bachofen.

Bachofen höchstpersönlich hat mir dieses Messer gegeben.

Hat es gesegnet und mir hingehalten.

Stumm.

Der Junge auf dem Schreibtisch hat nicht gesehen, wie Bachofen mir das Messer reichte. Er hat eine Binde über den Augen. Seine Arme und Beine waren am Schreibtisch festgebunden, die Arme ausgebreitet und die Beine gespreizt. Bei den Vorbereitungen für das Ritual bin ich nicht dabei gewesen, aber ich bin mir sicher: Bachofen hat keine Gewalt anwenden müssen. Der Junge wird stolz auf seine Rolle gewesen sein, so wie meine Schwester stolz gewesen war, als sie im jährlichen Krippenspiel einen Engel darstellen durfte.

Er wird ihm vertraut haben.

Franz.

So ein gewöhnlicher Name.

Franz Hartmann.

Vielleicht hat es ihn gekitzelt, als ihm Bachofen die beiden Buchstaben auf die schmale Jungenbrust malte. Wenn es so war, wird er sich Mühe gegeben haben, sich nichts anmerken zu lassen. Alles, was mit Bachofen zu tun hatte, war ernsthaft und wichtig.

Auch für die Hartmanns, obwohl sie, wie ich meinen Vater hatte sagen hören, nur von lauer Frömmigkeit waren. Meine Mutter hatte ihm nicht widersprochen, was aber, das wusste ich schon als kleines Kind, keine Zustimmung bedeuten musste. Widerspruch war ein Kunststück, das sie nicht beherrschte. »Diese Leute sind weder heiß noch kalt«, hatte mein Vater gesagt und erklärt, früher oder später würden sie ausgespien werden aus Gottes Mund. Auch diesen spuckenden Gott konnte ich mir nicht richtig vorstellen.

Selbst wenn mein Vater recht hatte und die Frömmigkeit der Hartmanns nur lau war – als sie sich Sorgen um ihren Sohn machten, war ihnen als einzige Lösung eingefallen, Bachofen um Rat zu fragen. Hatten den Bock (nie war das Wort passender) zum Gärtner gemacht. Hatten ihren Sohn aus lauter Fürsorge ans Messer geliefert. Ans Skalpell.

Manchmal denke ich: Die schlimmsten Dinge im Leben passieren alle aus bester Absicht.

Franz Hartmann, vierzehn Jahre alt, war dabei beobachtet worden, dass er einen älteren Jungen, einen aus der Oberstufe, geküsst hatte. Vielleicht, denke ich heute, war es gar kein richtiger Kuss gewesen, sie hatten nur die Arme umeinander gelegt, hatten versucht, sich gegenseitig Geborgenheit zu schenken, wie man sie in diesem Alter ganz besonders braucht. Aber so weit dachte niemand. Ein

Junge und ein anderer Junge waren sich nahegekommen, da musste man nur das richtige Kapitel der Bibel aufschlagen und nachsehen, was dort zu dem Thema geschrieben stand. »Sie haben einen Greuel getan und sollen beide des Todes sterben.« Wäre es nicht um ihren eigenen Sohn gegangen, die Hartmanns hätten an diesem Urteil keinen Moment gezweifelt. Aber so suchten sie Hilfe bei Bachofen. Und der lächelte das Lächeln, das er so gut beherrschte, und versprach ihnen, es würde alles gut. Er kenne ein Ritual, mit dem sich so etwas leicht beheben ließe.

Bachofen erfand Rituale, wie er sie brauchte oder wie sie ihm gerade Spaß machten. Sie kamen seinen theatralischen Neigungen entgegen, und er erzielte mit ihnen auch tatsächlich Erfolge. In einem Fall, von dem alle gehört hatten, soll er eine Frau von ihrer Alkoholabhängigkeit geheilt haben. Vielleicht war das wirklich so, oder vielleicht soff sie nachher einfach heimlich. Aber es war unbestreitbar, dass seine Methoden bei den Leuten, die an ihn glaubten, Wirkung zeigten. Es mag sein, dass allein die Tatsache, dass sich der Älteste persönlich um sie bemühte, bei seinen Schäfchen einen Placeboeffekt auslöste. Seine Zeremonien, munkelte man, hatten bizarre Züge, und wer dabei gewesen war, durfte hinterher nicht darüber sprechen. Aber natürlich verbreiteten sich Gerüchte.

Jetzt sollte auch ich, der kleine Johannes Hosea, Teil eines solchen Rituals werden. Ich saß brav auf dem Stuhl, den man mir angewiesen hatte, und wartete. Das Skalpell in der Hand.

Bachofen murmelte ein langes Gebet.

Ich hatte von meinen Eltern und auch von meinem zum

Fanatismus neigenden älteren Bruder oft gehört, dass unser Ältester alles wisse und alles verstünde, dass er mehr sei als ein gewöhnlicher Mensch. Mit meinen vier Jahren muss das für mich bedeutet haben, dass Bachofen ein Zauberer war, jemand, der – ich hatte das einmal bei einem Straßenkünstler gesehen – ein Kaninchen aus einem Zylinder ziehen konnte. Anders kann ich mir nicht erklären, dass ich trotz der perversen Konstellation, von der ich ein Teil war, in meiner Erinnerung kein Erschrecken finden kann.

Wir befanden uns in Bachofens Sanktum, wie er sein Büro nannte. Große Worte sind der Frömmigkeit förderlich. Es war, nicht nur für ein Kind wie mich, ein beeindruckender Raum. Nur schon die hohen Regale an den Wänden, mit Büchern, die vom Boden bis zur Decke in Reih und Glied standen, ohne die geringste Lücke, als gebe es auf der Welt genauso viele Bücher, wie der Älteste sich hingestellt hatte, und jedes weitere wäre überflüssig. Alle Bände mit dem gleichen schwarzen Einband, und auf jedem Buchrücken prangte statt eines Titels ein silbernes Kreuz. »Es sind lauter Bibeln«, sagte man in der Gemeinde ehrfürchtig.

Die Tür, durch die man den Raum betrat, war dick gepolstert, so wie man es früher in altmodischen Zahnarztpraxen antraf, wo die Schmerzensschreie der Patienten keine Unruhe ins Wartezimmer tragen sollten. Die einzige Sitzgelegenheit, im Moment mein Platz, war ein ganz gewöhnlicher hölzerner Stuhl, wie aus dem Sperrmüll gefischt, ein Möbelstück von aufdringlicher Bescheidenheit.

Aber das war alles nur Beiwerk für den riesigen Schreibtisch, der den Raum beherrschte. Er war wohl nicht so unendlich groß, wie ich ihn als Kind wahrgenommen habe, aber trotzdem frage ich mich heute, wie das Monstrum jemals in diesen doch recht engen Raum hineingekommen ist. Man musste es an seine Position gebracht haben, bevor man die Wand mit der gepolsterten Tür einbaute. (Unser Betsaal war einmal eine Lagerhalle gewesen, und Bachofen hatte aus dem leeren Grundriss machen können, was immer ihm gefiel.)

Der Schreibtisch.

Auf der Platte, auf der sonst, wie mein Vater bewundernd berichtet hatte, immer ein Kruzifix stand, lag jetzt mit verbundenen Augen der vierzehnjährige Franz Hartmann. Nackt bis auf einen Lendenschurz, an Händen und Füßen gefesselt. Ich war damals gerade dabei zu erlernen, wie man sich die Schuhe bindet, und ich meine mich zu erinnern, dass mich die kunstvollen Knoten sehr beeindruckten. Noch mehr der Lendenschurz.

Während ich auf meine Aufgabe wartete, auf meinen Einsatz, versuchte ich mir auszudenken, wie so ein Stück Stoff wohl befestigt wurde. Jesus auf den Kreuzwegbildern trug auch immer einen Lendenschurz, und egal, was ihm zustieß, ob er unter seiner Last zu Boden fiel oder ein römischer Soldat ihn schlug, egal, wie sein Körper sich verkrümmte – die Geschlechtsteile blieben bedeckt. Vielleicht, dachte ich, brauchte es dafür Zauberkräfte.

Und vielleicht, denke ich heute, nachdem mich das Leben zum Zyniker gemacht hat, vielleicht hatte Jesus keine Geschlechtsteile und musste deshalb die Welt verbessern.

Bachofens Gebet dauerte lang, und ich fragte mich, ob es eine Sünde sei, sich in dieser Umgebung zu langweilen. Wenn ich während der unendlichen Gottesdienste am Sonntagmorgen kein aufmerksames Gesicht machte, bekam ich von meinem Vater jedes Mal eine Kopfnuss.

Viele Dinge waren sündig.

Ohne mir etwas dabei zu denken, fuhr ich prüfend über die Schneide des Skalpells. Das scharfgeschliffene Metall drang widerstandslos in meinen Daumenballen ein. Das Blut floss, ohne dass es weh getan hätte. Ich war erschrocken, aber ich weinte nicht. Schließlich sollte ich an diesem Tag ein großer Junge sein.

Genau das hatte mein Vater zu mir gesagt: »Sei ein großer Junge.«

Wie ein ganz gewöhnlicher Besucher hatte Bachofen an unserer Wohnungstür geklingelt. Mein Bruder, schon als Streber geboren, war hingelaufen, und mein Vater hatte ihm noch nachgerufen: »Wenn es wieder diese Mormonen sind, sag ihnen, sie sollen uns in Ruhe lassen!«

Es waren nicht die Mormonen. Er war es.

Auch als kleines Kind hat man schon gewisse Gesetzmäßigkeiten verinnerlicht, und so war mein erster, erschrockener Gedanke: »Einer von uns muss sterben.« Denn das wusste ich schon in diesem Alter: Es gab nur einen einzigen Anlass, der Bachofen zum Besuch bei einem Gemeindemitglied bewegen konnte, nämlich wenn es darum ging, jemandem den allerletzten Segen zu spenden und ihm die Augen zu schließen. Wenn man bei uns sagen wollte, bei einem Schwerkranken bestünde keine Hoffnung mehr, dann hieß das: »Bei ihm steht Bachofen schon vor der Tür.«

Jetzt stand er leibhaftig da. Obwohl bei uns niemand krank war. Schob meinen Bruder, der ihn mit offenem

Mund angestarrt haben wird, zur Seite und trat ein. Durchquerte den Flur und stand in unserer Küche, ein Ereignis, so wunderbar unerwartet, als würde man vor dem Essen »Komm, Herr Jesus, sei unser Gast« beten und der Sohn Gottes nähme die Einladung tatsächlich an, setzte sich neben einen hin, die Serviette schon im Kragen, und fragte: »Na, was gibt es denn heute Feines?« Niemand wusste mit dem unerwarteten Besuch umzugehen. Bachofen verstand es, Menschen aus dem Gleichgewicht zu bringen. Verrückte sind oft gute Psychologen.

»Ach ja«, sagte er, als ginge es um etwas ganz Unwichtiges, »ach ja, mein lieber Sohn« – der liebe Sohn war mein Vater – »ich möchte dich um einen kleinen Gefallen bitten.«

Dieser kleine Gefallen war ich. Bachofen, deshalb war er gekommen, wollte mich für ein paar Stunden ausleihen. So wie man sich bei seinem Nachbarn einen Schlagbohrer ausleiht.

»Viele Menschen denken«, sagte Bachofen, »dass gewisse Probleme in einer Gemeinschaft wie der unseren nicht vorkommen dürften. Aber das ist falsch. Gerade, wo die Menschen zur Heiligkeit streben« – an dieser Stelle wird er sich bekreuzigt haben –, »gerade, wo das göttliche Licht besonders hell leuchtet, gerade da lässt der Teufel besonders gern seine Dämonen ausschwärmen.«

Er hat das nicht wörtlich so gesagt. Als kleines Kind erfasst man die Gespräche der Erwachsenen mehr nach ihren Emotionen als nach den Inhalten. Aber Dämonen waren mir vertraut, so wie jedem Kind, dem einmal *Grimms Märchen* vorgelesen wurden, Hexen oder Menschenfresser vertraut sind. In den Gesprächen meiner Eltern, die meistens Monologe meines Vaters waren, kamen sie regelmäßig vor.

Ein solcher Dämon, sagte Bachofen, habe sich in unsere Gemeinde eingeschlichen und sich dort einen der Schwächsten als Opfer ausgesucht. Er habe Gott um Erleuchtung und Weisung angefleht, und der habe ihm eröffnet: Um diesen Dämon auszutreiben, brauche er als Mitstreiter eine völlig reine Seele, denn nichts sei für einen Gesandten der Hölle unerträglicher als Reinheit.

»Ein unschuldiges Kind muss ich an meiner Seite haben«, sagte Bachofen. »Ein schartenloses Schwert. Und euer Johannes Hosea soll dieses Schwert sein.«

Auf der Straße hatte ich Kinder gesehen, die Ritter spielten und dabei mit Holzschwertern herumfuchtelten. Ein ähnliches Spiel, so meinte ich Bachofen verstanden zu haben, wurde jetzt mir angeboten.

Er lächelte und sagte: »Lasset die Kinder zu mir kommen.«

Und mein Vater sagte: »Sei ein großer Junge.«

Der Daumen, den ich in den Mund gesteckt hatte, blutete immer noch. Das Blut hatte einen metallischen Geschmack. Zum Glück achtete Bachofen nicht auf mich, sonst hätte er mich am Ende noch für ein daumenlutschendes Kleinkind gehalten.

Er betete immer noch. Manchmal verzog er dabei wie bei einem plötzlichen Schmerz das Gesicht oder warf den Kopf so heftig zur Seite, als sei er von einem Stromschlag getroffen worden. Ihm zuzuhören und zuzusehen hatte etwas Hypnotisches, so wie mich einmal der immer gleiche

Bewegungsablauf eines Eisbären im Zoo beinahe in Trance versetzt hätte.

Allmählich begannen sich mit seinen ruckartigen Bewegungen Laute zu verbinden, zuerst nur einzelne Silben und dann immer häufiger mehrere hintereinander. Sie setzten sich nicht zu verständlichen Worten zusammen, aber auch das machte mir keine Angst. Ich war schon dabei gewesen, wenn jemand im Gottesdienst plötzlich begonnen hatte, in Zungen zu reden, und die Leute um mich herum hatten das als Zeichen besonderer Heiligkeit betrachtet. »Das ist die Sprache Gottes«, hatte Bachofen gerufen und dabei jubilierend beide Arme in die Höhe gerissen. Als hätte seine Lieblingsmannschaft ein Tor geschossen.

Jetzt sprach er die geheimnisvollen Laute fragend aus, brüllte sie dann wieder in den Raum wie eine Anklage. Ab und zu, wie jemand, der beim Fangenspielen schummelt, öffnete er ganz kurz die Augen und warf, heimlich, wie mir schien, einen Blick auf den nackten Jungen auf seinem Schreibtisch, schien auf eine Reaktion von ihm zu warten und verdoppelte seine Bemühungen, wenn er wieder keine auslöste.

Bis Franz bei einem Wort zusammenzuckte.

Heute ist mir natürlich klar, dass da keinerlei Zusammenhang war, dass Franz einen Hustenanfall unterdrückte oder auf einen Krampf in einem seiner gefesselten Glieder reagierte, aber Bachofen nahm es als Antwort. Er wiederholte das Wort, bei dem es passiert war, immer wieder, im gleichen triumphierenden Ton, in dem mein Bruder seinen Sieg verkündete, wenn er mich in einem unserer kindischen Spiele geschlagen hatte.

»Baphomet! Baphomet! Baphomet!«

Der Name eines Dämons, wie ich unterdessen gelernt habe. Ein mächtiger Dämon, für Leute, die an solche Dinge glauben.

Der Dämon, den er Franz Hartmann austreiben wollte.

Denn Franz Hartmann hatte einen anderen Jungen geküsst.

Vielleicht war er schwul, wahrscheinlich sogar, aber in seinem Alter kann es nur eine Homosexualität im Larvenstadium gewesen sein, etwas, für das er noch nicht einmal selber einen Namen gewusst hätte. Unerforschtes Land.

Nach Bachofens Überzeugung war er von einem Dämon besessen.

»Baphomet, verlasse diesen Körper!«

Er schrie es ihm ins Gesicht. Brüllte ihn an. Beugte sich dazu ganz nahe über ihn.

Sie werden Franz nicht erklärt haben, warum ihn Bachofen bei dieser Zeremonie dabeihaben wollte. Es wird ihnen peinlich gewesen sein. »Tu dem Ältesten den Gefallen«, werden sie gesagt haben. »Er wird schon seine Gründe haben.«

Bachofen hatte seine Gründe. Es war eine Gelegenheit, seine Gewaltphantasien auszuleben. Macht über fremde Körper auszuleben.

Wenn Franz sich gewunden hätte, geschrien, denke ich heute, wenn er in Ohnmacht gefallen wäre – vielleicht hätte sich Bachofen mit diesem Erfolg seiner Teufelsaustreibung begnügt und ich wäre gar nicht mehr an die Reihe gekommen. Aber Franz wehrte sich nicht. Versuchte nicht einmal dem Speichel auszuweichen, der ihm ins Gesicht tropfte.

Spielte immer noch mit. Bachofen war immer noch Bachofen für ihn. Der Mann, für den man schon einmal ein Opfer bringen musste.

Alles, was bisher passiert war, war zwar unangenehm gewesen, aber noch nicht richtig schmerzhaft. Noch war kein Blut geflossen außer meinem eigenen. Das schartenlose Schwert mit seinem schartenlosen Skalpell saß immer noch brav da, den Daumen im Mund, und wartete.

Bis mich Bachofen an seine Seite winkte.

Muss ich das Ritual wirklich beschreiben? Ich habe es auf der Couch von zwei verschiedenen Psychologen getan, und es hat mir keine Erleichterung gebracht. Ich stottere immer noch.

Vielleicht ist Aufschreiben eine wirksamere Therapie.

Als Baphomet trotz aller Aufforderungen nicht aus dem Knabenkörper ausfahren wollte, richtete sich Bachofen auf und nickte mir zu. Ein Dirigent, der seinem Solisten den Einsatz gibt.

Ich war froh, das weiß ich noch, dass ich mit dem Alpha beginnen durfte. Das Omega schien mir eine sehr komplizierte Form zu sein.

An meinem Daumen hatte ich festgestellt, dass man bei diesem Messer nicht stark drücken musste, um einen Schnitt zu machen. Ich setzte die Klinge ganz vorsichtig am Fuß des Buchstabens an.

Erinnerungen haben ihre eigenen Regeln und folgen keiner Logik. An was ich mich am stärksten erinnere, ist mein Ärger darüber, dass sich Franz Hartmann so rücksichtslos von einer Seite auf die andere warf und es mir unmöglich machte, eine saubere Linie in seine Brust zu schneiden.

Und ich wollte doch bei Bachofen einen guten Eindruck machen.

Mein Finger blutete immer noch, aber das fiel nicht auf. Franz Hartmann blutete sehr viel mehr.

Er wird auch geschrien haben, aber das denke ich mir nur logisch dazu. Es kann nicht anders gewesen sein.

Was ich immer noch hören kann, zu hören vermeine, ist Bachofens Stimme, die den bösen Dämon Baphomet auffordert zu verschwinden. In meinem Kopf klingt sie nicht drohend, sondern glücklich. Die Stimme eines Menschen, der endlich etwas tun kann, auf das er sich lang gefreut hat.

Irgendwann verrutschte die Augenbinde, und Franz Hartmann sah mich an, wie wohl ein Kalb seinen Metzger ansieht, verschreckt und ohne Verständnis. Der Lendenschurz hielt die ganze Zeit.

Auch beim Omega war der erste Schnitt nicht präzis. Nichts, worauf man als kleiner Junge stolz sein kann. Aber dann lag Franz plötzlich still, und ich konnte meine Aufgabe ungestört zu Ende führen. Bachofen tätschelte mir den Kopf und nahm mir das Skalpell mit seiner blutigen Klinge ab. »Bitte warte draußen«, sagte er.

Im leeren Betsaal, in dem ich noch nie ohne die Begleitung meines Vaters gewesen war, fürchtete ich mich mehr, als ich mich während des ganzen Rituals gefürchtet hatte. Der Raum war dunkel, und die leeren Stühle kamen mir vor wie Tiere, die mich jederzeit anfallen konnten. Ab und zu fuhr ein Auto vorbei, und es war, als ob seine Scheinwerfer nach mir suchten.

*

Von jenem Tag an, man erzählte es in der Gemeinde mit Stolz, war Franz Hartmann nicht mehr schwul. Seine Eltern sind bald darauf mit ihm in eine andere Stadt gezogen. Ein paar Jahre später kam er allein in unsere Stadt zurück und trat wieder in Bachofens Gemeinde ein. Ich habe erst später verstanden, warum er das tat. Aber das ist eine andere Geschichte.

Beide Psychologen, bei denen ich war, haben mir versichert, dass mein Stottern nichts mit diesem Erlebnis zu tun haben kann.

Tagebuch

Aufschreiben. Aufschreiben. Aufschreiben.
Man müsste es jemandem erzählen können, aber da ist niemand. Und selbst, wenn da jemand wäre

Wenn Kuntze katholisch wäre, würde ich mich zur Beichte anmelden. Er dürfte nichts weitersagen.

Nie darüber reden. Zu niemandem.

Das Herz schlägt bis zum Hals. Das ist mehr als eine Floskel.
Wenn ich jetzt tot umfalle und man findet meine Leiche vor diesem Tagebuch und sie lesen, was ich geschrieben habe, und erfahren alles

Erst wenn ich tot bin, kann mir das egal sein.

Dass er entlassen wird, hatte ich schon gerüchteweise erfahren. Es hat mich nicht überrascht. Er hat hier alles organisiert und ist draußen nützlicher. Wegen guter Führung vorzeitig.

Das andere

Man hält mich hier für seinen Freund. Oder seinen Komplizen. Beides verschafft mir Status. In der Hackordnung des Hauses sind die richtigen Beziehungen mehr wert als Muskelpakete.

Damals in der Penne werden manche Lehrer gedacht haben, Nils und ich seien Freunde. Weil man uns doch so oft zusammen sah.

Ich bin nicht sein Freund. Ich bin nützlich, das ist etwas anderes. War ihm nützlich. Kann ihm wieder nützlich sein. Es ist nicht vorbei. Auch wenn ich selber entlassen werde, wird es nicht vorbei sein.

Wer Pech anfasst, kriegt die Hände sein ganzes Leben nicht mehr sauber.

Sich besudeln. Wenn man ein Wort für das erfinden wollte, was ich getan habe, es würde niemandem ein besseres einfallen.

Sich besuuuuudeln.

Aufschreiben. Der Reihe nach.

In den letzten Wochen hat er sich im Speisesaal schon zweimal neben mich gesetzt. Beide Male sind meine Nachbarn aufgesprungen und haben sich einen anderen Platz gesucht.

Als ob sie etwas Intimes miteinander zu besprechen hätten. Für ihn ist immer ein Stuhl frei; es würde dazu den Muskelmann nicht brauchen, der ihm sein Tablett hinterherträgt. Ein reines Requisit. Ich habe ihn noch nie einen Bissen tatsächlich essen sehen.

Es wird erzählt, er habe ein halbes Dutzend Perücken in die JVA mitgebracht. Wenn es wahr ist, kann ich keinen Unterschied zwischen ihnen erkennen.

Scheiß auf die Perücken. Schreib auf, was passiert ist.

Der Ablauf hatte sich schon eingespielt. Der Zettel mit den beiden nächsten Briefen war kleingefaltet in meiner Tasche bereit. Wenn er kam, habe ich das Papier wortlos auf den Tisch gelegt, und er hat es ebenso wortlos eingesteckt. Kein Augurenlächeln. Er gäbe einen guten Pokerspieler ab.

Immer zwei Briefe auf einem Blatt. Der Liebesbrief und die Antwort darauf. Kleine Buchstaben auf dünnem Papier. Zum Leporello gefaltet.

Heute ließ er das Papier liegen. Schüttelte unmerklich den Kopf. Die Miniaturausgabe einer Verneinung.

Ich wartete. Man stellt ihm keine Fragen. Wenn er sie beantworten will, stellt er sie sich selber.

Er schnitt aus einer Scheibe Brot kleine, exakte Quadrate heraus. Stapelte sie aufeinander. Schnippte mit dem Finger gegen den Turm und ließ ihn einstürzen. Sprach leise.

»Das Problem hat sich erledigt«, sagte er. Lächelte dabei. Genauer: Seine Stimme klang, als ob in ihm drin jemand lächeln würde. »Ein Unfall«, sagte er. »Unser Freund lebt nicht mehr.« Sagte nicht »Karel«. Sagte: »Unser Freund.«

»Ein Opfer des Krawalls in Block 2«, sagte er. Sagte: »Opfer.«

Vorher hatte ich nicht gewusst, wer der Tote gewesen war.

Warum war es kein Schock? Es hätte ein Schock sein müssen. Aber da war nur der Gedanke: eine elegante Lösung für sein Problem.

Bin ich abgestumpft? Gefühllos geworden? Damals, bei Pastor Dorffmann, bei dem Unfall, der keiner war, da habe ich noch anders reagiert.

Ich habe immer damit kokettiert, was für ein unmoralischer Mensch ich doch sei. Es war wohl mehr als Koketterie. Mein Koordinatensystem hat sich verschoben.

Natürlich war es kein Unfall und Karel kein zufälliges Opfer. Er ist gestorben, weil der Krawall in Block 2 zu diesem Zweck angezettelt worden war. Der Ablauf so sorgfältig choreographiert wie die Saloon-Prügelei in einem Western.

Es kann nicht anders gewesen sein.

Eine elegante Lösung, habe ich gedacht. Und: Schade, jetzt ist Schluss mit meinem Auftrag.

Ich habe mir nichts anmerken lassen und weiter in meinem Hackbraten nach Fleischähnlichem geschürft. Ich habe die Spielregeln verstanden. Hier in der JVA ist ein Menschenleben nichts wirklich Wertvolles.

Der Advokat fasste mit spitzen Fingern nach dem kleinen Papier, das immer noch auf dem Tisch lag, und ließ es in seinen Teller fallen, wo es sich langsam mit Soße vollsaugte. Wie der Verband über einer blutenden Wunde. Ich erwartete, dass er aufstehen und gehen würde.

Aber er blieb sitzen. War mit mir noch nicht fertig.

»Außer den Beteiligten bist du der Einzige, der Bescheid weiß«, sagte er. Man konnte das als Kompliment verstehen oder als Drohung. Wenn es eine undichte Stelle gab, würde man mich zu finden wissen.

»Wir werden uns nicht mehr sehen«, sagte er. »Auch wenn du dann draußen bist, wird es besser sein, wenn wir keinen Kontakt haben. Aber wir bezahlen unsere Schulden. Du willst jetzt ein Buch schreiben, höre ich.«

Sie hören alles.

»Es wird ein erfolgreiches Buch werden. Solang ich nicht darin vorkomme.«

Dann ging er. Der Zettel mit den beiden Liebesbriefen lag immer noch in der Hackfleischsoße.

Jetzt ist es aufgeschrieben.

Das Glück, um seiner selbst willen geliebt zu werden, hat der Advokat seinem Boss nicht verschaffen können. Aber für jemanden, der auf der Suche nach der großen Emotion ist, kann die dramatische Trauer um einen geliebten Menschen auch befriedigend sein.

Nehme ich an.

Nicht darüber nachdenken. Es ändert nichts. Das Buch ist wichtiger. Böckler würde mir den Auftrag dafür gern geben, traut sich aber noch nicht. Steht auf dem Dreimeterbrett und wartet darauf, dass ihm jemand einen Schubs gibt.

Dem nächsten Kapitel, das ich ihm schicke, darf er nicht widerstehen können.

An Barne Böckler

Hier noch eine weitere Probelieferung, wie gewünscht. Es ist mir nicht leichtgefallen, die Geschichte zu Papier zu bringen. Aber sie gehört in das Buch, so wie sie in mein Leben gehört.

Aus meinem Leben

Verurteilt bin ich wegen Betrugs, aber schuldig bin ich wegen eines anderen Verbrechens. Wenn Gerechtigkeit etwas Wirkliches wäre und nicht nur ein Versteckspiel zwischen Paragraphen. Wenn das biblische »Auge um Auge, Zahn um Zahn« tatsächlich Gültigkeit hätte.

Ich habe einen Menschen umgebracht und bin nie dafür bestraft worden.

Es ist nicht im Affekt geschehen und nicht im Zorn. Ich war nicht betrunken, und ich stand nicht unter Drogen. Die mildernden Umstände, die ich mir einrede, würden vor keinem Gericht der Welt Bestand haben. Wenn es eine Gerechtigkeit gäbe.

Hohes Gericht, hier ist mein Geständnis:

Sie hieß Spackmann, Elsa Spackmann. Sie war zweiundachtzig Jahre alt und roch nach Pfefferminze. Das kam von einem Likör, den sie regelmäßig trank. Aus rein medizinischen Gründen, erklärte sie mir, Pfefferminze sei für vieles gut, für den Magen und für den Kopf. »Ohne mein Gläschen wäre ich nie so alt geworden«, sagte sie.

Elsa Spackmann.

Sie humpelte immer leicht angesäuselt durch ihre Wohnung, kleine, mühsame Schritte. Ihre Beine mussten jeden Morgen eingebunden werden, was sie seit Jahren mühsam selber bewerkstelligt hatte, bis ich dann die Aufgabe übernahm. Auch ihre Augen hatten nachgelassen, die Haare waren schütter geworden und der Rücken krummer. Sie sei trotzdem ein glücklicher Mensch, sagte sie. »Das Glück ist ein Rindvieh und sucht seinesgleichen.« Sie hatte einen Schatz an altmodischen Lebensweisheiten, die sie ebenso liebte wie den Krimskrams in ihrer Vitrine. Ihre Sammlung von Mecki-Igeln hat sie mir gleich am ersten Tag unserer Bekanntschaft so stolz vorgeführt, als ob die Figürchen aus Meissener Porzellan gewesen wären.

Sie bestand darauf, dass ich sie Mutter Spackmann nannte, »so wie die Mutter Beimer im Fernsehen«. Die *Lindenstraße* war ihr wöchentliches Hochamt und durfte durch nichts gestört werden. »Sehen Sie, Herr Friedrich«, sagte sie oft, wenn eine Folge zu Ende war, »da geht es uns doch viel besser als diesen Leuten.«

Ich muss das erklären.

Ich hatte mich nicht mit meinem richtigen Namen bei ihr vorgestellt, wäre gar nicht auf den Gedanken gekommen. Lügen ist wie Rauchen: Wenn man einmal damit angefangen hat, tut man es bald automatisch. Ich war damals noch sehr jung, aber ich hatte doch schon gelernt, dass man anderen Menschen so wenig wie möglich von sich selber preisgeben darf. Und was man preisgibt, muss man vorher sorgfältig erfunden haben. Später, in meinem Beruf, war das immer die wichtigste Regel.

(Ein Gefängnisgeistlicher, den ich kannte, war irritiert, wenn ich von meinem »Beruf« sprach. Eine kriminelle Laufbahn könne kein Beruf sein, meinte er. Aber wie soll ich das Handwerk, mit dem ich fast ein Vierteljahrhundert meinen Lebensunterhalt bestritt, sonst nennen?)

Mutter Spackmann.

Wenn das Wetter in jenem Sommer anders gewesen wäre, hätte ich sie nie kennengelernt. Wir würden nie ein Wort miteinander gewechselt haben. Sie wäre ihren Weg gegangen und ich den meinen. Nachdem ich sie bestohlen hatte.

Ich lebte damals von der Hand in den Mund. Keine sehr schmackhafte Diät. Hangelte mich von Gelegenheitsjob zu Gelegenheitsjob, aber keiner hielt lang vor, was – damals habe ich es anders gesehen – weitgehend mein eigener Fehler war. Weil ich körperlich nicht geschickt war, hielt ich mich für einen Intellektuellen, aber mit Klugscheißereien macht man sich als Pfannenschrubber nicht beliebt, schon gar nicht, wenn man sie stotternd von sich gibt. Einmal, das weiß ich noch, bin ich rausgeflogen, bevor ich ein Schopenhauer-Zitat zu Ende gebracht hatte.

Die einzige Unterkunft, die ich mir leisten konnte, war ein Zimmer in einer chaotischen WG. Kein wohnlicher Ort, ich ging dort nur zum Schlafen hin. Lieber lief ich stundenlang durch die Straßen, schnappte mir hier in einem Schnellimbiss eine Schrippe vom Stehtisch oder klaute dort einen Apfel aus der Auslage eines Gemüsehändlers.

Bei einem solchen Raubzug habe ich Mutter Spackmann zum ersten Mal gesehen. Sie hatte ein Pfund Kartoffeln eingekauft, einen Bund Mohrrüben, einen Kopfsalat, und als sie bezahlt und das Gemüse umständlich in ihrer Einkaufstasche verstaut hatte, ließ sie in ihrer Schussligkeit den Geldbeutel liegen. Den ich natürlich sofort einsteckte. Moral ist ein Luxus für Leute, die sich das leisten können.

Die Ausbeute war bescheiden. Später habe ich erfahren, dass sie gar nicht so schlecht bei Kasse war. Sie nahm immer nur ganz wenig Geld mit, wenn sie einkaufen ging. »Es wird so viel gestohlen«, sagte sie. »Man darf es diesen Leuten nicht zu leicht machen.«

Sie hat nie erfahren, dass auch ich zu diesen Leuten gehörte.

Alles wäre anders verlaufen, wenn es nicht zu regnen begonnen hätte. Ich hätte den schäbigen Inhalt ihres Geldbeutels eingesteckt und wäre weitergegangen. Wir wären nicht ins Gespräch gekommen, hätten uns nicht angefreundet, und ich wäre nicht bei ihr eingezogen.

Und ich hätte sie nicht umgebracht.

Aber es begann zu regnen, ein plötzliches heftiges Sommergewitter, und ich hatte keine Lust, nass zu werden.

Vielleicht, wenn da ein Café gewesen wäre, in dem ich das Ende des Regengusses hätte abwarten können. Für eine Tasse Kaffee hätte das gestohlene Geld gereicht. Aber da war nirgends ein Café.

Was man auf geraden Wegen nicht erreicht, muss man auf krummen probieren, und so bin ich durch den Regen hinter der alten Dame hergerannt, und vor ihrer Haustür habe ich sie angesprochen. »Sie haben da vorhin Ihren Geldbeutel liegenlassen.«

Als ich ihr auch noch anbot, ihre Einkaufstasche die drei Treppen hochzuschleppen, war sie endgültig davon überzeugt, ich sei der netteste junge Mann, der ihr je begegnet sei. Ich trug ihr die Tasche bis in die Küche und sagte dann: »Tja, dann gehe ich jetzt wieder in den Regen hinaus.« Worauf sie mich natürlich – »bis das Gewitter vorbei ist« – zu einer Tasse Kaffee einlud. Genau das, was ich mit meiner Hilfsbereitschaft hatte erreichen wollen.

Sie mahlte die Kaffeebohnen von Hand. Ihre elektrische Kaffeemühle, erklärte sie mir, funktioniere schon lang nicht mehr. Im Laden hatte man ihr gesagt, eine Reparatur lohne sich nicht, sie solle sich eine neue kaufen, »aber die Mühle hat mir mein Sohn geschenkt, und da kann ich doch nicht einfach eine andere …« Ihr Sohn, erzählte sie, lebe schon viele Jahre in Amerika, als Ingenieur bei einer Flugzeugfirma, er sei auch verheiratet gewesen und habe drei Kinder, aber dann habe sich seine Frau scheiden lassen, und jetzt lebe er allein – »wie ich« – und sehe seine Kinder nur selten. Er habe schon lang versprochen, bald mal zu Besuch zu kommen, aber er sei halt in seiner Fabrik ein wichtiger Mann und bekomme keinen Urlaub. »Ich habe mir fest vorgenommen«, sagte sie, »sobald er da war und gesehen hat, dass ich seine Maschine noch habe, schmeiße ich sie weg und kaufe mir eine andere.« Sie musste über diese verdrehte Logik selber lachen.

Wir führten ein einseitiges Gespräch, so wie später noch oft. Sie erzählte, und ich hörte zu, und das war mir, nicht nur wegen meines Stotterns, ganz recht. Ich war gerade einem familiären Milieu von Verklemmtheit und permanenter Strafe entkommen, und ihre Unbekümmertheit tat mir gut.

Mutter Spackmann. Die Frau, die ich umgebracht habe.

An diesem ersten Tag tranken wir zusammen Kaffee, sie genehmigte sich ein Gläschen Pfefferminzlikör, und als sie sich leergeplaudert hatte, wollte sie wissen, was es von mir zu berichten gebe. Als sie hörte, ich sei auf der Suche nach einer bezahlbaren Bleibe, strahlte sie mich an, als ob ich ihr ein Geschenk gemacht hätte, und meinte, das Problem lasse sich leicht lösen, da sei schließlich noch das Zimmer ihres Sohnes, »und wenn er wirklich mal aus Amerika rüberkommt, wird uns schon etwas einfallen«. Nein, über Miete müssten wir nicht reden, ich könne ja ab und zu für sie einkaufen gehen, das sei auch etwas wert. Sie war schnell zum Du übergegangen, während ich in der ganzen Zeit unserer Bekanntschaft immer Sie zu ihr sagte. Sie, Mutter Spackmann.

An dem Zimmer war nichts verändert worden, seit ihr Sohn ausgezogen war. Von der Decke hingen immer noch selbstgebastelte Flugzeugmodelle, die sie mir einzeln vorstellte, als ob es Familienmitglieder wären. »Das ist die Spitfire, das ist die Mosquito, das ist die Junkers.« Das sei übrigens auch ein Vorteil, wenn ich hier einzöge, meinte sie, die Modelle müssten regelmäßig abgestaubt werden, und dazu auf einen Stuhl zu steigen falle ihr immer schwerer. Auch das könne ich in Zukunft übernehmen. Das Bett war frisch bezogen, als ob sie mich erwartet hätte. Ein großes Kissen, der weiße Überzug mit einer Spitzenborte.

Ich holte meine Sachen aus der WG, und als ich meinen kleinen Besitz in den Kleiderschrank räumte, fand ich dort unter einer sorgfältig zusammengelegten Pfadfinderuniform einen ungeöffneten Modellbaukasten, eine Messerschmitt aus dem Zweiten Weltkrieg. Mutter Spackmanns

Sohn war wohl nicht mehr dazu gekommen, die Teile zusammenzusetzen.

(Erst jetzt, wo ich das alles zu Papier bringe, fällt mir auf, dass meine Gastgeberin, bei aller Geschwätzigkeit, immer nur »mein Sohn« sagte und mir nie seinen Namen nannte. So wie ich meinen Familienangehörigen in diesen Aufzeichnungen keinen Namen gebe. Vielleicht war auch da etwas, das sie lieber vergessen wollte.)

Ich habe fast zwei Jahre in diesem Zimmer gewohnt, mit dem Poster von Neil Armstrong auf der verschossenen Blümchentapete, und ich habe mich nie wieder irgendwo so zu Hause gefühlt. Mutter Spackmann hatte, trotz ihrer körperlichen Beschwerden, das Talent, in allem, was ihr passierte, immer das Positive zu sehen. Wenn ein Auto sie überfahren hätte, sie würde sich auf dem Weg ins Krankenhaus darüber gefreut haben, mit Blaulicht und Sirene unterwegs sein zu dürfen. Einmal sagte sie: »Mein Rücken wird immer krummer, das ist mein Glück. Wenn jemand auf der Straße einen Hundertmarkschein verliert, sehe ich ihn als Erste.« Unangenehme Dinge nahm sie einfach nicht wichtig. Wollte nicht darüber reden. Wenn ich sie fragte, wie es ihr gehe, bekam ich nur eines ihrer Sprichwörter zur Antwort: »Was man nicht kann ändern, das muss man lassen schlendern.«

Bis wir dann doch darüber reden mussten.

Sie wusste genau, dass ihr Sohn nie aus Amerika zu Besuch kommen würde, aber sie nahm auch das nicht zur Kenntnis. Was ihr umso leichter fiel, als sie jetzt ja mich zum Betüddeln hatte. Vielleicht, wer weiß, war ihr Sohn vor ihrer geballten Mütterlichkeit geflohen. Ich genoss sie jede

Sekunde. Meine eigene Mutter hatte mich sauber gehalten und gefüttert, so wie sie den Boden schrubbte und dem Gummibaum Wasser gab. Zuverlässig und ohne Gefühle. Bei Mutter Spackmann war das anders.

Hier im Knast gibt es einen Typen, äußerlich ein richtiger Kleiderschrank, aber ein ganz friedlicher Mensch. Der hat sich ein Herz und darunter das Wort *Mama* auf den Arm tätowieren lassen, und als sich einmal in einer Kneipe jemand darüber lustig machte, ist er durchgedreht. Jetzt sitzt er wegen gefährlicher Körperverletzung. Es wird auch Alkohol mit im Spiel gewesen sein, aber ich kann ihn verstehen. Wenn sich jemand über Mutter Spackmann lustig machen wollte, ich weiß nicht, was ich mit ihm anstellen würde. Wenn ich nur an sie denke, passiert in mir etwas, obwohl ich bestimmt kein Typ für zarte Gefühle bin. Wenn man die aufgebrummten Jahre überstehen will, trainiert man sich solche Schwachheiten besser ab.

Auf Mutter Spackmann lasse ich nichts kommen. Ich habe sie geliebt.

Ich habe sie umgebracht.

Die Zeit, die wir miteinander verbrachten, war wunderbar alltäglich. Ich übernahm den Haushalt, wusch das Geschirr und machte die Betten, auch wenn sie jedes Mal halbherzig protestierte: »Das ist doch keine Arbeit für einen Mann.« Einmal, aus Jux, habe ich mich von diesem Einwand scheinbar überzeugen lassen und gesagt: »Sie haben recht, Mutter Spackmann, ab sofort lasse ich Sie das wieder machen.« Worauf sie mich von unten her anschaute und antwortete: »Sehr vernünftig. Aber andererseits – ich will dir auch nicht den Spaß verderben.«

Das Einzige, was sie sich nicht abnehmen ließ, war das Kochen. Selbst als ihre Beschwerden stärker wurden und sie nur noch mit Schmerzen stehen konnte, bestand sie darauf, dass das ihre Domäne bleiben müsse. Ihr Meisterstück, das es nur zu besonderen Gelegenheiten gab – aber wir waren einfallsreich darin, besondere Gelegenheiten zu erfinden –, war ein rheinischer Sauerbraten, an den ich immer noch sehnsüchtig denke, so wie man sich hier im Knast in den endlosen Nächten an vergangene Liebschaften erinnert.

Am Abend spielten wir im Wohnzimmer Karten, ein altmodisches Spiel namens *Schnapp den Buben*. Wenn sie am Verlieren war, schummelte sie. Ich tat so, als ob ich nichts gemerkt hätte, und darüber konnte sie sich freuen wie ein kleines Mädchen, das ungestraft die Keksdose geplündert hat. Nach ein paar Gläschen Likör tätschelte sie mir die Hand und machte verliebte Augen. Wenn sie dann aufstand, um schlafen zu gehen, war sie noch unsicherer auf den Beinen als sonst, und ich musste sie stützen.

Ich hatte unterdessen einen vernünftigen Job gefunden. Dort verdiente ich zwar nicht dick, aber ohne Miete blieb trotzdem etwas übrig. An ihrem Geburtstag, dem zweiundachtzigsten, lud ich Mutter Spackmann in ein vornehmes Lokal ein. Sie war seit vielen Jahren nicht mehr ausgegangen und war schon Tage vorher aufgeregt wie ein Teenager vor dem ersten Rendezvous. Sie ließ sich beim Friseur Löckchen drehen, eine Frisur, die nicht wirklich gut zu ihr passte, die ich aber pflichtgemäß bewunderte. Ihr Kleid war ihr zu weit, als ob sie geschrumpft wäre, seit sie es zum letzten Mal getragen hatte. Dazu hatte sie sich eine Brosche angesteckt, die ich nie zuvor an ihr gesehen hatte:

einen silbernen Januskopf auf schwarzem Grund, in eine Richtung lachend, in die andere weinend. Diese Brosche ist das Einzige, was ich mitgenommen habe, nachdem Mutter Spackmann gestorben war.

Nachdem ich sie umgebracht hatte.

Der Kellner, der uns bediente, war von der geschwätzigen Sorte und hielt es für trinkgeldfördernd, uns zu versichern, wie reizend er es doch fände, dass ein Enkel seine Großmutter ausführe. Worauf Mutter Spackmann nicht mehr aufhören konnte zu kichern. Wir stießen mit Champagner an und taten auch sonst furchtbar vornehm; ich nannte sie »gnädige Frau« und sie mich »Herr Baron«, und weil wir so laut lachten, schauten uns die anderen Gäste schief an. Sie fand es urkomisch, dass die Speisen alle so seltsame französische Namen hatten. Der Kellner bot sich als Übersetzer an, aber sie machte sich lieber ein Spiel daraus, bei jedem Gang zu raten, was wohl diesmal hinter der unverständlichen Bezeichnung stecken würde. Zum Abschluss bestellte ich *crème de menthe* für sie, und sie war glücklich, als sich das als ihr geliebter Pfefferminzlikör entpuppte.

Für den Heimweg wollte ich eine Taxe nehmen, aber Mutter Spackmann war so aufgedreht, dass sie unbedingt zu Fuß gehen wollte. Auf der Straße fing sie sogar an zu singen. »Ein erstes Glas, ein zweites Glas, dann liegt der Mensch schon auf der Nas'.« Das Lied wäre mit einem dritten und einem vierten Glas weitergegangen und wohl auch noch mit einem fünften und sechsten, aber was sich darauf reimen sollte, hatte sie vergessen und fing immer wieder von vorn an.

*

Die Krankheit brach nicht plötzlich aus, aber weil sie ihre Beschwerden nie wichtig genommen hatte, war sie nicht rechtzeitig zum Arzt gegangen. Im Krankenhaus hat man sie aufgeschnitten und gleich wieder zugenäht. Der Krebs hatte sich schon im ganzen Körper verbreitet, und es gab keine Heilungschancen mehr. Zwei Wochen lag sie auf einer Station für hoffnungslose Fälle, und zuerst wollte man mich nicht zu ihr lassen, weil ich ja kein enger Verwandter war. Dabei konnte es keine engere Verwandtschaft geben als zwischen mir und Mutter Spackmann.

Irgendwann entließ man sie nach Hause. Für die Krankenhausstatistik war es besser, wenn die Leute zu Hause starben. Ich trug sie die drei Treppen hoch, und es war, als ob ich ein Kind in den Armen hätte. Ich legte sie in ihr Bett und deckte sie zu. Als ich ihr vorlügen wollte, was man todkranken Menschen so vorlügt, »Sie werden wieder ganz gesund« und ähnlichen Unsinn, da drohte sie mir mit ihrem knochigen Finger und sagte mit schwacher Stimme: »Es gehen viel Lügen in einen Sack.«

Man hatte ihr Schmerzmittel mitgegeben, »um das Sterben zu erleichtern«, aber sie starb nicht, und irgendwann wirkten die Mittel nicht mehr. Zuerst versuchte sie ihr Wimmern zu unterdrücken, nicht aus Tapferkeit, sondern weil es ihrem Charakter widersprach. Aber bald war ihre Kraft aufgebraucht, sie jammerte immer lauter, und manchmal schrie sie. Die Ärzte gaben mir stärkere Mittel mit, zeigten mir auch, wie ich eine Spritze setzen konnte. Das half ein paar Tage, bis dann auch die stärksten Mittel nicht mehr wirkten.

Ich konnte nichts mehr für Mutter Spackmann tun.

Außer einer Sache.

Ich habe das Kissen aus meinem Bett genommen, das Kissen, auf dem schon ihr Sohn geschlafen hatte, das Kissen mit dem weißen Überzug und der Spitzenborte. Ich bin in ihr Zimmer gegangen und habe es ihr aufs Gesicht gedrückt. Habe immer noch weiter gedrückt, als es schon lang nicht mehr notwendig war.

Nachdem er den Totenschein ausgestellt hatte, sagte der Arzt: »Es hat länger gedauert, als ich erwartet habe.«

Ich suchte in ihren Sachen nach der Adresse ihres Sohnes und habe sie nicht gefunden.

Sie wollte verbrannt werden, das wusste ich. Sie hatte es mir ganz fröhlich mitgeteilt. »Alt Holz gibt gut Feuer«, hatte sie gesagt. Ich habe ihr den Wunsch erfüllt.

Die Urne mit ihrer Asche habe ich mitgenommen. Und habe sie stehenlassen, als ich einmal schnell den Wohnort wechseln musste.

Die Brosche mit dem Januskopf steckt mit meinen anderen Wertsachen in einem braunen Umschlag. Wenn ich entlassen werde, bekomme ich sie wieder.

Mutter Spackmann hat mich nicht darum gebeten, sie zu erlösen. Ich habe sie trotzdem umgebracht und werde es mein Leben lang bereuen.

Das ist mein Geständnis. Ich habe einen Menschen getötet. Den einzigen in meinem Leben, bei dem ich immer willkommen war.

Tagebuch

Das Warten auf die Reaktion von Böckler ist unerträglich. Die Ungewissheit macht mich verrückt.

Nicht jammern. Üben.

Fingerübung

WARTEN

Das war ihm noch nie passiert. Sonst vertrug er den Alkohol immer problemlos. Besser als die Kollegen. Ging noch kerzengrade, wenn sie sich schon an den Wänden festhalten mussten. Auch Autofahren: kein Problem.

Heute musste er es übertrieben haben.

Eine idiotische Idee, diese monatlichen Office-Partys. Gut für die Teambildung, das war die Theorie. *Management by drinking*. Wenn man ihn fragte: Schnapsidee.

Schnaps-Idee. Musste er sich merken. Morgen im Büro erzählen.

Heute. Nachher.

Wo war er überhaupt? Er kannte die Gegend nicht. Da war gar keine Gegend. Okay, Nebel kam vor im Februar. Faschingszeit. Da war es immer neblig. Oder es pisste.

Er hatte mit dieser rothaarigen Praktikantin Brüderschaft getrunken. Doofe Brille, aber hübsch. Gute Figur. Hatte ihn gefragt, wie er ihre Chancen für eine Festanstellung einschätze. Er hatte sich den Spruch verkniffen, der ihm einmal eine Ohrfeige eingetragen hatte. Und einmal einen Blowjob. »Kommt drauf an, was für Praktiken du beherrschst.« Durfte man heute nicht mehr sagen, von wegen MeToo.

You want to fuck and me too. Naturgesetz. Aber er konnte sich keinen Ärger leisten. Nicht wo sein wichtigster Account wackelte. Immer dasselbe. Wollten etwas völlig Neues haben, und wenn man es ihnen lieferte, beschwerten sie sich, weil es nicht war wie das Alte. Arschlöcher. Alle Kunden waren Arschlöcher.

Wie war es eigentlich mit dieser Praktikantin weitergelaufen? Er musste gewaltig gesoffen haben, wenn er das vergessen hatte.

Gegangen war er allein. Tiefgarage, Zündschlüssel.

Störung auf der Festplatte.

Den Wagen irgendwo abgestellt. Wer trinkt, fährt nicht. Aber wo abgestellt?

Blackout. Würde ihm schon wieder einfallen.

Eine Taxe bestellen.

Sobald er ihnen sagen konnte, wo man ihn abholen sollte.

Kein Straßenschild, nirgends. Nicht dass man es sehen würde, wenn da eins wäre.

Seltsames Licht. Nicht mehr Nacht und noch nicht Tag. Vier Uhr, schätzte er. Oder schon fünf. Da würde er mal wieder verdammt schnell schlafen müssen. Pünktlich am Schreibtisch, das musste sein. Obwohl natürlich Unsinn für einen kreativen Menschen.

Wie lang latschte er jetzt schon diese Straße entlang? Schade um die teuren Schuhe. Rahmengenäht. Man gönnt sich ja sonst nichts.

Kam es ihm nur vor, als ob der Nebel immer dicker würde? Man wusste nicht mal, ob man auf der Straße ging oder auf dem Gehsteig. Wenn jetzt ein Auto kam ...

Würde man hören. Rechtzeitig.

An den Office-Partys war ihm die Musik immer zu laut. Aber man durfte sich nicht beschweren. Sonst hieß es gleich: Der wird auch schon alt. Eigentlich unlogisch. Mit dem Alter wurde man schwerhörig. Dann störte der Krach nicht mehr.

Da vorne waren Leute. Viele Stimmen durcheinander. Vielleicht wurde da auch eine Office-Party gefeiert. Lasen alle dieselben Handbücher. Machten dieselben Scheißmoden nach. Teambildung. Nur schon das Wort. Er brauchte kein Team, er brauchte Leute, die machten, was man ihnen sagte. Und Bildung hatte er selber genug.

Einfach reingehen, ganz selbstverständlich. Sich zu den andern stellen. Als ob man dazugehörte. Herausfinden, wo man eigentlich war. Vielleicht trank man noch ein Glas mit. Nur zur Gesellschaft. Nur bis die Taxe kam.

Er hatte heute nicht diesen gierigen Durst, den er sonst immer vom Saufen bekam. Diesen trockenen Mund. Fühlte sich ausgesprochen wohl. Trainingssache. Nur eben dieser Filmriss. Auf der Suche nach der verlorenen Zeit. Guten Tag, Herr Fundbüro, mir fehlt eine Stunde Leben.

Musste nicht am Alkohol liegen. Schlafmangel. Überarbeitung. Man machte sich kaputt für die Firma. War ja nicht mehr zwanzig. Obwohl er mit den Jungen immer noch locker mithalten konnte. Aber ganz locker.

Die Stimmen doch weiter weg, als er gedacht hatte.

Immerhin: Da vorne war Licht. Wurde auch Zeit.

Hübscher Effekt, so durch die Nebelschwaden. Gutes Motiv für einen Spot. Leute, die hilflos herumtappen. Nach dem Weg suchen. Dann plötzlich eine Lücke im Nebel, und dahinter erscheint das Firmenlogo. Ein Soundeffekt im Halleluja-Stil. Und der Slogan »Wir zeigen Ihnen den Weg«. Oder so ähnlich. Musste man noch dran arbeiten. Aber im Prinzip nicht schlecht. Merken.

Die Stimmen schon lauter. Keine Musik. Keine Wummerbässe. Dem DJ, den sie jedes Mal engagierten, sollte man seine Kopfhörer in den Rachen stopfen.

Das Licht immer heller. Nur noch ein paar Schritte.

Kein Nebel mehr.

Schon wieder ein Aussetzer. Musste da reingegangen sein und konnte sich nicht erinnern, wie und wann.

Ein großer Saal, die Decke so hoch, dass man nicht sehen konnte, wo das Licht herkam. Keine Dekoration. Nicht einmal Luftschlangen, trotz Fasching. Unmengen Leute. Verkleidet, aber ohne Masken. Interessante Kostüme. Anders als üblich. Keine Harlekins und keine Monster. Niemand, der mit einem Betttuch auf billiges Gespenst machte. Historische Kostüme. Ein Faschingsanlass, klar. Gab es in diesen Tagen an jeder Ecke. Aber riesig. Müsste man eigentlich von gehört haben. Man kam zu nichts. Der Job fraß einen auf.

Ziemlich langweiliger Anlass. Keine Stimmung. Das Orchester machte gerade Pause. Aber die Leute warteten brav. Früh um vier. Oder fünf.

Rausfinden, wo er da gelandet war. Und dann Taxe bestellen und ab in die Heia.

Ein älterer Herr mit Kniebundhosen und weißgepuderter Perücke. Buchhalter, auf Louis-quatorze verkleidet.

»Verzeihen Sie …«

»Verzeihen ist nicht meine Zuständigkeit«, sagte der Mann. »Sie müssen warten, bis Sie an die Reihe kommen.«

»Wo an die Reihe kommen?«

»Wenn man das so genau wüsste. Ich bin Skeptiker, wissen Sie.«

Ging einfach weg und verschwand in der Menge. Komischer Kauz.

Eine Frau in einem schlichten braunen Kleid. Geschnitten wie ein Nachthemd. Rauher Stoff. Musste unangenehm kratzig sein. Barfuß. Man konnte die Stilechtheit auch übertreiben.

»Seit wann?«, fragte die Frau.

»Wie bitte?«

»Seit wann bist du hier?«

»Ich bin gerade erst gekommen.«

»Viel Vergnügen«, sagte die Frau und lachte. »Ich wünsche viel Vergnügen.« Er hörte sie noch kichern, als sie schon wieder zwischen den anderen verschwunden war.

Eine andere Frau. Spitzer Hut mit Schleier dran. So was Ähnliches hatte er mal in einem Spot für eine Fertigsuppe verwendet. »Die Küchenfeen.« Könnte man heute nicht mehr machen. Zu direkt.

Musste den Saum ihres Kleides festhalten, um nicht drüberzustolpern. Ganz schön umständlich.

»Wo sind wir hier eigentlich?«

»Am richtigen Ort«, sagte die Frau. »Ich bin sicher, dass wir am richtigen Ort sind.«

»Aber die Adresse …«

»Vor dem Tor«, sagte die Frau. »Wo sollten wir sonst sein?« Hob ihren Rocksaum und ließ ihn stehen.

Vor dem Tor. Die Adresse klang nach Vorstadt. Google Maps würde es wissen.

Keine Verbindung zum Internet.

Die Kostümierten wuselten durcheinander, und von keinem bekam man eine vernünftige Antwort. Seltsame Leute. Hatten sich mit viel Aufwand verkleidet und standen jetzt nur rum. Nicht mal Gläser in der Hand. Da drüben doch tatsächlich einer in voller Ritterrüstung. Richtiges Metall. Rasselte, wenn er sich bewegte. O-Beine, als ob er gerade vom Pferd gestiegen wäre.

Auch Kinder. Zum Teil ganz kleine Kinder. Nicht sehr vernünftig, um diese Tageszeit. Nachtzeit.

Endlich ein Mann ohne Kostüm. Ein ganz normaler Anzug. Gehörte wohl zum Personal. Zu den Organisatoren.

»Können Sie mir sagen …?«

»Ich weiß auch nicht, wann er uns reinlässt.«

»Wer?«

»Zu dem alle reinwollen.«

»Und das ist …?«

»Fragen Sie den da.« Er wies auf einen alten Mann. »Der müsste etwas davon verstehen. Von Berufs wegen.«

Ein Geistlicher in vollem Ornat, Beffchen und alles.

»Ich möchte gern wissen …«

»Das möchten wir alle, mein Sohn«, sagte der Geistliche. »Aber das Wissen wird dich nicht glücklich machen. Der Glaube ist wichtig.«

»Der Glaube an was?«

»An das ewige Leben. Die ewige Seligkeit. Warum wären wir sonst hier?«

Schlug das Kreuz und ging weg.

Ein Erinnerungsfetzen. Ganz plötzlich. Als ob jemand ein Licht angeknipst hätte.

Die Praktikantin mit der doofen Brille hatte ihn ausgelacht. Ihn. Wo er nur mit den Fingern schnipsen brauchte, und ihr Vertrag wurde nicht verlängert. Netter Job bei McDonald's gefällig? Er hatte den blöden Spruch von den Praktiken, auf die es ankam, doch gemacht, jetzt fiel es ihm wieder ein, und sie war nicht wütend geworden, überhaupt nicht. Hatte nur ein einziges Wort gesagt. »Niedlich«, hatte sie gesagt. Da wäre jeder andere auch sauer gewesen.

Nur darum hatte er in der engen Ausfahrt aus der Tiefgarage die Mauer touchiert. Nur darum. Er hasste dieses ekelhafte Geräusch. Beton auf Lack. Schon wieder in die Werkstatt fahren. Sich behandeln lassen, als ob er in der Fahrschule gepennt hätte. Hochnäsig. Dabei war man Kunde und brachte das Geld. »Haben wir wieder ein kleines Malheur gehabt?«, fragte der Idiot immer. Arschloch. Aber der Wagen sah hinterher jedes Mal aus wie neu, das musste man ihm lassen. Konnte man bei den Preisen auch verlangen.

Dann auch noch die Brücke gesperrt. Belagsarbeiten. Manchmal kam alles zusammen.

Was war denn jetzt los? Eine Polonaise! Machte man das überhaupt noch? Das war doch so was von Eighties. Jetzt fliegen gleich die Löcher aus dem Käse.

Zuvorderst ein Mann in einem langen weißen Nachthemd und die andern hinterher. Ohne Musik. Sah aus wie eine Prozession. Komischer Verein.

Hier blieb er nicht. Lieber zu Fuß durch die ganze Stadt. Wo war er reingekommen? Da hinten.

Oder dort drüben?

Dabei waren EXIT-Schilder Vorschrift. Immer beleuchtet. Wusste er noch von dieser Produktepräsentation im Zelt. Der Idiot von der Feuerpolizei hatte sich angestellt ...

Wieder eine Erinnerung. Nein, keine Erinnerung. Phantasie. Nach all den Whiskys hätte er nicht auch noch diese Linie reinziehen sollen.

Kurve. Baum.

Wenn das wirklich so gewesen wäre, würde es der Praktikantin jetzt leidtun. Selber schuld. Hätte was für ihre Karriere tun können.

Hätte, hätte, Fahrradkette.

Noch ein paar Minuten hierbleiben. Bis sich sein Kopf beruhigt hatte.

Kurve. Baum. Und dann ...

Wurde man eigentlich weiter älter, wenn man tot war?

Wo kamen diese morbiden Gedanken her?

»Im besten Alter«, hieß es immer im Firmenblättchen. »Mitten aus dem Leben gerissen.« Nie eine originelle Formulierung. Ließen wahrscheinlich eine Praktikantin schreiben.

Gute Beine, aber die Brille wirklich doof.

»Verstarb noch am Unfallort.« Das stand da auch immer.

An etwas anderes denken. Sich unter die Leute mischen.

So originell waren die Kostüme gar nicht. Und keine fröhlichen Gesichter. Geduldig. Wie im Wartezimmer beim

Arzt, wenn sie einen Termin hatten und deshalb sicher waren, dranzukommen. Privat versichert.

Worauf wartet man an einem Maskenball?

Eine Polonaise. »Das Tor geht auf, das Tor geht auf«, sangen sie. A cappella. Immer dieselbe Zeile von vorn.

Das Tor geht auf, das Tor geht auf.

Vielleicht war da gar kein Tor.

Oder es war keiner da, der es aufmachen konnte.

Oder wollte.

Warteschlaufe.

Bitte bleiben Sie am Apparat, Sie werden sofort bedient.

Vielleicht war da gar nichts.

Bitte bleiben Sie am Apparat.

Tagebuch

Schon wieder eine Geschichte, in der einer gestorben ist und es nicht gemerkt hat. »Was sagt das über Sie aus?«, würde der Padre fragen.

Für Kandidat Kuntze

Ob wir es nicht so halten könnten wie bei Ihrem Vorgänger, fragen Sie. Sie seien mit dem Padre wegen der Bibliothek in brieflichem Kontakt, und er habe Ihnen von unserer Abmachung erzählt. Wir könnten das Spiel doch weiterführen, meinen Sie. Auch Sie seien an Literatur interessiert.

Erstens: Es war kein Spiel.

Zweitens: Der Padre war nicht an Literatur interessiert, sondern an mir. Wenn er ein Talent zum Einradfahren in mir vermutet hätte, würde er mich zum Einradfahren ermuntert haben.

Sie scheinen noch nicht mitbekommen zu haben, wie eifersüchtig hier jeder den winzigen Rest von Privatheit bewacht, den die Hausordnung ihm zugesteht. Kurz vor Ihrem Amtsantritt haben sich zwei in ihrer Zelle blutig geprügelt, und warum? Der eine hat eine Fotografie seiner Frau an die Wand gepinnt, und der andere hat gesagt, sie sehe gut aus. Ein Kompliment. Keine unanständige Bemerkung, keine sexuelle Anspielung. Er hat bemerkt, dass die Frau hübsch war, und er hat es gesagt. Aber er hatte nicht das Recht, es zu bemerken. Weil das Gesicht an der Wand in die private Welt seines Zellengenossen gehörte, und dort hatte er nichts zu suchen.

Wenn ich Episoden aus meinem Leben aufgeschrieben habe, dann habe ich das für den Padre getan, für niemanden sonst. Dass Sie sich in diese Beziehung einklinken wollen, kommt mir vor – entschuldigen Sie den Vergleich –, wie wenn einer zufällig ein Liebespaar beobachtet und hinterher zu der Frau hingeht und sie fragt: »Sie hatten einen so reizenden Geschlechtsverkehr – kann ich mich da anschließen?«

Ich wage nicht zu behaupten, dass zwischen Ihrem Vorgänger und mir eine Freundschaft bestand. Für die Beziehung zwischen Häftling und Gefängnispfarrer wäre das ein zu großes Wort. Aber es war eine Beziehung. Sie und ich, wir haben miteinander zu tun. Mehr nicht.

Nein, Herr Kandidat, ich sehe keinen Grund, Sie mit Geschichten aus meinem Leben zu unterhalten. Wenn ich einmal ein Buch herausbringen sollte, dürfen Sie es gern lesen. Bis dahin wollen wir uns jeder auf seine Art die Zeit vertreiben. Ich halte mich in diesem Punkt an Schopenhauer: »Ein geistreicher Mensch hat an seinen eigenen Gedanken und Phantasien vortreffliche Unterhaltung.«

Leiten Sie weiter Ihren Chor. Wie ich höre, bringen Sie zu jeder Probe eine Großpackung Kekse mit. Da wird es Ihnen nicht schwerfallen, interessantere Gesprächspartner zu finden als mich.

An den Padre

Lieber Padre,
Sie werden sich wundern, nach all der Zeit Post von mir zu erhalten. Ich kann mir vorstellen, dass Sie sich nicht unbedingt darüber freuen. In der Regel ist es doch so: Sobald einer entlassen ist, will er von denen, die ihre Zeit noch abzusitzen haben, nichts mehr wissen. Die beiden Welten passen nicht zusammen.

Natürlich, bei Ihrem Weggang sind Sie nicht eigentlich aus der Haft entlassen worden, aber es wird sich so ähnlich angefühlt haben. Ich kann mir nicht vorstellen, dass Sie an die Zeit, die Sie hier verbracht haben, nostalgisch zurückdenken. Im Vergleich mit dem Menschengestank, den man in einer JVA jeden Tag einatmet, muss es in Taizé duften wie Narde und Safran, Kalmus und Zimt. (Sie merken, ich bin immer noch bibelfest.)

Warum ich Ihnen schreibe? Ihr Nachfolger, der Herr Kandidat, hat mich von der Leitung der Bibliothek abgelöst. »Ablösen« klingt so viel besser als »rausschmeißen«. Ich bin jetzt wieder Stufe C und darf Kennzeichen stanzen.

Katschong, katschong, katschong.

Der offizielle Grund für meine Rückstufung: Renitenz. Der wirkliche: Ich habe das Maul nicht halten können. In diesem Fall den Kugelschreiber. Der Herr Kandidat wollte in Ihre Schuhe schlüpfen, und ich habe ihm mitgeteilt, dass sie ihm nicht passen. Nicht sehr höflich formuliert, ich gebe es zu, aber verglichen mit dem, was ich Ihnen manchmal geschrieben habe, habe ich mich geradezu mild ausgedrückt. Der junge Mann fühlte sich in der Würde seines Amtes verletzt. Je unsicherer jemand ist, desto wichtiger wird ihm seine Würde.

Ich weiß, dass Sie das alles endgültig hinter sich gelassen haben, und schreibe Ihnen nicht, damit Sie sich für mich einsetzen. Ich habe einen anderen Grund. Die Reaktion Ihres Nachfolgers hat mir klargemacht, was ich an Ihnen hatte. Ich habe mich nie ausreichend dafür bedankt. Lassen Sie es mich als reuiger Sünder nachholen.

Dabei fällt mir ein: Erinnern Sie sich noch an meinen kreuzworträtselsüchtigen Zellengenossen Ambros? Der hatte mal »reuiger Sünder mit sieben Buchstaben« zu lösen und schrieb doch tatsächlich GIESSER statt BUESSER hin. Ich gieße hiermit meinen Dank vor Ihnen aus.

Als ich Sie damals darum bat, mir den Posten in der Bibliothek zu verschaffen, ging es mir nur darum, im Knast ein bisschen geistige Anregung zu haben. Dass Sie mich im Gegenzug zum regelmäßigen Schreiben verpflichteten, nahm ich in Kauf. Ich hätte Ihnen auch die Schuhe geputzt oder das Büro saubergemacht. Erst mit der Zeit wurde mir klar, dass nicht der Druckposten der Glücksfall war, sondern das Schreiben.

Woran haben Sie eigentlich gemerkt, dass diese Tätigkeit für mich gemacht ist und ich für diese Tätigkeit? Nur an den Kommentaren, die ich Ihnen manchmal in die Hand gedrückt habe, weil ich in Ihren Donnerstagsrunden nicht in der Lage war, mich ausreichend zu äußern? Wenn es so war, muss ich nicht nur Ihnen dankbar sein, sondern auch meinem Stottern.

Sie wissen, ich habe mich immer bemüht, meine Arbeit in der Bibliothek ordentlich zu machen. Die Aufgabe war nicht allzu schwierig, und sie hat mir genügend Zeit gelassen, mich immer mal wieder am Schreiben zu versuchen. Das war nicht im Sinn der Arbeitsordnung, aber Sie haben mich deswegen nie bei der Direktion verpetzt. Auch dafür danke ich Ihnen.

Wie kostbar diese gestohlenen Stunden waren, merke ich erst jetzt, wo ich wieder erst am Abend vor einem leeren Blatt sitzen darf, den Kopf noch zugedröhnt vom Lärm der Stanzen. Ich beklage mich nicht darüber, schon gar nicht bei Ihnen. Dass ich überhaupt etwas zu schreiben habe – und was für ein Etwas! –, wiegt alle Unannehmlichkeiten auf.

Eigentlich, nicht aus Aberglaube, oder doch, natürlich auch aus Aberglaube, wollte ich Ihnen noch nicht erzählen, was für eine Tür Sie, ohne es zu wissen, für mich aufgemacht haben. Nicht bevor ich sicher sein kann, dass sie tatsächlich offen steht. Aber da ich Ihnen jetzt schon mal schreibe, und da ich weiß, dass Sie sich mit mir freuen werden …

Folgendes ist passiert:

Nachdem mein Wettbewerbsbeitrag in diesem frommen Heftchen veröffentlicht worden war, hat sich ein Verleger bei mir gemeldet und denkt daran, aus meinen Erinnerungen ein Buch zu machen! Vorläufig sind es nur Überlegungen, aber nur schon die Möglichkeit, dass er sich dafür entscheiden könnte, bringt mich ganz durcheinander. Stellen Sie sich das vor, Padre! Ein Buch mit meinem Namen auf dem Titel! Wenn es tatsächlich dazu kommt, werde ich Ihnen auch dafür zu danken haben. Psalm 149. »Sie sollen loben seinen Namen im Reigen, mit Pauken und Harfen sollen sie ihm spielen.«

In Ihrer Amtszeit habe ich mich oft darüber lustig gemacht, dass Sie einen besseren Menschen aus mir machen wollten. Ein besserer bin ich nicht geworden, ein anderer bestimmt. Dank Ihnen. Vom stotternden Hochstapler zum Möchtegernautor. Wobei die Schriftstellerei auch eine Art Hochstapelei ist, nur eben gesellschaftlich anerkannt und nicht strafbar. Der einzige Beruf, in dem man gelobt wird, wenn man gut gelogen hat. Was mir besonders gut entspricht: Als Schriftsteller kann man sich seinen Namen aussuchen. Ich finde, das Pseudonym, das ich für meine Kurzgeschichte ausgesucht habe, passt perfekt zu der Art Autobiographie, die ich mir vorstelle. Johannes Hosea. Sie als Theologe werden dabei dieselben Assoziationen haben wie ich. Hosea berichtet von einer Hure als Ehefrau und von den Hurenkindern, die sie ihm produziert. Er erzählt also eine unerfreuliche Familiengeschichte, genau wie ich es werde tun müssen. Und Johannes lässt in der *Offenbarung* seiner Phantasie sowieso freien Lauf. Genau die beiden Pole, zwischen denen sich mein Buch bewegen wird.

Noch ist es nicht so weit. Ich nehme an, in Taizé betet man eine Menge. Schließen Sie mich in Ihr Gebet ein.

Die Klingel zum Lichterlöschen. Ich schreibe den Brief morgen zu Ende.

Tagebuch

wow!!!

An den Padre

Sie müssen gewaltig gebetet haben, Padre! Und dabei hatte ich den Brief noch gar nicht abgeschickt.

Ich bin übermütig, verzeihen Sie. Ich male mir da einen Zusammenhang aus, wie ich ihn gern hätte. Sie haben mir schon immer Glück gebracht.

Als ich heute von der Arbeit zurückkam, brav in der Einerkolonne, wie sich das für uns unsichere Kantonisten der Stufe C geziemt, lag ein Brief auf meinem Tisch. Der Brief, auf den ich gewartet hatte! Der dicke Popovic, Sie werden sich an ihn erinnern, der Beamte, der die Post zensiert, hatte auf den Umschlag geschrieben: »Gratuliere!«

Es gibt Grund zum Gratulieren, Padre. Der Verleger hat zugesagt!!!!! (In den *Regeln für besseres Schreiben,* die Sie mir einmal geschenkt haben, heißt es, man solle mit der Verwendung von Ausrufezeichen sparsam sein, aber in diesem Zusammenhang würde ich gern eine ganze Seite damit füllen!!!!!) Wenn meine Zelle größer wäre, würde ich tanzen. Würde ein Dankesgebet sprechen, wenn ich an Gott glaubte. So danke ich lieber Ihnen. Ohne Ihre Unterstützung wäre das alles nicht passiert.

Der Verleger will das Buch nicht nur herausbringen, er hat es sogar eilig. Für das Marketing wäre es gut, schreibt er, wenn mein Werk (Sie können sich vorstellen, wie gern ich dieses Wort gelesen habe!) zeitgleich mit meiner Entlassung auf den Markt käme. Ich muss jetzt also schreiben, schreiben, schreiben. Ich werde der einzige Häftling der Welt sein, der sich davor fürchtet, man könnte ihm seine Strafe verkürzen.

Es geht plötzlich alles so schnell! Der Verleger, Böckler heißt er, macht sich bereits Gedanken darüber, wie er die Werbung aufziehen will. Sie soll ganz unter dem Stichwort »Wahre Geschichte« laufen. So wie in den Hollywoodfilmen, wenn auf den Plakaten steht: »Nach einer wirklichen Begebenheit«. Es sei wichtig, schreibt er, dass ich mich in allem, was ich schreibe, möglichst exakt an die Tatsachen halte. Es wäre für den Verkauf schädlich, wenn nach dem Erscheinen jemand auftauchen und erklären würde: »Es war ganz anders.«

Nun ist es aber mit den Tatsachen so eine Sache. Sie wissen, wie gern ich Schopenhauer zitiere. »Die Wahrheit«, hat er einmal gesagt, »ist eine spröde Schöne.« Wer schreibt, versucht diese Schönheit an den Mann zu bringen, als ihr Heiratsvermittler oder, wenn ich mit dem Wort nicht

Ihre Gefühle verletze, als ihr Zuhälter. Wenn es nötig ist, sie dafür aufzuhübschen, dann gehört das mit zum Geschäft.

Ich weiß, dass Sie sich mit mir freuen. Sie werden es mir deshalb, hoffe ich, auch nicht übelnehmen, wenn ich mir in diesem Zusammenhang eine Bitte erlaube. Keine Angst, ich will nicht schon wieder, dass Sie etwas für mich tun. Im Gegenteil: Ich bitte Sie, nichts zu tun. Einfach zu schweigen. Jemandem, der sich für Taizé entschieden hat, sollte das nicht schwerfallen.

Sie wissen mehr über meine Vergangenheit als jeder andere. Kennen sie detailliert. Aber eben nur so, wie ich sie Ihnen erzählt habe. Wenn mein Buch dann erschienen ist und Sie es lesen, werden Sie die eine oder andere Geschichte nicht ganz wiedererkennen. Mir hat er es anders erzählt, werden Sie denken. Und Sie werden sich fragen, wie es wirklich gewesen sei.

Ich habe Sie als prinzipienfesten Menschen kennengelernt, und als solcher werden Sie sich möglicherweise verpflichtet fühlen, den Verleger auf die Diskrepanz zwischen den verschiedenen Versionen hinzuweisen. Ich bitte Sie heute schon, das nicht zu tun. Es würde meinem Versuch, in einem neuen Leben Fuß zu fassen, sehr schaden.

Bitte, Padre.

Ich könnte versuchen, meiner Bitte Nachdruck zu verleihen, indem ich an Ihre christliche Nächstenliebe appelliere. Ich könnte mit *Matthäus* 6,12 argumentieren oder mit *Markus* 11,26. Aber eigentlich habe ich gar nicht das Gefühl, etwas zu tun, für das ich um Verständnis oder gar um Vergebung bitten müsste. *Johannes* 8,32 gilt nicht für Bücher.

In einem literarischen Werk muss die Wahrheit nicht zu erkennen sein, und sie macht einen auch nicht frei. Sie macht einen noch nicht einmal zum erfolgreichen Autor.

Man kann jede Episode so oder so gewichten. Damals habe ich für Sie aufgeschrieben, was Ihnen gefiel, und Sie haben sich nicht darüber beschwert. Jetzt wende ich mich an andere Leser. Für jeden Zuhörer die passende Geschichte.

Wir hatten bei uns zu Hause ein Büchlein, *Die Bibel für Kinder erzählt,* und selbst mein der Wörtlichkeit verpflichteter Vater hatte nichts dagegen, dass die biblischen Geschichten darin anders aussahen als in den sonntäglichen Predigten. Wichtig war nur, dass sie uns Kinder beeindruckten. Die Bibel selber nimmt es ja mit der Wahrheit auch nicht allzu genau. Es wird nicht wirklich ein Paradies mit einer sprechenden Schlange gegeben haben, Methusalem wird nicht wirklich neunhundertneunundsechzig Jahre alt geworden sein, und Noah wird nicht wirklich zwei Tiere von jeder Sorte vor dem Ertrinken gerettet haben. Noch nicht einmal die Arche wird er gebaut haben. Aber es sind tolle Storys, auf die sich jeder Verleger stürzen würde. Wenn ich mir die Entstehungsgeschichte der Bibel richtig erkläre, haben sich die Verleger ja auch darauf gestürzt.

Sie werden jetzt einwenden, solche Erzählungen seien metaphorisch zu verstehen. Okay, akzeptiert. Ich bitte Sie also darum, mein Buch metaphorisch zu verstehen.

So wie ich es sehe, ist die Wahrheit ein Sicherheitsgurt für Leute, die keine Phantasie haben. Also für die meisten. Für die Leute, die alles nur so sehen können, wie sie es erlebt zu haben meinen. Dabei schreibt jeder Mensch die eigene Geschichte im Guten wie im Schlechten permanent um, redigiert die eigene Rolle so lang, bis er sie beim Erinnern gern spielt. Oder bis er sie in die Form gebracht hat, von der er glaubt, dass sie anderen Leuten gefallen müsse. Die meisten tun das automatisch, wissen nicht einmal, dass sie es tun. Kreative Menschen hingegen schneidern sich ihre Vergangenheit bewusst zurecht, suchen sich ihre falschen Bärte und Perücken sorgfältig aus. Das Ziel des Stückes, das sie dann aufführen, heißt nicht Wahrheit, sondern Wahrscheinlichkeit.

Was überhaupt nicht bedeutet, Padre, dass ich Sie in den regelmäßigen Berichten, die zu unserem Deal gehörten, angelogen habe oder dass ich die Leser meines Buches anlügen werde. (Wenn ich die Worte »die Leser meines Buches« vor mir sehe, möchte ich gleich wieder eine ganze Zeile voller Ausrufezeichen dahintersetzen.) Ein Schneidermeister misst nicht jedem Kunden denselben Anzug an. Eigentlich müsste man mir dankbar dafür sein, dass ich mir diese Mühe mache. Die meisten Menschen sind gezwungen, ihre Wahrheiten von der Stange zu beziehen.

Aber das Wesen der Wahrheit ist ein philosophisches Problem, und ich habe ein ganz praktisches. Kann ich die Dinge, die ich für Sie aufgeschrieben habe, nachträglich dem Beichtgeheimnis unterstellen? Genau genommen hätten Sie nicht einmal Ihrem Nachfolger verraten dürfen, dass es diese Aufzeichnungen überhaupt gibt.

Ich verlasse mich auf Sie, Padre.

Johannes Hosea Stärckle

An Barne Böckler

Lieber Herr Böckler,
Sie wollen jetzt schon exakte Pläne für meine Entlassung machen. Das gefällt mir. Auch ich habe mich immer bemüht, vorausdenkend zu arbeiten.

Schade, dass man Ihnen die Aufnahmen in der Stanzerei nicht bewilligt hat. Mit dem richtigen Licht hätte man es aussehen lassen können wie einen düsteren Hort der Zwangsarbeit.

Ihre neue Idee gefällt mir auch gut. Ich sehe vor mir, was Sie sich vorstellen: Das imposante Tor wird geöffnet, und ich komme mit meinem Köfferchen heraus, klein und schäbig. Vielleicht schüttelt mir ein Beamter zum Abschied die Hand. Aber so läuft die Prozedur leider nicht ab. Die Entlassungen werden nicht am Tor vorgenommen, sondern durch eine kleine Seitenpforte, ich weiß den Namen der Straße nicht. In Blickrichtung Hauptgebäude auf der linken Seite. Sie werden die Stelle schon finden.

Soweit ich mich von meiner Einlieferung her erinnere, bietet die kleine Türe kein attraktives Bildmotiv. Einfach ein Eingang zu einem Gebäude, das überall sein könnte und dem man aus dieser Perspektive die JVA nicht ansieht. Wir können aber anschließend zum Tor gehen und die Bilder stellen, die Sie brauchen. Wie ich die Luft der Freiheit tief einatme und solche Sachen. Im Hintergrund der dräuende Klotz des Hauptgebäudes mit seinen vergitterten Fenstern.

Leider kann ich Ihnen für die Aufnahmen keine fixe Uhrzeit angeben. In der Regel kommen die Leute recht früh am

Morgen raus, es gibt aber keinen Anspruch darauf. Der amtliche Tag der Entlassung dauert theoretisch bis Mitternacht, und wenn es sich ein Gefangener mit den Beamten verscherzt hat, lassen sie ihn auch mal bis zum Abend warten. Eine kleine legale Quälerei, weil sie genau wissen, wie unendlich lang ihm diese letzten Stunden vorkommen werden.

Für mich selber erwarte ich keine Schikanen. Ich war nie ein widerspenstiger Häftling; man sitzt doch am kürzeren Hebel. Wir können also davon ausgehen, dass alles seinen regulären Gang gehen wird. Arbeitsbeginn in der Verwaltung ist sieben Uhr; Ihr Fotograf sollte ab etwa halb acht bereitstehen. Falls er wider Erwarten längere Zeit warten muss, entschuldige ich mich jetzt schon für die Unannehmlichkeiten. Ich habe darauf keinen Einfluss.

Zu Ihrer Frage wegen allfälliger Interviews: Ich glaube nicht, dass sich die Presse für einen völlig unbekannten Autor interessieren wird. Aber wenn doch, dann lieber in schriftlicher Form. Wir sollten vermeiden, dass in den Artikeln nur von meinem Stottern die Rede ist. Es wird schon auffällig genug sein, wenn ich bei Lesungen nur stumm danebensitze. Aber das lässt sich bestimmt auch ins Positive drehen. »Er vertraut nur auf die Kraft des geschriebenen Wortes«, etwas in der Richtung. Es wird Ihnen schon etwas dazu einfallen.

Ich lege Ihnen einen Fragebogen bei, den ich in einer Zeitschrift entdeckt und als Interviewtraining ausgefüllt habe. Was meinen Sie, ist das die richtige Haltung? (Und: Wissen Sie eigentlich, warum die Liste nach Marcel Proust benannt ist?)

Mit herzlichen Grüßen
Johannes Hosea

PS: Keine Angst, das letzte große Kapitel wird rechtzeitig fertig. Ich bin fleißig an der Arbeit. Ich glaube, es wird einen dramatischen Schluss für das Buch abgeben.

Der Proust-Fragebogen

Ausgefüllt von Johannes Hosea, Krimineller und Schriftsteller.

Wo möchten Sie leben?
In einer Welt, in der ich vieles nicht getan habe, aber ganz vieles noch tun kann. Auf keinen Fall da, wo ich jetzt bin.

Was ist für Sie das vollkommene irdische Glück?
Ich wache am Morgen auf, und die Sonne scheint durch ein gitterloses Fenster. Ich strecke im Bett den Arm aus, und ein fremder Körper bestätigt mir, dass ich nicht allein bin.

Welche Fehler entschuldigen Sie am ehesten?
Die der anderen, weil man gut von ihnen leben kann.

Was ist für Sie das größte Unglück?
Ich hatte eine Schwester. Ich habe keine mehr.

Ihre liebsten Romanhelden?
Felix Krull natürlich. Wenn er als Schutzpatron in einer Kapelle stünde, würde ich jeden Tag eine kleine Kerze vor

ihm anzünden. Oder ihm eine noch größere Kerze versprechen und mein Wort dann nicht halten. Das würde ihm bestimmt gefallen.

Und Don Quichotte. Ein Hochstapler, der auf sich selber hereingefallen ist.

Ihre Lieblingsgestalt in der Geschichte?
Casanova. Nicht wegen seiner Liebschaften, sondern weil er sich sein Leben lang immer wieder neu erfunden hat. Er verstand es, die Lücken im Leben anderer Menschen zu erkennen und für sich nutzbar zu machen. Ein Wunscherfüller, Geschichtenerzähler und Glücklichmacher.

Ihre Lieblingsheldinnen/-helden in der Wirklichkeit?
Alle, die ohne Grund lachen können.

Ihr Lieblingsmaler?
Arcimboldo. Er lässt uns Gesichter sehen, wo keine sind.

Ihr Lieblingsautor?
Arthur Schopenhauer. Mir gefällt die Unerbittlichkeit seiner Weltsicht. Wenn es nach mir ginge, müssten seine Werke die Bibel ersetzen.

Ihr Lieblingskomponist?
Hier im Knast gibt es einen Lebenslänglichen, verrückt, aber harmlos, der hat den Verstand und sich selber verloren. Weil er keinem etwas tut und niemandem Schwierigkeiten macht, hat man ihn nicht in eine psychiatrische Anstalt verlegt. Er singt den ganzen Tag vor sich hin, immer denselben

Text: »Ich bin gar nicht hier, ich bin gar nicht hier, ich bin gar nicht hier.« Das ist mein Lieblingskomponist.

Welche Eigenschaften schätzen Sie bei einer Frau am meisten?
Je länger ich hier bin, desto unwichtiger werden die Eigenschaften einer Frau, und umso wichtiger wird allein die Tatsache, dass sie eine Frau ist.

Welche Eigenschaften schätzen Sie bei einem Mann am meisten?
Wenn er weiß, dass er nicht das ist, was er zu sein vorgibt. Leider ist diese Eigenschaft sehr selten.

Ihre Lieblingstugend?
Mit Tugenden kenne ich mich nicht aus.

Ihre Lieblingsbeschäftigung?
Schreiben. Mir etwas zum Schreiben ausdenken. Etwas geschrieben haben.

Wer oder was hätten Sie gern sein mögen?
Eine Katze, in der Sonne schlafend.
Wenn das nicht möglich ist: ich selber, in einer neuen, vom Autor verbesserten Auflage.

Ihr Hauptcharakterzug?
Hier kann ich nur mit einem Kalauer antworten: Mein Charakterzug ist schon längst abgefahren.

Was schätzen Sie bei Ihren Freunden am meisten?
Dass ich mir nicht überlegen muss, was ich an ihnen schätze.
Ich habe aber keine Freunde.

Ihr größter Fehler?
Ich habe mir, um geboren zu werden, den falschen Ort und die falsche Familie ausgesucht.

Ihr Traum vom Glück?
Ein nur erträumtes Glück ist keines. Jedes Glück stellt sich irgendwann als erträumt heraus.

Was wäre für Sie das größte Unglück?
Mein Leben noch einmal leben zu müssen.

Was möchten Sie sein?
Ein Redner. Ein Rapper. Ein Schauspieler, der auch im längsten Monolog nicht stolpert.
Ich wäre auch schon zufrieden damit, in der Bäckerei, ohne zu stottern, ein Rosinenbrötchen bestellen zu können.

Ihre Lieblingsfarbe?
Blau wie der Himmel.

Ihre Lieblingsblume?
Im Gefängnishof, in dem wir reihum eine Stunde verbringen dürfen, ist eine Mohnblume gewachsen, obwohl auf diesem Boden eigentlich nichts wachsen kann. Jeden Tag, wenn ich hinausgelassen werde, schaue ich nach, ob

sie noch da ist. Bis jetzt hat sie niemand gepflückt, und auch die schlimmsten Schläger machen einen Bogen um sie.

Ihr Lieblingsvogel?
Der Papagei, was sonst?

Ihre Helden der Wirklichkeit?
Alle, die es schaffen, einfach nur zu sein, wie sie sind. Ich frage mich allerdings, ob es solche Menschen gibt.

Ihre Heldinnen in der Geschichte?
Es soll mal eine Frau geschafft haben, Papst zu werden. So etwas gefällt mir.

Ihre Lieblingsnamen?
Elisabeth.

Was verabscheuen Sie am meisten?
Manchmal mich. Manchmal jene, die an mir schuld sind.

Welche geschichtlichen Gestalten verabscheuen Sie am meisten?
Alle, die behauptet haben, einen göttlichen Auftrag zu haben.

Welche Reform bewundern Sie am meisten?
Diejenige, von der ihr Reformator nicht selber profitiert.

Welche natürliche Gabe möchten Sie besitzen?
Das, was ich kann, anwenden zu können. Das, was ich nicht kann, nicht zu vermissen.

Wie möchten Sie gern sterben?
Schnell.

Ihre gegenwärtige Geistesverfassung?
Ungeduldig.

Ihr Motto?
»Ganz glücklich hat sich noch kein Mensch gefühlt; er wäre denn betrunken gewesen.« (Schopenhauer)

Aus meinem Leben

Meine Schwester wurde im Alter von sechsundzwanzig Jahren von einer Straßenbahn überfahren. Man einigte sich darauf, dass es ein Unfall gewesen sein müsse. Der Gedanke, dass es Absicht gewesen sein könnte, wurde nicht zugelassen. In unserer Gemeinde beging niemand Selbstmord. In der Hand Gottes gibt es keinen Grund zu Verzweiflungstaten.

Ich war nicht in ihrer Nähe, als es passierte. Und doch bin ich so mitschuldig am Tod meiner Schwester, als ob ich sie selber vor die Bahn gestoßen hätte. Straßenbahn Nummer drei. Einer von den alten Triebwagen, mit dem Scheinwerfer vorn in der Mitte. Sein Metallrahmen muss das Erste gewesen sein, das meine Schwester getroffen hat.

Dem Fahrer war nichts vorzuwerfen. Der Zusammenstoß ereignete sich direkt hinter einer Kurve, und er kann sie erst im letzten Moment gesehen haben. Die Untersuchung hat einen Bremsweg von acht Metern ergeben. Um ihrem Leben ein Ende zu setzen, hätte sich meine Schwester keinen besseren Ort aussuchen können.

Meine große Schwester.

Sie war ein fröhlicher Mensch, war es immer gewesen. Wenn sie sich umgebracht hat – warum schreibe ich nach all den Jahren immer noch »wenn«? –, dann hat sie es nicht aus einer Depression heraus getan. Sondern aus Angst, sie könne eine Wut, die in ihr immer mehr wuchs, eines Tages ausleben.

Sie hat ihr Leben nicht ausgelebt.

Der Tod meiner Schwester war der erste Selbstmord in meinem Umfeld. Der einzige, der mich wirklich getroffen hat. Mit der Zeit gewöhnt man sich an solche Dinge. Hier im Bau kommen diese Fluchten ins Nichts so häufig vor, dass es ein eigenes Formular dafür gibt. Zur Beruhigung der Zuständigen. Vor Dingen, für die es ein Formular gibt, muss man sich nicht fürchten. Nicht, solang es für jedes Detail eine Rubrik gibt, die man nur auszufüllen braucht.

Zeitpunkt der Auffindung der Leiche. Vermutlicher Zeitpunkt der Tat. Verwendetes Mittel.

Viel Platz ist in den Formularen nicht. Man muss sich kurzfassen. Verwendetes Mittel: Straßenbahn. Für die eingetretene Verspätung bitten wir unsere Fahrgäste um Verständnis.

Meine Schwester hat viele Abschiedsbriefe hinterlassen. Abschiedsmails. Ich habe sie nicht richtig gelesen.

»Sie war doch glücklich verheiratet«, haben die Leute gesagt. Das war nur die halbe Wahrheit. Sie war nicht glücklich. Sie war nur verheiratet.

Jeder erinnert sich so, wie er sich erinnern will. Darum wird nirgends so viel gelogen wie in Nachrufen. Der Tote kann sich nicht mehr wehren, egal, was man ihm nachruft.

Sie hatte jung geheiratet. War jung verheiratet worden. Die Eltern ihres Bräutigams waren etwas Ranghohes in der Gemeinde. Um Menschen an sich zu binden, verlieh Bachofen gern Ehrentitel und Ämter. Diakon. Presbyter. Nur die Bezeichnung »Ältester« war für ihn selber reserviert. Für seine Anhänger waren solche Beförderungen wie Orden, die man sich stolz an die Brust heftete. Die Verbindung mit einer derart ausgezeichneten Familie bedeutete in den Augen meines Vaters einen sozialen Aufstieg.

Für ihn.

Der Bräutigam war kein Mensch, in den man sich auf Anhieb verlieben konnte, aber es gab auch keinen Grund, ihn auf Anhieb zu hassen. Ein junger Mann, über den es nichts Berichtenswertes zu erzählen gibt. Er arbeitet irgendetwas in irgendeinem Büro. Er hatte das Alter erreicht, in dem man in unserer Gemeinde zu heiraten pflegte, also heiratete er. Vor der Hochzeit hatte meine Schwester zweimal mit ihm Kaffee getrunken und Kuchen dazu gegessen. Näher kannte sie ihn nicht. Er würde schon der Richtige sein, dachte sie. Von den Eltern ausgesucht und von Bachofen abgesegnet. Sie kannte es nicht anders. Freute sich auf das Fest, bei dem sie einmal im Mittelpunkt stehen würde.

Sie hatte schon immer gern Theater gespielt, auch wenn das bei uns zu Hause nicht gern gesehen wurde. Einmal, ich war damals noch sehr klein, musste ich mich im Bubenschlafzimmer in das untere Bett legen und den schlafenden Erzvater Jakob darstellen. Zur Rolle gehörte, dass ich mit offenen Augen schlief, sonst hätte ich ja meinen Traum nicht gesehen. Den Traum spielte meine Schwester. Sie kletterte die Leiter zum oberen Bett hinauf und hinunter und war ein Engel. Sogar Flügel hatte sie sich gebastelt, aus einer leeren Cornflakes-Packung ausgeschnitten und mit Klebestreifen am Rücken befestigt. Als sich ein Flügel löste, mimte sie einen dramatischen Absturz und saß dann neben meinem Bett auf dem Boden und lachte.

Sie lachte gern, meine Schwester. Wenn sie einmal damit angefangen hatte, konnte sie nicht wieder aufhören. Ich werde nie vergessen, wie sich mein Vater bei seinem abendlichen Bibelvers einmal versprach, und man meine Schwester immer noch kichern hörte, als sie schon längst ohne Abendessen in ihr Zimmer verbannt war. Er hatte einen Satz aus *Hiob* zitieren wollen: »Das Licht wird auf deinem Wege scheinen« und hatte »auf deinem Wege schweinen« gesagt.

Als Kinder haben wir uns manchmal zu zweit unter der Bettdecke verkrochen, um gemeinsam zu lachen. Wir brauchten keinen besonderen Grund dazu. Lautes Gelächter war verpönt, ein Verbot, das wie alle Vorurteile meines Vaters mit einem Bibelvers unterlegt wurde: »Es ist Trauern besser als Lachen; denn durch Trauern wird das Herz gebessert.« Der einzige Gesichtsausdruck, der meinen Eltern für einen Christenmenschen angemessen schien, war das sanfte Lächeln, das Bachofen so meisterhaft beherrschte. Mein Vater war zum Lächeln nicht geboren.

Bei Hochzeiten galt es in unserer Gemeinde als gottgefällig, sich zu betrinken. Bei der Hochzeit von Kana, so steht es bei Johannes, fasste jeder Krug, in dem das Wasser zu Wein verwandelt wurde, mehr als fünfzig Liter. Jesus, so deutete Bachofen die Erzählung, konnte also nicht gewollt haben, dass die Gäste nüchtern blieben. Da die meisten Hochzeitsgäste das Trinken nicht gewohnt waren, führte das pflichtgemäße Besäufnis immer wieder zu Streitereien und tränenseligen Geständnissen.

Bachofen selber blieb nüchtern. Er hob zuprostend sein Glas, aber wenn er es zurückstellte, war der Wein darin nicht weniger geworden. Ich vermute, er hat aus den betrunkenen Wortschwallen seiner Gemeindemitglieder eine Menge über deren privateste Gedanken und Verfehlungen erfahren, Informationen, die er dann später als Beweis für sein übermenschliches Verständnis verwenden konnte. Eine Methode, die jeder bessere Trickbetrüger beherrscht.

Es war bei uns nicht üblich, dass an Hochzeiten Musik gespielt und getanzt wurde, aber meine Schwester tanzte trotzdem. Kümmerte sich nicht um die tadelnden Blicke. Tanzte und sang. Sie war sehr glücklich an jenem Abend und zum letzten Mal leuchtend schön.

Sie ist nie hässlich geworden, das will ich damit nicht sagen. Aber der innere Glanz, der sie zu einem besonderen Menschen gemacht hatte, dieses Leuchten war über Nacht verschwunden. Ganz wörtlich: über Nacht. Sie hat nie darüber gesprochen, hat auch später in ihren Briefen nur Andeutungen gemacht, aber man kann sich vorstellen, was passieren muss, wenn ein in sexuellen Dingen völlig unerfahrener Mann auf eine Frau losgelassen wird, der man eingetrichtert hat, ihr Körper sei etwas, das man schamhaft zu verstecken habe. Was sie in der Hochzeitsnacht erlebte, wird ihr vorgekommen sein wie eine Vergewaltigung. Ob ihr Mann dabei betrunken war, spielt keine Rolle. Er würde sich auch nüchtern nicht anders verhalten haben. »Die Weiber seien untertan ihren Männern« ist kein Rezept für ein lustvolles Liebesleben.

Niemand außer mir fand an dieser Veränderung etwas Besonderes. Es war selbstverständlich, dass eine verheiratete Frau nicht mehr so glücklich strahlt wie eine junge Braut.

Neun Monate nach der Hochzeit kam ihr erstes Kind zur Welt, ein Junge. Noch nicht einmal zwei Jahre später ein Mädchen. Da war meine Schwester gerade mal zwanzig Jahre alt.

Sie hat sich nicht beschwert. Das ist jetzt meine Aufgabe, dachte sie und bemühte sich, alles richtig zu machen. Sie war ja auch tüchtig. Die Kinder lagen pünktlich im Bett, und das Essen stand pünktlich auf dem Tisch. So wie sie es bei der eigenen Mutter gesehen hatte. Bei diesem Haushaltsroboter mit Kittelschürze.

Ich mache meinem Schwager keinen Vorwurf. Er ist kein schlechter Mensch, er hatte es nur nicht anders gelernt. Führte seine Ehe so, wie er glaubte, dass man eine Ehe führen müsse. Hielt sich an die Regeln, die man ihm beigebracht hatte. Nach dem Tod meiner Schwester hat er getan, was von ihm erwartet wurde, und hat bald wieder geheiratet. Damit jemand da war, der sich um die Kinder kümmerte. Er hat eine genügend unterwürfige Partnerin gefunden und ist jetzt glücklicher als vorher. Seine neue Ehe funktioniert, wie die Ehe meiner Eltern funktionierte: der Mann als Herrscher der Dreizimmerwohnung, die Frau als seine Handlangerin.

Meine Schwester war für diese Rolle nicht geeignet.

Als ich achtzehn geworden war und selber ans Davonlaufen dachte, war sie es, die mir zugeredet hat. »Du kannst dein Leben nicht im Gefängnis verbringen«, sagte sie. (Während ich das schreibe, schaue ich an ein vergittertes Fenster. Ironie der Wirklichkeit.) »Es muss dir nicht so gehen wie mir«, sagte meine Schwester. »Du bist nicht angebunden.«

Ich habe ihren Rat befolgt. Habe allen Mut zusammengenommen und meinem Vater gesagt, dass ich mein eigenes Leben führen wolle. Sogar einen passenden Bibelspruch hatte ich mir herausgesucht: »Ihr aber, liebe Brüder, seid zur Freiheit berufen!« Es hat ihn nicht überzeugt. Die Bibel war für ihn nur maßgebend, solang sie ihm recht gab. Man sah seinem Gesicht an, dass er mich gern geschlagen hätte, aber dafür war ich zu groß geworden. Als ich mit meinen Siebensachen aus dem Haus ging, schickte er mir Flüche hinterher. *Jeremia* ist da sehr ergiebig. Meine Schwester, die beiden Kinder an der Hand, war zum Bahnhof gekommen, um sich von mir zu verabschieden. Als ich sie umarmte, hatte ich den Eindruck, sie habe zugenommen. Habe einen dummen Scherz darüber gemacht. Auf den Gedanken, dass sie, ein paar Jahre nach dem letzten Kind, noch einmal schwanger sein könnte, bin ich nicht gekommen.

Das war das letzte Mal, dass ich meine Schwester gesehen habe. Man macht keine Stippvisiten in dem Gefängnis, aus dem einem die Flucht gelungen ist. Sie hätte mich gebraucht, und ich hätte es wissen müssen. Wenn ich nicht so sehr mit mir selber beschäftigt gewesen wäre. Aus Selbstbezogenheit habe ich versagt, wo ich nicht hätte versagen dürfen.

Da bilde ich mir so viel darauf ein, mit der Sprache umgehen zu können, und habe nicht verstanden, was meine Schwester mir in ihren Mails sagen wollte. Habe das, was sie mir schrieb, für den unwichtigen Klatsch aus einer Familie gehalten, der ich glücklich entronnen war. Was junge Mütter eben so schreiben. Windelgeschwätz. Ich bemerkte nicht, wie aus den Alltagsberichten allmählich Hilfeschreie wurden. Wollte es nicht bemerken, weil ich sonst etwas hätte unternehmen müssen. Für diese Blindheit schäme ich mich mehr als für die Dinge, für die man mich verurteilt hat.

Die beiden älteren, schrieb meine Schwester, waren pflegeleicht gewesen. Nicht anstrengender als andere Kleinkinder auch. Natürlich kam es schon mal vor, dass der Große Ohrenschmerzen hatte, während die Kleine gerade zahnte, und dass man dann ein paar Tage nicht mehr zum Schlafen kam. Es war nicht einfach gewesen, aber sie hatte es mit Humor genommen. »Wenn meine Augenringe aus Gold wären«, stand einmal in einem Brief, »wäre ich die reichste Frau der Welt.« In den ersten Jahren hatte sie noch genügend Kraft, um ihren Kindern all die Liebe zu schenken, die bei ihrem Mann keinen Adressaten fand. Dass der sie bei ihrer Arbeit nicht unterstützte, erschien ihr selbstverständlich. Ich kann mich nicht erinnern, dass mein Vater jemals einen Teller abgetrocknet oder auch nur vom Küchentisch bis zur Spüle getragen hätte.

Mit zwei Kindern hatte sich die Herausforderung bewältigen lassen. Mit dreien wurde sie zur Katastrophe. Ihr Jüngster, wieder ein Junge, war ein Schreikind. Brüllte stundenlang, nicht nur wenn er Hunger hatte oder wenn ihm etwas weh tat. Schrie ganze Nächte durch. Nachts musste man ihn auf den Arm nehmen und durch die Wohnung tragen, nur so wurde er irgendwann still. Sobald man ihn hinlegte, ging es wieder los. Früher oder später hat er dann auch seine Geschwister aufgeweckt. Dann brüllten alle drei.

Das alles wäre irgendwie auszuhalten gewesen – »alles ist auszuhalten«, schrieb meine Schwester –, wenn ihr Mann mehr Verständnis gezeigt hätte. Statt sie zu unterstützen, machte er ihr Vorwürfe. Er brauche seinen Schlaf, und sie solle dafür sorgen, dass er den auch bekäme.

»Manchmal möchte ich den Kleinen am liebsten gegen die Wand hauen«, schrieb sie mir. Und fügte sofort hinzu: »Nicht wirklich, natürlich.« Ein lachendes Gesicht dahinter. Doppelpunkt, Gedankenstrich, Klammer zu. Ich habe ihr dieses »nicht wirklich« geglaubt. Glauben wollen. So war ich nicht verpflichtet, etwas zu unternehmen.

Aber die Bilder in ihrem Kopf wurden stärker. Sie hat versucht, ihre Angst vor ihnen mit mir zu teilen, und ich habe sie nicht verstanden. Da ertrank jemand vor meinen Augen, und ich stand tatenlos am Ufer. Habe die Hilferufe nicht gehört.

Der Felsbrocken, den sie jeden Tag den Berg hinaufzuwuchten hatte, wurde zu schwer für sie. Sie muss gespürt haben, wie sich die Vorstellung, den Säugling mit Gewalt zum Schweigen zu bringen, ihn zu ertränken, aus dem

Fenster zu werfen, zu Tode zu schütteln, in ihr drin immer mehr verfestigte. Wie die Idee Macht über sie gewann. Die Angst davor, sie könne ihrem Kind tatsächlich etwas antun, wurde unerträglich. Sie hat das nie ausdrücklich so geschrieben, aber zwischen den Worten hätte man es lesen können. Hätte man es lesen müssen.

Ich redete mir ein, das sei alles nur ironische Übertreibung. Schwarzer Humor. Meine Schwester hatte doch immer so gern gelacht.

Vielleicht, wenn ich damals in ihrer Nähe gewesen wäre, wenn ich sie wenigstens angerufen hätte, statt für meine Antwortmails nach heiteren Formulierungen zu suchen, vielleicht ...

»Vielleicht« ist ein Ausredenwort. Man macht es sich leicht damit. Viel leicht.

Als meine Schwester keine Kraft mehr hatte, sich gegen ihre fixe Vorstellung zu wehren, als sie fürchten musste, die Tat tatsächlich zu begehen, die sie doch nicht begehen wollte, hat sie sich für eine andere Tat entschieden. Für ein anderes Opfer. Hat den schreienden Säugling sorgfältig zugedeckt, hat die Räder am Kinderwagen blockiert und gewartet. An einer Stelle, wo man vom Fahrer erst in letzter Sekunde gesehen wird, während man ihn selber schon von weitem kommen hört. Wenn die Räder in der Kurve quietschen, braucht man nur noch ein paar Schritte zu machen.

Meine Schwester hatte beschlossen, Schritte zu unternehmen.

Am Tag der Beerdigung bin ich das letzte Mal in meine Heimatstadt gefahren. Ich war früh dran und hätte Zeit genug gehabt, um vor den ganzen Zeremonien noch nach Hause zu gehen. In die Wohnung, in der ich aufgewachsen war. Ich stellte mir vor, welche Phrasen mein Vater von sich geben würde, und ließ es bleiben. Hinterher würde sich der Besuch nicht vermeiden lassen, aber das war dann auch mehr als genug.

Stattdessen ging ich eine Stunde lang durch die Stadt. Sie war kleiner geworden, kam es mir vor. Enger. Ich kannte noch alle Straßen, aber die Straßen kannten mich nicht mehr. In vielen Schaufenstern hingen »Zu vermieten«-Schilder. Sie sahen erschöpft aus, als ob sie jede Hoffnung auf eine Besserung aufgegeben hätten. Vor einiger Zeit hatte ein neuer Supermarkt die Kunden der kleinen Geschäfte verschlungen. Meine Schwester hatte mir geschrieben, dass sie nicht gern dort einkaufte, weil die Kinder inmitten all der vielen süßen Verlockungen kaum zu bändigen seien. »Es macht keinen Spaß, immer nur nein sagen zu müssen«, hatte sie mir geschrieben.

Wenn sie doch nur besser gelernt hätte, nein zu sagen.

Auch am Gymnasium kam ich vorbei und merkte, dass ich automatisch den Kopf einzog. Als ob mir Nils immer noch auflauern könnte. Der Cottbuser Postkutscher putzt den Cottbuser Postkutschkasten. Solche Ängste heilen nie ganz aus. Auf dem Schulhof hatte sich ein kleiner Junge in eine Ecke gedrückt, in meine Ecke, wo ich mich so oft versteckt hatte. Er weinte. Man hätte ihn trösten müssen, aber mich hatte auch niemand getröstet.

Das Vereinsheim des Fußballklubs hatte eine neue Tür bekommen. Mit Sicherheitsschloss. Ich fasste unter den Topf mit den vertrockneten Geranien, und der alte Schlüssel, der jetzt zu nichts mehr passte, lag tatsächlich immer noch da. Ich habe ihn eingesteckt und lang mit mir herumgetragen.

Dann gab es keine Ausrede mehr, und ich machte mich auf den Weg zur Trauerfeier. Als ich den Betsaal betrat, spielte das Harmonium bereits. Alle Köpfe drehten sich nach mir um. Man hatte sich wohl schon gefragt, ob der verlorene Sohn auftauchen würde oder nicht. Mein Vater schien nicht damit gerechnet zu haben. Vorne, wo die Familie saß, war kein Platz für mich freigehalten. Es war mir recht. In der letzten Reihe fühlte ich mich wohler.

Das Harmonium, diese schwachbrüstige Orgelimitation, war das passende Instrument für das sektiererische Häufchen. Die Gemeinde sang: »Tut mir auf die schöne Pforte«, und vor dem Altar stand Bachofen und hatte sein feierliches Gesicht aufgesetzt. Er hatte verordnet, dass ein Todesfall kein Grund zur Traurigkeit sein dürfe, wenn jemand in die Arme Gottes zurückkehre, sei das ein glücklicher Moment, und so sangen sie denn: »Ach, wie wird an diesem Orte meine Seele fröhlich sein.« Obwohl sich das Harmonium alle Mühe gab, ein Tempo anzuschlagen, das der besungenen Fröhlichkeit entsprach, wurde der Gesang mit jeder Strophe schleppender.

Bachofens Trauerrede hätte auf tausend Frauen gepasst und auf keine. Er schilderte meine Schwester so, wie sie nicht gewesen war, liebende Gattin, glückliche Mutter, Zierde der Gemeinde. Das Ausschneidebildchen aus einer Sonntagsschulgeschichte. Fast schon eine Heilige. Vielleicht, sülzte er, sei der Unfall passiert, weil sie gebetet und dabei die Augen geschlossen habe.

Arschloch. Sie ist mit offenen Augen auf die Schienen getreten. Alles andere hätte nicht zu ihr gepasst.

Wir sollten nicht um sie trauern, sagte Bachofen, es ginge ihr gut und sie sei jetzt ein Engel. Ich sah meine Schwester vor mir, wie sie mit ihren Cornflakes-Flügeln an unserem Stockbett herumturnte, und begann zu heulen. Eine Frau vor mir drehte sich um und schüttelte vorwurfsvoll den Kopf. Wenn Bachofen Fröhlichkeit anordnet, hat man nicht zu weinen.

Auf dem Friedhof ging es dann nicht mehr anders, und ich stellte mich zur Familie. Meine Mutter trug ein geblümtes Kleid und mein Vater eine weiße Krawatte. In unserer Gemeinde zog man sich zu Beerdigungen nicht pessimistisch dunkel an, das hätte ja ausgesehen, als ob man dem Versprechen der ewigen Seligkeit nicht vertraue. Aus demselben Grund brachte man auch keine Blumen mit. »Im Paradies blühen sie schöner« war Bachofens Dekret.

Ich habe alles mitgemacht, was von mir erwartet wurde. Wenn man das Kreuz schlug, schlug ich das Kreuz, wenn man »Amen« sagte, sagte ich »Amen«, und als alle eine Schaufel Erde auf den Sarg warfen, machte ich es ihnen nach. Zum Schluss habe ich mich in die Reihe der Familie gestellt, so wie das in der Gemeinde üblich war. Bachofen stand als Erster da, dann kam mein Schwager mit den beiden älteren Kindern, mein Vater, meine Mutter, mein Bruder. Als Letzter ich. Die Mitglieder der Gemeinde sind an uns vorbeiparadiert und haben jedem die Hand geschüttelt. Manche haben uns umarmt. Ich weiß nicht, ob sie es aus Mitgefühl getan haben oder um Bachofen mit ihrer Herzenswärme zu beeindrucken.

Der Letzte, der sich zum Kondolieren angestellt hatte, war Franz Hartmann. Ich hatte bis dahin nicht gewusst, dass er in die Gemeinde zurückgekehrt war. Bachofen, der allen anderen die Hand hingestreckt hatte, übersah ihn demonstrativ, und mein immer gehorsamer Vater machte es ihm nach. Als Franz bei mir angekommen war, umarmte er mich und flüsterte mir dabei ins Ohr: »Heute Nacht. Hier auf dem Friedhof. Ich werde auf dich warten.« Und war verschwunden, bevor ich reagieren konnte.

Als alles überstanden war, ging die Familie zusammen nach Hause. Der Rest der Familie. Nur mein Schwager kam nicht mit, er musste den Babysitter ablösen. Ich war den Weg tausendmal gegangen, kannte jedes Haus und jede Ecke, und trotzdem kam mir alles so unvertraut vor, als hätten mich fremde Menschen in einer fremden Stadt als Geisel genommen. Mein Bruder ging neben mir her und machte mir Vorwürfe, in dem besserwisserischen Ton, den ich schon immer an ihm gehasst habe. Ich hätte meine Eltern schwer enttäuscht, sagte er, hätte meinen Vater durch meine Undankbarkeit tief in der Seele verwundet – er redete tatsächlich so geschwollen –, ich solle zurückkommen und wieder auf den Pfad des Herrn zurückfinden. Ich habe ihm nicht geantwortet, und er hätte sich in seiner Bußpredigt auch ungern unterbrechen lassen.

Zuerst saßen wir im Wohnzimmer beisammen, schweigend und so steif aufgereiht, als ob wir bei uns selber zu Besuch wären. In dem Raum hatte sich nichts verändert. Auf der Anrichte stand immer noch die Schale mit den Bonbons, von denen ich als Kind immer so gern eins gehabt hätte, die aber für die Gäste reserviert waren, die wir nie hatten. Neben der Standuhr, die nur mein Vater aufziehen durfte, war immer noch derselbe kleine Riss in der Tapete, an dem ich schuld war. Von meiner Schwester angestoßen, war ich mit dem Dreirad als Niki Lauda durch die Wohnung gebrettert und gegen die Wand gefahren. Ich vermute, ich habe damals Prügel gekriegt, ich weiß es nicht mehr. Prügel waren bei uns zu Hause eine alltägliche Angelegenheit. Die schweren Vorhänge, die zugezogen wurden, sobald man abends das Licht anmachte – es sollte einem niemand in die Wohnung gucken –, waren neu, ein hässliches Blumenmuster durch ein anderes hässliches Blumenmuster ersetzt. Die Luft dick von all den Dingen, die niemand aussprach.

Später, in der Küche, standen immer noch dieselben Stühle um den Tisch, nur dass es jetzt vier waren und nicht mehr fünf. Meine Mutter hatte einen Eintopf vorbereitet und schnitt Brot auf, so konzentriert, als ob von der exakten Gleichmäßigkeit der Scheiben das Schicksal der Menschheit abhinge. Mein Vater, auch das war so, wie es immer gewesen war, hatte den Bibelvers vorbereitet, über den wir während des Essens nachdenken sollten. »Freuet euch in dem Herrn allewege!« *Philipper* 4,4. »Und abermals sage ich: Freuet euch!«

Als ich meinen Teller wegschob, hat mich niemand zurückgehalten. Im Flur bin ich über den fünften Stuhl gestolpert. Meine Mutter hatte ihn hinausgestellt, damit am Tisch keine peinliche Lücke entstand. Im Treppenhaus brannte wie immer zu wenig Licht, aber die Mahnung, die Haustür sei ab 21:00 Uhr mit dem Schlüssel zu schließen, hätte ich auch bei völliger Finsternis lesen können. Vor dem Haus stand eng umschlungen ein Liebespaar. Es kam mir vor, als ob ihre Zärtlichkeit zu einer Sprache gehörte, die ich nie gelernt hatte.

Es war der richtige Tag, um Striche unter alte Rechnungen zu ziehen, und so ging ich noch einmal zum Friedhof. Ich erwartete nicht wirklich, Franz Hartmann dort anzutreffen, aber am Grab meiner Schwester wartete er auf mich. Der Geruch der frisch aufgeworfenen Erde war das erste wirklich Saubere an diesem Tag.

»Gut, dass du gekommen bist«, sagte Franz.

An Barne Böckler

Lieber Herr Böckler,
ich kann es nicht glauben! Ist es wirklich wahr, was Sie mir da schreiben? Ich freue mich darüber, natürlich, freue mich ungemein, aber ich kann es mir nicht erklären. Ich bin doch ein völlig unbekannter Autor. Kein Mensch hat je meinen Namen gehört. Von meinem Buch weiß niemand mehr, als was in Ihrem Katalog steht. Gut, Sie haben ein Musterkapitel verschickt, aber das allein kann es doch nicht ausgemacht haben.

Und die Werbung ist noch gar nicht angelaufen. Und selbst wenn – Sie haben mich von Anfang an gewarnt, dass dafür kein großes Budget zur Verfügung stehen würde. Warum also?

Natürlich ist es erfreulich. Mehr als erfreulich. Ich hätte von so etwas nicht einmal zu träumen gewagt. Das Buch ist noch nicht einmal ganz fertig, und Sie teilen mir mit, dass Sie die Auflage erhöhen wollen! Wir hätten da wohl einen

Nerv getroffen, schreiben Sie. Ich will das ja gern glauben, aber womit?

Möglich, dass das Thema interessiert. Aber es ist ja nicht das erste Mal, dass ein Vorbestrafter ein Buch über sein Leben schreibt. Es will mir einfach nicht in den Kopf.

Ich kenne mich in Ihrem Gewerbe nicht aus. Ist die Zahl der Vorbestellungen wirklich so ungewöhnlich hoch? Ich würde gern bei Amazon nachsehen, wie es dort aussieht, aber ich habe hier kein Internet.

Egal. Ich will gar nicht wissen, wie es passiert ist. Irgendetwas müssen wir richtig gemacht haben.

Was heißt das jetzt praktisch? Wenn Sie recht haben und bei meiner Entlassung tatsächlich mehrere Fotografen auf mich warten, können wir die Szene natürlich nicht einfach inszenieren. Vielleicht lässt sich ja erreichen, dass das Ganze ausnahmsweise doch am Haupttor stattfindet. Versuchen Sie doch, sich mit der Gefängnisverwaltung abzusprechen! Wenn es tatsächlich den Rummel gibt, den Sie erwarten, könnte so eine Szene auch für die JVA einen positiven Effekt haben. »Wir haben sein literarisches Talent gefördert und ihn so wieder zu einem nützlichen Mitglied der Gesellschaft gemacht.« Wenn es etwas bringt, erzähle ich das gern auch den Journalisten.

Jetzt werde ich ja wohl um direkte Interviews nicht herumkommen, Stottern hin oder her. An manchen Tagen geht es mit dem Reden besser als an anderen, aber es wird wirkungsvoller sein, wenn ich meine Sprachhemmung sogar noch übertreibe. Vor allem, wenn jemand vom Fernsehen da ist und man mich auch sieht. »Leidend, aber tapfer«, mit der Haltung hatte ich schon oft Erfolg.

Da es nun anscheinend eine größere Sache wird, habe ich eine Bitte an Sie: Die Klamotten, mit denen ich damals hier eingeliefert wurde, scheinen mir für die Aufnahmen nicht geeignet. Als ich verhaftet wurde, kam ich gerade aus südlichen Gefilden, und die Kleidung sieht allzu sehr nach Urlaub aus. Nicht das Bild des geläuterten Intellektuellen, das wir vermitteln wollen. Es wäre nett, wenn Sie mir ein Paar Jeans und einen schwarzen Rollkragenpullover schicken lassen könnten. Auf meinen Namen zuhanden der Kleiderkammer. Eins achtundsiebzig, schlank. (Im Knast werden die Leute entweder fett oder dünn. Je nachdem, ob sie sich gehenlassen oder nicht.)

Ach ja, und eine dunkle Brille. »Nach langen Jahren in der Zelle ist er das Sonnenlicht nicht mehr gewohnt.«

Ich kann immer noch nicht glauben, was da loszugehen scheint. »Ein Phänomen«, schreiben Sie. Nun, ich will ja gern ein Phänomen sein, aber Ihre Neuigkeiten haben mich ganz schön durcheinandergebracht. Schreiben wäre im Moment völlig unmöglich. Zum Glück kann ich in dieser Hinsicht erst mal Pause machen. Ich lege Ihnen das letzte noch fehlende Kapitel bei. Ich glaube, es ist ein guter Abschluss für das Buch.

                          Mit ganz, ganz herzlichen Grüßen
                                    Johannes Hosea

Tagebuch

Vor mir selber muss ich keine Bescheidenheit heucheln. Die Leute haben das Musterkapitel gelesen und daraufhin das Buch bestellt.

Ich muss niemandem dankbar sein.

Aus meinem Leben

Franz Hartmann redete auf mich ein, als wären wir die ältesten Freunde und hätten uns nur lang nicht getroffen. »Ich warte auf dich«, sagte er. »Seit Wochen. Deine Schwester hat mir deine E-Mail-Adresse gegeben, aber meine Nachricht scheint nie angekommen zu sein. Es tut mir leid, dass wir uns unter diesen Umständen wiederbegegnen mussten. Vielleicht musste es so sein. Dass du jetzt hier bist, bedeutet, dass die richtige Zeit gekommen ist. Dass sie endlich gekommen ist.«

Es klang, als würden die Worte mit Überdruck aus ihm herausgepresst. Einer, der sich eine Sache tausendmal überlegt hat und es nicht erwarten kann, sie endlich mit jemandem zu teilen. »Heute«, sagte er. »Heute. Heute. Heute.«

Ich dachte einen Moment daran, ihn einfach stehenzulassen und zum Bahnhof zu gehen. Ich hätte noch eine Verbindung nach Berlin erreicht. Aber ich wusste: Wenn ich ihm jetzt nicht zuhörte, würde ich ein Leben lang darüber nachdenken, was er mir wohl hatte sagen wollen.

Er hauste in einer Absteige. Ein winziges Zimmer, fünf Treppen hoch. Das Klo eine halbe Treppe tiefer. Ein Stuhl, von dem er erst ein paar Kleider entfernen musste. Zum Schlafen kein Bett, nur so eine japanische Matte. Eine Waschschüssel mit einem Krug. Alles wie im neunzehnten Jahrhundert. Die einzigen Dinge, die nicht ins Bild passten, waren ein Laptop und ein großer Drucker.

An einer Wand hing ein Bild von Bachofen, teuer gerahmt. Franz stellte sich davor und machte mit der rechten Hand eine seltsam fahrige Geste. Als ob er sich bekreuzigen wollte, aber nicht mehr wüsste, wie ein Kreuz aussieht.

Er bestand darauf, dass ich mich auf den Stuhl setzte. Für sich selber rollte er die Schlafmatte zu einem unbequemen Sitz zusammen. »Hier haben früher Dienstmädchen gewohnt«, sagte er. »Darum habe ich es gemietet. Ein Dienerzimmer passt zu mir.« Sagte es, als ob er damit einen Scherz machen wolle.

Als Teenager war Franz ein hübscher, schlanker Junge gewesen. Jetzt war er hager. Die Augen älter als der Rest des Gesichts. Jemand, von dem man sich vorstellen kann, dass er sich in vielen Dingen auskennt.

Am meisten hatte sich seine Stimme verändert. Als ob sie mehr erlebt hätte als der Mann, zu dem sie gehörte. Die Stimme eines Menschen, den nichts mehr überraschen kann und schon gar nicht erschrecken.

»Wenn du Hunger hast …«, sagte er. »Irgendwo muss noch ein Kanten Brot sein. Draußen auf dem Fenstersims eine halbe Flasche Milch. Ich brauche nicht viel.«

»Ich habe gerade gegessen«, log ich.

»Ach ja, die Familie«, sagte Franz. »Man vergisst, dass es so etwas gibt. Ich selber habe keine Eltern mehr.«

»Gestorben?«

»Man hat sich aus den Augen verloren. Ich bin als Sohn ungeeignet. Genau wie du.«

Ich nickte. Er hatte recht.

»Warum bist du hierher zurückgekommen?«

Franz lachte ein Lachen ohne Fröhlichkeit. »Wegen Bachofen«, sagte er. »Er hat mir den Teufel ausgetrieben. So etwas verbindet. So wie es dich und mich verbindet.«

»Ich war …«

Er ließ mich nicht weiterreden. »Ich weiß«, sagte er. »Ein Kind. Ich mache dir keinen Vorwurf. Aber eine Rechnung ist noch offen.«

Als er dann von sich erzählte, war es, als spräche er von einem Menschen, den er nur gerüchteweise kannte. Er hatte viele Jahre in einer anderen Stadt gelebt. Hatte geheiratet und nicht widersprochen, als seine Frau sich scheiden lassen wollte. »Mit mir kann man nicht zusammenleben«, sagte er. »In mir drin fehlt etwas. Das Stück, das Bachofen herausgeschnitten hat.«

Er hatte sich herumgetrieben. Treiben lassen. Verschiedene Städte, verschiedene Berufe. »Aber man kann nicht vor sich selber davonlaufen.«

Schließlich war er zurückgekehrt und hatte sich der Gemeinde ein zweites Mal angeschlossen. Damals noch ohne bestimmten Plan. Nur aus der vagen Hoffnung heraus, aus der Nähe ließe sich eine Waffe gegen Bachofen finden.

Er hatte den Demütigen gespielt. Hatte den Ältesten angefleht, ihn wieder aufzunehmen. »Ich spüre, dass mich die Dämonen noch nicht ganz verlassen haben«, hatte er gesagt. »Ich brauche Ihre Hilfe, um sie zu vertreiben.« Und Bachofen hatte ihm Hilfe versprochen.

Ich habe nicht ausgesprochen, dass ich ihn für verrückt hielt, aber er hat es trotzdem gehört.

»Das war einmal«, sagte er. Wieder dieses unfröhliche Lachen. »Jetzt habe ich meinen Verstand wiedergefunden. Weil Bachofen die Güte hatte, mich wieder aufzunehmen. Trotz der Dämonen, die immer noch in mir hausen. Baphomet war nicht der Einzige, weißt du. Bachofen hat mir das erklärt. Es ist wie bei einem Geschwür. Wenn man bei der Operation nicht alles erwischt, kann es wieder wachsen. Aber er wird mich endgültig befreien.«

Wieder diese seltsame Bewegung. Diesmal verstand ich, was er da machte. Er folgte mit den Fingern der Form seiner Narben. Alpha und Omega.

Ich konnte es nicht fassen. »Bachofen und du …«

»Er liebt mich«, sagte Franz.

»Er gibt dir nicht einmal die Hand!«

»Um sich nicht zu beschmutzen. Seine Hände brauchen absolute Reinheit. Für mich. Diesmal will er alles richtig machen. Damit ich endlich glücklich werden kann. Das hat er mir versprochen. Ich verstehe ihn gut. Ich habe noch nie jemanden so gut verstanden wie ihn. Manchmal ist es, als ob wir gemeinsam nur einen Körper hätten.«

»Ich verstehe nicht, wie du diesem Mann auch nur ein Wort glauben kannst. Er ist ein …« Ich hatte das Wort »Scharlatan« noch nicht zu Ende gebracht, als mir Franz schon antwortete.

»Das weiß ich«, sagte Franz. Seine Stimme war immer

ruhiger geworden. Sachlicher. »Dass er ein Scharlatan ist, ist seine Stärke, aber es ist gleichzeitig auch seine schwache Stelle. Weil er die eigenen Lügen glaubt. Darum ist er auf mich hereingefallen. Er ist so stolz darauf, dass ich bei ihm Hilfe suche, dass er mich ganz nah an sich heranlässt.«

»Was heißt das?«

»Manchmal lassen mir die Dämonen keine Ruhe. Das sieht dann so aus.« Sein Gesicht verzerrte sich, er stieß unartikulierte Laute aus und wurde genauso plötzlich wieder ruhig. »Wenn dein Publikum entschlossen ist, dir zu glauben, brauchst du keine Schauspielkunst. Wenn ich merke, dass es in mir drin wieder unruhig wird, sage ich es ihm, und dann darf ich zu ihm kommen. Nachts. Heute werde ich zum ersten Mal nicht allein hingehen. Du wirst mich begleiten. In sein Sanktum. Dort, wo wir schon einmal zusammen waren.«

»Ich soll …?«

»Du hast dich dazu verpflichtet. Schriftlich. Muss ich mein Hemd aufknöpfen und dir deine Unterschrift zeigen?«

Es gibt Versprechen, die hat man nie abgegeben und muss sie trotzdem halten.

Nein, Franz Hartmann war nicht verrückt. Oder er war es auf eine vernünftige Art. Hatte lange an seinem Racheplan geschmiedet. Hatte alle Aspekte bedacht und berechnet. Er war überzeugt davon, erst dann wieder ein normales Leben führen zu können, wenn er mit Bachofen quitt war. »Dann wird alles anders«, sagte er. »Dann kann ich leben, als ob das alles nicht gewesen wäre.«

Das Unglaubliche an der Sache ist, dass er damit recht

behielt. Als ich zum letzten Mal von ihm hörte, hatte er eine neue Partnerin gefunden und führte mit ihr zusammen eine kleine Buchhandlung für Esoterica. Geschichten von Engeln und Dämonen, damit kennt er sich aus. Ein gutbürgerliches Leben unter einem geänderten Namen.

(Es ist nicht wirklich eine Buchhandlung. Ich habe ein paar Details verändert. Franz – der nicht Franz heißt – soll durch dieses Buch nicht in seine Vergangenheit zurückgestoßen werden.)

Er schaute auf die Uhr und nickte. »Wir haben Zeit«, sagte er. »Bachofen erwartet mich um Mitternacht. Geisterstunde. In diesen Dingen ist er simpel gestrickt.«

Er schilderte mir seinen Plan, als ginge es bloß darum, einen Termin für ein gemeinsames Abendessen zu finden. Es war alles vorbereitet, er hatte nur auf den zweiten Mann gewartet, den er dazu brauchte. Auf das eine Zahnrad, das in seinem Räderwerk noch fehlte. »Es ist passend, dass du das bist«, sagte er. »Fast so etwas wie höhere Gerechtigkeit.«

Je später es wurde, desto mehr redete er. Da musste ganz vieles aus ihm heraus.

»Kannst du dir vorstellen, wie es ist«, sagte er, »wenn man sich immer schuldig fühlt? Sein Leben lang schuldig? Obwohl man gar nichts getan hat? Es wurde einem angetan. Dir genauso wie mir. Oder hast du früher auch schon gestottert?«

Seinen Plan und die Rolle, die ich darin spielen sollte, schilderte er mir ganz selbstverständlich, »ich mache dies, dann machst du das, und ich mache jenes – und bald wird es keinen Bachofen mehr geben. Kein Bachofen mehr, verstehst du? Es wird eine bessere Welt sein ohne ihn.«

Am liebsten wäre ich vor dem, was er von mir verlangte, in die Nacht hinaus davongelaufen. Aber es gibt Schulden, die muss man bezahlen.

Um an Bachofen heranzukommen, hatte er sich als williges Opfer präsentiert, als einer, der es nicht erwarten konnte, noch einmal gequält zu werden. »Der Verurteilte«, heißt es bei Kafka, »sah so hündisch ergeben aus, dass es den Anschein hatte, als könnte man ihn frei auf den Abhängen herumlaufen lassen und müsse bei Beginn der Exekution nur pfeifen, damit er käme.« Franz hatte an die Tür des Sanktums geklopft und zu Bachofen gesagt: »Ach, bitte, pfeifen Sie doch nach mir.«

»Ich spiele ihm Dämonen vor, und er treibt sie mir aus«, sagte Franz. »Es ist ein regelrechtes Hobby für ihn geworden. Er ist mir richtig dankbar. Ich gebe ihm Gelegenheit, das zu tun, was er am liebsten tut.«

»Teufel austreiben?«

»Man kann es so nennen«, sagte Franz. Ich hatte vorher nicht gewusst, wie weh ein Lachen tun kann. »Es ist nicht angenehm, was er mit mir macht«, sagte er, »aber es ist nicht das Schlimmste. Diesmal weiß ich, wozu ich es ertrage.«

Wenn man stottert, hört man das Zittern in der Stimme nicht. »Mit dem ... mit dem Skalpell?«

Franz sah mich an wie ein Lehrer, der darüber enttäuscht ist, dass ein Schüler eine Lektion nicht verstanden hat. »Das ist lang her«, sagte er. »Unterdessen hat er Instrumente, die ihm mehr Spaß machen. Du wirst sehen.«

Das war die Aufgabe, die er mir zugeteilt hatte: sehen und festhalten. Er hatte eine Kamera besorgt, ein teures Modell, das auch bei wenig Licht scharfe Bilder lieferte. »Es reicht, wenn du die Tür zum Sanktum einen kleinen Spalt öffnest. Ich sorge dafür, dass du das Richtige zu sehen bekommst.«

»Wird er mich nicht bemerken?«

»Glaub mir«, sagte Franz, »wenn er so richtig bei der Sache ist, bemerkt er gar nichts mehr. Dann vergeht ihm Hören und Sehen.«

Er hatte von Bachofen einen Schlüssel zum Sanktum bekommen. »So sehr vertraut er mir.« Davon hatte er eine Kopie machen lassen, und die drückte er mir in die Hand. Der Betsaal selber wurde nie abgeschlossen, das war schon so gewesen, als ich ein kleiner Junge war. »Wenn jemand das Bedürfnis hat, mit Gott zu sprechen, muss er das auch mitten in der Nacht tun können«, hatte der Älteste dekretiert.

»Noch zwanzig Minuten«, sagte Franz. »Es wird Zeit, dass ich mich umziehe. Wir haben unser kleines Ritual, Bachofen und ich: Wir warten auf das Mitternachtsgeläut der Petruskirche. Mit dem ersten Glockenschlag drehe ich den Schlüssel im Schloss, und beim letzten Schlag liege ich auf seinem Schreibtisch.«

»Auf dem ...?«

Wieder das freudlose Lachen. »Was hast du gedacht?«, fragte er.

Als er begann, sich auszuziehen, wollte ich mich wegdrehen, aber er schüttelte den Kopf. »Du wirst heute noch mehr von mir zu sehen bekommen«, sagte er. Die Narben auf seiner Brust waren zu feinen Linien geworden, aber ich konnte die griechischen Buchstaben immer noch lesen.

Alpha und Omega.

Einen Moment stand er nackt da. Dann zog er dieselben Jeans und dasselbe Hemd wieder an. Ohne Unterwäsche. »Er ist immer so ungeduldig«, sagte er.

Der Betsaal war nicht weit entfernt. Auf dem Weg dahin sprach keiner von uns ein Wort. Nur als wir an dem geschlossenen Kiosk auf der anderen Straßenseite vorbeikamen, fragte Franz: »Hast du dir hier auch immer heimlich die Hefte mit den nackten Frauen angesehen?«

Wir überquerten die Straße, und er öffnete die Tür zum Betsaal. »Komm in fünf Minuten nach«, sagte er. »Du weißt, was du zu tun hast.«

Er war kaum verschwunden, als man von der Petruskirche her schon die ersten Glockenschläge hörte.

Ich hatte erwartet, dass mir die Zeit lang vorkommen würde, aber es war umgekehrt. Noch drei Minuten. Noch zwei. Jetzt.

Die Sitze im Betsaal sind nicht befestigt, stehen in losen Reihen. Ich tastete mich im Halbdunkel zwischen ihnen durch, bemüht, kein Geräusch zu machen. Obwohl man es durch die gepolsterte Tür des Sanktums nicht gehört hätte.

Als ich den Schlüssel ins Schloss stecken wollte, fiel er mir aus der Hand. Um ihn wiederzufinden, musste ich auf den Boden knien. Es wird ausgesehen haben, als ob ich betete. Endlich hatte ich ihn ertastet.

Endlich war die Tür offen.

Kerzen. Die Regale mit den Bibeln. Der Schreibtisch.

Auf dem Schreibtisch Franz. Lag nackt auf dem Rücken. Direkt über seinem Kopf – so nah an der Tür, dass ich nur einen Schritt hätte machen müssen, um ihn anzufassen, um ihn wegzustoßen – über seinem Kopf hockte Bachofen, mit heruntergelassener Hose, und Franz' Zunge …

Ich will es nicht beschreiben. Es gibt genügend Porno-Webseiten, wo man sich so etwas ansehen kann. »Manchmal ist es, als ob wir gemeinsam nur einen Körper hätten«, hatte Franz gesagt.

Bachofen hatte die Augen geschlossen und stöhnte. Es waren seltsame Laute, die er von sich gab, aber ich war als kleiner Junge schon einmal dabei gewesen, ein Skalpell in der Hand, und wusste, was sie bedeuteten. Bachofen stöhnte die Namen von Dämonen. Saminga. Morax. Astaroth. Akephalos. Asmodai.

Nein, er stöhnte sie nicht, er ejakulierte sie. Nicht nur sie.

Die Kamera machte kein Geräusch, wenn man auf den Auslöser drückte. Wieder und wieder.

Als Bachofen zum Ende gekommen war, setzte er sich erschöpft hin, das nackte Gesäß auf Franz' Gesicht. Ich schloss die Tür ganz leise, aber er würde auch nichts gehört haben, wenn ich sie mit Gewalt zugeschlagen hätte.

Wie es Franz von mir verlangt hatte, deponierte ich die Kamera im leeren Taufbecken.

Im Namen des Vaters und des Sohnes.

Bis die erste S-Bahn fuhr, habe ich mich auf dem Pausenhof meines alten Gymnasiums in jene Ecke gekauert, in der ich als Kind so oft Zuflucht gesucht hatte. Seit jenem Tag bin ich nie mehr in meiner Heimatstadt gewesen.

Zwei Wochen später erhängte sich Bachofen.

Über der Tür zu seinem Sanktum war ein Haken in die Wand eingelassen, an dem hatte er das Seil befestigt. War auf einen Stuhl gestiegen, seinen aufschneiderisch bescheidenen Stuhl, hatte sich die Schlinge um den Hals gelegt und den Stuhl weggestoßen. Der Sturz, so erfuhr man es aus den Presseberichten, hat ihm nicht das Genick gebrochen. Er muss qualvoll erstickt sein.

Nicht qualvoll genug.

In der Gemeinde – die es ohne ihren Guru nicht mehr lang gab – werden sie sich eingeredet haben, die Ungeduld, bei Gott zu sein, habe ihn zu der Tat getrieben. Wer glauben will, findet immer einen Grund, bei seinen Überzeugungen zu bleiben.

Ich bin an seinem Tod mitschuldig, und ich kann gut damit leben.

Franz, so hatte er es geplant, und so wird er es gemacht haben, hat die Kamera aus dem Taufbecken geholt und die Bilder ausgedruckt. Vielleicht, so kann ich es mir vorstellen, hat er sie wieder und wieder betrachtet. Ich kann mir aber auch vorstellen, dass er gar nicht richtig hingesehen hat. Weil er das alles ja gelebt hatte. Vielleicht hat er das erste Bild, das er an Bachofen schickte, sorgfältig ausgesucht, oder er hat wahllos eines herausgegriffen. Es macht keinen Unterschied.

Eine Fotografie in einem Umschlag ohne Absender. Ohne ein Wort der Erklärung.

Der nächste Brief und der nächste.

Bachofen wird keinen Absender gebraucht haben, um zu wissen, wer ihm die Bilder schickte. Ich stelle mir vor, dass er nach Franz gesucht hat. Dass er hoffte, ihn zum Schweigen bringen zu können. Dass er auf seine Überredungskünste vertraute. Aber das Zimmer war leer, und Franz war nicht mehr da.

Zehn Tage später, zwei Wochen später, war keine Fotografie mehr im Umschlag, sondern eine Notiz. »Morgen gehen die Bilder an die Presse.«

Und Bachofen hat sich erhängt.

Es war nicht moralisch, was Franz Hartmann getan hat. Was wir gemeinsam getan haben. Je älter ich werde, desto mehr bezweifle ich, dass es so etwas wie Moral überhaupt gibt.

Tagebuch

Warum schreibe ich das noch auf? In ein Tagebuch, das ich nicht mitnehmen und schon gar nicht hierlassen kann? Alle anderen beschriebenen Seiten habe ich schon herausgerissen und in Schnipseln ins Klo gespült.

Am Tag vor der Entlassung wird man nicht mehr zur Arbeit eingeteilt. Ich weiß mit leeren Stunden nichts mehr anderes anzufangen, als zu schreiben. Das ist ein Teil meiner Verwandlung. Auf halbem Weg vom Häftling Stärckle zum Autor Johannes Hosea.

Böckler ist vom Run auf mein Buch begeistert und spricht von einer Sensation. Weil so viele Bücher vorbestellt sind, werden immer noch mehr Bücher vorbestellt. Wenn die Lawine einmal ins Rollen gekommen ist, wird sie immer größer.

Er kann sich den Erfolg nicht erklären. Ich könnte ihm sagen, was dahintersteckt. Es war nicht die Qualität meiner Schreibe. Mein Größenwahn war nicht angebracht.

Vor drei Tagen hatte ich beim Hofgang Gesellschaft. Auf jeder Seite ein Muskelprotz aus der Wäscherei. Führten mich an die Stelle, wo man sich auf dem Mauervorsprung in die Sonne setzen kann. Da war keine Sonne, aber wir setzten uns trotzdem.

»Eine Nachricht vom Advokaten«, sagte der Größere. »Ihr seid jetzt quitt, lässt er dir ausrichten. Sie hätten genügend Bücher bestellt, um den Erfolg zu garantieren. Verstehst du das?«

Ich nickte.

»Gut.« Er wollte schon aufstehen, aber dann war seine Neugier doch stärker. »Was für Bücher meint er?«

Ich legte einen Finger an die Lippen. Der Advokat mag es nicht, wenn man über seine Geheimnisse spricht, sollte das heißen.

Sie halten ihr Wort. »Es wird ein erfolgreiches Buch werden«, hatte der Advokat gesagt. Er hat dafür gesorgt.

Ich müsste ihm dankbar sein, aber da ist auch eine leise Enttäuschung. Es wäre mir lieber, wenn die Leute mein Buch lesen würden, weil es ihnen tatsächlich gefällt. Jetzt werden sie es nur tun, weil sie denken, dass es anderen gefallen hat.

Egal.

Ich werde morgen aus diesem Tor gehen, die Journalisten und die Fotografen werden auf mich warten, und ich werde ein anderer sein.

*Bitte beachten Sie
auch die folgenden Seiten*

*Arthur Schopenhauer
im Diogenes Verlag*

Der komplette Schopenhauer: Jeder Band bringt den integralen Text in der originalen Orthographie und Interpunktion Schopenhauers; Übersetzungen und seltene Fremdwörter sind in eckigen Klammern eingearbeitet; ein Glossar wissenschaftlicher Fachausdrücke ist als Anhang jeweils dem letzten Band der *Welt als Wille und Vorstellung*, der *Kleineren Schriften* und der *Parerga und Paralipomena* beigegeben. Die Textfassung geht auf die historisch-kritische Gesamtausgabe von Arthur Hübscher zurück; das editorische Material besorgte Angelika Hübscher.

Gesammelte Werke
10 Bände in Kassette
Alle Bände auch als Einzelausgaben erhältlich

*Die Welt als Wille
und Vorstellung* I
in zwei Teilbänden

*Die Welt als Wille
und Vorstellung* II
in zwei Teilbänden

*Über die vierfache Wurzel
des Satzes vom zu-
reichenden Grunde /
Über den Willen in
der Natur*
Kleinere Schriften I

*Die beiden Grundprobleme
der Ethik: Über die Freiheit
des menschlichen Willens /
Über die Grundlage der
Moral*
Kleinere Schriften II

Parerga und Paralipomena I
in zwei Teilbänden, wobei der zweite
Teilband die ›Aphorismen zur Lebensweisheit‹ enthält

Parerga und Paralipomena II
in zwei Teilbänden

Außerdem erschienen:

*Denken mit
Arthur Schopenhauer*
Vom Lauf der Zeit, dem wahren Wesen der Dinge,
dem Pessimismus, dem Tod und der Lebenskunst
Herausgegeben und mit einem Nachwort von Otto A. Böhmer

Aphorismen zur Lebensweisheit
Mit einem Nachwort von Egon Friedell

Christoph Poschenrieder
im Diogenes Verlag

Christoph Poschenrieder, geboren 1964 bei Boston, studierte an der Hochschule für Philosophie der Jesuiten in München. Danach besuchte er die Journalistenschule an der Columbia University, New York. Er arbeitete als freier Journalist und Autor von Dokumentarfilmen, bevor er 2010 als Schriftsteller debütierte. Sein erster Roman *Die Welt ist im Kopf* mit dem jungen Schopenhauer als Hauptfigur erhielt hymnische Besprechungen und war auch international erfolgreich. Mit *Das Sandkorn* war er 2014 für den Deutschen Buchpreis nominiert. Christoph Poschenrieder lebt in München.

»Ein begnadeter Stilist, der sein Handwerk glänzend versteht und eine packende Geschichte leichtfüßig, stilistisch brillant und höchst lesenswert erzählen kann.« *Eckart Baier / Buchjournal, Frankfurt*

Die Welt ist im Kopf
Roman

Der Spiegelkasten
Roman

Das Sandkorn
Roman

Mauersegler
Roman

Kind ohne Namen
Roman

Chris Kraus
im Diogenes Verlag

Chris Kraus, geboren 1963 in Göttingen, ist Filmregisseur, Drehbuchautor und Romancier. Seine Filme (darunter *Scherbentanz, Poll*) wurden vielfach ausgezeichnet, *Vier Minuten* mit Monica Bleibtreu und Hannah Herzsprung gewann 2007 den Deutschen Filmpreis als bester Spielfilm. Sein jüngster Film, die Tragikomödie *Die Blumen von gestern* mit Lars Eidinger in der Hauptrolle, wurde mit unzähligen Preisen, u.a. dem Tokyo Grand Prix, geehrt. Der Autor lebt in Berlin.

»Chris Kraus ist ein besessener Erzähler.«
Martina Knoben / Süddeutsche Zeitung, München

»Kraus hat ein ausgeprägtes Gespür für Pointen.«
Silja Ukena / Kulturspiegel, Hamburg

Das kalte Blut
Roman

Sommerfrauen, Winterfrauen
Roman
Auch als Diogenes Hörbuch erschienen,
gelesen von Lars Eidinger und Paula Beer

Außerdem lieferbar:

Die Blumen von gestern
Ein Filmbuch
Mit farbigem Bildteil